文脉中国 小说库

wenmaizhongguo xiaoshuoku

仰望雪宝鼎

白林 著

中国文联出版社

图书在版编目（CIP）数据

仰望雪宝鼎 / 白林著 . -- 北京：中国文联出版社，
2016.5（2023.3 重印）

ISBN 978 - 7 - 5190 - 1481 - 0

Ⅰ.①仰… Ⅱ.①白… Ⅲ.①短篇小说—小说集—中
国—当代 Ⅳ.①I247.7

中国版本图书馆 CIP 数据核字（2016）第 101617 号

著　　者　白　林
责任编辑　蒋爱民
责任校对　李佳莹
装帧设计　中联华文

出版发行　中国文联出版社有限公司
地　　址　北京市朝阳区农展馆南里 10 号　　　邮编　100125
电　　话　010 - 85923025（发行部）　　　85923091（总编室）
经　　销　全国新华书店等
印　　刷　三河市华东印刷有限公司

开　　本　710 毫米×1000 毫米　　　1/16
印　　张　18
字　　数　295 千字
版　　次　2023 年 3 月第 1 版第 2 次印刷
定　　价　75.00 元

"阿坝作家书系" 编委会

为《阿坝作家书系》序

阿 来

在四川省文学奖和四川省少数民族文学奖颁奖会上，听州文联领导说，由阿坝的作家、诗人创作的《阿坝作家书系》即将出版，要我写点文字在前面，其实除了对这套书系的出版感到高兴，并对这套书系的创作者们表示祝贺之意外，我感觉自己并没有太多的话要说。

阿坝是故乡，常来常往，自己关于文学的粗浅见解，与文朋诗友在正式与非正式的场合都有过充分的表达，再说，也没有多少新鲜的东西了。如果要多说什么，难免是重复过去的一些观点与说法了。我最高兴的是，阿坝作家书系将是一个长期的项目，眼下将要出版的第一辑只是一个开始。的确，文化建设是一件持之以恒的工作。而文化建设中文学显然是最基础的工作。所有艺术门类在很大程度上，要取得更大的进步，除了不同艺术门类技术性的表达与创新而外，一切内在的审美的、观念的形态，其实都与文学提供的审美经验有着密切的关联。

拿到《阿坝作家书系》第一辑的名单，我注意到大家都是在阿坝的文学园地中活跃多年的熟人和朋友。同时，这份名单从作者的族别上看，有藏、羌、汉等各个族别。阿坝这块古老的土地，在今天又显得前所未有地富有活力，正是各族人民团结一致，共同建设的结果，而在文化建设上也出现这种并肩前行，以各自的精神成果互相辉映，这样的局面，在国际国内极端的民族主义和极端的宗教思潮频繁影响到社会和谐安定的情形下，更是有着特别的意义。

在全球化的时代，文化地表达，特别是文化多样性地表达，是非常重要的工作。这种工作，不止是不同民族文化的多样性表达，更重要的还是更致力于一个民族内部的多样性的表达。仅就阿坝的藏族文化而言，就有安多、嘉绒和白马等不同的族群与文化。而且，我们更要明确的是，文化多样性的表达不是加深不同文化不同民族间的鸿沟，文学表达文化表达最终的目的，是增进文化间互相的尊重、了解与融通，这是文学创作者所必须具有的一种善的动机。而这套书系首先登场的几位朋友，长期以来所做的正是这种有意义的工作。他们的作品所起的正是文学应起的作用。

我们更要充分意识到的是，文化从来不是一个僵硬固化的板块，而是一个动态的过程。只有那些不断发展，不断吸纳广大世界中其他文化中的积极因子的文化才能长存于这个日新月异的世界。所以，我们的文学表达，更有责任关注文化中正在萌芽，正在成长壮大的那些新的积极因素。新的现象，新的思想，新的人，新的事，只有对这些新保持充分的敏感，对新的时代对于文学的使命有深入的体认，我们的文学才会真正出现新的气象。

阿坝大地，具有丰富的文化多样性，这种多样性，其实是由地理多样性决定的，更是由各民族人民共同创造的。文学自然也不在这种历史的规定性之外。文学的责任在于表达这种丰富的存在，文学的使命更在于以审美的方式呈现这些伟大的存在。

当然，这种多样化的文化书写同时也是要完全依从于个人的深刻体验与表达这种体验时个人化的表达。文化意味与个人风格互相辉映，互相生发，那就是真正的文学了。

祝阿坝文学在这样一片热土上有更新更大的进展。

2015 年 12 月

自　序

　　小时候觉得自己生活的这个院子太小，总是以为在大地方才会有我想要的生活。

　　这种朦胧而模糊的意识，随着岁月的增长在一定的时段变得格外强烈。

　　如果那是记忆的全部，我对于小时候的记忆就是自己跟父母兄弟姐妹们生活的那个院子。其实，说院子也并不完全准确。我小时候生活居住的那幢楼，因为被四周非常奇怪的建筑、地形包围，时间一长就自然形成了一个院落。

　　那是一幢三层建筑的筒子楼，红砖、预制板覆盖的屋顶，夏季室内非常闷热，冬天又出奇的寒冷。这幢楼房的正面是一排低矮的用油毡盖顶的平房，这排平房的背后，是一道比平房顶还要高的用灰砖头砌的围墙，围墙内就是镇上的粮站，也是一个重点的防火单位。

　　楼房的右手边呢，是一处由两家居民修建的青瓦平房，穿斗结构、大斜屋面，背靠背的，最右角的那家与这户居民平房的围墙形成一个狭窄的通道，通道旁边砌着一道堡坎，自然形成了一条小路，那是喜欢抄近道的人去镇上的一个便宜的选择。

　　而楼房的最左手边呢，是一条马路。隔着马路就是镇副食品站，地形像汉字的凹，在这个凹字形的底部是一条堰沟。

　　楼房的背后呢，又是一幢同样设计的楼房，中间的空地被两边住在一楼的人家开垦出来，种上果树，并且还用竹篾栅栏给隔离起来，形成自家的菜地。

　　唯一让我喜欢做的事情，就是从我们住在三楼的最左手边那户人家，还预留了一口类似天井的出口，搭上梯子，就能爬上屋顶。因为周围的建筑、地形的限制，为了安全防小偷，我家所在的这幢楼房里的人，就把最左手边至这幢楼房正对面靠左边的幼儿园食堂的墙壁利用起来，用电焊制作了钢花的栅栏,在栅栏中间位置制作了一道钢花大铁门,到了午夜就由住在一楼最左手边的那户人负责关门锁门。

所以,我喜欢爬上楼顶,就是因为在楼顶的空间宽敞,蓝天白云视线开阔,东边是农村的景象,田垄里生长着绿油油的玉米、爬满竹架的丝瓜、豇豆,架子下边生长的茄子、西红柿,远处的茅舍,在茅舍的周边是一年四季生长的毛竹,婆婆摇曳,一群群的麻雀仿佛扯着旋涡似在天空自由飞翔,一会儿又纷纷落在茅舍前后左右的竹巅、树梢之上。西边呢,是叫西山的山脚下一排排高大的厂房,笔直的烟筒,特别是在钢水要出炉前,车间还会敲响一阵钟声,回荡在大地的上空。

我喜欢听这人工敲响的钟声。

我每隔三五天就爱爬上楼顶,坐在楼顶上,望着这个小盆地周边的山峦,看到西边的山巍峨耸立,北边的山高大陡峭,南边则是一片丘陵绵延起伏,东边稍为要远一些,那是隔涪江的丘陵,敞开着由低处至高处,根据季节的不同,种植着麦子、水稻,还有大片的油菜花。每到春天的时节,油菜花开的时候,东边的丘陵与南边的丘陵便呈现出一大片油菜花的色块,无边无际。那时的天空真蓝,蓝得几乎没有一丝污染一样,只有到了钢水出炉的时候,高大的烟筒内会冒出一阵赭色的烟雾,但,随着烟雾的上升很快也消失在蔚蓝色的苍穹深处。

小时候的我也不太合群。

虽说并不太明白由于地理条件的限制,譬如楼下没有宽敞的像草原一样的地方,没有让我可以驰骋撒野的环境,仿佛到处都有监视的眼睛,稍有不良出轨之举,立马就要遭受应有的惩罚。

幻想对于我或许就是这般的潜移默化。

到了少年时期,十二三岁的时候,我突然意识到自己生活的天地太狭小了。

以至于我渐渐开始讨厌这个小地方。

讨厌这个地方的举动就是夏季跑到涪江清澈而凉爽的江水中凫水,希望自己能够随波逐流,沿着这条江水把自己带到很远的地方。在那个地方,任何人都不认识我,我也不认识任何人。可是,畅想的美感却时常又被一阵莫名的恐惧替代,游到半路,不超过0.5公里时,赶紧从江水中爬上岸,坐在沙滩里,开始羡慕起天上飘浮的云彩,幻想要是自己能够有一双翅膀该多好,即或没有翅膀,如果能够像天空里的云彩,自由自在,可以飘荡到任何自己想要到达的地方。

后来，在上大学时似乎明白，只有好生读书，才能像少时幻想的云朵一样。

概念当中青藏高原该是一块多么大的地方。

在自己的青年时代，我来到了纯粹地理意义上的青藏高原。

不料，却被分配到了一个比原来生活的城镇更小的地方。

但在当地人的眼中，我可是从大地方来的人。因为是从大地方来的，是见过世面的人，因而，说话、穿着打扮、举止投足就很洋气。

至今我都没搞明白洋气指的是什么。

大地方，在许多人的心目中应该是指像北京、上海这样的国际大都会。总是以为在那样的大地方自己才有出人头地的机会。

我也到过像那样的大地方，或许是太现代化了的缘故，居然产生不适应的"晕城"之感。因为从小到大，没有城市生活的经验，读大学那四年现代化才起步，许多城市还没有高速公路、高铁、地铁此类现代化的交通设施，就是坐飞机也是要有县团级身份的人才有资格。

所以，也就缺乏关于城市生活的记忆。

命中注定，我是要在青藏高原东南边缘一隅消磨自己这一生的时光。不论好坏，我一直认为，一个人只有盖棺的时候，或许才有好坏的定论。

至少我还是实现了部分的童年梦想，那就是当自己身处大草原的时候，我觉得草原虽说没有大海宽广，但对于我们的视野而言也是足够的宽广了。当我站在一个叫岗拉梅朵和热尔的大草原上时，至少肉眼看不穿，我看见了遥远的地平线，平坦无垠的大草原，我想起了童年撒野的幻想时，内心尽管有着冲动，想从公路坎跳下去撒欢滚动。

从小地方走向小地方，转眼就是几十年的光阴流逝。

岁月磨蚀的或许是我的青春与热血，但，在我的内心却是在渐渐地安静中无比地宽广了起来。

也曾站在雪山之巅，在人们叫作离天最近的地方，我看见的天空依然像童年在那个院子的楼房顶所看见的天空一样，仍然能够带给我无边的幻想。

是的。幻想是我文字的源泉与支撑。

在历史的天空下，大地在发生着巨变，在青藏高原的山山水水之间，我曾穿行于风暴的草原、暴雨的峡谷、暴雪的夜晚，那是生命赐予我的广大与富有。

常常听到这样的话，某人官越做越大了，人却越做越小了。或者某人钱越来越多了，人却越来越陌生了。

大地方有大地方的好，也有大地方的烦恼。

小地方自有小地方的快乐，也有小地方的局限性。

当我的身影一次次出现了那些偏远的小地方、小村落的时候，当我开始梳理这些小地方的历史的时候，我突然觉得那仿佛是黑夜中出现了一道生命的亮光。

穿越历史的天空，每一处村落先民的身影闪现在我的神思中、文字里的时候，我觉得自己从一个小地方正在走向一个宽广的大地方。

2015 年 11 月 9 日于茂州

目　录

简单生活

第一章

"啪啪"。湖面传来冰裂的声音。这声音在冬天的夜晚像是一个孩子挥动着皮鞭不知疲倦地抽打着飞速旋转的陀螺。冬天的阳光静静地照在辽阔的雪野上，天地间只剩下蓝白的颜色。纯粹而悠远的草原躺在青藏高原第三级向第二级台阶的过渡地带之间，抵达至京尔纳雪山时就收住了像女人般丰满而舒展的姿势，起起伏伏里透着湿腥的味道。往东就是森林和峡谷地带的崇山峻岭。那里是高原野生动物们仅存的乐园。但在整个冬季皑皑的白雪覆盖着草原，晶莹的积雪闪烁着炫目的光芒，京尔纳雪山临近峡谷的亚当沟里的森林中分布着大大小小的上百个湖泊，当地人把这些湖泊叫作海子。除了少数值班的人，现在京尔纳野生动物保护区的工作人员大都已回内地休假，一般外来游客也不大到这里来。设在湖边林间的工作站实际上只有一个人每天按照有关规定进行着上山巡查和观察工作。并在下午四点时，在山上的小木屋通讯点准时打开无线电台跟上级进行一次联络。如遇降雪天他则可以就在站内自己的寝室内待着，读书或者沏上一杯花茶，要么就是守在结冰的湖畔晒太阳。或者他干脆什么也不想就在小木屋内，坐在炉火旁，一直到太阳落山，看着窗外夜色降临，并且倾听着小木屋窗外夹着雪花的呼啸的风声。

而在夏天专家们进山开始工作的时候，他就跟着专家们后边帮他们扛着沉重的仪器设备，送到野生动物观测地，并且还兼职着为专家们做点工作摄影和整理观测记录的工作。有时，在夏秋时节会有来自远方的城市人来到这里探险或者体验在大自然的生活。

他只是远远地盯着这些衣着时尚的男女青年，看着他们在湖边的草坪里扎起自带的帐篷，在保护区接待人员的参与下，进行着联欢活动。到了夜晚，他坐在自己的房间就会听到他们唱着动人的歌。

这是唯一的喧哗时候，来到这里的人们释放着自己，享受着人在自然的快乐。

正午，他来到湖边。确切地说是被冰裂的声音吸引着，他坐在一处被太阳晒化积雪干净得像椅子般的岩石间，出神地盯着结冰的湖面。裂开的冰层下面是碧蓝清澈源自雪山的水，在大自然的鬼斧神工下呈莲花状的海子，依着山势台阶天然而汇集成的湖泊。清新的气息从湖四周弥漫而来，令他惬意舒适。他依着岩石看到一些裂开的简单线条流畅地呈现着迷人的图案，有点类似于图腾。大自然总是这样，总是在他漫不经间会发现一些令生命内部产生涌动的感觉。

裂冰的地方是在他脚下不远处，由此漫延伸展开去的裂纹向四周扩散着，在厚实而透明的质感里渐渐线条变得细长。对岸一棵光秃的老高原红柳树枝上伫立着两只黑白相间的喜鹊。

他专注着眼中的一切。

温暖的阳光令他有些倦意。他脱下绿色棉大衣盖在身上，进入一种假寐的状态。

睡梦中他遇见了兰妮！

她光着身子浸泡在温泉里。碧玉般的泉水使她的肌肤格外地白皙，一袭栗色的长发飘浮在清澈的水面，轻轻涌动的泉水像舌头般柔软地滑过她的全身。只是他不能看清楚兰妮的五官。而她光滑如玉般温润的肌肤里却有着因疲惫而不能承受一些什么。

是的，疲惫。生活的疲惫。

就像生活中有许多东西是我们无法把握一样。

尽管兰妮的内心渴望着草原，正如平时她常喜欢简单的方式，就跟她穿着总是白黑两色一样。兰妮只有把自己浸泡在温泉中时才觉得那时是属于自己。18岁恋爱，22岁嫁人令她倍感此后岁月里来自生命的折磨。但即使这样，在像她这样年龄的女人内心深处仍然保存着一丝关于浪漫的想法，女人的骨子里总是埋葬着浪漫的秘密。然而，工作和家庭的是是非非而折磨得她就只剩下了一点幻想，就像一滴挂在夏天的清晨树叶草尖的露珠。

36岁后，兰妮就觉得很难再有什么事情令她生命激情如泉水般涌流，再有什么遭遇令她能够如痴如醉般放弃一切。

一切不过是过眼云烟。

在她经历结婚和生儿育女的过程中，一切都已经淡淡地随风飘散。

她的身材不错。这是同龄女同事们对她既羡慕，又有些妒忌的评价。

女为悦己者容。

可是，当女人们不知道谁是悦己者时，也就不知道为谁而容了。这是兰妮心中的悲哀。身边的悦己者往往是怀着明显企图，而真正能够读懂自己的，又是谁人？

这是兰妮在出发前坐在车内的感伤。

他骑着马在冬天的草原上行走。这是他难得的休息日，一大早他就起床准备着到离保护站几十公里外的小镇，打算购买些生活必用品。马在雪地不紧不慢地踏在积雪间，发出"咯吱"的声音。就像是一个胃口极佳的孩子不停地嚼着苏打饼干。在这种情形下，他当天无法赶回站上，只能在小镇住上一晚。所以，他并不着急赶路，而是在马背上慢慢悠悠一起一伏中欣赏着草原冬天的雪景，不时还举起胸前挂着相机拍着精彩的画面。

今天真是一个难得的好天气。草原无风，蔚蓝色的天空没有一丝的云朵。只有高原的阳光带着强烈的紫外线照在他的脸部。

来到小镇已是午后。小镇只有几十户人家，唯一的百货公司坐落在小镇十字街道口，楼顶用红色的书法写着藏汉文："国营小镇百货公司"。他来到小镇并没有马上走进百货公司，而是直接去了一家四川人在当地开的餐馆。店面不是很大，但是菜做的味道不错。这也是他唯一的奢华时候，对吃他虽然说不上什么讲究，但也不是对自己那般的苛刻。

店老板姓王，小名二娃。

"哟，是你来了，贵客贵客。"

"二娃，老规矩。"

"好，好，里边请，里边请。你好久都没来喽。"

王二娃满脸热情地把他往里间请。他冲王老板微微一笑算是招呼了，他是这里的熟客，夏季他一个月总是要来王二娃的店坐上三五次的。他独自一人背对着外间，王二娃给他上了一道卤牛肉，这是用当地出产的牦牛肉调制的，味道细嫩醇香。

卤牛肉是王二娃的当家菜之一，接着王二娃亲自为他斟满酒，"慢慢喝，慢慢喝。"转身就为他准备另一道水煮麻辣黄河鱼了。

这里是黄河、长江源头地带两大水系的分水岭。黄河里的鱼肥嫩，长江里的鱼细长刺多，水煮麻辣鱼是王二娃的招牌菜。佐以白酒，那实在是人生一大享受。

他刚端起酒杯，就听到外间一个女人吵闹起来。"我听不懂你说什么。"王老板说着四川普通话耐心地给那女人解释，他不动声色地听着。那女人是东南沿海的人，由于发音不准，个别字眼仍然让人听不太明白。而这些字眼又是关键词汇。

"难道你们这里就没有人能够听懂我在说什么吗？"那女人也是真急了，越急越连普通话也说不好了，反而是南方话口音更浓，因此，她有些带着哭腔大声叫着。

"老板，她是在说不要吃得太麻，她怕吃麻的，你在菜里少放或者不放花椒。"他仍然是背对着，不紧不慢地说道。

"那咋行川菜不放花椒，那不叫川菜了。"偏偏王二娃又是个挺较真的人，他是担心自己的饭菜质量。

要在草原上生存，玩虚的是没有立足之地的。还是地理条件的限制，草原地广人稀，经常见面的就是那么一些人，玩虚的多了，就会被人把你给看白了。

"二娃，川菜就一定非要放花椒吗？"

"问题是我这里不是大馆子，只是小店。"王二娃跑进里间冲他解释着，尽管是冬天，王二娃鼻尖都急得浸出了汗珠。

那女人也跟着进来，一起站在他的面前。映入他眼帘的是挂在她白色羽绒服腰间的尼康牌专业照相机。他眼睛一亮，知道是来草原摄影的行家到了。只是一个女人敢只身前来冬季的草原，也不失女中豪杰本色。他不由在心间升起敬意。但他仍然是不动声色。显然，她也看到了放在桌上的照相机，脱口叫道，"太好了，太好了，总算遇上同行了，总算还有明白人。"她拍手称快。

在他站起来时，她立即脱下黑色的手套主动跟他热情地握着手，并且主动自我介绍着"我姓康，康兰妮"。

"一起吧。"

他这才仔细打量着她起来，一袭黑色的长发蓬松在她的肩后，许是长途舟车劳顿和轻微高原反应，她的脸色有些苍白和疲倦，但那双眼睛却闪烁着一个三十几岁女人的成熟和美丽。她坐在他的对面。发现眼前这位中年男人肤色油黑，闪着长期野外工作特有的健康和粗糙的光泽。"嘿嘿。"

他们发现彼此在认真地打量对方时，发出奇怪的笑声。

"你笑起来时牙真白。"

"嘿嘿，我全身上下就这只有牙白这点优点，如果放在煤堆里就发现不了。"

"嘻嘻"。她的心底仿佛是被什么触动了一下，就像是带鱼的尾巴拂过她的手背。脸上表情有些不自然起来，倏然飞上一层淡淡的红晕，就像是沉睡许久的海底泛起淡淡的波纹。他天生就能捕捉到似的，却是显得漫不经心地端起酒杯，轻轻与她自带的那只搁在桌上的粉红色旅行杯一碰，"认识你很高兴。"说完，他就一饮而尽。

她有些吃惊地盯着这个外表充满着油脂气息的男人，行前她预感将会在草原上发生点什么或者在她内心是渴望遭遇点什么。但她没有想到会这么快就在这个小镇，在这个洁白的冬季茫茫的草原腹地，遇见这么个多少显得有些神秘和古怪的男人，并不由自主地为他身上散发的气质所吸引。

"嗯，我也是。"她在他举起第二杯酒的时候，显得有些慌乱地也举起茶杯与他碰了一下。他没有像她往日出门远行在外遇到的男人们一样，不管你是否胜任酒力，一定要半是强迫半是威胁地令自己喝上那么一两杯酒，并且说着你如果不喝下这杯酒就是看不起人啦之类的废话。

"你为什么不请我喝上一杯？"

"呵呵，酒如女人，哪有女人喝自己的。"

"嘻嘻"。她越发地对眼前这个家伙产生了好奇。

"再说这里不是和女人喝酒的地方"。

"是么，你跟女人喝酒要在什么地方？"

"嗯，有山有水，有点轻轻的背景音乐的地方，喝点红酒。"

"呵呵，你蛮浪漫咯。"

"哈哈哈。"他们一起开心地大笑起来。

小镇的夜一片寂静。

他领着她来到小镇唯一那家旅店，店老板也是他的熟人。看到他身后跟着一个来自城市的漂亮女人，笑的格外地殷勤和暧昧。

整个旅店也没有客人入住，所以，整个庭院内空地的积雪上没有一丝人走过的痕迹。雪光映照在旅店灰色的墙壁内，显得萧瑟而苍凉。她站在回廊内，风开始刮过这片草原。气温也比下午骤然下降了许多。她看着这家设计成四合院格局的小旅店，所有的房间都没有开灯，只有回廊里亮一盏瓦数不高的白炽灯。越发在内心涌上一股孤独感,但她却没有丝毫的流露,而是听着他跟这家旅店的老板用当地话说着什么。

她虽然听不太明白,却也能猜出十之八九。

"开两间房。"

"嘿嘿,就开一间嘛。夏天人家外国人到这里来,男女就是要住在一起。"

"废话!叫你开两间就两间。"

"行,行,反正又不是我出钱。"一会儿,那个店老板就拎着一大串钥匙叮叮咣咣地哼着歌走过来。

"莫急,你们莫急,我慢慢地找钥匙。"就着幽暗的灯光,店老板熟练地捅开门,拉响电灯开关,麻利地把床里铺的电热毯开关也打开。便带上门出去。

"你累了吧,早点休息。"他走到门边,她觉得有些过意不去,"睡觉还早着呢,你坐吧,没关系的。"她差点想说什么,却欲言又止。

"休息吧,我还要喂马去呢。明天,你就有精神拍到好照片了。"

"我想去你们那儿。"

"我们那儿明天再说吧。"

说完他就消失在夜色中。她却整夜无法安眠,她平日睡眠就不太好,长期处于夜不能寐的状态。由于天气寒冷,加之,房间里很久没有人来住宿,棉被里散发着夏天阳光照晒和酥油、草相混杂的味道,这味道对于像她这样初来的都市人,是非常难受的差点让她呕吐起来。

她强忍受着,轻轻抚摸着棉被,好在床单和棉被还算干净,她又择床,初到一地的那晚肯定是睡不好觉的,只好在松软的床里翻来覆去回味着今天与他相识的每个细节。他的酒量惊人。独自一人喝完整整一瓶的白酒。当她坐在小餐馆很少动筷,想着什么时,最后终于想起来对他说,"你好像我认识的一个朋友,也是像你这样喝酒和有才华。"

"呵呵,你在忽悠我?"

"没有,绝对绝对没有,他是我的好朋友,也是跟你说话一样不紧不慢的。"

"也许你那位朋友喝酒像我是吧,我可没有什么才华。"

"嗯,我一眼就能看出来。我相信我的感觉,我那朋友是我在网上认识的,我们无话不说。我们在一个城市,见过几次的,后来,后来……唉。"

她轻轻地叹息着，一个女人的叹息越发令人感觉到她的可爱和无奈背后的惆怅。

她也不知道为什么，就是想对他倾述着什么。平时单位同事在一起，她也很难说那么多的话。倾听其实是种美德，特别是对于男人来说，耐心听着女人的倾述也不是件坏事。虽然他们是初次相识在一个冰雪时节的草原小镇。但在他默默喝酒的过程之中，她盯着他的脸，说着自己网络上的故事。

"网络。"

"是，你们这里不能上网吗？"

"能。那要到百公里之外的县城了，那里才有网吧。"

"喔，要是能在这里上网就好了。"

"在网络里我们成了好朋友，甚至比好朋友还好朋友。"

"那就是情人了。"

"不是，是比朋友还进一层，离情人嘛，还差那么一点喽。"

"嗯、嗯。"他绝对是个好听众，能够在女人倾述过程之中恰到好处地点上那么一句。他喜欢倾听。倾听自然里的一切声音。而女人却是喜欢倾述，把自己平时对老公也不一定说的话，倾述给异性朋友。而有些话却只能以这种方式才能表达出来！就像男人或多或少都希望有一位红粉知己陪伴自己浪迹天涯。

"三年啦，整整三年，他说没了就没了。还是你们男人最无情啊。"

"是怎么没的？"

"他只跟我说了声要去什么地方，从此就在网络里消失了。"

"也许他是有什么难言之隐吧。"

"不会啊，他才不会看破红尘呢，再说，他老婆那么的漂亮。他能舍得吗？"

"是吗？"

"你会上网吗？"她突然这样问他，他没有一点准备突然差点被一个成熟而漂亮的女人问住。

"应当不难吧，明年开春我们站上的光纤也架通了，可以的。"

"那样，你就不会寂寞了。"

"呵呵，那我就在我的小木屋里安台电脑，把春夏秋冬的照片发到网上，就可以让远方的朋友一起分享这四季的景色了。"

第二天，他不知是什么原因，或许是不忍将她一个人留在小镇吧，就答应了她的请求。

在他的帮助下，她笨拙地骑上马背，他把她的行李和自己购买的日常用品也驮上马背固定好，就牵着马出发了。

"你也上来吧。"她坐在高大的马背上，俯看着他高一脚低一脚地走在雪地里，说不清为什么她开始有些心疼。

"算了，马已经驮得够多了。要是在夏天，可以俩人同乘一骑。"

这是一匹纯白的骏马。四蹄步履均匀，起伏节奏律动。草原人知道这是一匹好乘骑。骑着人不觉得颠簸感觉是坐轿子一样，而一当纵驰起来则如闪电迅捷。

他一路给她讲着关于马的故事，并且由马又讲到了野生动物。尽管昨夜她没有睡好，但还是被他所讲述的人与动物的故事感动。雪野一片沉寂，沿着半当河左岸他们向着保护站所在的方向进发。她坐在马背里，觉得格外地不舒服，但她觉得与在前面牵着马的这个男人比起来，自己多少还算是幸运；因为在积雪上行走往往要比平时付出更多的体力。她盯着他挺直的腰，心想大衣下他的结实背部，一定是有力而坚强，她忽然涌上阵阵的感动，她在想，如果能够依在他厚实的背里，那定是令人感到踏实而安全。

想到这里，她悄悄摘下照相机拍摄着他的背影，她说不清为什么突然间对这个高原汉子产生了几分亲切感。

森林间透着雪后的阴冷，他的双脚在雪地高低行进中早已被雪水打湿透了。他感到一阵针扎一样的疼痛，可是去保护站的路还很长，还要翻越亚隆雪山下面的一座小山，然后进入一片开阔的台地。眼下，那里是一派枯萎的景象。但那草茎的紫红与杂灌的褐黄与蓝天白云构成了绝妙的色彩搭配，况且，还有结冰的高山湖泊，所有这一切在她的眼里无不显得是那么神奇。

第二章

傍晚的时候，他们终于抵达了站上。

兰妮站在林间的草坪里，盯着被积雪覆盖的南北朝向的那幢木屋，在天边的余光映照中如同一个骨质疏松的梦境。

他边卸下马鞍边笑着对兰妮说："我们到家了。"

听到他很自然地说出这句话时，阵阵的暖流在兰妮的胸中旋绕。感觉是一个很早就认识的伙伴一样，尽管她的先生在驾着车泊在自己家的楼前也会这么说。但在她却总听着像是公事公办的感觉，而不像他拖着一双雪地打湿的双脚，令她生出疼痛的感觉。

马驮着她走了一天的山路，现在浑身都被汗水湿透了。

她知道马一定跟他一样累得够呛，在他卸完马鞍时，她走近马轻轻抚摸着马脖子，感觉湿漉漉的毛发间居然结着一层薄薄的冰，"喔，真是让你受累了，谢谢你！"说着，兰妮在马的面颊亲了一下。

看到她完全是自然而的亲昵举动，他不禁咯咯笑起来，他笑起来的样子真是像孩子般的天真可爱。

夜色中的森林是如此地安谧。当兰妮跟着这个高原汉子走进他的小木屋时，眼前的一切，无不令她感到惊奇。

木屋居然是一居室，进门就是他的客厅兼工作室，右手进门是他的寝室，左手则是厨房。虽然面积不大，但却收拾的井井有条，让人感觉舒适干净。客厅的正中是一只烧柴的火炉，他一进家里，就招呼她说："你坐啊，这儿有书。我去煮饭，你一定饿坏了吧。"说完，他就进入厨房里，抱出几根劈柴，揭开铁炉上面的盖子，兰妮目不转睛地盯着他，觉得他做事是那么的熟练麻利。

他把劈柴丢进火炉里，又顺手从炉边捡起几根松枝引燃塞进炉内，立即炉内的火生起来，发出呼呼的燃烧声音，燃烧的烟雾就顺着炉前的铁皮烟筒，在临屋顶的高度弯曲由接口一直伸向窗口玻璃中间的洞，将烟管内的尘烟飘散到室外。而屋里却没有一丝呛人的气息。

他又将一只铜壶放在铁炉盖子上面，笑着对她说：等会儿水烧开了，你自己泡茶或者冲杯速溶咖啡吧，条件差，比不上城市了。

在他面前兰妮觉得自己简直是什么都不明白，想帮他做点什么事，却又不知道如何着手。

趁着他在厨房忙碌的时候，兰妮这才开始环顾着他的客厅。除了居中位置是铁炉内现在正熊熊燃烧的柴火外，临右边的木板墙壁是书架，除了专业书籍，还有不少文学杂志和关于藏传佛学方面的书；书架前方是一张书桌和藤椅，围着铁炉是兰妮现在坐着的沙发，尽管简陋却给人质朴之感；左手的木板墙壁是一副祥巴版画的底版，好像是什么名人的作品。刀法传神，兰妮走近一看是一幅风景。

夜幕笼罩着窗外的雪野，当他俩面对一桌丰盛的晚餐时，兰妮脱下了外套，穿着羊毛绒的高领毛衣，与他隔着木桌相对而坐，他居然为这次晚餐而特意准备了两只高脚玻璃杯，为她斟着干红葡萄酒。兰妮知道他是在兑现在小镇时的承诺。炉内柴火燃烧的正旺盛，整个室内充满着一种令人温馨的感觉。

所有这一切让兰妮觉得一切是那么的不可思议。她没有想到，在这个偏僻的地方，居然还有如此简单却令人向往的生活。

他换了一身休闲装，很绅士般地为她介绍着采自夏天的野菇，闻着这些来自山野的佳肴发出的阵阵清香，兰妮胃口大开。

在家中她好久都没有食欲，每天都是重复的饭菜，虽然自己的先生有时也带她们母女去五星级宾馆，但却总是不能够清静。要么是公司的电话，要么是熟人来给先生敬酒。而每到这种时候，兰妮就更没有了胃口。

康兰妮眼下是一家杂志社的艺术总监。有着自己的事业与工作，她不是那种依赖性强的女人，虽然她也完全可以由先生来养着，可那不是兰妮的性格。因此，在十二月中旬，她感到身心极度疲惫的时候，就向杂志社告假。她先是去了一趟云贵高原南边的旅游景区，说不清为什么，她对人流如潮的景区感到有些失望。因为经过十几年的建设，那个她曾在大学时代前来旅游就喜欢上的地方，早已是高楼林立，充满着现代钢筋水泥的气息。她这次没有自驾车而来，而是专门坐着大巴就想体味一下当年的感觉，或者就是想重温学生时代独自一人四处漫游的感觉。

窗外吹起了从青藏高原刮来的寒风，森林里松涛像海水般汹涌澎湃着。她盯着漆黑的窗外，文雅地吃着他做的菜。虽然有些山野菜她是第一次听说，也是第一次品尝，但感觉味道好极了。这时，窗外响起低沉的"隆隆"声音，像是地层下面什么正在苏醒一般。兰妮用探询的目光盯着他，感觉在这座森林里一定有着令她新奇的什么秘密存在着。他冲兰妮笑了笑说："喔，那是牙扎的温泉。"

"这里还有温泉哪？"

"是的，我常常去哪里洗澡。翻过西边的台地，就是亚隆村，村里有十几户人家，还有座喇嘛庙，属苯波教派。"

"嗯，你知道的可真多。"

"这也叫进乡随俗吧。"

他说话总是这样不紧不慢的，浑厚的男中音令她听着格外地舒服和入迷。

吃完晚餐，他给她冲了杯咖啡，尽管是速溶的咖啡，但在森林里清新的空气里，整个小木屋里便弥漫着咖啡的香味。他收拾完餐具，就从厨房里拎出一只红色的塑料桶，笑着对她说："你先休息一下，我去河边取水，骑了一天的马，我想，你一定想洗个热水澡。"兰妮觉得这真是个善解人意的男人，冲他娇嗔地说："你这样会把我宠坏的，你比我更累的。"

半当河面已经被冰封住了，要从河里把水取出来，就得把冰层砸开。当他在夜色里，打着手电筒来到屋后的河边时，天空飘起了鹅毛大雪，雪花无声地飘落在森林和群山里，也飘落在他的绿色军大衣领间和肩部，雪花拂过他的脸，冰凉而充满着温柔。

他熟练地用放在栅栏处的铁镐在坚硬的冰面上砸着，冰层发出破裂的声音，他回眸看着小木屋温暖的灯光，有些不相信现在自己的屋里居然坐着一个美丽的女人，在等待着他。尽管他也曾幻想有那么一天有着自己的情感生活。

家。他在脑海里闪过这个字眼时，觉得有些不可思议地摇了摇头，他这么一分神，不小心一脚就踩进冰窟窿里。

当他拎着一桶水，推开小木屋时，兰妮惊叫了一声。"你这是怎么啦，是掉到河里了吗？"

"是不小心溜了一跤，没关系的。"

"那你快点把衣服都脱了，好好烤烤，不然，你要生病的。"

兰妮说不清为什么，当她看到这个男人，拖着湿透的躯体站在她的面前时，她觉得自己应当跟他一块去的，也许他就不会发生这样的事情。可是，室外对于生活在东南沿海地方的她，实在是太冷，她坐在温暖的炉火边不愿意离开。

他走进里间的寝室，很快就换了一身衣服出来，就一头钻进设在厨房里的淋浴间，兰妮再也坐不住，跟着也进来，发现他真是设计的天才，在那么小的厨房里，他居然安装了太阳能热水器。他有些歉意地对她说："几天没回来了，太阳能暂时用不了，只好把水烧好了注入容器里，马上就好了。"

兰妮站在厨房里，觉得跟客厅一样温暖，她环顾着这才发现原来他充分利用炉灶里的热能，烟道是从墙壁内的夹层排放的，这样燃烧时的热量就会留在墙壁夹层里。

"嗯。行了，你可以洗澡了。现在是放假，我去把电视差转站的机器打开，这样，你洗完澡，看会儿电视，就好好休息了。"说完，他走出了小木屋。

兰妮回到客厅里，从沙发里打开自己的旅行箱，取出洗澡要换用的内衣。哼着林忆莲的流行歌曲钻入厨房。温暖的水从高处流下来，像一道瀑布水把她的胴体包裹着冲洗着，体味着温度合适的热水，她感到是那么的舒服和惬意。她嗅着松木劈柴烧热的水，感觉流过嘴角的半当河水，有着缕缕松枝的清香，没有一丝污染的洁净和甘甜。

她往掌心里，挤出一团粉红的洗浴液，开始轻轻地在自己光滑的肌肤上涂抹着，透过齐肩高的玻璃窗口，看到外面是雪花飞舞，整个森林呈现着一片迷茫的景象。她觉得别提多么带劲儿。仿佛自己此时是置身于一个童话世界。同时，在她脑海深处闪现着唐突的感觉。就这么跟一个邂逅的男人来到了密林大山深处，问题是自己居然就是如此相信他。觉得这个男人久居这里，过着简单的生活实在是件神秘而不可思议的事情。她知道女人都爱做梦，没有想到自己竟然就在平时幻想的梦境之中，如果回到都市跟办公室的闺蜜谈起这种感觉，不把她们羡慕死才怪。而所有这一切，不就是自己想过的一种生活吗？

借着灯光在玻璃投着的角度，她看到自己的身体依然是充满了弹性，曲线流畅，她对自己的身材一直很有信心。每次和老公做爱时，很少会抚摸着她凝脂般雪白的娇躯，在她来不及准备时，就匆忙进去，令她觉得尚未充分体味就结束。随着年龄的增长，老公跟她做爱也是公事公办。充满着程序化的意味。

也许生活就是这样。兰妮第一次抵达这片陌生的森林时，就为眼前的雪色所深深地吸引着。她不知道自己为什么要来到这里，只是出于对都市生活的疲倦感，让她在心灵深处总是幻想着有一天能够去远离都市的地方，过着属于自己的生活。一个职业女人，或许从就职的那一天起，就不是由自己来支配着自己的时间和生活了。

为什么呢？在职业所在的范围内，自己是属于就职服务的机构，属于上司的安排，在家里却又属于自己的老公和孩子。总之，在兰妮的头脑中，好像真正属于自己支配的时候并不多。这或许就是兰妮心灵间隐藏着的最大的哀痛！

而这些却无人提及和关注，兰妮的先生是一个成功的优秀男人，但他却并没有注意到漂亮太太心灵间这隐秘的悲伤。兰妮和她的老公是大学同学。康兰妮从小生活在城市，她的老公曾大河从小生活在农村。在别人的眼中，兰妮是幸福的。

在夫妻共同创业的初期，他们没敢要小孩子，兰妮两次怀孕都只得忍痛引产了。快到三十岁的时候，安妮怀孕了，生下一个漂亮的女孩。老公体贴兰妮的艰难，在孩子六岁时就送到一所私立学校。现在兰妮快满37岁了。

当她洗完澡，换上厚厚的睡衣时，他已经回到客厅里，正调试着通过卫星地面差转收到信号的那台索尼21寸彩色电视机，由于只能接受到两三个台的节目，他把节目调到一场足球比赛，是意甲联赛。

男人都喜欢足球吗？兰妮浑身散发着淡淡的香水味儿，她一头湿漉漉的长发为她平添着动人的妩媚。她的脸色红润，透着成熟女人特有的风韵。

他不知怎么，居然脸红起来，一直不停地在三个电视节目之间来回换着频道，而不敢看洗澡后的这个陌生女人。

也不一定吧。

他嘴里叼着支香烟，蹲在放着电视机的小木桌前，柔和的灯光投在他结实而紧绷的背部。兰妮胸中激起一丝的情愫，有种想抚摸他背部的冲动。但她却又为自己居然产生的这种念头而惊奇。

"平时就你一个人？"

"嗯。"

"没有感觉过孤独么？"

"习惯了。"

"哎，你叫什么？你看我是不是挺滑稽的，到现在才想起问你的大名？"兰妮说着一口带着软软尾音的南方普通话，在此时两个人的小木屋里显得格外的令人心驰迷醉。

"你就叫我林中人吧。"

"是林宗仁还是林中任啊？"兰妮调皮地用着降调和升调问道。

"不，是森林的林，上中下的中，人文的人。"

"喔，林中人。"兰妮想这一定不是他的本名。这家伙难道对我还存着防范的心理，就像是网络上什么叫小李飞刀、江湖侠客一般么？

"今天晚上你睡在里屋吧。"

"那你呢？"

"我就睡在客厅沙发里。"

"那怎么好意思，你累了一天了，应该你睡在里屋才对啊，我已经给你添许多麻烦了。"

"你睡时把里屋的门反锁上。"

"呵呵，林中人。"兰妮笑起来，她觉得林中人真是可爱极了。

虽然，他外表有着成熟男人十足的魅力，可是随着彼此了解的逐步加深，她发现林中人却像个大男孩一般的心地善良。同时，她也觉得这种男人在而今这个年代是如此的稀少。

"好吧。想起夜就在屋里。你用不着出来，外面挺冷的。"

"呵呵，林中人，你想的可真周到啊！"

林中人的卧室并不大，但给兰妮整体的感觉是舒适和干净。床是木板制作的，铺着洁白的床单，床单下面是铺着厚厚的毡子，棉絮，躺在温暖的棉被里，兰妮像是在草原的小镇旅店一样，也是不能很快入睡。

她嗅着阳光晒过的棉被散发出的带着林间清香和林中人留下的气息。出神地盯着小木屋的天花板。

此时，森林开始变得安谧起来，风也停止了呼啸。

她把床头的电灯开关轻轻捏了一下，立即室内暗了下来。但透过门底部的缝隙，客厅里仍然亮着灯，兰妮知道林中人并没有休息。远方的湖水在零下二十几度的气温里，正迅速地结冰。涌动的湖水像是凝固一般以波纹的形态被这寒冷浇铸着，而在雪线附近，游动的青鹿在背风的岩间也开始安静下来。只有那岩下的山凹里的温泉时而发出低沉的隆隆声。

一切是这样充满着诱惑的简单和神奇！

到了下半夜，月亮出来了。一轮皎洁的月光照在窗前，并且，把清新而略带着甜润的气息源源不断地送入了小木屋。兰妮知道这空气中带着大量的负氧离子，这非常有益于身心健康，但却更加的令人无法入睡。这清新的气息，就像是一剂兴奋剂注入了兰妮的心田。令她渐渐地有些清醒起来，她知道自己现在是在远离亲人的遥远的雪山高原，在一次并没有专门的目的性情形之下，来到了这里。一丝不安袭入她的心间。

她在想，如果此时林中人破门而入，自己就只能是束手就擒了。

想到这里，她觉得有些恐怖和一丝安全的保障也没有。

尽管在都市，自己的老公对自己有些忽略，但起码没有令她产生深入绝境时的孤独感。

女人的情绪就跟这高原的天气一样，就是这般的令人捉摸不定。或许林中人只是兰妮生命的旅程中注定会有的一次偶然相遇！而当这相遇真的降临时，反而是兰妮有些把握不住，感到不知所措。

这在兰妮在此之前的所有经历当中，是从来没有过的。作为一家时尚杂志的艺术总监，兰妮也不是没有经历过什么。但那些经历都是在都市的游戏规则之内，即使也有的客户当中对她的能力和美貌产生非分之想的男人，或者也不是没有很优秀的男人令她怦然心动过，但都是在她感到安全的界定之内。不像这次，来到这个连手机也不通的地方。

家里人此刻一定担心死了。

第三章

雪停之后必是晴朗。

第二天兰妮醒来时，已是临近中午时分。

她从床上坐起来，一道白光反射进窗内，令她闪了个激灵。她看到一缕冬天的阳光从窗外直接照在军绿色的棉被间，立刻感到阳光照射在她的小腹部所在的地方，就像大量的元气在医治着她的肉体与灵魂的伤疼。她把自己的双手优雅地搁在阳光照耀的位置，仿佛是在大学时代，舞台的追光灯随着她轻盈的舞姿而移动。

那时，兰妮对印度舞蹈格外痴迷。来自南亚次大陆这个最大国家的音乐，总是能够带给她源自生命的激情！每次听到或者在电视里看到印度的音乐舞蹈，兰妮脸色酡红，就像是喝了酒一般兴奋。她觉得身子有些绵软，渴望一种力量此时此刻来抱紧自己。

想到这里，兰妮起床。披着一件纯棉的厚睡衣，打开门就看到客厅天花板正中屋顶镶着的玻璃瓦，一束阳光像从天堂降临一样，照耀着散发着松木气息的客厅。

等到兰妮的眼睛适应阳光的变化时，林中人却早就出门去了。

兰妮感到一阵的怅然若失。

"这家伙，走了也不打声招呼。"兰妮轻言自语着。

来到客厅，她一眼就看到饭桌上压着一张便条。兰妮：今天是我巡山的日子。也许我要傍晚才能回家，你今天的饭菜我都准备好了，你只需要热热就行了。

兰妮喃喃着："小子，真把我当成娇小姐了么？"兰妮把他熬好的酥油茶放在铁炉上加热着，一眼就看到林中人在沙发间放着的《国家地理》杂志，索性就边翻动着边往镶着小龙图案的瓷碗里放了几小勺白糖。

这是林中人在昨天教会她的。

喝着香甜的酥油茶，兰妮计划着如何在森林中生活。对面的雪山，一直对她充满着诱惑。在来小木屋的路上，兰妮指着这座雪山问林中人，"你上过雪山吗？"

"没有，最高也只到达雪线附近。"

"那，你能带我上这座雪山么？"

林中人回过头，脸色骤然一变。抬头看着天空，答非所问："今夜又该降雪了。"

兰妮盯着他背对自己的身影，看着牵着马的他，在心里责备着自己的唐突。

也许是自己在无意间犯了什么忌讳么？兰妮喝完酥油茶，顿时就感到暖和。林中人给她说过，酥油茶可是高原绿色食品。特别是在冬天，早晨喝上一碗酥油茶，整个一天都不会感到寒冷。

阳光下的雪野闪烁着令人炫目的白光。兰妮从随手带的提包里取出太阳镜戴上，开始准备着摄影前的准备工作。她换上中长筒的旅游登山靴，把那双羊皮绒手套往肩上一甩，挂在胸前套拉着，打开摄影包——检查着电池、胶卷和各类镜头。

她从摄影包里取出那只鱼眼超广角镜头，用吹尘器仔细吹去浮在镜头表面的尘埃，然后，又撕了一张镜头纸慢慢地擦拭着。

做完出前的准备工作，兰妮也出了小木屋，沿着半当河岸西行。转过山坳扑入兰妮眼帘的是一座小湖。在当地藏语中，把这些分布在台地山谷的湖泊叫海子。

湖面结着层薄冰。呈 s 形的薄冰就像磨砂玻璃般闪着翠绿的光泽，兰妮的眼睛贴在取景器边，一只手小心地调着光圈，她在工作时总是那么地忘我投入，虽说是在冬季，但在高原阳光的照射下，整个湖面透着如梦如幻的色彩。湖畔生长着笔直高大的针叶松和赤桦，无风的湖面像明镜一般倒映着雪山、蔚蓝的天空和树的影子，兰妮选择着构图，根据光线的变化而调整着光圈和速度。她知道高原的色温偏低，因此，在曝光时要加半档或者一档补偿曝光。

阳光使湖水透亮，就仿佛是天然的摄影灯打亮着她所需要的亮度。同时，强烈的紫外线也照在她暴露出的手和脸部，令她感觉到灼烫的难受。

每次到高原都会这样。兰妮天生丽质，但还是经受不住强烈的高原阳光照晒，回到城市时总是要恢复半个月。

临近中午时，林中人抵达了保护站设在亚当雪山雪线附近的通讯观察点，那里有一间简易的工作室，里边有一部电台、一架高倍望远镜、一张行军床及简单的生活设施。往常，林中人会在这间工作室住上一晚，第二天才回到自己的小木屋里，但他今天不行，因为兰妮一定在等着他。他调试好三角架上的高倍望远镜，由西至东移动着。在上午出发时，位于朵尔纳雪山方向好像有炊烟升起，林中人知道除了偷猎者，就是当地牧民了。而在冬季牧民一般是不会出来放牧的。等到他赶到观察地时，那烟雾却又消失得无影无踪。

"喔——喔——"工作室下面的台地里，传来当地牧民的吆喝声。林中人走出工作室，准备着午餐时，一眼就看见牧民泽里骑着马，伫立在台地的枯草间。

"老林，你还没有走啊？"

"是泽里啊，你这是要到那里啊。"

"去郎寨，我老婆的妹妹茸珍要生娃娃了，我送点酥油过去。"

"喔，那你要辛苦赶夜路了。"

"没事，雪停了，晚上有月光。"这是林中人最惬意的时候，坐在室外被太阳晒得暖融融的草坪里，吃着自己带着的干粮，喝着冰凉的雪水，与偶尔过往的牧民们聊上几句。转眼快二十年了。林中人虽然在夏天也会出差到内地，但最远就是到省城，一般是办完事，就急忙赶回保护站，也说不清为什么在城市里总是带给他莫名的焦灼，心里老是有种不踏实感。或许是长期的野外生活，让他习惯了独自一人待在山野。这种结果是老婆没跟他过上一年，就跟一个外地小老板私奔了。因此，他早已经习惯了这种生活。

长期行走于山间，练就了他结实的肌肉。他的个子瘦高，行动敏捷，四十才出头。

在夏天专家们进山时，他喜欢静静地听着专家们的交谈。闭着眼睛他就能知道是走在保护区的什么位置。他天生就是一个勤快的男子，所以，专家们都很喜欢他。特别是女专家中的来自加拿大的安博士，每次与他道别时总会紧紧地拥抱着他说："林，明年我们来时，你最好别再是光棍一个。"

安说着，就在林中人的左脸亲了一口，引得专家们哈哈大笑。

而在他的内心，却早已把自己当成了这雪山脚下一棵树。

一棵活动的植物。他边嚼着干面饼，边喝着早晨出发时从半当河里取的雪水，预感这个冬季在京尔纳雪山下那片森林中的牧场会发生点什么事。因此，要不要兰妮马上离开这里，就成为令他难以启齿的事。只要她没有厌倦，林中人觉得兰妮在这里住上一个冬季也没什么，但是，她好像是一只受伤的小鹿。虽然，林中人对此说不出什么高深的道理，但他凭着自己是那棵活动着的树的直觉，知道她需要在这个安宁的环境中寻找到属于自己生命的秘密。

"哎哟。"他本能地轻轻叫唤了一声。

就像是这棵长在自己身体内树的枝丫被人折断一样。他知道兰妮一定是在什么地方，折断了一根树枝。他不知道兰妮想用树枝做什么，但他却为突然出现的疼痛觉得不安。仿佛是一个什么不祥的信号。

果然是兰妮。她嫌镜头前方支出来的一根树枝破坏了整个画面的美感，因此，她丝毫不犹豫地就折断了那根树枝。

"咔咔。"兰妮按动着快门线。一张张精美的画面被她固定在自己的胶片里。她忘记了饥寒，围绕着这座天然的高原湖泊，在不知不觉中走了快一圈。

下午五六点的光景，兰妮在半当河岸遇到一群骑着马的年轻人，他们个个彪悍皮肤款黑，彼此说着开心的事，兰妮觉得他们的牙齿特别白，形象也特别具有男子汉的味道。于是，禁不住将照相机对着他们拍摄起来。

"漂亮的女人。"骑马走在最前边的男子勒住缰绳，像西部牛仔般将毡帽揭了揭，冲兰妮行着礼。兰妮冲他露出甜甜的笑容，说道"你们好！"十几个年纪在二十多岁至四十岁的汉子们纷纷从马背间跳下来，将兰妮围在中间。他们好奇地盯着兰妮手中的照相机和随身带着的摄影器材。用她听不懂的当地语言说着什么。

兰妮脸色骤然一变，预感自己要遇到麻烦了。

"我是，来，来摄影的"。兰妮声音颤抖地对那为首的汉子说。

"看吧，我们这些个男人，把这个漂亮的外地来的女人吓着了。"那汉子腰际挂着一把刀，穿着散发着浓烈的酥油味道的袍子，他的左边的脸颊有一道像弯月似的油亮的刀疤，但五官的轮廓格外分明，线条粗犷，就像这群山间的沟壑，透着十足的野性。"我们。"他指着自己的胸部说，"银子洼草原的。"

"嘿，这位女士，你别害怕，我们是来参加东周家的婚礼的。"

"我能参加吗？"兰妮望着这群面恶心善的男人，知道自己现在是安全的。她预感将会拍摄到精彩的作品，况且，她也不是没有碰见过在野外工作时种种意料不到的情况出现。

抱着"既来之，则安之"的心态。安妮决定跟他们一块去郎寨。

第四章

放下电话，曾大河听出妻子心中的郁闷。

坐在云鼎大厦45楼层宽大的办公室里，曾总点着香烟，显得漫不经心。秘书送来烟雨区拆迁及安置方案时，他习惯地用公事公办的口吻吩咐道，"放这儿吧。"便继续想着自己的心事。

作为三十九岁的 G 城房地产开发商，他已经开始发福了，十多年的打拼，他已经进入了成功人士行列，孩子聪明漂亮，妻子作为职业女性有着自己的事业。但却彼此间总觉得在什么地方却越来越疏远，不知道从什么时候起，他们夫妇在一起的时候，彼此间没有什么话说。或许彼此交心的话越来越少了。

一切都段部就班。

十五年前，兰妮和曾大河是大学同学，一起毕业时，就都留在了这座城市。

那时，曾大河的父母都在农村。兰妮的家就在这座城里。

兰妮的父亲是省党史办的研究人员，母亲是省报的记者。

兰妮秉承了母亲的好动基因，在六七十年代，兰妮的母亲经常到边远地方跑新闻，父亲则操持着一家五口人的生活。兰妮是家中的老二，姐姐兰馨大学毕业后，于 80 年代中期赴美留学，现定居在亚特兰大。弟弟兰成现在上海一家外企公司做部门主管。

曾大河却是家中最小的孩子。

在他上边还有七个姐姐和一个哥哥，一家人生活的地方又属于贫困山区。因此，曾大河从大学毕业开始，注定要在商海里杀出一条血路。

一家人都指望着他能有较大的出息。

于是，在大学读书时，曾大河是个特别用功的好学生，年年都会得到奖学金。

生活的艰难往往使处在困境中的人，把对生存的种种奇思妙想发挥到极致。

不仅如此，他还有着对时代清醒的判断与认识。曾大河显然是属于具备这种能力的人，他的个子不高，却极具亲和力，是那类智商和情商都很高的男人。不仅单位的头儿喜欢他，就连看大门的保安也喜欢他。更不用说处在同龄的女孩子们了。

起初，曾大河是在省级一个厅机关办公室工作。没过几年，很快由科员升为副科长、科长，副处长。他是同学当中最早成为副处级的人，1992年春天之后，曾大河毅然决定下海到厅下属的一个公司任总经理特别助理。换句话说，成了一名官商。

对此，兰妮抱着无所谓的态度。

倒是她的父亲对曾大河的举动有些不理解，每到周末，小两口去看望已退休的老人时，兰妮的父亲总是对曾大河另眼相待。一个省级机关的副处级不要了，却要去做什么助理，在兰妮父亲眼里看来，简直是斯文扫地，人心不古。

倒是兰妮的母亲比较通情达理，每次小两口要来时，总是劝着："老康，我看哪，年轻人有年轻人的想法，让他去闯闯也好。再说，现在物价飞涨，家里有个挣钱的也好啊。"

而此时的省城，正是商机四起的时代。曾大河知道不出几年，单位也好，家里也好，就会体会到经商的实惠。

于是，在兰妮怀孕后，曾大河就跟兰妮商量不要孩子，等待各方面情况好转后再要孩子不迟。兰妮却不同意，决定要这个孩子。

那时，他们住在兰妮单位的那幢灰色的小楼里，在二三十年代，这幢建筑是一外国专家一家人独享的。除了一间睡觉的八平方米的小屋，就是在走道内几家人合用的集体厨房。况且，都是新婚不久的年轻人住在这里。连厕所也是楼下的公共厕所。

什么时候拥有带厕所的自己的房子，成为大家最为关心和焦虑的事情。有时，张家正在煮饭，王家却要烧开水。电表也是集体共用的。谁家用电多，谁家用电少，还有共用自来水，夜间就有人偷偷起床接着一滴一滴的水。

曾大河虽然是副处级，但机关庞大，这几年一直没有修建职工住房。

因此，每次因为用天然气灶、用水等鸡毛蒜皮的小事而邻居间发生争吵时，兰妮总是对曾大河说：什么时候是个头啊！

"所以啊，孩子做掉算了。"曾大河总能抓住这样的机会做妻子的工作，在兰妮怀孕三个月时，曾大河正在南方海滨的一座城市出差的当天，兰妮自己拎着一桶水，不慎流产了。

等到曾大河急忙坐飞机回来，跑到省人民医院的病房时，兰妮出神地盯着什么地方，喃喃地说："曾大河，这下你称心满意了吧，这下你称心满意了吧。"

曾大河羞愧地低下头，觉得这一切都是自己的错。

从曾大河正式工作起，每到农闲或者元旦春节，他老家的二哥、三姐、五姐以及七大姑、八大姨等亲戚，总是要到省城找曾大河办点事。兰妮也还不是世俗的那类女人，能够体谅曾大河的苦衷。这次流产后，兰妮要在家静养一个月。

曾大河的亲戚们又来了，他们听说曾大河的媳妇流产了，心疼得不行。纷纷表示想留下来，帮曾大河做点什么事。这令兰妮十分恼火。

本来兰妮就为失去宝宝而心伤，用近于恶毒的语言对曾大河说，"你就当我是你们曾家的一个生育机器，为你们曾家传宗接代，你都是这样啊！你以为女人是田，想种就能种成么？"听到这话，曾大河脸都吓白了，他不知道怎么样来安慰兰妮，越发地感觉不是个事儿。

而自己那帮穷亲戚们，又是这样的不懂事和不体谅。

等到曾大河把这帮亲戚们送到单位招待所休息回来时，兰妮冲曾大河发作了："曾大河，你能不能叫你的亲戚少来几次喔。"

"兰妮，我也没办法啊，你以为我愿意他们来啊。"曾大河站在床边，也有点没好生气地对兰妮说。

对于曾大河的亲友们来说，贫困使人变得没有丝毫尊严可言。

而在曾大河内心世界却没有为自己值得骄傲的太多理由，如果说城市为他打开了通往理想之门，那么当经过多年奋斗达到所谓成功时，曾大河却迷茫了。他不是一个没有自己理想的人，可是，当现实的压力扑面而来时，他又不得面对。或者说，他是个善于把握时机的男人。

而兰妮欣赏的正是他适应社会的能力。

单位和周围的同事朋友同学也是如此。但在另一方面，曾大河却觉得自己变得越来越世俗，变得与这个城市的小市民一样凡事斤斤计较，变得猥亵不堪。而一个男人变得猥亵时，也正是这个男人渐渐把仅存的鲜活一点点丧失之时。从内心来说，曾大河又何尝不羡慕兰妮的潇洒。当心灵的自由成为梦想的牢狱时，更多的是带给人感叹！

曾大河坐在自己的办公室里，心里却想着兰妮此时在高原在做什么呢。望着窗外灰色的天空，曾大河回到眼下公司面临的现实，由于激烈的竞争，房地产开发成本在 G 市一直居高不下，也就意味着风险加大，他开始思考转产的可能。

第五章

林中人回到小木屋时，太阳已经落山了。

兰妮没在屋里，屋内收拾的干净整齐，但兰妮那只大旅行箱还在。林中人望着渐渐暗下来的天空，心里有些焦急，他知道如果此时兰妮还在山间的密林的话，是很容易迷路的。于是，他牵来马沿着半当河畔寻找。

雪地里还留着兰妮的足迹。林中人判断兰妮一定是沿着半当河岸，边摄影边上山了。

他坐在马背上，随着黑夜的降临，视线内的足迹也渐渐看不清楚。

难道她真的上雪山了么？

林中人想，如果兰妮真的上雪山，那她不是疯狂，就是太不了解雪山了。如果没有充分的准备，上雪山必是九死一生。

想到这里，林中人深深地感到自责，觉得是自己没有尽到照顾好兰妮的责任。虽然，这个远方来的女人与自己毫不相干，但是出于男人对处在这样一个环境中的女人本能的呵护与爱惜，令他越加觉得不安。

林中起风了。

随着风起天气也开始变得恶劣，等到林中人骑马翻过小木屋背后的台地时，雪花飞舞着扑打在他的脸上，他眯着眼睛前方的森林一片迷茫。虽然以前也有过雪夜在林中行走的经验，但那是因为工作而不得不晚归，而且，目标很明确——回家。

而现在却是在雪飞的森林中找人。

时间在一点一点地过去，林中人从马褡裢里取出事先准备好的酥油糌粑边吃边竭力搜寻着。

气温骤然降低，连马也几次想调头往小木屋方向跑，被林中人紧紧勒住缰绳。

寒气袭来，马冻得哆嗦起来。林中人轻抚着马脖子，对坐骑说："听话，我们就是找一晚上，也要把兰妮找到，她可是我们家的客人，对吧？"

山势也越来越陡峭，林中人下马，牵着马往郎寨方向前行。他不知道自己为什么要这样做，只是感觉兰妮可能往郎寨方向去了。也许她在林中遇到去郎寨的老乡。攀过一道山口，林中人看到前面有个黑影在行走，他急忙叫了一声，空旷的雪夜之中，林中人觉得自己的声音是那么响亮。

听到身后的叫声，那黑影站住了。等到林中人牵着马走近时，彼此同时说道："是你啊？"

"黑影原来是郎寨的喇嘛多吉。"

"这么晚，这是从哪里来啊？"

"这不，明天寨子里办喜事，叫我去嘛。"

"林中人知道多吉是从山那边草原赶回来，为寨子里喜事赶去念经的。"

"那你知道不知道，有一个外地来的女人，她是不是也去了？"

"唔，女人，没看到。"

"老林，是你的女人么？"

"不是。"

"不是，看把你给急的，嘿嘿。"黑夜中，多吉暧昧地笑着。

"你个骚和尚。"

多吉看了看天空，蛮有把握地对林中人说："这雪要下到明天了。"

"是啊，这天气。嗯，我们加紧点，天亮就能赶到郎寨了。"

郎寨的四周生长着百年的针叶松林。就像是坐在一把太师椅子内，东北方的山口是郎寨唯一通向外界的通道。过去，除了僧人在本寨的寺院里修完功课之后，拿着启蒙教师的推荐信去草原的母寺继续深造外，就是外面的姑娘娶进来，或者是本寨的姑娘嫁出去。

当兰妮随着马队来到郎寨时，已是次日的下午。她和他们在林中生起了火，围坐在火堆边，听着他们说开心的事。仿佛完全忘记了林中人，还有远在都市的家人。

兰妮看上去非常兴奋，她看着他们从马裕褟里取出老白干，就着牛肉干大口喝着撕咬着，完全是过着简单而具有原始风味的生活。她也仿佛忘记了摄影，而是整个身心地投入进去。

京娃一直坐在她的身边，目不转睛地盯着她。从外貌上看，京娃不过十五六岁的样子，一头自然蜷曲的黑发令他显得格外的可爱，兰妮从口袋里摸出一块巧克力糖递给京娃，他惊奇地掩饰不住地接过去，舍不得剥开。

"京娃，你读过书吗？"

"没有。"

"那你每天都做什么？"

"放牛。"

"放牛好玩么？"

"嗯。"京娃羞红了脸，觉得眼前这个来自外面的女人很好看。眼睛却始终不离开兰妮。旁边一个小伙子笑着用本地话说："你们看啊，京娃长成小伙子了，盯着漂亮女人，眼睛都不会转了。"

兰妮虽然听不懂他们在说什么，但从他们一起大笑的声音，多少知道是在说着与自己有关的话。

婚礼是在清晨举行的。兰妮的到来，使整个寨子更加热闹。在郎寨人看来，能够在这冰天雪地来到深山密林的外地人，自然是尊贵的客人，况且，还是一个娇小漂亮的城市人，她带着许多他们从来都没有见过的摄影器材，年长些的老人好奇地站在取景器外面盯着她，她招呼着他们过来，从取景器内看到了又一个郎寨，老人们不禁纷纷啧啧称奇。

兰妮发现一位老大爷形象非常好，禁不住为他拍摄了几张照片。等到中午，兰妮从酒席上下来时，就发现那位大爷一位在门外等她，不停地对她请求着什么。等到兰妮明白过来，才知道大爷说她把自己的魂儿抓走了，要她赶快从照相机里删除掉。兰妮只好忍痛把胶片曝光掉。这才令老人将信将疑地离开。

兰妮现在开始后悔没听林中人的话，盯着热闹的婚礼场面，有些无奈。但很快一群寨子里的年轻人，围着她请她去入座酒席，兰妮推却不过寨子里人们的热情，在桌上喝了几杯。她立即就感到脸上燃烧般火热。酒一杯接一杯就敬献在她的面前。

正在兰妮为难之际，林中人总算赶到了郎寨。他急忙将兰妮拉到一边，轻言说了一句："走这么远，也不打声招呼。"

"哦呀，原来是你婆娘啊。"郎寨人把兰妮当成了林中人的妻子。

"怪不得，这么多年了，原来老林有个这么漂亮的老婆啊。啊，啧啧。"林中人和兰妮又被寨子里好客的人们半拉半推着入酒席。

林中人从口袋里摸出张百元大钞，问着主办婚礼的总管："礼房在哪里啊？"兰妮这才觉得自己真是不懂规矩。林中人边与寨子里的人喝酒边向兰妮介绍着当地的婚礼风俗。

　　下午时候，林中人和兰妮一人骑着一匹马，准备返回站里。但郎寨的村民执意挽留着他俩，林中人知道寨子杀了羊，正准备着晚上锅庄晚会。

　　兰妮觉得意犹未尽，有些不舍离开。林中人只好下马，帮着兰妮扛起角架，轻声地对她说了句："晚上少喝点酒啊。"兰妮觉得林中人越来越像自己的亲人一般管束着自己，她内心喜欢这种被管束的感觉。

　　雪后的森林空气格外地清新，阳光从当顶的天空直射在茂密的林间，兰妮踩在松软的腐叶质土层上，仿佛忘记了远在都市的家人。她预计只在这里最多待上个三四天的，虽然她知道如果三天之内没有与家人电话联系，那么，曾大河一定会担心坏了。

　　可是，她真的是喜欢在这个四周满是森林，抬眼就是雪山的地方。没有现代通讯条件，要去有人家的地方，除了走山路，就是骑马。并且，身边还一个话不多，但做事很符合她的心意的男人陪伴。

　　松树间的积雪在不经意间飘落，兰妮回想着这两天来的经历，感觉不可思议。连她自己都觉得是在做梦一般，深入高原的腹地，并且，走的是这样一个奇特的环境之中。

　　虽然在每个女人的心中多少都有着浪漫的情怀，但她绝没有料到在这个深山密林中会给她别有洞天的体验。会遇上一个令她心仪的男人。尽管彼此没有表白什么，但她从林中人来到郎寨看到她时的眼神中，知道这个沉默的男子是爱上自己了！

　　因此，当兰妮说想到森林中走走时，林中人只说了一句："别走得太远了。"

　　说完，林中人便和寨子里的男人们去喝酒了。

　　兰妮的臆想之中，整个的寨子充满着浓烈的酒味。

　　她平时却是讨厌曾大河每晚酒气熏天地回到家中，有时，曾大河想跟她亲热一番时，她却把脑袋扭向一边，对曾大河说："去，一股酒臭。"

　　听到兰妮的责备，曾大河也觉得没趣，激情顿减。只好到另一间屋里，独自一人孤眠。

　　久而久之，曾大河晚上在外喝酒应酬，知道回到家妻子不会给好脸色，就给兰妮打电话说：今天不回来了。或者干脆连电话也不打了。兰妮乐得清闲。但时间一长，兰妮却感觉受不了了。

　　她不是那类满狐猜忌的女人，她知道曾大河不会背着自己做什么出格的事儿，可是，却常常觉得心里空落落的。同事间曾开玩笑，兰妮，你生来就是多情善感。只有你会对你家老曾做出格的事儿，你家老曾不会。

　　问题不是女人天生爱出格。而是当婚姻只是平淡的只剩下每天过日子时，在兰妮生命之中，感觉什么东西正在枯萎死去。她时常在一个人时对此感到莫名的悲伤，而这悲伤却于生命是有害的，是催人老去的毒药般令人不可自拔！

　　锅庄晚会开始的时候，兰妮与寨子里的男人一道放开喝着酒。

　　林中人坐在兰妮旁边，看着兰妮在灿烂的笑容后面，却是掩藏的不尽的寂寞。他再三劝着她："你少喝点，不要喝的太猛。"兰妮好像没听到一般，继续与他们大碗喝着青稞酒。林中人见拦不住兰妮，只好端起她的酒碗，悄声对她说："你想醉，是吗？不如我替你醉了。"

　　"呵呵，兰妮，看你男人好心疼你哟。"

　　兰妮旁边的一位叫斯佳的大嫂端着酒碗，笑着对兰妮说。

　　兰妮娇媚地盯着林中人，觉得这个寨子里的一切是那么的可爱。她一把夺过林中人手中的碗，冲他说道："老公，你也少喝点嘛。"

　　林中人知道是酒精在发挥作用，他无法向寨子里的人解释说这个漂亮的女人不是自己的老婆。他相信兰妮也不想他现在如此大煞风景。虽然，他在内心承认自己是有点爱上了她。但他觉得自己出现这一念头有些不太地道。因此，他不能在此就以她的老公自居，或许是酒精分子的活动加剧，他居然说了粗话："你这个婆娘，简直一点不听话！"

　　兰妮笑得更加厉害了，禁不住被酒呛了一下。

　　林中人就像真的是她的男人一样，轻轻抚拍着她的背说："叫你少喝点嘛，你就是不听话。"

　　"我就不听话了。"

　　兰妮在林中人的轻抚之中，把脸自然地依偎在他的肩头。她本来就不胜酒力，林中人看着跳着锅庄的人们，寒风中他担心兰妮会感冒，就脱下自己的大衣给兰妮盖上。

　　"抱着我。"兰妮顺势搂在他的胸前，她的脸紧贴在他的胸前。

　　林中人抱着兰妮坐在火旁，看着郎寨的男女老少围绕着火的四周，手拉着手唱着歌跳着欢快的锅庄。两天的上山和野外的摄影使兰妮感觉非常劳累，而这劳累是很容易令人安眠加上酒精的催眠作用。一会儿，兰妮居然在他的怀中睡着了。

她的身子有股淡淡的香味，她不知什么时候解开了厚厚的羽绒服，透过羊毛衣她丰满的乳房在呼吸之中起伏地贴在他的胸膛。

林中人不禁伸出手轻轻地抚摸着兰妮的脸庞。感觉她的皮肤非常的光滑柔和，她在梦寐之中感觉到了他的爱意正在胸中涌流，她觉得他的怀里很温暖，很安全。于是，她越发把他拥抱得更紧……

下半夜时他们被好客的主人安排到木楼里的火塘边，由于来的亲朋好友太多，他们没有床睡觉。

好在林中人早已习惯了林中村寨的生活。他抱着兰妮睡在火塘旁的毡子上，兰妮已经在他的怀中熟睡，林中人却怎么也睡不着。

他盯着火塘的烟雾从方形的天井内飘升，透过雕花木窗他看到远处群山之上星光在闪烁不止。

黎明时分兰妮醒来，发现自己睡在林中人的怀中，她情不自禁地吻着他的脸。不好意思地对他说："林，我想去方便，你陪我去吧，我害怕。"林中人披上大衣起来，兰妮也穿上羽绒服像情侣般牵着他的手，款款地走出木楼。院内拴着的狗冲着他们咆哮了几声，兰妮越发害怕地将身子紧贴着他。

"要不要我抱着你方便啊。"林中人平静地说着。大清早他这么幽默一句，把兰妮给逗乐了，她走进寨子的厕所，四面透风，冲着林中人撒娇道："林，你别走开啊，等着我。"

等到兰妮方便出来，林中人看着远方渐渐亮起来的天空，对兰妮说："我们应该上路了。"

生命之中常有着迷一般的不可思议。

就像这高原的冬天，阴霾之后就是晴朗。

兰妮和林中人骑着马走在曲曲折折的林间小路，他们彼此都没有说话，而是静心地体味着早晨太阳照耀雪地的炫目、有些刺眼的洁白，兰妮戴着太阳镜显得格外的迷人，林中人早已习惯了雪光闪烁，眯着眼注视着远方的晴空。蔚蓝色的天空里有两鹰在展翅高飞。

兰妮坐在前面，她不时回过头深情地看了林中人一眼。她在回味着昨夜睡在他怀中的感觉。一切来的是那么的自然，她没有一丝的难为情和不安，在寨子面前就像是一位好妻子一样，在村寨人的眼中他林中人应该娶她这样的女人做老婆的。想到这里，她的内心深处涌上阵阵的渴望与甜蜜。

临近中午，太阳越加地炽热，兰妮像林中人那样解开羽绒服把两只衣袖扎在腰际，就像当地人的装束一样。

"隆隆"。前方山坳里传来温泉喷涌的声音。兰妮对林中人说：你听，多美的声音啊。

林中人盯着兰妮被炽热的太阳晒出的汗渍，顺手抚弄着自己脸，觉得也是汗珠缀满，他看着兰妮白色羊绒毛衣下面，丰满的胸脯在均匀地起伏着，用平静的声音答道："是啊，天气很好。"

"我想洗个澡。"

"嗯。我是说，想在温泉里洗个澡，咱们一起来个天体浴，好么？"兰妮酡红着脸，就像喝醉了一般，透过太阳眼镜镜片，林中人分明感受到一束火般热情的目光。

他们在温泉边的树干栓好马时，兰妮走到一棵百年桦树的后边，冲着林中人娇嗔地说道：你可不许偷看。"阳光之中，兰妮解开扎着的黑色长发，像一道瀑布般散发闪着熠熠的光芒，林中人听到自己体内发出"砰"地一声，就像是被一粒意外袭来的子弹击中一样。

当兰妮一丝不挂的双手捂着小腹部从树后走出来时，一道正午的阳光从她的头顶直接照射下来，仿佛是来自天国的圣洁光芒包围着她迷人的胴体。

温泉散发着热流涌动的雾气，她像位仙女般乘着一团飘纱的雾飘入水中。清澈的温泉很快把她淹没在一片碧波之中，她坐在温泉内的一块鹅卵石上，双手掬起一捧水从自己的脸部淋下去。林中人脱完自己的衣装，有些难为情地转过身子，侧对着兰妮。他听到兰妮在水中发出咯咯的笑声："转过来呀，你还不好意思啦。"

兰妮盯着岸上也赤裸着的他，阳光把他健壮的躯体变成了一幅剪影。

林中人走进温泉里，坐在离兰妮较远的地方，水的温度适中，就像婴儿回归到母体子宫的羊水，而这温泉的形状就像子宫。

"离我近点嘛。"兰妮的声音不容林中人拒绝一般，从闪动着碧波的水面滑行过来，他在水中朝着兰妮游过去，他的眼睛贴在水面的高度，正好看到她一对丰满的乳房在清澈的水中跳动着，像两只洁白的鸽子。他感觉自己整个的躯体和生命倏地被点燃一样，扑棱着翅膀飞到她的面前。兰妮在水中早准备好双臂等待着他的降落。

不，不要。林中人被温泉冲击时，变得清醒起来。他不是不明白，而是想到兰妮很快就会离去，从此自己又会陷入长久的相思之中，他的手指沿着她光滑的背轻轻地滑落……

第六章

曾大河万万没有想到绑架的事情会发生在自己头上。自从兰妮离开他到一个连电话也不通的地方时，他就预感会出什么事。

冬天的都市，总是雾霾茫茫。

到了中午各高速公路才勉强开关放行，曾大河驾着他那辆黑色 V6 奥迪随着"蛇形"的车流缓缓地出城。他紧闭着车窗，车内放着空调暖气，收听着城市交通电台。

男女播音员调侃着仿佛不是在工作，而是在电台里打情骂俏。曾大河最反感的就是工作时间嘻嘻哈哈，一脸的不严肃。

很快曾大河上了通往城西的高速公路。在这座城市有个说法，城西住的都是富人，沿着离市中心越来越远的公路两边都是近年修建的别墅群和住宅区，街道和绿化严格按照设计理念执行，不像曾大河所在的城南，规划零乱不说，每到下班高峰期交通拥挤不堪。

随着国家产业政策的调整，房地产一直是居高不下。因此，曾大河及董事会决定把部分资金用于旅游业投资。俗话说：隔行如隔山。曾大河虽然知道些旅游业是项高风险的投资，但却也是高回报的产业。况且，目前在这个旅游资源富集的大省，旅游业的潜力远远还没被挖掘出来，如亚当沟最近正在加快旅游道路通讯等基础设施的建设，谁抢占亚当沟旅游的先机，谁必占得主动。

作为在商场混战多年的老手，曾大河深谙此道。

曾大河这么想着，不知不觉下了高架桥，准备右转穿过幽暗的桥底时，在他还来不及采取措施时，迎面一辆散装水泥车驶来。

只听得一声巨响，曾大河就什么也不知道了。

到了晚上，曾大河醒来，知道自己不是在医院。在灯光的背后，传来一个看不清长得什么模样的中年人问他："怎么样啊，曾总，感觉好点了吗？"曾大河知道自己还活着，但是暂时还讲不出话来。

"你的妻子，会很快回来的。我们已经给她留了消息。"

林中人陪着兰妮来到上百公里之外的县城。当兰妮打开手机时，就听到一连串的短信发出的声音。看来，家里人真是急坏了。

"天啊！"

兰妮读到一条短信消息时，惊恐地叫了一声。

"出事了。"

林中人轻声安慰着，"别着急，需要我做什么你尽管说。"林中人再三问兰妮发生了什么事，兰妮就是不愿意直接回答。

林中人把她送到县城一家网吧门口，只留下一句："别离开，等我回来。"就去县城车队为兰妮联系第二天的车票事宜。

等到他从车队回来时，兰妮已经走了。

连她的行李也只拿了随身的小包。

林中人知道，一定是兰妮家中出了大事。

他从那家网吧老板那里取回兰妮留下的大宗行李，驮在马背上，就骑着马沿着公里飞奔起来。他心里只有一个念头，那就是尽快找到兰妮，为她解决发生的事情！

天快黑的时候，林中人终于赶上了一辆往省城运牦牛的货车。坐在货车网绳上面，网下是烦躁不安的要在春节前运往省城的牦牛。兰妮要在省城转机飞回南方那所城市。

一路上是通讯的盲区，林中人不停地拨打着兰妮的手机！第二天中午，在距省城不到百公里的地方，林中人终于打通了她的手机，听到这个令她心仪的男人的声音，兰妮哽咽着断断续续向他讲述了发生了什么事情。

原来是曾大河被人绑架了，行业的竞争对手，要曾大河要么退出旅游行业投资，要么就付钱，不然，就让他从人间蒸发。

"兰妮，你别着急，我正从 C 城赶往省城，记住，没有什么解决不了事情，你明白吗？"

傍晚时分，当兰妮依在林中人的怀中，乘上飞往南方那个城市的班机时，她还觉得这一切都是在梦境一样，她不相信这一切是真实的。她使劲儿掐着林中人的大腿，林中人轻轻叫出来时，她才相信发生了大事。

两个多小时的飞行，兰妮一直沉睡在林中人的怀里，直到飞机降落。林中人和兰妮分别从两个出口离开机场。

他们约定：有什么事，手机联系。林中人望着消失在人海之中的兰妮，轻轻地出了一口气，他独自一人朝着大厅外的出租车场走出。

"先生，你要去哪里？"一辆绿色的桑塔纳停在他的面前，司机是个年轻漂亮的女人。林中人没有多想，就上了这个女人的车。

"先生，这是从哪里来呀？"

"山里来。"

"一路辛苦了。"说完，这女人就专注地开车，朝市区驶去，她随手打开CD播放着轻柔的音乐，接着车内飘散着一股奇特的香味。

在这奇特的香味里，林中人在不知不觉中沉沉地睡去！

原来，林中人和兰妮在省城相会时，就被人盯上。等到林中人醒来时，已是黎明。他环顾着自己目前的处境，是在一个陌生的小屋里，门外看守严密。他感到口渴，却没有人理睬。这情形令他想起二十多年前参加南疆边境作战的时候。

作为一名老特种兵，他并没有慌张失措，而是等待时机，如何取得最后的成功！他知道是那辆出租车令他省了不少时间，但是，兰妮一定不知道他此时的处境。

兰妮回到家，把孩子送回外公处。

她没对老人讲发生了什么事，只是说单位有急事不能照顾孩子。

说来也是奇迹，就在这几天的时间内，她仿佛完全变了一个人，变得勇敢而坚强起来。如果说，生活之中的意外变故一定是要以生命为代价的话，那么，她会勇敢地面对着生命的选择。虽然都两天了，他还没有给自己联系，但兰妮相信林中人会不负所托的，一定会把曾大河平安地交还到自己的怀中。

如果说浪漫，是那次温泉中激情四射的光芒，那么，兰妮相信从此这光芒会永远照耀着自己一生。因为她遇到了、体验到了，令她相信这世界还有真情实感，完全不同于过去网络上的已经失踪的那家伙。这就足够了，在远在高原腹地、远在人烟罕见的一个小站上，能够与一个叫林中人的男人相遇，这是她一生也不会忘记的故事。她为自己庆幸自己是其中的一位人物。

想到这里，兰妮心情渐渐地平静下来。她想着林间的叫牙扎的温泉，在幻想之中要与他融合。

他们紧紧地拥抱着，兰妮的双手轻轻地抚摸着他肌肉结实的背部，他的手在她光滑细嫩的后背也轻轻地滑动着！泉水托着他俩，令人感到旋转的力量。

一切仿佛都停止了一般，水在他们的背部、胸前和整个的生命里漫涌着，此时，彼此吮吸的舌头在进行着无言的对话！但他们都能彼此读出生命深处的此时的悸动与渴望，就像是沙漠之中一株快要被晒死的植物，遇到甘霖般在慢慢地复苏和生长，人的生命也是如此。当这爱意涌流的时刻，是没有什么能够阻挡得了他们。

林中人觉得此时自己的胸前不再是空落落的，而是一个熟透的躯体以及生命与自己一样，不再是深夜时分的孤独，不再是空虚和寂寞，而是燃烧，是重新降临一次的期盼。当他抱着双眼迷离的她走上岸，把她轻轻地放在厚软地枯草从中时，她的手无意间顺着他宽广的胸慢慢地滑下去、滑下去，一直碰到他生命之根早已勃起的地方。

给我，快给我吧。他的手轻轻抚摸着她的那对洁白的鸽子，那里充满着柔软和弹性，她的凝脂般雪白的肌肤因为生命之花的绽放而鲜活，红润起来，一束阳光从她的大腿之间匆匆掠过，那一片芳草地便闪烁着粟色的光芒！当他进入她时，她欢快地呻吟着，在他的身子下面扭动着，伴随着他一阵快似一阵的抽动，他整个背部的肌肉紧绷着，她知道自己是在渐渐地死去，但却给她带来的是快意之极的愉悦。她觉得自己在破碎之中重新组合另一个自己，是生命在寻找着归宿的旅途时又找到出口，她需要这出口能够带给自己清新的空气，就像是在这森林之中呼吸到的空气一样。

他刺穿她的力量是那么的沉稳而有力，每一次冲刺就像是在林间拨开荆棘一样，总是给人不同的天地清新之感。他盯她血管加速涌流时整个的躯体，抚摸着她雪白细嫩的肌肤，渴望着此刻自己立即死去，死在这个迷人的女人怀中！当他的底下被她里边神经丰富的像藤蔓般枝梢纠缠包裹着时，他感到了她内部的力量在挤压着收缩着，激起了他那生命之根本能的反抗与抗争。于是，他越发地加快了频率，奋勇地朝着更深处地方游去。啊！啊！她突然呼吸变得局促起来，感觉是什么刺穿了心脏一般，感到整个的肉体和生命在凌空飞翔。要你，要你……就像高压水管突然爆裂一般，他想迟缓自己的喷泄，却在此时由不得自己，带着火一般的呼啸，在她的里边律动起来！！！

她知道这一切是自己的想象，但她宁可相信这一切是真实的。因为她一想到这里时，身体总有股激情在升腾、升腾！

第三天，当公司里的人，把伤痕累累的曾大河扶回医院时，兰妮守候在自己先生的病床前，她手中拿着那张林中人为她牵着马，走在雪地里的照片，尽管只是背部，却是一个高原汉子有力的背影。

当春天来临的时候，曾大河已经可以下床走动了，在开着迎春花的医院庭院，兰妮和曾大河并坐在排椅内，兰妮没有丝毫不安地拿出他的背影照片，轻轻地对曾大河讲述着，在家里人联系不到自己时所发生的一切。

腹中一个小生命的蠕动，令兰妮暂时忘记了生命之中的失去之痛，她心想，无论如何要生下这个孩子。

曾大河久久地端详着这个为自己献出了生命的男人，想着曾在大学时代看到的一本书上，关于一个什么的图腾，想来想去，居然没有想起来。

2005 年冬

北边轶事

一

单位在冬季是松散的不能再松散了。这倒不是头儿们失职，而是无事可干，无事可干时松散惯的人们总爱搞点什么事非；一种是口头的诽谤，另种倒是动真格的男女之事。

临近春节，单位凡是能走的都如秋天的大雁般远走高飞。我却要被留在风景保护区值班；每天的工作并不辛苦，就是上午太阳升起来时，扛着带三角架的高倍望远镜上山去观察白色群山环抱中的原始森林，下午按时打开那部五瓦的无线电台向上级总值班室报告情况，然后在当天的值班日记上签字。

我要干的工作就这么简单。

我所在的单位也没有什么密可要保的，叫沃斯喀雄风景保护区管理处下面的森林防火观察站。说白了就是每天上山去看看有没有森林火险发生。

风景保护区的工作应该说是一个让人羡慕的活路。这里空气清新、纯净，每天跟群山、森林打交道。是真正地叫回归了大自然，只是我却常常有种莫名的失落感。

自从我得知将要离开保护处办公室副主任职位的那刻起，我主动找到处长提出要去观察站工作，要求去干这简单得不能再简单的事，老老实实地当一名森林防火观察员。处长听完我的想法，将深埋在真皮沙发里那颗油亮的大脑袋转过来，语气跟平时给全处职工作报告一样对我说："小白啊，不要带情绪嘛。"

处长是个挺可爱的快要退休的老头儿。当初，是他向县长把我从县中学要到风景保护区管理处办公室的，处长一直夸奖说我是个人才，是处里不可多得的笔杆子。三年后，处长就提拔我当了副主任，我干了不到半年，处长又很快让我靠边稍息。我也自知自己天生不是当官的料。

不久，我从处办下课。

处长出于对我的关心，不仅亲自派车，而且亲自向前来接我的站长反复交代："小白是自愿下来锻炼锻炼的，你可给我好生看着点儿。"

站长是个精瘦的高个子，浑身上下好像没有长肉似的，皮肤紧绷在粗大的骨头架子上，从背后看站长就跟没有屁股一样。站长的额骨生得很高，暗地里大伙儿叫他越南人。站长黝黑着脸，一只脚踩在车门踏板上，一只脚站在雪地里，认真地听着处长的交代。站长深凹的眼珠咕碌转动着，在看我时恨不能一口要吞掉我似的，而在看处长时他却又是那么的温情、恭顺，令我感到既可笑而又滑稽。

"嗯、嗯，您老人家放心吧。"

站长的声音沙哑而瓷实，一听就知道是烟酒过度的结果。

到了站上站长就把我叫到他的办公室，让我站着听他讲了一通作为一个防火观察员要具有的责任心、职业道德、组织纪律等等。总之，我感到有种取保候审的味道。

而在心里我却骂道：就跟我犯了见不得人的错误似的，这是咋回事儿。

转眼就到了年底。站长召集全站工作人员算我在内的四男两女开会（另一男正被处里派到省城学习混文凭）安排今冬明春期间的留守值班问题。站长讲完开会的目的后，立刻就声明，"我今年女儿春节要出嫁，我肯定是要走哈。"

站长的理由是那么的充分，使人连反驳的余地都没有。另外三个男的听后默不作声，我知道这三个本籍男人各怀心事，他们人倒也还本分。已经连续几年春节坚守岗位。他们被站长的坦率弄得有点不好意思，纷纷涨红着脸面面相觑，一副敢怒而不敢言的样子。于是，他们又纷纷地把目光转向我。

我却装着什么都没有听见，而是抱着一部长篇小说读着。终于，其中一个男的忍不住冲站长嚷道，"凭、凭啥老是我们本地人年年都该值班，我、我们还不是有父母、婆娘娃儿要一块儿过过年，我们就不、不是人啦。"

站长点头同意。

两女的都姓张，大的叫张红，小的叫张玲。

张红的男人是边防军人，自然属于照顾对象。况且，早在秋天枫叶刚红的时候，张红就开始在念叨春节要去西藏的边防哨所，跟当中尉的丈夫相聚。张玲是我们处长的千金，她老公是副站长王大平，新婚不久，就被派到省城去混文凭，自然也是照顾对象。站长介绍完每个同志的具体情况后，众人的心思我完全明白了。

"那自然就应该是我喽。"

"麻烦你喽。"

张红轻言细语地显得非常不好意思地替大家先向我致意。张玲白了张红一眼，嘀咕了一句，"就你会做好人。"

"白林，说说你的看法。"

凭着在办公室混过几天的经验，当领导点到你的名字，并叫你说说看法、想法打算之类的时候，你最好明智点答应。当然，我对于这些其实心里明白而嘴巴往往到了这种关键时刻，又不按心里的真实想法表达出来，而在该我闭嘴缄默不语时，却又是滔滔不绝地话多。

"我没有看法。"

说完，我又埋下脑袋读我的小说。

"那好，既然白林没有意见，那就这么定下来上报处里。"

站长在他的小本本上记着，眼里流露着掩饰不住的松弛。

"啥叫那好哟，让我考虑一下，行吗？"

我的语气在说"吗"时突然升高八度，把正在往炉内加柴的张玲吓了一大跳。站长脸色变得发青，不由我分说下去，就果断地合上小本本语气极为恶劣地对我说："就这么定啦，你有啥想法找处长去说。"

张玲激动地从炉边站起来，把手中的劈柴块朝下一丢，冲着站长大声地呵斥道，"凭啥动不动找我爸，好人净叫你这些人当了，再说，按规定至少要留下两个人值班才对。"

"那你留下嘛，反正你闲着没事。"

其中一个男的大老李，丢下快烧着嘴巴的烟蒂，不阴不阳地顶了张玲一句。

"留就留，有啥了不起的。"

"那，那我留下吧。"

张红盯着我，一副打算放弃坐飞机去西藏跟她那位边防军官团聚的神情，急得连眼圈都有些发湿了。张玲依然还是不依不饶，有点过分地讥讽着自己的同胞，"你少在这种时候装好人。"望着站上稀有的两个女同胞在为我争吵，站长又在用那种恨不能一口吞掉我的目光盯着我，仿佛天下一切的不幸都我一手造成的一样。

"算了，还是我吧。"

我心里忽然感到酸酸的，看着两个脸红耳赤的女同胞。心想，女人跟女人之间，就不能多一点宽容吗。

二

处里宣布放假的那天，能够走的人发出一片欢呼声。张玲虽然不值班，但是，还是留在站上，等着长得人高马大的王大平从省城回来。

我每天干完自己的活路，就是整天抱着小说读着。接着，就下了一场几年鲜见的大雪。而我却依然沉浸在小说中的世界，不知道明天会发生什么事情，也有些不管明天会发生什么事情的麻木。我已是三十好几的人啦，虽说不上有什么胸存大志，可还尚有自知之明。混吧，就在这人迹鲜至的地方，瞎混吧。

但是，明天会发生什么事情，有时真是叫人始料不及。

并且，叫你简直是一点儿心理准备都没有。或者是不给你准备的时间。从家乡就匆匆地来了两个不速之客。

并且，他们还带来了很不好的消息。不过，十几年的在外漂泊，已经使我对这类最易勾起伤感的人与事基本达到处变不惊的程度。况且，一直不肯原谅我的妻子，已经快一个月不接我从处里打去的电话。

也就是说，我们之间出现了感情危机。

在最心灰意冷的日子，我拼命地读书。并不是我自己有多么的用功和好学，而是一个算是读书人的我，在面对所谓事事不顺心，处处不得意时候，只好逃避在书本间。对的，妻子是经常这么说我的，遇到一点事情，就选择逃避。以往我还为自己辩解什么君子固穷，失身事小失节事大之类的。妻子立刻就反驳说，"是啊，天下就你白林一个人清高。"

后来，我清高得连辩解几句也觉得是多余。

天快黑的时候，我听见门外的脚步走在积雪上，发出好听的吱吱声音，就像一只老鼠躲在阴暗的角落，津津有味地啃嚼着偷来的饼干一样。我刚竖起耳朵，听着我喜欢的这种脚步踩在积雪上的声音时，就听到张玲边在敲门边在说："白老师，你来客人啦。"

张玲是县中毕业生，所以，每次见到我时总是叫我白老师。我以为是张玲闲得无聊，想约我去森林专职消防队那边跟消防队员的娘儿们打麻将。我正准备回绝张玲，却真切地听到门外，有个男的说出一句纯正的家乡话。

"小张，麻烦你啦。"

我立即丢下小说开门。

"四毛！"

"戈飞！"

在这十几年当中，能够彼此直呼乳名的人，在我这儿是越来越不多了。

除了亲人，便是儿时的朋友。

戈飞是我读小学时的同班同学，自从我十八年前从凤钢子弟校高中毕业考入成都的一所大学后，我和戈飞就失去了联系。虽然我也隔三岔五地要回回凤钢探亲，但与戈飞几乎就没有什么往来。

转眼十几年的工夫，戈飞的模样除了多出的胡子和放大些许的脸面、五官，说话的腔调语气动作举止跟从前的变化不大。但是他的眼神和跟叫作精神、灵性的东西，已经被生活磨砺得厉害，使人想到鲁迅先生笔下一个叫闰土的人物，便有了种叫作沧桑与浮躁。

我知道近年来凤钢的工人们日子并不好过。

这是我从电视、报纸上读到的最不好的消息之一。但无论如何，能够在异乡、在这个冰凉世界，白色笼罩着群山的冬天见到来自凤钢的朋友，也不失是人生一桩快事。

"四毛，实在没法了。"

戈飞喝了一口我给他俩沏的花茶，开始向我诉说着生活的苦经。

凤钢亏损严重，工人们已经半年多没发放工资。我的嫂子去年就下岗了，大哥、二姐也面临着下岗。于是，几个伙计一商量就决定进山来找我，他们从银行取出省吃俭用积攒下来的钱凑了两万元。

"那你们打算做点什么呀？"

"贩牛，牦牛啊。"

"嗯。"

牦牛，在辽阔的高原并不稀奇，就是在我们风景保护区也不是鲜见缺乏。意识到戈飞还带了一个人来，我这才仔细地打量了他几眼，听他刚才跟我打招呼，我立刻就断定他是凤钢所在地的人。

"哦，这是贵平娃，牛贩子。"

戈飞这才介绍着说。（在我的潜意识中，我一直把凤钢所在地的豆腐

镇当作了家乡，虽然，凤钢的工人有许多都是外省人，可我已经对爷爷那辈人生活的地方没有什么印象了）

贵平娃正在乱摸着我寝室摆着的那架高倍望远镜，听到戈飞的介绍，他立即转过身，一脸村相地盯着我。戈飞却骂了他几句，"说你是个农民，一个破望远镜有啥好看的。"

我给贵平娃递了一支香烟，他双手恭敬地接过。等到点燃烟后，贵平娃嘴很甜地冲我说："白哥，我来过你们这沓沓。"

"哦，是什么时候？"

"1987年的七月间，我来贩过牛。"

贵平娃是凤钢附近观雾山里一个村子的人，十八岁就离家外出做牛贩子。眼下，贵平娃在凤钢家属区集市上自己开了个牛肉摊，经过十几年的奋斗，贵平娃已经在豆腐镇盖了一栋楼。他给我说是凤钢的工人给他提供了致富发财的机遇。在我的记忆中，凤钢的工人是很瞧不起当地的农民的，他们平时最爱骂人的一句话就是：跟个农民似的。

好像是个农民天生就有多大的错误似的。

现在戈飞一个国营钢厂堂堂正正的工人，一个昔日非常自豪的工人，如今跟一个低贱的农民搞在一起；大老远地跑到我这里来，这世道有点黑色幽默。

"你们做市场调查没有？"

"白哥，我敢跟你打赌，只要你有法弄到牦牛。"

"要办些啥子手续？"

"只要一张畜牧局的准运证。"

"这好说，但是，价格又如何谈？"

"主要是凭眼力估嘛。"

"四毛，贵平娃这狗日的眼睛真是有毒，一头牛的净肉误差不超过半斤。"

说着，戈飞扳起手指计算着一辆东风货车能装运几头牛，一车牛又能赚多少钱。还说，眼看春节要来临了，运回去一定能够卖个好价钱，戈飞经验老到十足，说牦牛肉比黄牛肉、水牛肉好吃多了。就跟我们心中许多美好的心愿一样，我们在谈论着说起的时候，总是朝着预定的目标而提前迈进。

戈飞满怀着对牛贩子生活的憧憬，以为通过我的关系就能搞到牦牛，下岗的伙计们就能又找到出路。

三

我当牛贩子一共只有三天。倒不是炫耀什么了不得的经历，只是做梦都没有想到的事情，叫我一个也不走运的人赶上了。在戈飞、贵平娃他们来的前一天下午，我按照一个森林防火观察员的职责，上山来到固定的观察点从事着对我来说最简单不过的工作，向上级通话完毕后，在太阳落山之前回到了站内。第二天太阳升起来的时候，我从寝室里搬出一把藤椅，抱着一本书在这白色群山的怀抱，沉浸于书中所讲的遥远的故事之中。（那天是星期四，按规定我可以享受的一天休息时间）

在风景保护区的冬季，晒晒太阳读读书对我实在是人生的节日般快乐。我已经在这高原山地的峡谷里生活了十五个春秋，对于外面的世界，除了电视和报纸，已经是一无所知了。前年夏天，我应邀去成都参加了　次大学同学会，感到已经离这个时代有些距离。已经不能加入到他们的谈话行列，也就是说，他们说的有些东西我已经听不太明白。

秋天的风景保护区，景色是美丽的。平时，站上的一群伙计爱在一块儿晒太阳，说着玩笑话，男男女女在一起成天乐呵呵的。仿佛他们从来就不知道什么叫烦恼。

如果没有女的在场，几个男的（有时，专职消防队员也凑到一块儿）以大老李为首就开始胡说八道。在这个多少还是显得单调和沉闷的自然环境中，彼此用比喻或联想手法说着跟性事相关、关于男女生殖器官来取乐穷开心。

大老李外号叫"博士"，一肚子的黄色龙门阵。他走到哪里哪里必充满着欢笑。久而久之，大伙送他个"博士"的称号。有时，大老李的黄色龙门阵实在让人无法一本正经。

"说是从前有个读书人，讨了个年轻漂亮的媳妇，每天晚黑，读书人跟媳妇做过那事后，就披衣起来用功。读书人要考取功名啥，可读书人考了几回，就是考不起。考官污搅嘛，都一两年了，媳妇的肚皮还是瘪的，当公公的就不乐意啦。哦，这个读书人的妈死得早，公公就成拿他的山羊出气，说："你龟儿的有啥用哟，连个崽都下不了。""

这媳妇当然听出公公的话中有话，"好，等到读书人做完那事，又要下床时，媳妇这回整死不干了……"

说到这里，大老李见消防队队长老祁的媳妇走过来，立刻就止住了故事。男小李还瘾大的正听着带劲儿，不停地问着大老李，"咋个呢？"

"咋个，那读书人搞的不是地方嘛。"

轰。这群坏小子们发出放肆的笑声。

男小李背对着来人，越发地来劲儿。

"喂，你们说是老外的鸡巴大，还是驴子的那家伙大。"

"你说呢，博士？"

"哈，现在未婚青年都享受已婚待遇，你们晓得个啥。"

大老李叼着根香烟，远远地看见张红拿着一把刚采的蘑菇走过来。

便收敛几分，同时，招呼着张红，"喂，张红过来一起晒太阳嘛。"

张红加快几步，大老李将屁股下面的小木凳让出来，张红斯文地小心坐下。

男的小李立即怪叫一句，"张红，烫不烫。"

张红羞嗔地冲小李背上打了一巴掌，"死小李，人小怪大。"

"小李不是怪大，是要长了。"

男的老晁兴奋地比画着，老晁是个极爱笑的人。往往在说话之前或话未出口，想到点什么，先笑出来后才说出口。因此，老晁就得了个"笑和尚"的外号。老晁是想到吃什么补什么这句老话，看着张红手中的蘑菇联想到男人的那玩意，正要说着。这时，张玲像是跟谁又赌了气似的边看着大伙儿，边流露着对这群无聊之辈的不屑走来。对我们处长的这个千金，大家说不上有什么好感，抱着惹不起咱们躲得起的心理，除了老晁一般大家从不主动地去招她。张玲像是脑袋缺根筋似的，也爱凑这种热闹，并且，经常是话一说出口就把自己给套上。

"哎呀，昨天晚上老娘手气太顺了，连和三把二条。"

"是卡二条吧。"

老晁故意下套。

"哪呀，一把是二五八通教，一把是——单调二条的。"

张玲回过神来在老晁的背上用绣拳乱砸一气，砸得老晁直叫唤。

"喂，张玲我跟你说，这次去省城出差，我遇到你爱人喽。"

"在哪里？"

"在卡厅。"

"胡说八道，我们王大平不是那种人，借他八个胆。"

"难说哟，现在的年轻领导。"

"狗日的，老晁贼不打三年自招了吧，说耍小姐没有？"

"哪里哟，是人家办招待。"

老晁自知说走了嘴，继续跟张玲斗着嘴，"张玲，我发现哈，王大平这牛日的，几个月不见长得又白又胖，跟个婆娘一样，牛日的，腐败肚皮也长出来了。"

"胖那是爷们的福分。"

"就是嘛。"

"是啥嘛？"

张玲满腹狐疑。她知道这帮站上的人平时就没有一个是省油的，然而，她又宁可信其有，也不信其无。老晁意犹未尽，继续戏弄着张玲，"哎，你们发现没有，王大平新婚那几天，脸色经常被弄得瓦灰瓦灰的，张玲，你让我们王哥整得好辛苦。"

"狗日的，晁明礼问你婆娘去嘛。"

"嗯哼，说啥子那么闹热？"

站长也终于忍不住，从办公室钻出来。张红早已听得脸红耳赤低声地骂道，"一群怪物。"大老李接过张红的话，"他们都是刚从山上下来的额勒巴（野物），没文化。"

站长也加入到吹牛皮的行列。大老李突然指着站长的裤裆哈哈大笑起来，"站长，你的车库没关好，谨防轮胎掉出来了哈。"

站长低头一看，边拉裤裆的拉链边也笑着说，"老都老球喽，局尿都打湿脚背，有啥子好笑嘛。"平时，站长坐在办公室有个抓裆的习惯，仿佛那地方永远都瘙痒一样。

"一杆老枪。"

小李也跟着大家起哄。站长用刚抓过裆部的手，在小李的脑袋上摸了一把，像是摸自己的儿子一样，"小屁眼儿，你搞得挺懂嘛。"站长的目光同时又感到少了什么一样在找着；我本能地感到了这目光里含着看紧些的力量，本能将脖子一缩，听见张红在哧哧地偷笑着我，又听见站长在表扬我，"看，我就喜欢人家小白爱看书，不像你们一天球没名堂。"

四

目前我最大的乐趣就是上山在观察点的小木屋外固定好高倍望远镜，透过精致的光学镜片，看白雪覆盖下的原始森林和蔚蓝的天空里游动着洁白的云朵。或者摆弄站上那部五瓦功率的短波电台，跟上级总值班室那个声音好听的女报务员通几句话：一切正常，完毕，再见。

元旦节过后，王大平从省城混大专文凭学历放假回到站上。站长、张红、大老李几个早就如愿以偿地休假了。妻子主动打来了电话，在电话中妻子听说我春节不能下山团聚，叹服一句："白林，叫我说你什么好呢。"

戈飞他们来了快一个星期了，买牦牛的事还没有着落。

我抽空找过在风景保护区内居住的藏族老乡，人家不愿意出售。说是自己养着玩，除非是老弱病残的牦牛。我知道当地的风俗，牦牛头数的多少，意味着这家人的财富多少。所以，一般人家舍不得屠宰，加之，家里每天要喝的酥油茶还得靠这些牛呢。

但是戈飞却对我的话将信将疑，我又一时怎么能够说服他。我在山地生活十几年的经验积累，还抵不上人家几句客气的话。

张玲跟王大平不知为什么大吵了一架。

本来久别胜新婚，但是张玲自从王大平回到站上那天起，就一直没有给他好脸色。

王大平被弄得一时无趣，在我每天按时上山的时候和戈飞、贵平娃裹搅到一块儿。我对王大平这个人从认识的第一天起就没有什么好印象，倒不是我如何的不容人，而是我平素的木讷寡言。加之，人家又是处长的乘龙快婿，在我自然本能从心理上敬而远之。

殊不知王大平跟戈飞、贵平娃已经私下就购买牦牛的事情开始进行了意向性的洽谈合作。

我回到寝室，王大平很热情地与我握手。

"咦，想不到你白老弟居然也守不住寂寞，开始当起牛贩子来，哦，当然现在是市场经济，这在外面算不上什么。"

"你的烂雀雀医好了没有？"

"诽谤，恶毒的诽谤！"

王大平脸色一变，气急败坏地冲我咆哮起来，"你听谁说是我在省城耍小姐，把枪都打坏啦。"王大平愤怒的样子很滑稽，脸色更加的瓦灰不堪。

他说着说着在我的寝室就要脱裤子，在我的面前要起流氓来，"老子不过是裆部长了个疥子，狗日的就造老子的谣。白老弟，不信，你可以验明正身嘛。"王大平冤屈得不行。我赶紧作了个蓝球裁判的职业手势，左手掌朝下，右食指竖直顶在掌心：暂停。

"打住，打住，你王大平是个好人。"

"白老弟，你在骂我。"

"岂敢，岂敢。"

"你这家伙，骂人都不吐骨头，你说我是个好人，我不是个好人又是什么，你们这些读书人想得就是比一般人复杂。"

我们一块儿放声地大笑起来。戈飞却用羡慕的目光盯着王大平，这多少使我感到了一丝的不快，倒是贵平娃比戈飞醒眼得多。在送走王大平出门后，连忙安慰着我说，"白哥，做生意性急不得。"

"你懂个球，马上快过年了。"

戈飞有些对我不满地冲贵平娃发火道。

五

黄昏，我拖着疲惫不堪的脚步从处里回来。妻子说过年她要回内地干休所的娘家。不知道从什么时候起，我跟妻子的感情出现了问题。可我最感到恼火的是自己不知道问题出现在哪里，是什么时候，什么原因，婚姻成了件累人的事情，成了件伤脑筋、头疼的事情。

妻子老是想改变我性格中的一些东西。我也知道这些东西对于一个家庭来说是有害的，可这些东西又往往属于人们常说的，是叫江山易改本性难移。

别扭这个词如果应验在一个人的婚姻里，别提是件多么令人烦心的事情。仿佛是你要朝东，她却要朝西。而且，每次她总是对的。譬如我刚在电话里把副主任职位的事情说个大概时，妻子就在电话的那边说道，"当初，我就劝你好好教你的书，做一个本本分分的称职老师。你说要去风景保护区，说是多一种职业体验，现在好吧，被一撸到底，何年何月才能出来。"

妻子说到这里时，我能听出她是哭着说的。我赌气般地回答说，"有什么了不起，大不了老子辞职不干啦！"

"你说得轻巧，你都三十好几的人啦，叫我咋说你哟，唉。"

妻子"唉"了一声，就挂断电话。我最怕听到的就是妻子这种唉声叹气的声音。仿佛是一个女人对一个她期待太久的男人的失望和信心的丧失。我面对着这种简单的工作，是否同时也在表明在某种程度上的退化—想这种自己适应社会的能力或说更直接是生存能力的退化，我经常会有种不寒而栗的感觉。

我回到寝室时，戈飞给我留下张便条，说是他跟贵平娃到县城去了，一两天内就会回来。

我多少感到了些无奈。我知道不能对他俩抱怨什么，我自从参加工作离开凤钢以来，在高原混了十几年不过是一个小小的风景保护区防火观察员，我不能给予他们和他们对我抱着希望的伙计们更多的物质帮助。

命运就像一阵风。在你孤立无援的时候，比你更需要帮助的人却比你更乐观。为生活而奔波。同时，他们的动机高尚既是为了自己，也是为了别人。我真有点懊悔没有学到一种本事，能够为生活境地比我还要艰难的亲人、朋友寻找到可以解除贫困的办法。

想到这里，我没有了想吃点什么的欲望。而是想脱掉衣服马上倒床，蒙上脑袋大睡一觉。

"咚，咚。"有人敲门。

我从床上起身，把门拉开，是张玲站在门外。

"我就晓得你没有吃饭。"

几天不见，张玲显得比较憔悴，面无生动的表情。她穿着一件红色的皮大衣，就像是谁欠了她的钱一样："走吧，成天胡思乱想个啥子嘛。"

我的心里顿时泛起阵阵的酸楚，可在嘴上却依旧不饶，"我又不是你的男人，我胡思乱想关你屁事。"

"老娘喜欢你嘛。"

"你不是老娘，是嫩妈。"

张玲冲我的背部打了一砣子，边拉着我边对我发脾气。

"你狗日的，少假。"

来到张玲的家，我嗅到股诱人的萝卜炖牛肉的味道，张玲脱下皮大衣动作麻利地下厨房，丢下一句，"自己泡茶哈。"

"大平呢？"

"中午就和你的两个老乡去县城了。"

这也本在我的情理意料之中。平时，我是极少到同事家吃饭的，特别是下站后，我几乎闭门不出。有时，偶尔去走动，但每每都被站上的人灌得大醉而归。我自知酒量不敌，所以，平时也就极少去他们家里吃饭。

但是，今天我却变得有些异样。

我沏好一杯绿茶捂在手心，感到阵阵的暖流在心间流淌。张玲跟王大平的结婚纪念大幅彩色照片挂在洁白的墙上，淡绿色的壁灯散发着水样的光芒。张玲小鸟依人般地偎在王大平的怀抱。嘴角略为上翘，薄施黛粉，肌肤红润，含情脉脉。王大平油头粉面，一副英俊小生的打扮。

"看什么呢？"

"看风景。"

张玲端上一大锅牛肉汤，冲我呵斥道，"动手摆筷子嘛，你硬是来做客嘀。"我脸微微一红，抬眼盯着窗外的夜色，"还是等一下王大平吧。"

"吃你的，指不定跟你的老乡在哪里醉生梦死呢。"

我一想也是。就动手拈起一块炖烂熟透的牛肉吃将起来。张玲取出一瓶好酒，我知道张玲是有酒量的。女人的好酒量我更是自叹弗如，张玲打开酒，白了我一眼，"白老师，你怕啥子，酒有啥子好怕的嘛，我今天就想陪你喝酒。"张玲对我的称呼，是很有些情绪化的。除了对她张口一个老娘，闭嘴一个老娘外，其他的我早已不在意。

"有一条啊，我酒量是不行的。"

"老娘就是想知道你酒后是啥德行。"

张玲不等我举杯，自己已经是连斟带饮下肚三杯酒。墙边的地炉内燃烧着熊熊的柴火，室内的温度仿佛骤然地升高了许多。我脱下厚厚的防寒服，张玲等着我喝下两杯酒。我脱口而出，"大不了犯点男女间的错误。"

"好啊。"

张玲又喝下一杯酒，看着她在那滋滋有味地喝酒，我深受传染也壮胆放开喝起来。

"王大平他……"

"你少说他，男人都不是好东西。你把心都掏给他了，他还是把你不当回事儿。男人对你好就是那几分钟，事情做过了，就把啥都忘在脑后。"

"不会吧，你们才结几天婚呀。"

"你少给我提结婚，结婚有啥意思。"

我预感这样喝下去怕是要出事儿，就劝张玲少喝点酒。"你少管我，老娘今天晚上就是想喝醉。"张玲脸色更加地红润动人，"我晓得你看不起许多人，你对从处上下课，对我爸有成见，恨我爸。"

我把酒杯使劲儿一蹾，冲张玲骂道，"我就知道这酒不是好喝的。"

"算了，我爸是我爸，我是我。"

"其实，我从内心还是感谢处长的，是他让我认识更多的东西。"

"少假。"

"我本来就不是坐办公室的人，我原本就是个教书匠。"

我多少有些慷慨激昂和悲愤，说到原本就是个教书匠时，想到了命运的艰难，泪水夺眶而出。

"白老师，我虽没当过你的学生，但我从内心一直都挺敬重你的。"

"是吗。"

"你也真是，放着好好的老师不当，要来这狗屁的保护区，真是不务正业。"

"这叫自己跟自己叫较劲儿。"

"唉，白老师你也别太灰心，是金子终究有闪光的那天的。"

我又次从一个女人的嘴中，听到了叹息声音。但是，张玲在叹息的后面，是鼓励和安慰。我似乎是找到了问题的症结所在。另一个女人却不是这样，没完没了地指责和抱怨。我激动地就抓起张玲的手，心里就想在那上面亲一下，张玲轻轻地呀了一声。

我们一直喝着酒，说着不着边际的话，喝完一瓶酒时，只听见叮哓一下，王大平醉眼酩红着脸撞开门，"唔，真痛快，真他妈的好酒。真爽。"

"王大平，你少给老娘装疯。"

我平静地喝下最后一杯酒，打算起身告辞。王大平跟跟跄跄又从酒柜子内摸出一瓶好酒，一把将正穿衣的我抓住："哎呀，你白老弟是我们家来的稀客，怎么我一回来你倒要走呢。"

"王大平，你少胡说。"

"张玲，去取两只碗来。"

我吩咐着张玲，盯着王大平恼羞成怒的脸。我将酒从王大平的手中夺过，把一瓶酒等分在两只碗内，然后脖子一扬来个底朝天。趁着酒性还没上来就推开张玲家的门，迎着吹来的寒风跑去。

背后传来"叮哓"的破裂声，在酒性涌上时，我想到一句好险的话时，胃里已经翻江倒海，就忍不住吐起来。

六

想不到戈飞为这事与我打了一架。

"四毛,你娃也操得太臭了,居然去勾引人家王站长的老婆。"

"什么,我……"

"四毛,你娃是在找死,人家是处长的女儿,站长的老婆,你也不想一想?"

戈飞用那种颇为世故的神情,觉得连处长家的千金小姐都敢去调戏的我,怪不得也只能混到今天这个地步。对此,我并不怪我的老朋友。贵平娃倒是有些幸灾乐祸,不停地玩弄着我上山要用的望远镜;我有些血液加快,冲贵平娃骂道,"贵平娃你球兮兮的,没见过是吧。"

"哎,四毛,嫌我们就明说。"

"姓戈的,姓王的给你们了什么好处。"

"老子今天不打你个混账,就不是戈老大!"

戈飞越加地恼羞成怒,他边说边脱掉羽绒服,把毛衣的袖口往上捋着。我自知在角力方面不是他的对手,加之,昨天的醉酒已经伤了胃,浑身都被酒整攘了。但我嘴上还是可恶,"老子就是把她睡了,关你屁事!"

戈飞顺手扇了我一耳光,打得我的眼中直冒金星。我已有十多年没有跟谁打架或被人揍一顿了。我那近乎麻木的躯体渴望着有人来揍一顿,我没有还手,而是无力地抬起脚冲戈飞的小腿端了一下。戈飞一愣咧嘴龇龇地抽着冷气,他一直防着上三路,万万没有料到我会冲着下三路发招。

戈飞猛地向我扑来,一下子就把我扑倒在雪地里。我在倒地的瞬间已连招架的力气都没有了,但我还是抱着戈飞在雪地间打起滚来。我听见贵平娃站在一边急得乱叫唤,"老大,打不得喽,打不得喽。"

贵平想拉这个不是,拖那个更不是。急得乱叫唤。

我跟戈飞在雪地里折腾够了,最初的愤怒就演变成疯狂的打闹,戈飞这个人有个致命的弱点,那就是最怕人挠痒痒。我使劲挠着他的腋下,把这个粗壮的汉子治得服服帖帖的。戈飞趴在我的身上,咯咯地笑道,"四、四毛,我服、服你了。"

我从雪地抓起一把雪团,塞进戈飞的衣领里。

第二天,站上只剩下我们仁人,王大平一早就驾车带着张玲去县城医院了。

七

交易终于达成。

王大平介绍了当地牛贩子和戈飞他们认识。王大平跟张玲正在慢慢地和好；王大平只好陪老婆守在站上，眼看春节一天天临近，王大平更感无聊。他不明白是谁在造自己的谣，但在心里他也清楚对于处里安排，说白了是他老丈人的安排，有人不服气。混文凭的目的，连傻子都明白。于是，这些人出于很灰暗的心理，就编出他在省城耍小姐的龙门阵，并且，还很恶毒地说他染上性病了。更令他想不到的是张玲这个瓜婆娘居然就相信啦。

他与我之间总有种隐约的东西，是那种很微妙的说穿了就更没意思的防范。

我顾不上跟他计较。尽管戈飞大大咧咧地说一切都安排好啦，用不着我跟着他们上山去赶牦牛吃苦受累。但我还是放心不下，坚持和新老牛贩子们一块儿到县牧场去买牦牛。

走吧。

命里是要我当一回牛贩子。

牦牛，中学上地理课时就知道它被称为"高原之舟"。到了高原工作后，才知道牦牛是怎样一种形象：勤恳而忍耐，沉默而执着。近年来牦牛肉被冠之为绿色食品享誉内地的节日市场，因而内地人口密集的地方对牦牛肉的需求量增大，便由此滋生了一批像贵平娃这样出身的牛贩子和大大小小形形色色的牛贩子们。

现在我们三人跟王大平介绍来的当地两个年轻的牛贩子一道准备上县牧场。王大平指着其中一个皮肤较黑，年龄比他小不了多少的牛贩子对我说，"白老弟，这是我的侄娃子叫黑子娃。"

"嗯，嗯。"

我向黑子娃散了一支烟，"黑子娃，拜托喽。"

"白叔，放心。"

我又给王大平散了一支烟，悄悄对他说，"赶紧医好你的烂雀雀，早点让张玲给你生个儿子。"

"你狗日的，又在咒我。"

王大平亲昵地冲我的肩膀来了一拳，又对他的侄儿说，"黑子娃，路上把细点，出了闪失我拿你是问！"

小四轮拖拉机载着我们驶出保护区这条沟后，在积雪的林区机耕道上开始艰难地上山。黑子娃在驾驶着拖拉机，黑子娃的马仔坐在左边的护泥板上，我们三个坐在后面的拖斗内，扶着两边的挡板，在剧烈的摇晃中，

体味着当牛贩子的滋味。戈飞在"轰轰"的机器声划破林间的静谧之中兴奋地对我说，"如果今天顺利，后天下午王大平会开来一辆加长东风柴油车在山下的公路上等我们。"

"看来你们安排得很好嘛。"

我的内心对王大平居然产生了几分好感。我也知道自己办不了的事情，在人家王大平却是轻而易举。在高原这些年来，我深谙自己的毛病：缺乏与他人打交道的能力，又加上管不住自己的嘴巴，读了点儿书就好发议论乱批教。

我在面临具体的事情时，自知在人与人之间如何沟通方面和面对着困境如何生存方面，是远不如戈飞、贵平娃他们甚至不如王大平的侄娃子。

小四轮拖拉机吐着浓黑的油烟在泥泞的积雪路上爬行，在去县牧场的路上，我仰望着机耕道两边高大而茂密的云杉森林间缝隙里，那远远矗立的雪山，突然意识到自己生了张多么令人讨厌的嘴巴！在面临生存的时候，我感到从未有过的恐惧袭入心间。设想一下，如果是我也面临着下岗，到了成天为生活而挣扎的境地时，我又应该怎么办

我满腹心事地瞥了戈飞、贵平娃一眼，好在大家现在满被买牛这事占据着心思，俩人的神情真有点西部牛仔的味道，眼里流露着充满希望的那种憧憬，把西部高原的牦牛用货车运到内地就能赚取大把大把的钞票。

临近中午，太阳越过所有的山峰把炽热的亮光洒在晶莹的积雪上，黑子娃和他的马仔取出墨镜戴上；我戴的是变色眼镜倒还无所谓，戈飞、贵平娃却被这高原的雪光灼伤了眼睛，戈飞止不住地流着眼泪。

隐约之中，我忽然产生一种不祥的预感。

县牧场位于白色群山的东南边缘，是高山峡谷与大草原过渡交界地带的结合部。县牧场的场部在亚当山峰雪线以上的一处小台地，翻过贡达山口就是茫茫的京洼大草原。在冬季牧民们把成群的牦牛从很远的夏季牧场上赶回来，圈养在用铁丝网围起的一大片的栅栏之中。

牧民们将秋天从附近的草场上收割回来的牧草打成捆，堆放在一座座耸立在谷地里的庵房内，当地人把这种用原木、树皮和石头、泥巴等材料搭成的房子叫作"草楼"。楼上的一层里堆放着满满的冬草，底楼是用石

头砌成墙壁的空房子。在夏季庵房是牧人每家的临时住宿点，冬季牧人就搬回村寨。因此，这些空出的庵房，也就成了晚归的猎人或别处远来的牧人骑马而来天晚时的临时歇脚地，他们把马匹拴在栅栏的木桩上，从马背上取下裕祓把袋中的食物、锅碗等家什拿出来，走进低矮而幽暗的门，在底楼的房子中央架起一堆柴点燃，然后支起铝锅熬马茶。同时，把干牛肉或猎得的野物的肉烤上，准备着老白干并不时哼着歌。就这样在漫长的冬季，在白色群山的深处，牛贩子们也加入到住庵房的行列，他们像是一伙突如其来者，打乱了昔日只属于牧民和猎人的那份宁静和生活的秩序。

我们五个人围坐在火堆前，轮流传递着手中的白酒瓶子，以瓶当杯喝着老白干。戈飞向黑子娃吹嘘着自己的经历，我知道作为一个牛贩子，戈飞实在是经验太少。但他还是稳的很老到，黑子娃的话并不多，另一个则更是几乎一句话也没有听见他说。

喝完酥油茶，我们等到三块石头围成的火塘中的火苗暗淡下去，黑子娃对我说，"白叔，我们睡吧，明天还要骑马呢。"

黑子娃埋着火枣子。我们依次低着头出了底楼的门，贵平娃冷得直发抖，低声地问着我，"白哥，睡哪里啊。"

"喏。"我顺手指着楼上的草堆。

戈飞打着手电，其实，不需要手电。今晚的月色很好，月光灿灿点亮着夜晚，能见度也不错。黑子娃走在最前面，他走到庵房侧面的一根造型非常独特的木梯旁，手脚并用地爬上去。戈飞照着这根用原木砍出规则的格子像台阶一样的独木梯，笑着说，"这不是当牛贩子，真是做梦也想不到啊。"

我们在寒风中爬上草楼。纷纷倒在草堆中，今夜这里就是我们的客店。底楼的柴烟透过楼板和牧草在我们的身下四处弥漫。我躺在贮藏着夏季的阳光和烟熏味道极浓的牧草里，牧草那带着泥土、温暖的腥气扑面而来。我们铺着草和衣而眠，把成捆的草解散开当作被子覆盖在身上，然后仰面朝天，看着树皮覆盖的房顶上疏漏的间隙，月光像水一样泻流下来，寒气像风一般漫涌进来。

八

亚当雪山冰裂的声音把我从一片飘浮的梦境中惊醒。此时，天边已经放亮。清晨的风像刀片似吹进庵房，我感到腰酸背疼得厉害。黑子娃却早已经起床下楼为我们熬马茶；袅袅的炊烟升上来，把戈飞、贵平娃从梦中呛醒。

"这他娘的跟熏腊肉一样。"

戈飞从草丛中起床了。这家伙走到楼边，解开厚厚的裤子，伸手摸摸内裤兜里硬硬的钱还在，就冲我笑笑，便从裤裆里掏出家伙来"哗哗"。

对着楼外面局尿。贵平娃发梦魇似跳将起来，"哦，哦。下雨喽。"

"你个瓜娃子。"

戈飞边系裤子，边盯着贵平娃骂道。

我们从草楼上下来。我蹲下身子在雪地里抓起一把雪边洗脸边对贵平娃说，"今天你娃要局出三尺高的尿哟。"

"白哥，莫得问题。"

喝完早茶，太阳升起来了。

按事先约定，县牧场那边的方向来了一个牧民装束打扮的人，他骑着匹白马，身后还跟着五匹马，黑子娃同他打了个招呼，他把我认作了要买牛的老板。我骑上马跟在这人的后面。戈飞、贵平娃非常兴奋，大概这是他俩第一次过骑马的瘾。

马队在积雪的林间小路踩出"沙沙"的声音，黑子娃和他的马仔跟那人小声嘀咕着什么，前面的道路变得越来越幽深；我回过头向戈飞使了个眼色，戈飞盯着越走越狭长的路似懂非懂地点着头。

"嗯——"

一声尖利的口哨划破了密林中的寂静，从四周的森林中冲出一列马队把我们团团围住；为首的是一个年轻而英俊的小伙子，骑着一匹膘肥体壮的枣红马，目光如鹰似冷峻。

"是你们要牦牛？"

我冷冷地看了他一眼，点点头。

"那好，跟我们走。"

我们三人被夹在马队中间，仿佛是被押着。我跟戈飞并排走着，我用肘碰着戈飞，"无论如何，那两万块钱要保护好。"

太阳升上山口的时候，我们一群牛贩子来到了亚当雪山脚下。

放眼望去，雪地里成群结队的牦牛在阳光下游动。黑子娃、马仔、贵平娃跟我下马后，我赶紧用目光示意戈飞就坐在马背上，还好这次戈飞总算是搞懂了我的意思。但是，还是有一个牛贩子也没下马，而是骑马伫立在一边儿。

"贵平娃，你去砍价。"

我牵着马跟在贵平的后面，贵平娃见到这么多的牦牛不要命似的跑上前去。我看见黑子娃与年轻的首领边走边聊着。年轻的首领指着一片牦牛，冲手下挥了挥手。顿时，他们高声呼叫着骑马冲上坡里，将牦牛从坡里驱赶下来。我越发感到不妙，这伙人看起来不像是牧民，那么又会是什么人呢，莫非是——

"白哥，他们说价格要由他们来定。"

贵平娃沮丧地跑就，对我无可奈何地说。

我明白我们是遇上偷牛盗马的团伙了。我显得不慌不忙地翻身上马，小声叫贵平娃快上马。贵平娃也动作麻利翻上马背，我立即将拇指、食指放在嘴里，吹出一声同样尖利的报警声，接着我冲着看守戈飞的牛贩子策马而去，乘其不备发愣的片刻，挥拳把他打落马。

我们三人在雪地里策马狂奔起来。

"叭、叭"，我们的身后响起了清脆的枪声；我看见黑子娃和他的马仔从另一个方向抄近道下山逃命，戈飞、贵平娃和我从上山的原路骑马下山。

一路狂奔。身后有种无形的力量在推着、托着，有时，眼看就要与积雪亲吻，与大地融为一体，又马上有种力量支撑。林间的枯枝条儿抽打在脸上，前面的景物在奔驰之中变得模糊、旋转起来。

至今，我不相信这是王大平能够安排的。

九

第三天傍晚，我们终于精疲力竭地回到站上。

次日的清晨，戈飞、贵平娃搭上去成都的长途公共汽车，一无所得地回家。我连一句安慰他们的话都说不出来，倒是戈飞眼圈红着在临上车时跟我说，"四毛，这次要不是你坚持上山，损失怕是更大。"

命运就像一阵风。

吹过之后，大地上纷扬的又很快归于沉寂。

半年过后，那伙人因涉嫌偷牛盗马被公安部门一网打尽。据黑子娃说，问题就出在那个牵马人身上。

站上的人陆续从春节过后的喜气中归来。大老李捎回几年的老腊肉，小李带回两瓶好酒，老晁整了一只岩羊腿，张红大包小包地拎回一大堆，站长一回到站上就习惯地用看紧些的目光在搜寻着我。

"我在这里，站长。"

在经历过牛贩子的生活后，我仿佛大彻大悟般何必把名利看得那么重。人哪，何必自己跟自己过不去，其实，人生也好，生活也罢又有什么过不去的呢。

最后回到站上的是送走王大平的张玲，她倒是什么也未带。显然，她对我的看法也在改变，人也变得斯文了许多，再不左一口老娘右一口老娘。

张红倒是大大方方，见到我当胸亲昵地给了一拳，"白林，这次让你受苦喽，我也没有啥好带的，给，我知道你爱喝茶，就带了一包西藏的雪茶。"

"多少钱？"

"少假哈。"张红嗔怒地对我说。

生活，有时就是这样的使人在失去一些什么之后，又是那样对我慷慨而关切。仿佛你感到没意思没味时，又有意思有味了。显然，我去当牛贩子的事大伙儿都知道了，只是他们从不当着我的面提及此事。

连处长也听说了这件事。处长叹道，"这个小白，乱弹琴么。"

秋天的一日，张玲腆着肚子来到我的寝室，脸上带着一个怀孕女人的喜悦认真地对我说，"我真希望这娃娃像你。"

"哎、哎，张玲。"

我放下手的书，一脸尴尬地说。

"别自作多情，我是说希望我的娃娃将来也是块读书的料。"

看着张玲那双真诚的眼睛，我发觉张玲其实长得蛮漂亮的。

最后要交代一句的是，王大平学成归来不久就被提拔为保护处的副处长，到了年底处长也就退休了。

我也将去一个新的工作单位。

啊，那是北边一个多么迷人的秋天。

1998 年 5 月马尔康

仰望雪宝鼎

一

听到这个故事时，是在一个秋天的夜晚。

夺镇派出所所长老林与我边吸烟边喝酒，渐渐我俩喝出了些醉意。老林的烟瘾特大，嘴上叼着香烟，大口大口地吸着使他的脸部云雾缭绕让人想起雪宝鼎。

终年积雪耸立在长江支流的白水河源头，十几年前由于旅游业的兴起，夺镇成为一个国内外都有名的旅游风景区。那些远方来的游人把这里视为最后的一片净土，说是这里保存了极具旅游价值的生态景观。并说，回到这里就等于回归自然。就能获得心灵与自然的和谐。总之，在这个物欲横流的年代，城里人像只疲倦的黑蝴蝶；显而易见他们被城市搞得心力交瘁，试图在纯净的自然山水间获得内心的宁静。不知怎么搞的，那些日子我老是想到卡夫卡；一天早晨，一觉醒来我忽然变成了一只甲壳虫。

于是，我躺在床上为自己成了一只甲壳虫而感到既兴奋又不安。我兴奋的是这下好了，我再不会为衣食而发愁了。当一只甲壳虫多么幸福啊！另一方面，我又感到格外的委屈，从此，我就不是我自己了。一抬头我就需仰视才能看见些什么。

是啊，我看到什么。

老林实际上并不老，三十刚出头。他每天有个早起的好习惯，而且也好收拾打扮，头发总是油光可鉴。其实，老林的优点远还不止这些，他身材不高不矮，不胖不瘦，五官端正；加之，老林待人诚恳随和。当然，他老林缺点也不是没有：比较小心眼、对女同志比较热情。当然，对女同志热情如果算是老林的缺点的话，我是说他对女同志是好色，未免过分了。只是有些热情过了。即使他老林有点，我是说有点好色，那么，充其量也只不过是表现在他的眼睛。《诗经》中不是说"关关雎鸠，在河之洲，窈窕淑女，君子好逑"么。对，他老林属于君子好逑那种人。况且，在旅游风景区工作，每年来夺镇旅游的中外游人里可谓佳丽如云。

我是说老林在这个美丽的秋天夜晚，给我讲了一个故事。

二

贺媛媛是个美丽而清纯的女孩。

为什么在小说中说到女主角，非要用清纯这个字眼？并且，还要加个美丽来形容？我也搞不太明白，也许是我已经成了一只丑陋的甲壳虫，看到谁都漂亮吧。你看，我说人家老林有点好色。其实，我自己还不是这样；只不过我是在以一只甲壳虫的目光来对待她或她们。

贺媛媛家在中原的一个著名的大城市。她是夏天来夺镇的，起初，她并没有引起派出所同志们的注意。你看，我一不小心又差点出错，使人以为派出所的人民警察怎么着了。我是说她在夺镇的查村滞留的时间太久了，这就不得不使查村负责治安的副村长彭措对贺媛媛比较注意，他报告的情况引起了老林他们的高度重视。于是，老林驾驶那辆破旧的吉普就把贺媛媛带到了派出所。

"你叫什么名字"

在夺镇工作的警察按常规开始盘问贺媛媛。

"我叫贺媛媛。"

贺媛媛说着一口字正腔圆的普通话。

老林也马上改口，操着南腔北调的普通话。

"我能看看你的身份证吗？"

"行。"于是，贺媛媛就跟老林他们搞熟了，老林他们出去办案，贺媛媛就在派出所办公室烧好开水，等老林他们回来，她已经给大家泡好了茶。要么，就给大家一人泡好一碗方便面。说到这里，老林的眼睛有些湿了。

"她就像我们派出所的一员，贺媛媛从不把自己当外人。说实在的，大家相处得很好，就像我们的小妹妹。大家都很喜欢她……"

"嗯、嗯，后来呢？"

我喝下一口酒。出神地盯着老林，他好像喝得有点疲倦了。

"后来，她死了。"

"死了！"

三

雪宝鼎下了今年最早的一场大雪。我知道剩下的关于贺媛媛的故事要由我来虚构了。或者，这个叫贺媛媛的美丽而清纯的女孩只是我收集的一篇小说的素材。而且，老林也有这个意思。

"老白，你睡不睡，你不睡我可要睡了。"

现在，我从床上坐起来，在心中，哦，又错了。是在脑中想象着贺媛媛的模样；她的身材比较丰满，双眸明亮，一身牛仔装的打扮。这使得她比较健美而具有现代气质，一袭飘散的黑发，又使得她比较青春而清爽。她皮肤白净，投足之中具有现代文明教育的良好规范。哦，老林介绍过她是中原大学经济管理系四年级的学生。今年即将毕业走上工作岗位。那么，她为什么要轻生呢？

是为了爱情。

或者，是为了逃避什么？

当然，就像报纸上经常会那么报道的：她是个虚荣心极重、要拿青春赌明天的女孩。在一场风花雪月的恋情之后，被一个游戏人生的公子哥儿无情地抛弃。从此，她也开始游戏人生，过醉生梦死的生活。直到有一天，她又遇上一个爱她的人，但是此人心胸狭窄，不能也无法容忍她的过去，于是，她又一次被人抛弃。于是，她变得万念俱灰。

我是想说，那是报上的故事。而且，这样来写贺媛媛是我所不愿意的。我一夜未眠。为这个不写写就太可惜的故事而辗转，难以忘怀。我是在说：我在心中仰视雪宝鼎。像一只又丑又大的甲壳虫。

夺镇的街道在秋天连杨槐也充满着亮丽的风情。我走在街上，从内地来的旅游车满载着中外游人而来；昨天刚下了一场雨，泥泞的街上积着一滩又一滩的水，这些车辆就毫不客气地溅我一身的泥水。我就幻想自己真的就是那只卡夫卡笔下的甲壳虫。

我害怕这些，或者装出害怕这些钢铁制造的甲壳虫。于是，我就爬上了杨槐树的枝丫，将由于害怕而变得疲倦的身子伏着用脚紧紧地抓住散发出好闻味的树枝；这种奇特的幽香使我昏头昏脑的。使我困极了。我的身上有着几乎你就无法发现的保护色，因为我的躯体上的颜色也几乎与树叶完全是一模一样。

于是，我就睡了。

四

起初，那些叫汽车的钢铁同类发出的尖厉的声音，令我心惊胆战。一会儿，我就沉睡进入遥远的梦乡。我居然还在梦中发出了轻微的鼾声和沉重的呼吸声，我并没有梦到那个叫贺媛媛的女孩。

至于我究竟梦见了什么。

我想这纯属我自己的秘密。我来到了雪宝鼎，在夏天的一个阳光灿烂的下午，我骑着马，啊，我骑着马了么。或者，我又幻想着自己是在骑着马。你看，我这个人有时就是这么的不自信，连我骑了马没有都没有肯定下来，就盲目地向一个生死未卜的地方出发了。

雪宝鼎是座终年积雪不化的雪山。在当地藏族人心目中，雪宝鼎是座神山。雪宝鼎山上不仅盛开着雪莲，还出产水晶。在那些经上千万年孕育的岩石内部，聚积着紫色、翡翠色、白色的水晶，它们晶莹剔透，在阳光下熠熠生辉。我似乎有些明白了，生活在这里的人们为什么那么喜欢发光的物质，更喜欢使这些具有高贵气质的东西发光的太阳。譬如说金子、银子、玛瑙还有水晶。

当然，雪宝鼎山上的宝藏还远远不止这些。

使我最为倾心的是水。是雪宝鼎雪山的上苍之物，在太阳的厚爱下变为源源不断、生生不息的水源。甘凉而清甜，像一剂神奇的药充满着生命的魔力。

我只顾自己在抒情了。你看，我这个人稍为得点意就要忘记形。我在槐树上睡着了，槐树的果子在秋天的阳光下裂变发出"毕剥"的跳动声，像是火烤着被盐硝浸过的牛皮纸。"毕剥"是甲壳虫特有的语言，无比奇妙的语言。

我嚼着秋天的树叶就是发出这样的语言。

五

接下来几天，老林都是闷闷不乐。他戴着耳机听着自己的音乐，显然，老林在这种时候不希望我去打搅他，因而，他要作出一副拒人于千里之外的样子。我知道老林是在为贺媛媛的死而伤心，我也明白贺媛媛的死与老林无关。人哪，有时是这样，昨天还在跟一个活生生的人在一块说说笑笑，怎么转眼说死就死了呢。哪怕是你昨天刚认识，老林认为作为警察他对贺媛媛的死深深地感到了内疚，就是作为一般普通人，察觉到点什么，由于自己不愿意朝那个方面去想。是啊，一个正常人，平白无故地去想别人死干什么呢。这也正是老林想不通的地方，况且，在本地平白无故地就想谁要死了，是一种罪过。人家知道了以为你是在咒人家，那人家不恨你一辈子才怪。

然而，老林还是察觉到贺媛媛想死的蛛丝马迹。

有一天，贺媛媛对老林说："你要是没有结婚，我就嫁给你。"

这句话把我们的老林吓了一大跳。老林越想越不是个滋味，你老林要是没有结婚，那么，贺媛媛就有可能嫁给他。那么，贺媛媛也许因为在夺镇的爱情而重新燃起对生活的渴望，也许会像负气出走而迷途羔羊醒来的孩子一样，重新又回到妈妈的怀抱。

前提是他老林没有结婚，或许这个美丽而清纯的女孩就得获救。

在一个晴朗的早晨，贺媛媛不辞而别了我们的老林去了雪宝鼎。她什么也没有给大家留下，后来，贺媛媛在遗书中说：她本打算是在夺镇结束自己的生命的，但是，由于夺镇派出所的警察对她太好了，她不忍心找夺镇派出所警察的麻烦，所以，她决定去雪宝鼎结束自己年仅二十三岁的生命。

当然，这是老林事后的分析。

我想说的是：老林会为这事而不安。同时，我很可惜没能为这篇小说寻到细节。譬如，贺媛媛到底为什么而自杀，始终不能找到一条连我自己都说服不了自己的理由。

六

我正在睡觉。

我是说，我又回到我自己在老林他们集体宿舍睡觉。就梦见一只甲壳虫在夺镇派出所外面的那棵槐树上，正在津津有味地吃树叶。尽管这只甲壳虫的颜色在斑驳的树叶丛中，几乎跟时令的颜色一模一样，我还是认出了这是一只卡夫卡笔下的甲壳虫。

他伏在最茂密的秋天树叶当中，像公司的小推销员。我是说，他已经无处可去，边吃树叶边盯着一辆又一辆的旅游车，风尘仆仆满载着中外游人到夺镇来寻炳胃什么精神家园。他们穿着出门旅游的装束，男的个蚀面包似的发胖，女的人人像贵族似的矜持。由于他们的到来，夺镇也变得繁荣起来。

甲壳虫仰望苍天，发出轻轻的叹息：我下一步到什么地方去呢？

我是想说，我很长时间没有做梦了。游人到了夺镇从旅游车内鱼贯而出，他们一下车，就深吸几口清新的空气。接着就会发感叹；嗯，这里真是具有一种原始的味道。几个戴着太阳镜的外国人，在一个比洋人还洋人的旅行社导游的引领下，匆匆步入夺镇宾馆那富丽堂皇的大厅。

导游走在前面对自己的同胞，大声地呵斥："让开，让开。"

几个外国人趾高气扬地迈进镶着中国红的大理石的大厅内，于是，导游忙前忙后，忙得不亦乐乎。而就在大厅的一角沙发内，坐着一个美丽而清纯的女孩，正在打开本游记本，扭着一个藏族小伙子，边问边记："唔，谢谢，藏语怎么说？"

"那再见呢？"

女孩用刚学会的本地藏语向这个已被大堂副理盯了几眼而显得局促不安的藏族小伙子道别。

我是说，我的梦刚做到这里，马上就要破解贺媛媛之死的原因时，老林在喊我，"嘿、嘿，老白，老白醒一醒，该吃午饭了。"

哦，这么快就要吃中午饭了。

七

秋天的雪宝鼎格外澄净，蔚蓝色的天空不见一丝云朵。贺媛媛来到了山脚下，身心沐浴在一片灿烂的阳光里，她感到格外的宁静和酥软。只是强烈的紫外线使她的皮肤有种灼伤的感觉，她戴着太阳镜，仰望着雪峰，一种强烈的反差使她产生莫名的眩晕；似乎雪山那强壮的躯体在物换星移之间，向她直压下来，令她莫名地战栗和激动。让她从内心深处涌上张开双臂像小鸟一样展翅飞翔的欲望，她想到了非洲的乞力马扎罗雪峰；有一只豹子的尸体裸露在海拔 5000 米的地方，在这荒寂的地方，它到这里来做什么呢？

是啊，来做什么呢。

贺媛媛最喜欢的一个外国作家就是写了上面这几句话的海明威。一个以硬汉著称的男人。看到雪宝鼎就使贺媛媛想到了《老人与海》的作者，同时，心里暗存几分对这男性主宰的世界不满。连雪山都冠以雄性的名字，更不说现实的社会了。

那么，就来吧。

贺媛媛倔强地迎上去。她不相信这世界在给予自己美丽时，却又让自己不能拥有真正的爱情。恰如这构成雪山的一切；是那么雄踞蓝天，不顾一切占据最高的地方，散发出诱人的令无数女性怦然心动的，几乎无法拒绝的雄性魅力。那终年的积雪，远比所有最摄魂的目光更为动人。而在另一个方面，在隆起之中又设计好了远比仰望还要吸引人的万丈深渊。

好比是荡舟于湍急的溪流，面临跌宕多变的峡谷。稍不留神就会坠入深涧之中被摔成粉身碎骨。

登高远放，浩浩天宇，万里澄清，大风如缘。迎面是挟着高原雪山的冷风袭来，空气中充满着清新的味道。而太阳的炽烈把整座的雪峰照亮，使这亿万斯年的雄浑具有高贵者的雍容和王者的风范。沉默时也不乏大家子的威严，耸立在晴空之下的高原。

贺媛媛不由自己跪拜下去。

啊，天啊，我的心要飞出来了。

就让这圣洁之光引领着我的灵魂上天吧。

我是大风与雪山的女儿。

风中的雪宝鼎在碧空之中发出了呜咽。使河水的源头地带充满着亮丽的悲壮。啊，这最后的色彩像空中的长虹美丽而易于飘散。

八

"就是这株树吗？"

交通建筑部门开始测量加宽公路的事宜。夺镇的旅游发展极快，原有的公路已经远不能适应旅游业发展的需要。一个年轻人，提着一桶油漆在将要被拆迁的地方作标记。那棵槐也不能幸免，被这个年轻人用红色的油漆打了个叉。

"能不能移栽？"

"算喽，作价酌情赔偿。"

有关部门的作风可谓雷厉风行，由于夺镇的特殊位置，他们马上就着手施工前的拆迁工作。甲壳虫听到了令它心惊肉跳的对话，眼前一黑差点儿一头从树枝上栽下来。它只有耐心地等待着奇迹的出现。我是说，甲壳虫在我梦中像一个虚拟的梦境般脆弱而不堪一击。

好在天总算是黑暗下来，甲壳虫可不愿意等到树被伐倒胡孙散时，它知道明天，这株槐树就难逃厄运，它虽极不情愿离开，但却也无可奈何。甲壳虫趁着夜色来临急忙从树上爬下来，它抬头仰望天空，几朵秋天的浮云在嘎尔纳雪峰周围徘徊；一阵秋风袭来，甲壳虫不禁打了个激灵。"嗯，我还这胡思乱想个什么。"

这时，一辆旅游车从山口那边驶进夺镇。这个钢铁怪物亮着雪白的车灯，发出尖厉的叫声。甲壳虫慌不择路急忙爬下路坎，沿着排水沟钻进一家音乐震得山响的舞厅；变幻的彩灯把众多的脸、屁股弄得也变形夸张，男男女女的游客兴奋异常，一个美丽而清纯的女子手执话筒，轻声细气地唱着：你总是如此如此的冷漠，我却是多么多么的寂寞。

灯红酒绿，醉梦人生。几个身着薄翼的女人正与几个衣冠楚楚的男人在把酒灯盏，甲壳虫觉得有些面熟。那几个男的一手把酒，一手搂着这几个小姐。其中的那个就是小油漆匠。

老林听完我对这篇小说的构思后，说了一句粗话："你老白锤子哟，啥子甲壳虫，屁眼虫！"

你看，老林在生气。我在心里想说，甲壳虫也比那些屁眼虫好。

他老林显然是对我这篇小说不满意。他想：老子把带点个人隐私色彩事讲给你老白听，你老白却要写劳什子小说，写写也就罢了。还居然编些偏方。

或许是我在用小人之心在度他老林的君子之腹。

九

死亡正一步步向贺媛媛走来。

死亡降临时的这个夜晚，月亮被一层薄云遮盖，星光惨淡，你种下了这个因，就会得到这个果。时钟在一分一秒地接近着死亡，贺媛媛现在躺在床上，82片安眠药已经吞下肚腹。等待着药性发作，她在白天已经把体力消耗殆尽，临上床之前，她洗了个澡换上一套干净的内衣，就钻入被子内；

温暖的棉被在与她的肌肤相亲，墙上的灯发出桔红色的光芒，她那双明亮的眼睛开始发涩，她静静地闭上了。

月亮终于被越来越浓密的云层埋在深处。好安静的夜晚啊，雪宝鼎仿佛不在了。而在一座寺院里，一位白眉老僧燃着一盏青灯正在专注地诵经。寺院外面秋风一阵疾似一阵，吹得柏树林发出"呜呜"的轰鸣。大地在这肃飒的季节，透着深入骨头的沁凉。

她睡着了。

在家里她是父母的独生女儿。经商的父母常年在南方经营着他们的公司，她跟父母的纽带，在节日之外，就是电话了。父母的经营有方让她可以衣食无忧一辈子，然而，她的生命却犹如风中花絮，风来临的时候，就会在空中飘散。

她的确是为了一个情字而死。

但又不是。夺镇派出所的警察们是她最后结识的一批人。她给他们展示了自己最后的美好，这也正是大家搞不太明白之处。我是说，她其实是不想死，她是在用安眠药在给自己的生命开玩笑，谁知这个玩笑开大了。她的生命本质是脆弱的。正是在大家，包括老林在内，潜意识中是不相信她想死，尽管她在夺镇那些日子里，曾用语言流露过想死的想法，可大家就是不相信。

好比有一个人，在自己跟自己较劲儿，自己威胁自己：我要死你看一看。结果，就有一个旁人怂恿着说：你去死吧。反而，这人却要嚎啕大哭，你要我死，我却偏不想死。反之，大家一起嘲笑这人，或者麻木不仁：开玩笑，好好的死呀、活的。

也许不是这样，我想说：死亡来临时是冲着此因彼果而来的。

十

第二天，小油漆匠提着一把锯子开始对杨槐动手了。

在这株杨槐树还没有消失之前，我把甲壳虫的结局交代一下，本来我设计的是甲壳虫在空气污浊的舞厅，被人在无意之间就一脚踩死了。后来，我又于心不忍，索性就叫它又回到卡夫卡那篇题名为《变形记》的小说中去。

我是说，悼念一棵树也是不容易。

杨槐在夺镇生长有十几年了。拓宽的公路要从这经过，于是，这棵树就失去了存在的价值。当然，与公路比起来，一株槐树又算得了什么呢。我是说能不能保留这棵树，但又想到成千上万棵树都不在了，原始森林都被伐光了，现在来为一棵树操心！

杨槐树在锯子的拉动之中，开始剧烈地颤抖，冠形的树啊，把最后个秋天最完美的树叶像纸币般抛撒；金色的叶子，在风中纷纷扬扬坠落，锯子还在拉动，锯末从杨槐树根部的伤处均匀地漫涌出来，散发出潮湿的味道。巨大躯干在开始向事先计算好的地方倾斜，猛地，就听见一声剧烈的"咔嚓"痛苦般的巨响，然后，轰地树枝四处飞溅，树叶散落了一地。

我是说，在这棵杨槐倒下的那一瞬间，我就知道了死亡是怎么一回事了。"咔嚓"是死亡的声音，这个过程是那样的迅捷而真切。从此，这株杨槐就再也不复存在了。这棵树被锯倒之后，马上就有几个身强力壮的汉子上前，抢起斧头砍断树枝，然后，他们又把树干锯成几截装上等在那里的小四轮拖拉机，拉回家当柴烧了。

尾声

下雪了。

这是今年提前降临的飞雪。这场雪整整比往年提前了一个月降临，是为了那个美丽而清纯的女孩么？

我不得而知。

老林比以前变得更加的寡言少语，我相信他会更加地小心守护着这片天地。同样，我也相信夺镇在旅游的大潮冲击下，正在发生着翻天覆地的变化。

我又要上路了。在秋风袭来的日子，我漫游在已与我的生命融和在一起，成为我生命中一段已无法分割的好时光的土地，用心灵在字里行间行走。

我一抬头，就看到了雪宝鼎。在这美丽而悲伤的秋天闪着圣洁的光芒，来自天堂的歌声在高原的大地回荡。

啊，下雪了。

仰望着雪宝鼎，仰望着峰峰相连的大雪山，我是说一种生命的高度，是说，最好什么也不要说。敬畏。

在生命的高度中，敬畏绝对是个好词儿，不是么。

1999 年 2 月于九寨沟

三十而不立

30岁的时候，曾经发生了一件事。

人在30岁之前是要经历不多不少的事的。

那时，我还在公安分局。在一个叫沃斯喀雄的景区从事着维护社会治安的崇高事业。

隔着河是一个叫黑角的山口。

由西向东是一座木头桥。

每天要等到太阳把谷底照亮时，山口两边耸峙的岩壁间生长着大片的云杉和针叶松林就被打亮，从来没有人说起过黑角山口里边的峡谷深处是什么情形。

到了开春的时候，间或有四轮拖拉机喷出浓黑的烟突突地从这座木桥上驾驶而过。

那是要去峡谷里边播种，种下洋芋、玉米等农作物，然后，到了秋天，马驮着收割的玉米秸、脖子间挂着用红缨装饰的铜铃铛，马起伏地一高一低地走着，铃铛便发出叮当而清脆的声音。秋天是收割的季节，村民们将坡地田的农作物收割后，他们的身影便会在晒场上忙碌着。

我所讲的事情发生在下雪的时候，那天傍晚我们驾驶着一辆警用北京吉普车从原始森林巡逻归来，车行至黑角木桥时，确切地说是车辆转过一道S形的弯道时，透过结霜的挡风玻璃，远远地就看见一团黑影蜷缩在桥头边的那块突兀的岩石上，我们第一反应一致认为：肯定是夺村的酒鬼曲碌嘎。

车灯形成两道光柱，光柱里飘飞着雪花。

在这样的傍晚，曲碌嘎一定是早就把自己给灌醉了。

大家都是这样想的。要不然，这么冷清的傍晚，谁会没事蜷缩在桥边呢。

那团黑影背对着公路，使人看不清它的面部。曲碌嘎平时也喜欢穿着一件黑色的羊皮袄，喜欢把自己蜷缩成一团，不管别人怎么叫喊他，他都懒得理，最多就是扭动一下脑袋，感觉连眼睛都懒得睁开似的，轻声吐露一字：烦。便又倒头睡自己的觉儿。

然而，这次我们都错了。

自以为是经常会误人误事的。

停下车，我像往常一样叫喊着："曲碌嘎，曲碌嘎，天都黑了，要睡回家睡吧，你听到没有？"

叫喊了半天，一直没啥动静，都以为出事了。纷纷拎着手枪下车。我们边抵近那团黑影，边继续叫喊道："曲碌嘎，你莫吓人呀。"

司机老张把车身侧过来，好让两道光柱可以直接照亮那团黑影。

我的天呀！

这哪里是曲碌嘎那个酒鬼，原来是头熊。

一头幼熊，这家伙像是跟谁赌气似的坐在木桥靠公路这边的一块凹状的岩石上边一时，天气好的时候，我们也会在这块像椅子似的岩石内晒太阳，倾听着由高向低的河水。这头幼熊激起了除我之外所有人的冲动，他们纷纷将子弹给顶上了膛，兴奋地叫唤着："这下有肉吃了。"

我也不是不兴奋，准确地讲：我是惊奇。

我顺手将正对着这头幼熊脑袋的枪口给推了一把，爆了粗口，"你们他妈的见不得动物，是不是啊，这还是一头幼熊哪！"

这头幼熊作出一副懒得理我们的样子，眼神流露出湿润的光泽，将圆浑的身子转向了一边，望着渐渐暗下来的天空，它的左前肢脚底的爪子仿佛还受了一点伤，透过凝固的颗粒，我知道那一定是凝固了的血液。

这头幼熊一定从黑角大峡谷里边跑出来的。听当地村民说过；在秋天收割玉米的时候，熊瞎子就会带着自己的幼崽钻进玉米林里，寻找食物。村民对付熊瞎子的方法主要是下套子，要不，就是三五个有经验的壮汉准备火药枪。

我决定还是让这头幼熊回归大自然吧。尽管大家都非常惋惜，那头幼熊低声叫唤了几下，便从岩石上溜了下来，笨拙地侧翻过身体爬上了木桥，犹豫再三，显得非常不情愿地慢慢腾腾地回到了隔着河的木桥那边，消失在茫茫的夜色里。

我猜测，这一定是头父母都被猎杀掉的幼熊，自己也受了伤。然而，我却始终忘不了那双眼睛，湿润的带着哀伤的眼睛，那种早把生死置之度外的眼神，在迷茫的风雪之中，雪花片片从它的眼帘飘落。或者对岸的丛林半坡山中，它的父母正在焦急地寻找着，成年的熊是不敢到木桥这边来的。只有这头不知天高地厚的幼熊，居然敢跑到木桥这边河的公路畔，任何一个过路的人，都有可能将它给杀死。

那是一头棕熊，不是马熊。

它的毛发是深棕色的，而不是我们所说的黑色。黑色是种视觉差。但，这对于这头幼熊来说，并没有什么实际意义。

在过去，旅游者的脚步尚未抵达之前，这片山林便是包括这些棕熊在内的野生动物们的天堂。后来，毁林造田。后来，种树退耕。反反复复地折腾。倒霉的自然是这些野生动物们，它们的活动范围一天天在缩小，遇上贪婪的人，大肆猎杀，能够活到今天的在大自然里的熊早已难觅踪影。

所以，我不假思索坚决制止了同行们想枪杀这头小棕熊的行为。

那一年，我30岁。

黑角木桥下端生长着一片天然的高原芦苇。在春天这片芦苇也会开花，河对岸的山口谷底是片草坪。村里的人在草长高——种子播种下去后，就会在这片草坪内扎起帐篷，过"日桑节"。男女老少都要穿上节日的盛装，在山口谷底的这片草坪上，架起柴堆，宰羊的宰羊，洗碗的洗碗，别提有多么热闹了。扎如寺的僧人们，穿着宽大的袍子，在一座白色的塔前点燃香柏树枝煨桑。

煨桑的烟雾飘升起来时，寺院里的僧人便围绕着香火，诵着平安经，步态轻盈，替村里祈祷一年的风调雨顺。

老人又分成了两部分，男人们围坐在一起，吸着香烟，喝着酒，吃着手抓羊肉，女人们呢，也七零八落地自然分布在树荫底下，手持陀螺捻着羊毛，说着家长里短，年轻的女人则在临时搭建的锅灶前忙碌，准备着丰盛的藏餐。

年轻的男人呢，忙着招呼远到的客人，做着跟节日有关的体力工作。

这是五月上旬，一年的农活儿有了个相对清闲时间，阳光明媚的五月，河流清澈的五月。

我来到了他们的中间，想起在30岁的时候，在那个降雪的冬天傍晚，遇见一头幼熊的情形。

都说三十而立。

在许多人的眼中，30岁正是事业关键期，或者对于运气好的年轻人来说，正是如日中天的红火期。如果一定要有标准，就是成家了，立业了。而我却在这片山水之间，一事无成。一事无成的标志就是既无事业，也无成功。

想到这里，我多少有点惆怅与迷惘。

惆怅什么呢？

就是眼看着别人在大把大把地挣钱，而我却仿佛置身事外，看着大好的光阴一天天地流逝。

我正在想着自己的心事，肩膀突然被猛地拍打了一下。

嗅着酒气，我就知道是谁？

曲碌嘎，一个相貌上看起来比实际年龄苍老得多的男人。

一年四季，就只穿着那件黑色的羊皮袄，只不过在天气炎热的时候，曲碌嘎就会将袖子脱掉扎在腰间。他生着一头天然卷曲的黑发，很少洗头，头发都起了痂似的纠结在一起。虾米腰，长脸，仿佛被什么给削过一样的脸，听见酒眼睛里立即放出光，这个家伙拎着一瓶啤酒，就跟喝水似的，一瓶刚喝完，又变戏法似的从怀里摸出一瓶。反正，节日里的酒管够。

我也学着村民们，就着瓶子喝着。跟曲碌嘎说起那年冬天，我们在黑角桥头把一头棕熊误认作是他的事情。

"那是我兄弟，嘿嘿。"

曲碌嘎笑起来的样子，看起来就像坏蛋似的。村里正经的姑娘见到他来，都会躲得远远的。

"鬼扯，熊啥时候成了你的兄弟了？"

"你听我说嘛。"

曲碌嘎喝了一大口的酒，指着以对岸山岩上，生长着杂灌林丛，那些树枝上缠着红布条儿，那是当地村民们心目中的神山。每当家里发生不好的事情时，就会从寺院里请来喇嘛念经，然后，把家中不祥之物给请出去。完了，就会弄来一只大公鸡，放在那片山岩洞口，那叫放生鸡。还有放生羊。村民们一般都不大理会这些放生鸡和放生羊的。时间长了，这些放生鸡、放生羊就成了无家可归的野鸡、野羊，成群结队的，自生自灭。

只有这个曲碌嘎，在实在找不到吃的的时候。嘴馋，打起了这些放生鸡、放生羊们的主意。

所以，当村里的人说起曲碌嘎至今仍然是光棍一个时，没有人不骂他，"活该，谁让他连放生鸡都要弄来吃的，这叫报应。"

过去，这些放生的鸡成了黄鼠狼的佳肴，曲碌嘎心想，那么肥的天天吃林间虫子的鸡，就这样被黄鼠狼给糟蹋了，不如自己弄来悄悄吃了。尽管那时没有绿色食品的概念，但这些放生鸡绝对是味道鲜美的极品。

放生羊呢，却成了豺与狼的盘中餐。

"那些都是迷信。老白，反正我是不信的。"

曲碌嘎又浮起一脸的坏笑，"老白，你说的那只熊儿子，是我捡来的，你信不？"

"那你说说。"

"那天，我上黑角沟，在山坡上，就看见两只老熊在打架，把我给吓得，就紧赶跑。跑了一阵子，就在一个大树边发现一个洞，对，是树洞。听见洞里边发出呜呜的叫声，结果你猜发现了啥，是老熊窝，窝里有两只熊儿子，一只死了，还有一只流着血，我就把这只熊儿子给抱了起来，跑啊，跑啊，跑回寨子，打算自己喂养，把这只熊儿子给喂大了。"

"你喂大作啥用？"

"抽熊胆呀，老白，你真不知道，现在，山外边熊胆好值钱，他们说比黄金还要管钱哪！"

我听到曲碌嘎说抽熊胆，胃部立即一阵痉挛。我也觉得村民们说的没错，活该曲碌嘎打光棍。

我是见过抽熊胆的。

两头成年的棕熊被关在铁笼子内，腹部插入导管，边吃边分泌着胆汁儿，苦胆色的，散发着浓烈的腥臭味道。

曲碌嘎看见我脸色变了，以为我又要收拾他了。立即从草坪里站起身，吓得边说边走，"开春的时候，他们还不是嘴馋。跑到犀牛海去捡野鸭蛋，那可是人家抱（孵化）儿子的蛋哪！"

我真的没生气。

我是想知道那只幼熊后来咋样了。

曲碌嘎虽说逾遢，嗜酒如命，但却是一个很有眼水的人（眼水，是当地一个俗语，意思就是很会察言观色的人）有时，我就在想，人毕竟是环境中人，人生来是要适应所处的生存环境的，而不是环境来适应你吧。他知道我不高兴了，很识趣地离开了我，去跟正在端着托盘的村里有名的俏姑娘莫罗鳗嬉皮笑脸，顺手从刚才出锅的冒着热气的托盘内抓了一坨羊肉。

五月的阳光照耀在草坪间，土地散发着温暖的气息，这气息像是酒撩拨着人的倦意。喝了一瓶啤酒，人身子发软，变得有些慵懒。我索性脱掉外套铺在软软的草坪上，躺下身子，整个的身心融入渐渐进入了睡眠。

说来也非常奇怪，当我闭上眼睛时，所有的声音清晰地传来。我首先听见的是高处山冈的风，像是飘飞的影子般正在掠过挺拔的云杉的树梢，然后，吹动着翠绿的树叶，又低下了头，折向了密林深处。树下是大片的腐质层，那是上百年来的落叶，一层又一层绵密地铺洒在泥土之上，经过风霜雨雪的摧残发酵，散发着浓烈的油松的气息。五月的雨后，腐质层里生长出了蘑菇，就像男人的命根子似的向上挺拔着。

接着，我又听见了流水的声音。

那是从更高处的雪山——终年的积雪，尽管近年来由于大气变化，积雪在一年一年的萎缩退化，却始终蓄积着闪耀着刺眼的光芒。流水起初一滴一滴滑落，悄然钻进苔藓地衣的根部，由高到低，慢慢地汇集，形成了大大小小的溪流，溪流又因为地形的变化汇合在一起，发出了潺潺的流水声音，在流淌的过程中遇见了悬崖，像一条条白练似的坠落，在陡峭的山岩间溅起大团大团的水花，形成了一团水雾，水雾中折射着太阳的七彩光芒，形成了虚拟的彩虹。

我并没有真正入眠，而是处于假寐的状态。

匆匆的脚步，是村里的人从身边走过。由远及近，由近及远。我却不愿意睁开眼睛，仿佛听见了大地心跳的声音。咚咚，像是岁月的手在擂着大地的胸膛一样。

雪花在我闭着眼睛时的那个世界无声地飘满着。

我又看见了那头幼熊。

它从树洞内伸出圆圆的脑袋，呜呜叫着。由于饥饿，在初春时节，黑角山崖畔盛开着甘肃桃，那是春天最为鲜艳夺目的色彩，所有的野生动物面临没有吃的的困境。长翅膀的生灵们会飞到村庄的上空盘旋，寻找着水磨坊秋天散落的青稞，一些腐烂的气息，令一些鸟们迅速地找到了食物，那是牲口的内脏，还有过年时杀鸡、宰羊遗弃的内脏，经过这些喜食腐烂生灵们的清理，大地又变得洁净。

而只吃谷类物的鸟们，却专注地在板缝间仔细搜索着，不放弃任何一粒粮食。

那头幼熊被曲碌嘎抱回了村里。

但是，曲碌嘎又不懂得如何喂养它。不知道它要吃什么东西。

抽熊胆卖钱，只不过是他美好的一厢情愿。就像村里的许多事情一样，说起来很激动，做起来却很被动。然而，人们却始终有着一个过上好日子的美好的愿望。像曲碌嘎，村里人说他老是想着不劳而获。

村里的人大多数都明白，没有不劳而获的好事儿。

但是，村里人又不能将不劳而获的想法从曲碌嘎的脑袋中给清除出去。这就是生活，而生活却又是这样充满着喜剧的色彩。

曲碌嘎性子急，他是个今天才播种，明天就要吃到精杷面的人。尽管他像我一样，也是三十而立了。

我是三十而不立。

而他的三十而立，脑袋里装着净是发财的梦。

不知道从什么时候，人们以财富占有的多少用来衡量是否成功的唯一标准。即使是在这个偏远的山村里，城里人以拥有多少套房子，银行里有多少存款，作为成功的唯一标准，而曲碌嘎呢，也是以口袋内揣着多少钞票，作为是否气粗腰壮的唯一标准。

仅就从这点而言，城里人、乡下人其实也并没有多大的区别。

就像村里的那条野狗，谁在不高兴时都拿它出气，随时在它的狗腚上端上一脚。而当这只野狗有了钱，打扮成了京巴儿时则人人笑脸可掬，夸赞道：这是一条多么高贵的宠物呀。

村里的那只母狗成了那头幼熊的救命稻草。由于没有吃的，那头幼熊就跑到莫罗鳗家的柴房，随着一群幼狗崽儿钻入柴房子内，吮吸着狗奶。曲碌嘎呢，他才懒得管自己从黑角山上抱回来熊儿子呢，他照例是天天喝他的酒。

俏姑娘莫罗鳗也快满 30 岁了。

在村里，一个姑娘到了 30 岁还不嫁人，也是令大家要替她着急的事情。如果说曲碌嘎经常穿着那件似乎从来都没洗过的黑色羊皮袄，成为村里有名的"犀利哥"的话，那么，莫罗鳗却是爱干净、讲卫生出了名儿。她觉得除非是经过自己亲手弄过的，别人碰过的东西都是不干净的。

那天早晨下着雨，莫罗鳗戴着一顶草帽，端着自己亲手弄的狗食，来到了自己家的柴房前，预感到有啥不对劲儿，她家的那只母狗一共下了八只狗崽儿，死了三只，还剩下了五只。她喜欢那些小狗崽儿为了吃奶抢着、争着钻到母狗的肚子下边那副急不可耐的样子。

莫罗鳗心里直犯嘀咕，打开了门，就听见这头幼熊也拱在母狗的肚子下边，发出呜呜的声音。她惊奇地叫了一声，"天呀！"

她不知道这头幼熊是如何溜进自己家的柴房子内的。

她更不知道自己的母狗如何就接纳了这头幼熊，她看见这头幼熊显然没有狗崽儿们熟练，一下子就叼住了饱满的乳房，而是被比自己体积小得多的狗弟弟们挤向了一边，始终嚼不到狗的奶头。

莫罗嫂第一反应是：脏。

哪里跑来了这么一个脏兮兮的东西。但她又不敢自己动手去抱起这头幼熊，那样，会让她觉得更脏。她变得有些不知所措。她并不知道这是曲碌嘎干得好事。虽然，村里人在闲时，喜欢开这个俏姑娘的玩笑，觉得她跟曲碌嘎年龄也合适，不如就撮合给曲碌嘎得啦。

"曲碌嘎咦——脏兮兮的。"

莫罗鳗倒并没有生气，而是眼前仿佛出现一滩什么肮脏的东西似发出感叹的声音。她随时带着一条真丝手绢，立马掏了出来，捂住自己挺直的鼻子，扭动着苗条的身子。

俏姑娘长得不像村里的人，生得洋气。这是村里的人夸赞一个姑娘的词汇。"那个丫头，长得真洋气，啊、啧、啧。"

意思是说，那个姑娘长得真漂亮。漂亮是城里人爱使用的词汇，村里的人，说话却没那么的讲究。俏姑娘尽管人长得漂亮，却是"阴山里的人"。这也是村里的一句土语，意思是生有狐臭。这也是俏姑娘没能嫁出去的原因。

村里的人忌讳狐臭，说爹臭，臭一个儿，娘臭，臭一窝儿。

因为俏姑娘是阴山里的人，所以，每天都要洗澡，在腋窝喷洒香水。到了夏天，喷洒的香水味与狐臭味相混杂，别提有多难受了。问题是俏姑娘莫罗鳗自己却嗅不到自己身子所散发的味道，只能从人们远远地就在躲着她绕道而去，才知道自己身子是否真的散发着令人讨厌的味道。

她五岁上就死了阿妈，父亲也是一个嗜酒如命的男人。

村里的旅游开始，俏姑娘的命运也发生了巨变。她跟一个来自德国的金发小伙子一见钟情，人家德国人没那么多的忌讳，他天天泡在莫罗娘家，像个上门女婿似的天天帮着俏姑娘挑水、砍柴，俗话说：心诚则灵。德国小伙子生得牛高马大的，长得非常英俊，每天帮莫罗嫂干完活儿，自己来到了村里溪水边洗澡。爱干净，讲卫生，又吃得苦，那溪水是从雪山上流下来的，即使是在夏天也是冰凉刺骨，但是人家德国小伙子体质好，不怕冷，他喜欢俏姑娘身子的味道。这真是萝卜青菜，各有所爱。有一次天黑了，德国小伙子把自己脱了个精光，那一身的腱子肉，看得莫罗嫂心里如同揣了只兔子嘭嘭乱跳。

俏姑娘被带到了德国，成了村里第一个远嫁异国他乡的姑娘。

俏姑娘 30 岁终于成功地嫁人了。

"哎，哎，老白，醒了，开始喝酒了。"

我在草坪里做着好梦，曲碌嘎又来了。他轻轻拍打着我，他自己早就喝得满脸的红光，他眼睛盯着越来越显得洋气的俏姑娘在草坪间来回穿梭忙碌的身影，她再也不是年轻时那个身材苗条的丫头了。

俏姑娘的德国丈夫叫汉斯。

他们夫妇现在已经有了三个孩子，这次村里特意把他们一家人从德国请回来参加"日桑节"。俏姑娘还是保持了在村里的习惯，她没有像个贵妇人似的坐在村里专门为贵宾而搭建的帐篷内，喝着酥油茶，说着村里过去的事情。

曲碌嘎说喝酒开始了，意思是正式接待宴开始了。

我离开这片山谷后，一直过着不好不坏的日子，挺不错，我挺知足。我这次也是被邀请参加"日桑节"的嘉宾之一。

黑角木桥也早被一座现代化的钢筋水泥桥所取代。然而，我却怀念那是座木桥的年代，我望着在节日喜庆的氛围中那些熟悉的脸孔，那些跟我一样曾经是那么年轻的脸孔，心生感慨。

从 24 岁到 33 岁，将近十年的时光，我就是在这片有山有水的地方生活。那十年是我人生中最美好的十年，我同村里人一道见证着时代的变迁，在 30 岁的时候，我好像什么也没学会，唯一学到的是放弃、放弃、再放弃。

就像那山间里游走的放生羊、放生鸡，把所有不好的自己承担着，来到了大自然，让大自然里的风风雨雨慢慢地、慢慢地将这些不好的东西过滤、遗忘。

最后，那个叫曲碌嘎的男人当了一名开垃圾车的司机。

2015 年正月初三

注：日桑节，即九寨沟当地敬山水的节。

失语者

—— 谨以此作献给红军长征胜利八十周年及无名英雄们

一

陈二娃这一生都想回家。

沿着蜿蜒曲折的河流，他来到一个叫亚隆的村庄。

在亚隆村他是唯一的汉人，是一个外来者。翻过亚隆村寨子背后的大雪山，就是若尔盖的包座，再向西偏北的方向就是求吉，达拉。那里有一条叫甘松的古道，从甘肃运往松州城的货物就是沿着这条古道源源不断地进来。

陈二娃在没有负伤之前是红三十军八十九师特务连的一名战士。他是跟随着右路军从卓克基出发途经黑水来到了班佑草地的。红军主力在班佑一带集结、筹备粮食。左路军则在张国焘、朱德、刘伯承等人的率领下正向着阿坝草原挺进。

张闻天、毛泽东、周恩来等人及所在的总部被编在了由陈昌浩、徐向前所率领的右路军，跟随着右路军行动。

总部决定发起包座战役原因挺复杂，其中一个非常重要因素就是由于粮食发生了问题。松潘战役刚打了个开始，便草草地收了场。

毛泽东仔细分析了当前情况，认为川西高原地区是不宜建立革命根据地的，地广人稀、无兵员，天寒地冻，加之又是少数民族地区，关键是粮食供应有限，还得继续北上，在陕北一带建立川陕革命根据地，或者拿下甘肃、宁夏，转进至新疆，争取苏联的国际援助。

而要北出四川，首要的就是必须要抢占松潘。只要占领了松潘，才能打开北上的通道。

胡宗南也看到了这一点，他的独立旅抢在了红军之前占领了松潘，并且，他还派出了一个营的兵力占领了要冲毛儿盖。

功亏一篑的原因是胡长官未能亲临一线调查，听信了当地藏族头人的话，头人对胡宗南说"毛儿盖以西都是茫茫的草地泽国，别说红军，广袤的大草原连只鸟儿都飞不过去"。当胡长官手下的李日基营长来到了毛儿盖时，不久就遭到了红军主力的攻击，李日基从电台中报告，要想守住毛儿盖至少需要一个团的兵力，胡长官却给了他一道莫名其妙的命令，要他砸毁电台，带回一个兵奖励他10块大洋，李营长也是打急了，连电报内容都没读完就下令砸毁了电台……带着少数亲信逃回了松潘城，更让李营长没想到的是：吃了败仗，胡长官不仅没有处罚，还按照他带回的人头数兑现了奖励。

而在松潘城的胡宗南内心却是肠子都悔青了，作为国军将领他抢先占领了松潘，布防也没有太多的毛病，因此，他受到了蒋校长的褒奖。但作为一名战区的指挥官，他却缺乏全局眼光，真是不合格。

为策应中央红军，红四方面军西渡嘉陵江、一路占昭化、战中坝，青川、平武、石泉（北川）、土门、茂汶、理县、懋功，面对着二十万的川军，打得非常艰苦，也打得非常顽强。而尾随中央红军的薛岳部几十万大军却被中央红军甩在了夹金山的另一边的雅安。胡宗南麾下之丁德隆旅、王耀武旅等部一直在碧口、文县、南坪一线的白龙江布防，枕戈待发。然而，战局瞬息万变，红军对拿下松潘志在必得。胡长官自然也不敢怠慢，紧敢挥兵南下抢占了松潘。

松潘战役在松潘城外围的牟尼沟打了八天，凭借着坚固的城池，松潘有利的地形，城周围皆是高山高地，国军居高临下，以逸待劳。

而参加松潘战役的红军部队既无火炮，又无炸药，长征途中重武器都丢光了，最要命却是仅有三天的粮食。即使是这样，红军仍然顽强地打了八天。

毛泽东审时度势，部队后勤保障发生了问题，他决定部队穿越茫茫的泽国草地，这是连包括蒋介石在内的国军所有高级将领都没想到的一招险棋。更不用说胡宗南了。他没料到，毛泽东的用兵历来不拘一格，炉火纯青。

而要过草地，部队仍然面临粮食的问题。

一路上筹粮，战斗。到了1935年的8月底，红军部队总算陆续抵达了班佑、巴西地区。

胡宗南也深知粮食的重要。他分别在包座、求吉设立了后勤兵站，并且，还在松潘的漳腊修建了一个简易军用机场。胡长官是黄埔生，是蒋介石嫡系中的嫡系，他的部队武器装备精良，一个班就配置有一挺轻机枪，一个营就配置了机炮连，中下级军官也差不多都是黄埔的毕业后，天子门生，自然骄横跋扈，松潘战役红军没得手，在他们的眼中红军早就是一群饿得快拉不动枪栓的叫花子兵了。

徐向前向毛泽东建议由红四方面军的三十军负责攻打包座，红四军之许世友部负责解决求吉一带的敌军，毛泽东同意了徐向前的计划。

围点打援是徐向前总指挥的拿手好戏，早在鄂豫皖时期，徐帅就是运用这个战术创造了歼敌一个整编师的纪录。

红三十军八十八师、八十九师，对包座之敌采用围而不打的战术，诱使驻扎在漳腊的敌四十九师前来驰援。

包座战役从 1935 年 8 月 29 日黄昏开始，一共激战了两天两夜，战火燃烧，把包座河谷都打得红透了半边天，歼敌四千余人，缴获大量的武器、弹药，大量的粮食。打开了红军北上的通道。

陈二娃在包座战役进行过程当中，先是被机枪子弹击中了左小腿，接着，就是一发迫击炮弹在他身边不远处爆炸，弹片将他半个右耳朵给削掉了三分之二。

红军大部队北上后，陈二娃先是被红军安排在包座当地一户藏民家。为报复红军，胡宗南的部队，加上松潘漳腊当地袍哥的武装大肆开始了对红军伤员的搜捕。一个好心的甘肃商人路过，出于对弱者的同情，加之，这个商人也实在看不惯那些袍哥的所作所为，对抓住的红军伤员残忍地摧残与折磨——点天灯，割舌头。

这个商人叫奂忠实，他决定带着陈二娃去南坪境内的亚隆。

奂忠实心中信奉救人一命，胜造七级浮屠。商人的思维跟军人的思维不同，商人信奉的是出门在外多一个朋友多一条路，军人信奉的是多一个敌人，自己就多一份危险。不是说这个商人救陈二娃，救了一个红军伤员他就出于有多么高的觉悟。

商人的家跟亚隆寨的头人扎海是世交，奂忠实跟头人也是认识多年的朋友。

二

在包座战役中，陈二娃的哥哥陈大娃光荣阵亡。

陈大娃阵亡时刚满 21 岁，陈二娃比哥哥小两岁，在参加包座战役时，陈二娃快满 19 岁了。陈大娃性格稳重、生得憨厚老实，阿二娃性格活泼、生得机灵猾黠。

陈氏俩兄弟是四川省宣汉县陈家湾人，自幼父母双亡。红军队伍来到了宣汉时，陈氏兄弟正在讨饭的路上，部队长官是个年轻的眼镜，说话非常和气，眼镜长官见到他俩时，一眼就喜欢上了，主动问他俩："小兄弟，想吃饱饭么？"

陈二娃早已饿得不行了，他抢在哥哥前面回答道："长官，咋不想喃，做梦我都想吃顿饱饭。"

陈大娃到底要懂事一些，他听湾内剃头匠邱麻子经常说到一句顺口溜，好铁不打钉，好男不当兵。陈大娃就把这句话给记住了，他晓得当兵就要打仗，而打仗就会死人。有一次，在他俩讨饭的路上，如果不是弟弟陈二娃反应快，哥俩恐怕早就被邓锡侯的部队给抓了壮丁了。

也是遇巧了，眼镜长官正跟陈氏兄弟俩说着话，部队就地开始生火埋锅煮饭了。

饭煮好时眼镜长官自己都顾不上吃口饭，就端着两瓷盅满满的大米白饭来到了弟兄俩跟前儿，啥子话都没多说，就将香喷喷的大米饭递给了他俩。

这是陈二娃生命记忆中第一次吃饱了一顿香喷喷的白米饭。他盯着哥哥——这个世界上唯一的亲人，哥哥到底犟不过不饿肚子的诱惑，最终答应带着弟弟陈二娃参加了红军。

现在，哥哥战死了。陈二娃负了伤，不能跟着大部队继续长征了。包座又属于松州管辖，战争让当地的藏民都躲进了深山老林。包座原本并不大，藏在老乡家中迟早会被人发现，况且，还得连累收留自己的藏族老乡。

因此，当甘肃商人夹忠实起了好心要将陈二娃带到亚隆时，陈二娃只好答应了。

眼下担务之急是先保命要紧。

由于红军医药匮乏，红军医生仅是简单地给陈二娃包扎处理了一下伤口。等到夹忠实决定要带陈二娃上路时，陈二娃的伤口已经溃烂化脓了。

促使夹忠实去亚隆村寨的还有一个重要的原因，就是他这次带的货要在亚隆停留几日，以躲避漳腊的袍哥杜大爷。

夹家是甘肃岷县的望族，世代秉持诚信经商，以德服人。每次在松甘古道上遇见危险时，奂忠实的父亲便将自己的驮队带到亚隆避祸。

亚隆寨头人扎海是个三十出头的年轻人。

奂家跟扎海头人家是世交，是彼此信得过的世交。奂忠实要带陈二娃，其实也是顺水人情，他是对杜大爷不满意，既救了人一命，还在江湖上能落下一个好名声。

包座是藏语，翻译成汉语就是这条沟壑"像枪筒一样笔直。"

奂忠实吩咐下人给陈二娃临时绑扎了一副单架，赶着驮队，在九月初的一个清晨，太阳还没有出来的时候出发了。

陈二娃躺在简易担架内，望着这条沟壑两边高大挺拔的云杉、冷杉树，一只戴胜鸟在树干的上端正在用自己坚硬的喙啄食着树皮内的虫子。他强忍着伤口引起的阵阵剧痛，不知道奂老板要将自己带往何方。他在红军部队快三年了，只能简单地认识一些字，那还是在行军打仗的间隙，眼镜长官手把手地教他的。

眼镜长官是连指导员，湖北人。连长是个络腮大胡子，安徽人，面恶心慈。在西渡嘉陵江的滩头，眼镜指导员胸部中弹光荣牺牲，连长是在过草地时，为部队去找粮食，结果，被陷入了沼泽地中，眼睁睁地看着连长一点点地沉陷、沉陷，最后，水面冒出了一串串的泡泡，连长就这样也牺牲了。

陈二娃想着参加队伍以来，自己认识的、熟悉的人，一个个都牺牲在不同的战斗中、不同的地方。他想哭，却没有哭。他听首长说，自己的哥哥也牺牲了。首长是含着泪水，在部队即将开拔专程来到他养伤的藏民家看望。

首长也没说啥子大道理，而是抱着陈二娃说，"小兄弟，以后，你就自己去奔个人的命吧。"首长心里清楚，陈二娃的命保不保得住，就看他的造化了。

首长是团政委，姓顾。后来他牺牲在抗日战争的山西战场上。

顾政委给这家藏族老乡留了一点银元，陈二娃透过老乡家的板房间隙，听到了嘹亮的集合军号声，特务连幸存下来的弟兄们正在列队，准备出发了。

红军准备出发了。

从此，陈二娃就留在了这块异乡的土地上。

去亚隆有条唐代的茶马旧道。奂忠实就是沿着包座的这条山谷，一路翻山，在第三天的中午带着驮队抵达了亚隆。

亚隆村寨是个百分之百的藏族村落，位于黑河大峡谷的源头地带，著名的羊膊岭在这里蜿蜒起伏，终年积雪不化。亚隆村的先民大约是在七八百年前，从西藏的一个叫亚隆的部落迁徙辗转而来。

亚隆由于地处草原与峡谷的结合部，特殊的地理条件决定着亚隆村民半耕半牧的生产方式和生活方式。春天布谷鸟叫的时候，亚隆村寨里人就来到了河谷和村寨前后的坡里台地，开始播种青稞、胡豆，还有洋芋。另一部分的村民则赶着牦牛、藏绵羊放牧。到了秋天，收割青稞的时候，放牧的牛、羊膘肥体壮的时候，男人们就会背上叉子枪，带上撵山狗进山打猎。而在春天，种子播种下去的时候，男人们又会准备好背篓、尖嘴锄钻进老林子里挖虫草、贝母。女人呢，则挤牛奶、弄酥油，纺织牛毛、羊毛。总之，一年四季，有着做不完的事情，几乎没有闲得下来的时候。

奂老板的驮队又来了，村寨里引起了阵阵的骚动。

扎海骑在一匹高大的枣红色的马背间伫立在村口那棵高大的青杨树下，那不是山地的驮马，而是产自若尔盖河曲的河曲马，是去年秋天，扎海头人特意从若尔盖唐克管家手中花银子高价买来的。

"来了。"扎海头人欠了欠屁股，招呼着奂忠实。他穿着一件宝石蓝的漂亮的镶着水獭皮的袍子，管家背着一把盒子炮，身着黑绸长袍替头人牵着马，迎接着奂老板的到来。

奂老板抱拳拱手，用汉人的礼数回敬着扎海头人。奂忠实也差不多有三五年的光景没来亚隆这个几乎与世隔绝的村寨。他看见几年不见，头人都有点略微地发福了。人或许就是这样，对于一个很长时间没有见过面的老朋友，第一眼就是从外在的装束和身体外表特征方面发现了新的变化。而新的变化则是能够给人带来喜悦与好心情的。

头人也回敬着奂老板，管家立即吩咐村寨里的差巴们（奴隶）招呼驮队，并且帮助着卸货、牵着驮马去头人安排的马厩内，那里准备了大量的草料。

而头人呢却并没有下马，而是吩咐一个大个子的差巴上前牵着奂老板的坐骑，俩人并缰前行，沿着村寨小路，穿过长满牛蒡、亚麻的杂草丛，一直进入头人家的被一片栅栏围住的木楼前下马。

进门上楼，奂忠实立即嗅到火塘内传来阵阵马茶的味道，头人知道在包座红汉人跟白汉人打了一仗，十天前大约有一个排的红汉人，穿着像灰鸽子一样颜色的统一军装来到了亚隆，通过带路的通司（翻译）向他打听南坪城的情况，被他给客气地打发走了。

对于汉人，头人抱着惹不起，躲得起的态度，只要不是在自己所管辖的地面上动刀动枪，最好的办法就是礼送出境。

头人太太泽斯满正在火塘边忙碌，她是一个话语不多的女主人，身材苗条五官端正，她冲奂老板笑了笑，就连忙准备着酥油、糌粑、奶渣，她知道奂老板不喜欢甜食，但还是在小方桌上预备了一小罐的蜂糖、盐巴，摆放好了两只小龙碗，从火塘之上的用树杈制作的挂钩上摘下那把被烟熏得漆黑的铜制茶壶，将已经煮沸的大茶水小心地倒入放有酥油、糌粑、奶渣的小龙碗内，做完了这一切，泽斯满始终面带微笑，面对着客人佝着身子，缓慢地退了出去。

"这还是你去年托人从灌县买来的大茶呢。"

扎海头人今天心情很不错，他端起小龙碗，轻轻吹着漾动着金色光芒的茶水。奂忠实知道，头人所说的大茶，就是茶砖。为方便于长途驮运，在制作的过程中挤压成了砖头的形状。茶砖具有去膻清火的作用，藏民喜食牛羊肉，茶砖是他们生活中必不可少的。还有盐巴。亚隆及包座一带不产盐，这就有了奂老板的营生存在的理由，像产自青海湖的青盐，还有产自四川自贡的井盐，也是必不可缺的。

当然，还有瓷器、丝绸、家具、农具、枪支弹药，还有鸦片。而藏区呢，则也需要把皮货、药材等销往内地。

奂忠实跟松潘漳腊杜大爷的梁子，起因就是为了运输鸦片。

罂粟这东西早在道光年间，鸦片战争前就传入了山里。尤其是南坪的下塘地区，山高路险，林中的土地、气候、温度最适宜于种植罂粟。从清朝政府到民国政府都是禁烟的。然而，又有哪一次禁绝了呢。

在这个民族走廊地带，几乎所有的村寨，都是依山傍势所建，都是就地取材所建。这里村寨的建筑，都是塌板房子，不像梭磨河谷一带的"四土"地区，建筑都是碉楼、石头房子。

茶喝三遍，奂忠实向扎海头人说起了陈二娃的事，头人初听吓了一大跳，他差点从铺着野兽皮的毡子内站了起来，奂老板微微一笑，他不紧不慢地劝说着扎海头人收留下陈二娃。

"天有不测风云呢，扎海头人，保不齐有一天，还用得着这个娃哩。再说，你们藏族人的佛教里，不是也有救人一命是积德的事情吗？"

提到藏族的佛教，扎海头人沉默了。他得掂量，他思来想去，如果不收留奂老板带来的人，势必就把奂老板给得罪了，得罪了奂老板，意味着从此想要得到货物，尤其是紧要的大茶、盐巴，还得花高价找别的老板。如果收留下来了，在奂老板走后，把人交给官府，自己倒是脱了干系，这小子的命还是保不住，人家奂老板把人弄来，就是安心有保他的一条命，结果，还是得罪了奂老板，在江湖上还落下个不好的名声。扎海头人思来想去，最终还是勉强答应了下来。

"好吧，那就给奂老板一个面子，留下。"

奂忠实在亚隆停留了三天，扎海头人又是杀牛宰羊的盛情款待，又是送姑娘的热闹了三天。奂老板临走，特意来到一处牛圈——那是头人临时安置陈二娃的地方，意味深长地对躺在草料堆中陈二娃说："小兄弟，我能帮你的就只有这些了。先把伤给养好了。此后，你恐怕要隐姓埋名了。想一想你那些战死在包座的弟兄们，你就知足了吧，啊——"

三

秋天很快来临。

陈二娃拄着用树枝削成的拐杖，试着走出了牛圈。村寨里的牦牛还在高山的牧场上，要差不多等到第一场雪降临的时候才赶回寨子里来。绝大多数的青壮劳力、男人，还有女人也跟着牛群、羊群在牧场忙碌。

头人给陈二娃起了个藏名叫嘎洛。

嘎洛陈二娃来到村寨口那棵高大的青杨树下，秋天的阳光开始皴染着树枝头迎风招摇的树叶，他想起在自己的老家宣汉，在秋天降临的日子，漫山遍野的红叶。一种背井离乡的孤独感油然而生，在亚隆这个陌生的地方，他现在无亲无故，寄人篱下。牛圈是座低矮的木摞子房子，严格意义上还不能叫作房子。四处敞漏，在这个海拔三千多米的地带，即使是夏季的夜晚也是寒风阵阵，嘎洛陈二娃连一床破旧的毡子都没有，夜晚的"被子"还是去年村民收割当草料的牧草，散发着浓烈的膻腥和潮湿的味道，跳蚤虱子咬得他夜里睡不着，尤其是化了脓的腿部伤口，仿佛有无数的蚂蚁在溃烂的肉体内爬行撕咬着，令他痛不欲生。

嘎洛陈二娃真的到了求死不能、求生难挨的地步。

活着，活下去，像一只蚂蚁般地活下去。

这是他生命本能的挣扎与灵魂深处的呐喊。

他在夜里睡在草铺内，抓扯一捆的草当自己的"被子"，透着稀疏的牛圈棚顶，每到半夜就会降雨，雨水沿着连带树皮的板顶滚落，把他的草被子逐渐打湿，在打湿的过程中加重了分量，他只得又抓起一把把的干燥的草，不停地替自己换"被子"。这种简单而机械的重复动作直到把他弄得精疲力尽时，他才渐渐又陷入睡眠。

从亚隆周边的原始森林弥漫而来的湿气使他的伤口愈合得非常缓慢。他又听不懂当地村寨藏民的语言，只有头人懂一点汉语，但头人每天要忙自己的事情，头人才没那个闲工夫来理这个叫嘎洛的流落红军的冷暖呢。

陈二娃开始渐渐失语了。

不说话的时候，听觉却反而发达了起来，他听见在森林的密处，野兽行走的脚步，他还听见坡里胡豆成熟的声音，甚至连秋天的夜晚降霜的声音他都听见了。

在他的耳畔，更多却是在包座河谷响起的枪炮声音，交战双方一群又一群的年轻士兵，在鏖战中不断地倒下，他甚至还看见了自己的亲哥哥——陈大娃端着步枪，从长满蒿草的埋伏地点鱼跃而起，跟着发起冲锋的红军战士叫喊着、奔跑着，冲向对面敌人的阵地，猛地响起了一阵重机枪扫射的声音，"咚咚咚——"随着雨点般的子弹呼啸着撕破空气那无形的屏障，一个个年轻的战士中弹倒下。

"哒哒哒——"那是轻机枪的声音，枪口吐着火舌，形成了一道火网，在包座的河谷交织成最美丽而最残酷的画卷，子弹的风暴刮过，人、树枝、草茎纷纷折断，子弹落入尘土立即就溅起一团尘土的烟雾，生命在这种极其惨烈的状态，任何人的生命能量都发挥到了极致、发挥到巅峰——因为不是你死，就是我死，不是你活，就是我活。而活着就是胜利，就是一个军人的最高目标。

在亚隆最初的日子对于嘎洛陈二娃就是这样，他睡在牛圈内每夜都是在想、在翻来覆去睡不着的折腾中把自己年轻的精力消耗殆尽才能昏沉沉地睡去。

只有睡着了，他才仿佛忘记了伤口的疼痛，只有睡着了，他才能够在梦中见到自己的亲哥哥、见到自己曾经熟悉的场景，熟悉的人、熟悉的事、熟悉的语言。

直到有一天，嘎洛陈二娃又一次从睡梦中醒来，他惊奇地发现亚隆四周的树叶变颜色了，红的、黄的、紫的，那是一个怎样缤纷色彩的世界啊。所有的草呈现出了成熟的枯色，那棵村寨口的大树也已经金枝灿烂，所有的树叶像一枚枚的金币似的挂在树梢上闪烁着绚丽的光芒，河水变得更加地清澈而透明，河流变得缓慢，青翠的云杉、冷杉、油松所构成的森林内部——那些杂灌树呈现着胭脂般的色彩。

更让他惊奇的是伤口开始结痂了，受伤的那条腿开始渐渐地有力量了。

嘎洛陈二娃可以不用拐杖走路了。他为自己在时间的煎熬里迎来了生命的这个崭新的变化而感动。

然而，头人却并没有真正遗忘他。

头人在他伤口基本痊愈时派管家给他安排了一个活路，就是看守村寨的水磨坊，人们收割了坡地里的青稞、胡豆，把它们扎成一梱一梱的，晾晒在浪架上。

浪架是用一根根的木头，砍成方形，在木头上开凿出孔，穿斗而成，就像亚隆的民居一样，差不多都是穿斗结构的木房子，墙是用取自河谷的黄泥巴类似"干打垒"，这些黄泥巴还沾有草种，因此，每家的墙头还生长着一簇簇的野草，甚至，还有几株柳兰开放出紫色的花朵。

亚隆属塔藏前山六部管辖。

管辖前山六部的杨土官每年在五月到十月的这个时间范围内就要去自己的辖地巡视，这是作为一个土官的职责所系。自明代开始，为节制这些大大小小的土司们，大明王朝实行了改土归流的政策，将原先的土司改设为土守备、土官。杨土官的父亲叫杨观成，土官是世袭制，当地人习惯称呼他们土官老爷。

土官的每次出巡，事先要知会自己辖地内的大小头人。按照规矩土官每次要自带粮食，土官及随从的住宿都得自己解决，不摊派给村寨。老民们为表心意，只是在土官到达自己村寨时，给土官献上一点肉，几根柴火就行了。头人呢，自然是要提前杀牛宰羊来款待土官。

土官自带帐篷，在河谷宽敞的地方安营扎寨。

几百年的规矩就是这样，到了民国像亚隆这样偏远的位于深山老林中的村寨，土官也懒得来一趟。

现在这个杨土官在南坪历史上可谓算得上一个人物。1949年他顺应时代，率领自己的士兵武装主动投诚解放军六十二军，他本人作为进步开明的民族上层人士成为南坪县政府第一任县长。

他是到灌县读完了中学，毕业回来老土官病入膏肓，不久病故。他料理完老土官的后事，就决定要巡视自己的辖地。

杨土官管辖的前山六部有多大呢。

杨土官自己的官寨是在毗邻南坪县城的安乐半山，河谷地带自明末清初开始都为大量的汉地流民所据。前山六部包括黑河大峡谷玉瓦以上的所有藏族村寨，大录、芝麻、沙窝、香扎、东北、八屯，羊洞（今天的九寨沟）、和药、塔藏、中查、隆康、扎如，弓杠岭，甚至松潘的漳腊，这些地点及村寨里的头人、番民和土地都是土官所管辖的范围。

因此，杨土官从五月开始巡视，一个地方少则三五日，多则十天半个月，亚隆是他的最后一站，抵达亚隆也差不多是十月中旬了，在第一场雪降临之前。

杨土官是个矮胖子，生得白净，很斯文的模样，不是我们想象中说到藏族人必是五大三粗、面目款黑的模样。

他巡视的目的，是要告之这些大小的头人，现在是年轻的杨土官在主事了，还有就是考核头人们的政绩。历朝历代是不收番区的赋税，土司收税用以养活自己、家族和下人。只是到了民国才开始收赋税，却又执行不彻底，头人只认土司，对于流官彼此面子上客客气气，还有的流官嫌山高路远土匪多、袍哥横行，干脆连到任都懒得来，躲在成都、江油等地乐得逍遥自在。

杨土官比亚隆头人扎海还要年轻。

况且，这是年轻的杨土官第一次到亚隆来巡视，扎海头人自然不敢怠慢，按照规矩如果扎海头人的名声不好，在老民心目中是个为非作歹胡乱搞的人，那么，杨土官是有权调整头人人选，通过老民大会民主选举出一个他们信得过的头人。

在这片土地上，制约权利还得是更大的权利拥有者。

杨土官虽然尚未到来，村寨里却开始忙碌了。嘎洛陈二娃也不能闲着，水磨坊连夜开动，磨着今年新打下来的青稞。

伺弄亚隆的水磨坊是一项既有技术含量，又是一项繁重的体力活儿。头人让管家指派了"老姑娘"莫洛鳗跟陈二娃一起，没日没夜地守候在水磨坊内。

视槽是用一根根的圆木剖开后，隼斗一道类似小水渠的形状"水管"拼接而成。亚隆村寨背后山林中有股溪流，视槽就是利用山地的落差，将这股溪流引入到视槽内，冲击小方桌大小的石磨转动。在视槽的出水口设有个机关，平时不使用水磨坊时，就把视槽里的水给直接排放至水磨坊下方的河流中。

"老姑娘"是村寨里的人给莫洛嫂起的外号。其实，她并不老，只比嘎洛陈二娃大四岁。村寨的村民分为"差巴"和"科巴"。差巴是头人的奴隶，给头人家放牧、种地，收割的粮食，挤出的牛奶，捻的牛毛、羊毛线等全部都要上缴头人。科巴呢，科巴是有自由身的村民，靠租种别人的田地生活，还得向头人上缴三分之二以上的赋税。

差巴里也有分工，像"老姑娘"莫洛嫂除了给头人放牛，还得捻牛毛、羊毛，然后把这些粗加工后的牛毛线、羊毛线交给德吉大娘，由德吉大娘每晚在织布机上织成毡子。

村里差巴身份的姑娘到了十七八岁时，头人高兴随便指给手下的一个奴隶，就算是婚配了。

往往一个女人的生育能力决定着是否有人愿意来娶她。

所以，在像亚隆这样的村寨，女人生下的第一个孩子，孩子长大后却不知道父亲是谁。

莫洛嫂是个孤女，又没生育，成了村寨里没人要的女人。

这跟莫洛嫂是否长得漂亮无关。她个子比嘎洛陈二娃还高出半个脑袋，梳着无数根的小辫子，身材苗条，胸脯丰满，藏族女人在年轻时身材普遍都是很好的。

土地，女人。

这是吸引一个男人的根本，嘎洛陈二娃现在穿上了一身的藏装，一件宽大的几乎是看不出来原色的袍子，他老是系不好腰带，穿起来不伦不类的，别提有多滑稽了。

"日隆垮裤的。"

头人有一次看见嘎洛陈二娃这个样子的穿着，笑着骂道。头人心想，只要他安分守己，不给村寨找麻烦，只当是他家里的一匹马、一头骡子好了。

嘎洛陈二娃天生一双小眼睛，瘦削的脸，原本还生着一对招风耳，现在半边的耳朵也被弹片给削掉了，走路一瘸一瘸的，他还没说女人。但他已经到了想女人的年龄了。

青稞是头人出的。加上老民们自觉出的东家半口袋、西家半口袋，都堆放在水磨坊幽暗的室内，一根圆木砍成的梯子直达水磨坊的门口，要进入水磨坊还得平衡能力较强才能顺利地来到室内。

嘎洛陈二娃腿部受过伤，拎着青稞口袋，一摇一晃地走在独木梯上，看得莫洛鳗心口一阵阵发紧，她生怕这个外来的嘎洛连青稞带人不小心落入水磨坊底下的河水中。如果损失了粮食，自然少不了要挨头人的一顿鞭子，这还不算完，把头人给惹生气了，说不定割去舌头那还算轻的。

莫洛鳗站在磨坊的门口，她从小开始，爬独木梯，早就对爬独木梯轻车熟路。女人就是这样，总是见不得弱者，见不得一个男人由于身体的缺陷，又要干重活而表现出的可怜的样子。

嘎洛自打被分配到看守水磨坊开始，他身体中的农民血液渐渐复苏。他原本就是一个农民，他知道如果干不好分配给自己的活路，是很难在这个村寨里立足的。

甘肃商人奂忠实把他带到这个几乎是与世隔绝的村寨时，原本就只是想救他一命。至于陈二娃如何在亚隆生存，那就不关奂老板的事了。

嘎洛陈二娃在伤口渐渐愈合后，也不是没有想过逃跑。

逃跑，往那里跑呢。他现在连方向都弄不清楚，周围全部是大雪山，雪线之下全部都是大森林。他只知道唯一通道就是回到包座，他不知道沿着村里的这条河一直走下去，还能到南坪城。他只知道自己是躺在担架上，昏昏沉沉地被人抬到了亚隆。

四

杨土司眼睛有毒。

他一眼就认出夹杂在村寨村民当中的嘎洛陈二娃不是藏族人。

村民们也好久没看见土官了，他们匍匐在地上，不敢仰视这个年轻的土官，他骑在一匹高大的青色马背上，戴着一顶大狐皮帽子，穿着体面的缀满佩饰物件的藏装，斜挎一把德国造的二十响匣子枪。随从们也是骑在马背上，戴着狐皮帽子，背着长筒的叉子枪，个个彪悍而威风凛凛。

十月的这一天，晴空万里，阳光灿烂。杨土官扶一扶戴着的水晶眼镜，那还是平武黄羊土司送给杨家的礼物。

眼镜镜片是用天然的水晶磨制的，配着黄铜的镜架，杨土官就是要给村寨里的村民们造成一种神秘的效果。这种神秘的效果只会增加他作为一个土官的威严与高深莫测，谁都把土官老爷给看清楚了，就没了敬畏与惧怕了，那还了得吗？

土官老爷来到了村寨口那棵大树下，他欠了欠屁股，在马背上冲头人居高临下打了个招呼，就要准备下马，一个随从立即俯下身子，趴在马肚子下边，土官老爷缓慢地抬动着身子，他从马鞍内将一双擦拭得锃亮的马靴抽出来，一手抓紧了缰绳，一手扶在马背里，侧身抬起高贵的右腿，将右脚踩在那个随从的背部，头人立即搀扶起他跟年龄相比显得过于肥胖的身子。

杨土官下了马，特意在嘎洛陈二娃跟前停留了片刻，上下打量了这个人，什么也没有说。他心里清楚，头人到时候自然会跟自己解释。

杨土官的随从几十号人，也纷纷下马，卸粮食、自带着牛肉干条、青稞酒等杂物，选择隔河的一处空草坪开始搭建帐蓬。

头人早就吩咐太太泽斯满将自己家的房间、喝茶喝酒用的器皿给擦拭得干干净净，连祖上传下来的那口从包座那边捎回来贮水的大铜缸也擦拭得透亮透亮的。

头人太太还早早地熬了大茶，特意打了酥油茶，在打制酥油茶的木筒内放入了花生、核桃仁。香喷喷的奶茶端上来时，杨土官立即嗅到一股浓烈的奶香，奶香里还夹杂着野草的清香，那是奶牛们食了草没有消化完的味道。

"今天是个好日子，您屈尊驾光临敝寨，小寨没有好东西来款待。"

头人扎海毕恭毕敬地站在小矮桌旁边，桌子上摆满了食品，酥油炸的面散子、和尚包子、手抓羊肉，青稞酒、蜂糖甜酒、哑酒等等。杨土官摘下了他那副水晶的眼镜，头人太太惊讶地差点叫了一声，想不到这个新来的土官这么年轻，二十岁左右，皮肤像女人似的白皙细嫩，长得一张娃娃的脸。

"今年的收成咋样？"

杨土官询问着头人。"托您的福，今年没灾，收成还行咧。"

杨土官到底是见过世面的人，他端起酥油茶，象征性地喝了一口，就把小龙碗放下："赋税呢？"

"也还成咧。"

"我听说，霉老二（指红军）来过？"

"是的，正要向您报告，他们是来过，没进寨子，只在对岸的林子里待了几天，就走了。对了，还有一件事，我正要向您报告，上个月我的一个朋友带来了一个汉人，现在就在寨子里。"

头人紧张得汗水都流出来了，他收留嘎洛陈二娃的事情，如果土官怪罪了下来，那他是脱不了干系的。头人内心虽说瞧不起这个年轻的土官，平时都是自己在亚隆发号施令的，突然来了一个年轻人，自己还得对他毕恭毕敬，可没有办法，几百年留传下来的规矩就是如此。

"嘿嘿。"杨土官笑了，他显得大度地摆了摆手，"那是你的事情。"

杨土官喝了头人家的茶，回到了自己的帐篷。

到了夜晚，头人杀牛宰羊弄了非常丰盛的晚餐款待着杨土官和他的那几十号的随从，在这种时候，杨土官的心情不错，他平时对手下的人非常严厉，现在却放松他们。大家围在空地燃烧的篝火周围，在这样的夜晚，有火的地方就是人们相聚的地方。

大家喝着酒，唱起了酒曲子。姑娘们跳起了锅庄舞。

杨土官和头人扎海坐在铺着野兽皮的位置上，俩人正说着，管家面带慌张神色地来到头人旁边俯身说着什么，杨土司心里清楚一定是发生什么大事。他还没猜测出究竟发生什么事情，便听见了一声枪响。

发生了什么大事呢。

嘎洛陈二娃把土官的人给打了。

起因就是土官手下的一个小头目，酒后乱了性，跑到水磨坊调戏莫洛嫂。在白天随从们跟杨土官进寨时，这个小头目一眼就看上了莫洛域冲着漂亮的莫洛嫂挤眉弄眼的。在众人喝酒喧闹时，趁机溜出来。

他抱着莫洛鳗，将她扔在磨坊背后堆放的草堆上，宽衣解带，欲行好事。嘎洛陈二娃实在看不下去了，上前一把就揪起了这个小头目："你这个混蛋，你这个混蛋。"

嘎洛陈二娃个子小，却灵活，他跟小头目交手，耍得那个大个子团团转，这小子弄急了，抓起丢在一边的步枪，"哗啦"顶上了膛，好一个嘎洛也不含糊，他记起在特务连训练过的空手夺枪，先是一个锁喉，再是用膝盖使劲顶了一下他的裆部，只见这个大个子叫喊了一声，就倒地半天动弹不得。

叫喊声惊动了更多的随从，嘎洛陈二娃操起那支顶了膛的步枪，大不了同归于尽。拼一个够本，拼俩就算赚了。

玩横的不如玩愣的。

一个随从悄悄地溜到了嘎洛陈二娃的身后，趁机一枪托将他给打倒了，嘎洛陈二娃对空放了一枪。

当杨土官来到时，村寨里的人议论纷纷。他们都站在了小个子嘎洛陈二娃的一边，杨土官没管束好自己的手下，本来就是失礼在先。他没说话，而是看头人扎海如何来处置这件事情。

扎海也不是省油的灯，他吩咐管家先把这个小个子嘎洛陈二娃给五花大绑了起来，大声骂道："敢在亚隆撒野，反了天啦，你个烂下坝子是不是活腻了，唵？"

杨土官却分明听出头人这是一语双关哪。

管家跟头人配合默契，大声武气地叫嚷道："干脆，点他天灯算了，把你个霉老二，敢打土官老爷的人。"

在这种情形下，杨土官不表态是不行了。他这一路顺顺利利的，没想到在这个小小的偏远的亚隆栽了面子，阴沟里翻了大船。他忍住了。笑着对头人说："把那个啥子，对，叫嘎洛的，给我松开。"

土官借助火把的光亮，看了看被押到跟前的嘎洛陈二娃，"小伙子，身手不错，要不，你干脆跟着我，愿意么？"

"我要回家。"

嘎洛陈二娃听着杨土官说着一口流利的带着灌县口音话语，冲着土官说了汉语。村寨里的人都以为这个嘎洛是哑巴呢。还敢冲着土官老爷这样说话。

"你要回家，行啊，你的家在哪里？"

是啊，自己的家在哪里呢。跟着哥哥陈大娃离开宣汉，自己早就没家了。想到这里，嘎洛想哭，但却强忍着眼眶中的泪水。

"是我没管教好自己的人，回去我要处罚他的。"

杨土官这就算是当着众人赔礼了，他走到那个倒霉的小头目跟前儿，用藏语骂道，"丢人现眼的东西，连个小个子都打不过，回去再跟你算账！"

嘎洛陈二娃打赢了反而没事，如果他要是打输了，别说杨土官，就是头人扎海都不会放过他。丢了面子，是找不回来的。在这点上，不论是藏族的男人，还是汉族的男人，面子事关尊严，钱丢了不要紧，衣裳丢了也不要紧，面子丢了，等于尊严丢了，而尊严丢了，命也就该丢了。

杨土官在亚隆村寨只待了三天，通过老民杨土官知道扎海的口碑还不错，他挑不出头人扎海的更多的毛病，只得郁闷地打道回府。

嘎洛打赢杨土官的人的消息传遍了整个亚隆，平时咒骂他的人，欺负他的人也收敛了不少。为一个女人敢于拼命的男人是值得受人尊敬的。

嘎洛陈二娃让头人扎海在土官面前有了面子，头人自然对他另眼相看。头人觉得奂忠实还是挺有眼光的，没有送一个孬种给自己。

头人想：等到春天，让嘎洛陈二娃带着"老姑娘"莫洛鳗去放牧吧。

转眼，就是冬天了。

"老姑娘"莫洛鳗在第一场雪降临时生病了。她睡在头人家的庵房里，房子内除了三块石头一口锅，几乎是空空如也。

庵房是冬季贮藏草料的地方，上下两层，一层可以住人，二层全部堆放的是草料。莫洛鳗几天没出门打柴，嘎洛陈二娃每天天一亮就拿上砍刀上山，他也冷得不行，取暖全靠自己上山打柴火，他现在已学会像当地藏民一样自己照顾自己了。他也从亚隆的河谷搬来了三块石头，在自己的牛圈内架起了火，头人吩咐管家犒赏了他一口锅，还给他送了一点青稞度冬。头人知道，上次的事件村寨里的人把这个连土官老爷的人都敢打的人视作了英雄。

英雄不一定是要在战场上，在生活中一件偶然的、普通的小事，只要契合了人们心目中的价值取向，那他就是英雄。

活下去。

现在是为了莫洛嫂活下去。

这种活下去，跟他刚来心中的活下去有着本质的区别。刚来时，活下去，完全是对生命本能的挣扎，不知道未来是什么。而现在的活下去却是带着具体内容的活下去，是生命又有了期盼的活下去，就像风中的一粒种子，尽管是干瘪得几乎是不能再发芽的种子，然而，人的生命就是如此的顽强，只要是一点希望，这粒种子遇水而活，就要生长出来，哪怕收获的不一定是青稞苦荞麦，哪怕仅仅是一株稗子，那也是胜利。

嘎洛陈二娃走在积雪皑皑的坡里，脚步也比过去越来越有劲了，他无法跟村民们用语言交流，但是透过那一张张善良的眼神，他知道他们都是跟自己一样的穷人、受苦人，甚至他们比起大巴山深处家乡的农民们，一点儿也不比他们不苦多少。

他来到了头人指定的柴山砍柴火，其他林子不是随便乱砍的。

他还年轻，日子还漫长呢。

每天在太阳快落山时，嘎洛陈二娃背着湿润的柴火下山，这几天他要比平时多砍一些柴，他回到了村寨，先把自己砍来的柴匀一些给莫洛嫂，用一根麻绳捆好，背着钻进她那间低矮而幽暗的庵房。

莫洛鳗睡在铺着毡子的地方，蜷缩着身子，像只可怜的花猫，都是同命相怜的穷苦人。

嘎洛陈二娃蹲在火塘旁边，帮着往火塘内续柴，莫洛鳗从毡子里欠起身，过去她生病了几乎没有人来照顾，完全是依靠自身的抵抗力挺过来。

她望着这个被山上的积雪打湿了身子的年轻人，眼神显得柔和，由于生病，她的脸色也变得苍白了许多。

语言，还是语言，急人的语言。

她只好指着柴火旁边，意思是叫嘎洛陈二娃坐在火塘的旁边，把自己湿透的袍子给烤干。

嘎洛陈二娃明白她的意思，他冲她笑了笑，继续用砍刀把柴火砍断，潮湿的柴火燃烧后，室内弥漫起呛人的烟雾，熏得人眼睛都睁不开，饿，吃不饱，每天还得多砍些柴火，嘎洛陈二娃尽管身心极度疲惫，可是每当见到了她，心底如同突然冒出了一股清泉活泛开来。

天气越来越冷了，牦牛也赶回了村寨，关在牛圈，嘎洛陈二娃跟牛睡在一起，他担心莫洛嫂在庵房的火熄灭了，那会冻死人的。半夜他挣扎着爬起来，披上唯一的那件宽大的袍子，一路小跑，冻得浑身发抖，向庵房跑去。

"要是有点酒，有点酒就好了。"他边说，边继续跑着。

来到了庵房，嘎洛陈二娃推开四处漏风的门，听见"老姑娘"莫洛鳗正冻得呻吟不已，他急忙进去，室内一片漆黑，尚未完全散落的烟雾呛得他咳嗽了几声。他摸索着借助火塘内零星的暗弱的火光，总算找到了根小柴枝，刨开火塘里的灰烬，续上他今天砍的柴火，俯身拼命吹着吹着，吹得头昏眼花，总算又把火给吹燃了。这时，他听见身后传来"嘤嘤"哭泣的声音，他还没转过身，这个女人从他背后感激地抱住了他。

女人绵软的身子，女人流出的泪水，濡湿了他的袍子，也像一股山泉正在缓缓地濡湿着他的全部身心，那是带着女人体温的温暖，在这个漫长而寒冷的冬夜，他们用生命彼此取暖，火苗扑扑地忽闪着，嘎洛陈二娃看不清这个女人的身子，尽管村寨里的人都叫她"老姑娘"，其实她还年轻，身子充满着弹性，丰满的乳房，充满生命活力的渴望。

她的双手挺有力量。

病中她依然能够扳过他的身子，袍子不知道什么时候滑落，她把他抱在自己的怀中，双手因为害怕而抖动的厉害，她要抚摸他，沿着他光滑带着一些腻子味道的肌肤，生怕他此时走开。

他走不开了。

他怎么能够走开呢。

风在室外裹着雪花在呼啸，他们谁也离不开谁了，他躺她的身边，竖立起那只好的耳朵，倾听外面的声音，倾听外面的世界。

他听见了，听见了一群狼在很远的地方嚎叫，听见了青鹿在雪线附近的岩窝拥挤成一团，听见了春天的泥土底下，青稞种子正在发芽，听见了在布谷鸟的声声叫唤里，流水由高到低正融化着河面冰层下面的冰凌。

他还听见了躺自己怀中的女人心脏那怦怦地跳动的声音。

五

春天来了。

头人在仲春却得了黑热病。

那是森林中的一种叫白蛉的蚊虫叮咬了狗以后，吸了狗的血液，又叮咬了头人。到五月份，头人就不行了，他跟泽斯满有个儿子，但岁数还太小，还不能替代他管辖亚隆这片领地。

一个村寨眼看就没了主心骨，老民们忧心忡忡，管家跟大家商量，商量的结果就是去求吉寺，赶快请来寺庙里的大喇嘛为整个村寨念经消灾。

黑热病是传染病。

老民们并不懂，他们依着传统的信仰教给的认识，认为是劫难。

没隔多久，头人太太也得了这个病。

村寨有座小寺庙，住持喇嘛觉得自己的法力不够，但他还是建议把头人唯一的儿子泽里尽快送到大录村的舅舅家。

商量的结果，除了派一个老民，几个差巴，把嘎洛陈二娃也算上，说嘎洛陈二娃胆子大，一路彼此好有个照应。

可是，嘎洛陈二娃却不会骑马，这让整个村寨里的人笑话了他几天。莫洛鳗也觉得好笑，她借来了马，亲自教嘎洛陈二娃骑马，从马背上摔下来了几次，都是摔在草坪内，摔得他一脸的泥巴，嘎洛陈二娃学会了骑马。

一行人就带着七岁的小泽里上路。

到了傍晚时分，嘎洛陈二娃随同这一行人来到了大录村，先是快马抵达的人早就给小泽里的舅舅报了信，舅舅见到了小泽里上前一把搂住自己的外甥，老泪纵横，说："我可怜的亲外甥啊，咋会这样呢，咋会这样呢，想都不敢想的事情啊。"

嘎洛陈二娃被留在小泽里舅舅的房子外，他守着一行人的马，站在山坡里。

大录村是建在一处半坡台地里的村寨，已经有了差不多六七百年的历史，那是在元朝从草地部落迁徙来的。从村寨内下坡，经过一处极像汉字"凹"的低坳又上山，就是萨迦派的寺庙大录寺。

这么好的机会，嘎洛陈二娃想到了逃跑，骑上马沿着从神仙池深处大雪山融化而来的河流，一直往这条河的下游跑上一百来公里，就是南坪县城了。如果抵达了南坪县城，再沿着白水江往下游跑，就是碧口了，过了碧口，又是广元，翻过秦岭就到达了陕西。红军队伍现在都陆续到达了甘肃、陕北。

在消息闭塞的年代，这些嘎洛陈二娃并不知道。他既不知道红军到底去了哪里，也不知道通过什么线路才能找到红军。

他蹴在土坎里，纠结地低下了脑袋，他甚至在大录村寨连个懂汉语的人都找不到，夜幕中他看见一个跟莫洛嫂年龄身材都差不多的女人，背着木桶正在艰难地喘着气上坡。

想到了莫洛鳗那双眼巴巴的眼神，心里一软，他放弃了逃跑的念头。

他发出一阵痛苦的呻吟，这声音居然把在附近草堆里正在睡觉的一个年轻人给惊醒了，他也是个小个子，从草堆里迅速地爬起来，"呜呜"地胡乱冲他想说着什么，凭借着直觉，嘎洛陈二娃知道，这个跟他差不多穿着一件宽大袍子的年轻人也是流落红军。

这个年轻人姓黄，是福建青田人。

他是红一方面军红一军团的人，在攻打松潘的战役中也是腿部负了伤，只不过嘎洛陈二娃受伤的是左腿，而他是右腿，更加不幸的是他被一颗子弹把舌头给打掉了一半，成了一名真正的失语者！

要说命运，命运就是这样残酷无情。

如果姓黄的年轻人能够说话，又有现成的马，那么，他俩肯定会商量逃跑。但由于他的舌头被打掉了，只能发出"呜呜"的声音，嘎洛陈二娃更加地听不懂他想说的是啥意思了。

他俩还没商量出个所以然，村寨里巡夜的士兵就来了，如果被发现，也许就是一阵乱枪给打死了。

他们能够容忍一个残废了的人像牲口一样活着，但绝对不能容忍他们有任何来往，联络在一起，如同星火燎原，两个人就可以联络四个人，四个人就可以联络八个人，十六个人……想一想，这是一件让人感到多么恐怖的事情啊。

听见士兵的脚步声，那个姓黄的红军赶紧又躲藏到草堆中，一动也不敢动。

嘎洛陈二娃也就这样丧失了唯一的那次逃跑的机会。

第二天，嘎洛陈二娃只得跟随着一行人返回了亚隆。

莫洛嫂还一直担心嘎洛陈二娃这一去就不会再回来了呢。她站在村寨口的那棵大青杨树下，看见嘎洛陈二娃没精打采地骑在马背上，从山坳那边转了出来，长长地松了一口气，直叫道，"天爷啊，天爷，你终于让他回来了。"

扎海头人夫妇在同一天病逝，求吉寺的大喇嘛替他们主持了隆重的火葬仪式。

亚隆现在暂时由管家代行头人的权利，他们并不着急，待扎海头人的儿子成人后，如果品行没什么问题，就让他继续接任头人。

管家代行权利的第一桩事，就是把莫洛嫂指婚配给了嘎洛陈二娃。

到了夏天，老姑娘莫洛嫂怀孕越加的明显，她已经出怀了，腆着大肚子，谁也不敢再说她是老姑娘了，谁也不敢再说她是个不会下蛋的女人了。

嘎洛陈二娃觉得这像一场梦，在他懵懵懂懂当中，居然让这个女人怀孕了。

嘎洛搬出了牛圈，住进了庵房，就算是跟莫嫂正式成家了，嘎洛陈二娃觉得倒是省了事，但他总觉得自己成了"抱儿子"。不是自己娶了莫洛嫂，相反，倒是莫洛鳗"娶"了自己，连同自己的这一生。

抱儿子是当地的一个风俗，就是倒插门，成了人家的上门女婿。想到免老板把自己带到亚隆时，除了自己身上穿的那一身破烂的军装，真成了眼镜指导员经常说的一底的无产者了。

莫洛鳗话少。她跟嘎洛陈二娃平时的交流是靠眼神、靠肢体语言，指着碗，表示是吃饭，指着水，表示是要喝水。

眼神，一个人的眼神里蕴藏着是多么丰富的语言。

莫洛鳗不停地捻着羊毛，嘎洛陈二娃四处收集着羊毛，他俩虽说事先并没什么商量，却彼此默契地为着快要来临的孩子准备着。

第一个孩子出世时，嘎洛陈二娃满21岁了。

他在这个封闭的村寨，耳濡目染多多少少已经能够听得懂一点藏话，村寨的人到寺庙里烧香，他有时也要跟着去，他得融入他们，融入的代价就是渐渐忘掉了自己的母语。起初，他是说着一半的藏话，一半的汉语，就像某些"洋人"，说中国话不好生说，总要夹杂一些英语或者英语单词以示自己与众不同一样。

渐渐地，他能简单地说出一句完整的藏话。

在他跟莫洛鳗的第二个孩子出生时，他几乎完全丧失了说母语的能力，成了一名失语者！头两个孩子都是男娃娃。等到第三个孩子出生的那一天，嘎洛陈二娃用叉子枪在林子里打到了一头野猪，他兴奋地背回家，结果，莫洛鳗给他生了女娃娃。

这个女娃娃长到了像那个头人家小泽里离开亚隆时差不多大的年龄时，南坪和平解放了。

杨土官把自己家这些年攒积下来的银元，用骡子从安乐山寨里驮下山上交给了人民政府，他比十多年前的那个秋天去亚隆更白更胖了。

他成了临时筹备委员会里的成员，负责成立南坪县人民政府的许多事宜。南坪是由西北军区六十二军派人来宣布解放的，松潘解放稍晚一些，是由西南军区的部队解放的。

杨土官、赵授百，袍哥杜桥风三人成了这个委员会的临时负责人，赵授百还是蒋介石的伪国大代表，是他们三个人在1949年的冬天商量派人到甘肃的文县，主动与解放军代表接洽，接受了解放军的八项主张，达成了和平解放的协议。

青龙桥虽然跟甘肃文县仅是一河之隔，但南坪还是归四川管辖，松潘县比南坪先一步成立人民政府，便召集赵授百前去开会，他骑着一头骡子，翻过了弓杠岭，在路上走了三天，一到松潘开大会的会场，赵授百立马就被一个苦大仇深的贫农代表给认了出来，惊叫道："这不是南坪的大恶霸赵授百么，他来开啥子会！"

由于信息不通，西北军区与西南军区的通讯都靠电报往来，群众代表呼声又格外强烈，南坪离松潘一两百公里的路程，当时又不通公路，赵授百解释也无济于事，等到西北军区的电报来时，他已经被松潘县政府当作是南坪的大恶霸给枪决了。1979年赵授百先生被南坪县人民政府平反昭雪。

杨土官呢，在"文化大革命"爆发时，被南坪的红卫兵批斗暴打了一顿，当夜他把自己的皮带解开，睡在床上自己把自己给弄窒息而死亡。

1957年，民改工作组来到了亚隆，嘎洛陈二娃想向工作组说明自己是红军，由于忘记了自己的母语，他又说不清楚，工作组要他拿证据，证明自己是流落红军，他上那里去找证明呢，最后不了了之。

<h2 style="text-align:center">六</h2>

时光说快也快，说慢也慢。

嘎洛陈二娃满以为解放了，自己可以回家了。

然而，能够证明自己身份的证据他拿不出来，认识他的人也差不多都死光了，红三十军也在西征宁夏时差不多都拼光了。他一直生活在亚隆深山老林的这个藏族村寨，对于外界发生的事情，一点都不知道。

几十年的风雨，已经把他给同化了。

嘎洛彻底失语了。

直到1966年的六月，亚隆突然来了一大群的汉人，他们是什么人呢？

他们是森工局的人，为支援国家建设，这支从东北小兴安岭千里迢迢而来的森工队伍，陆续进驻了亚隆，砍伐木材。最初，村寨里的人不允许他们砍树，那可是几百年才长成的原始森林中的大树啊。

先是双方争吵劝说，村民无论如何都不同意采伐。工人们也差不多都是年轻人，领导和业务骨干大都在局机关里待着，有许多的工人也是从四川农村招的青工，有的还是从嘎洛陈二娃的老家大巴山招来的。

双方火气都很大。

三十多年了，嘎洛陈二娃正值壮年，在他身上几乎看不出一点汉人的味道了，肤色、语言、身体散出的气味完全像当地的藏族汉子一样，他冲到了群殴的最前面，下手比谁都狠。

按照林业设计规划，亚隆村寨的前山后山都得砍伐。而前山后山一直就是当地藏族人心目中的神山，他们的观念中如果砍伐了神山的树，那是要遭受神灵的惩罚的。他们没有理由不闹，他们没有理由不空前地团结一致。

群殴惊动了林业公安和南坪地方公安部门，嘎洛陈二娃被带到了林场办公室，历来治安案件都是对为首的分子重处。嘎洛陈二娃，不，现在应该称呼他为陈大叔了，陈大叔被当成了首要分子的嫌疑。

嘎洛陈大叔不会说汉语，大录乡政府为配合公安部门调查，特意选派了一名通司（翻译）协助公安人员工作。

当公安人员问嘎洛陈大叔为啥要出手那么狠时，他涨红了脸，喃喃低语着，憋得脖子间青筋突出，突然冒出了一句结巴，但意思完整的汉语，"我——要——回——家——"

说完，嘎洛陈大叔撩开自己的身体、藏袍，露出了左腿的伤疤，公安人员看见他的那条左腿明显地比右腿萎缩了许多，他们认出那是枪伤。

"唉，唉，老汉，你不要火气那么大嘛，坐下慢慢说嘛。"

一个年长的老公安，知道事情搞复杂了，他们带着询问笔录回到了县城，民政部门也介入了，反复查，就是找不到关于嘎洛陈二娃是流落红军的材料，就连那个福建青田的人，都有了材料，他现在是县铁器厂的一名工人了。那个因为被打烂了舌头，而不能说话的流落红军。

嘎洛陈大叔的身体内流着的是红军的血，他把每一次的冲突都当成了冲锋，他不能失败，他不是对具体哪个人怀着深仇大恨，他要证明自己还是一名战士。

群殴的结果，森工部门承诺暂时不砍前后山上的大树。

嘎洛陈大叔睡在解放后新修的木房子里，这回他是真切地听见了油锯发出的轰鸣声，听见了集材机、卷扬机、十轮卡车等发出的声音，整个山岗之上，一片片的上百年的大树在轰然地倒下，在倒下的同时还打倒了一片耸立的大树。

野蛮的作业。

自打森工来到了亚隆，村寨里的空气都弥漫着一股柴油的味道，河里的鱼，树上的鸟，甚至林子里的蘑菇都成了工人们的美食，他们什么都要吃，什么都要弄到吃。

有时，他们砍伐了一大片的树，却又不管了，说是去闹革命了。生产也是停停搞搞，搞搞停停的。

嘎洛陈大叔想不通。

随着年岁越来越大，他愈发地想家了。在他的灵魂深处，他想叶落归根。

孩子们也长大了。大儿子的孩子都能上山挖药了，他的孩子都没读过书。跟他一样成了半农半牧的村民。

莫洛嫂也老了，佝偻着腰身，苗条亭亭玉立的身子，被岁月磨刻得满脸的皱纹，连那条终日盘起的又长又大的辫子也花白了。

睡梦中，嘎洛陈大叔抚摸着莫洛嫂不再光滑、不再年轻、不再富有弹性的身子，一滴浑浊的老泪悄然从他的嘴角滑落。

这是一滴迟到的眼泪，他这一生经历的痛，让他以为在包座战役中，那只溃烂化脓的腿已经让他尝够了。

他这一生从没落过眼泪，也从没村寨人和莫洛嫂的面前流过眼泪。

他真的想家了。

家虽然对于他仅是个遥远而模糊的概念，他这一生在记忆中很少有吃饱过饭的时候，他跟老伴把田地里产出的青稞都省给了孩子，他长着一米五五的个子，瘦弱而矮小，站在青稞地里，拔节扬穗的青稞都生长到了他的胸部，他穿着一件藏青色的袍子，系着一条紫红色的腰带，身体的背后是亚隆村寨高大的浪架，雨打风吹，每隔几年这些像骨头般的浪架都要更换，然而，不能更换的却是隐藏在浪架空洞的深处不屈的灵魂。

尾声

（从 1935 年的春天踏上漫漫的征途，到 1985 年的秋天，时间整整过去了五十年。我看见过这个叫嘎洛的陈大爷，还去过他的家，亲眼见过他的耳朵和左腿的伤疤，光荣的伤疤。我还看见他那身患大骨节病的老伴躺在床上，眼睛流露出的却依然是浑浊中带着柔和的光芒）

他记不清楚自己的连长、指导员的名字，但他却涨红了脸，艰难地竭力表达着出了断断续续的词汇：张、国、寿，陈、昌、浩……

"您在包座受伤后，就一直没回过老家么？"

我坐在他家的火塘边，反复不断地问着他，他因为说不了汉话而显得不好意思地摇了摇头。

"解放后，你也没回过家？"

还是摇摇头。

这个五十年都生存在亚隆这片土地上的老人，始终不语。

1986 年，南坪县民政局通知他的儿子，国家终于承认他是流落红军，每个月县民政局给他，还有那个福建青田的流落红军发二十元的生活补助。

1987 年的夏天，嘎洛陈大爷在亚隆去世，享年 70 岁。

青山处处埋忠骨，何须马革裹尸还。

2015 年 5 月
2015 年 6 月修改

那些无聊的日子

1. 最无聊的日子，王小宁总爱约上我去商业局管的百货公司，招惹一个叫钱丽的漂亮女孩子。

那年，我20岁。王小宁19岁。

那些日子有多无聊呢，这么来形容吧。就是每天工作之余，有着用不完的精力。喝酒吹牛，吹牛喝酒。

王小宁爱写点诗，长相不俗。老妈又是商业局的头儿，所以，在商业局管辖的地盘上撒野，别人也无可奈何得了他。

王小宁这家伙虽说经常爱弄点出格的事情，但是，距离违法还差上一段距离，最多只能算乱纪。

小城的秋天，街道上的泡桐树枝叶茂盛，沿着绿荫成行的街道至十字街口，就是小城的百货公司了。

钱丽是百货公司的售货员，冈，参加工作不久，十八九岁，如花似玉的年龄。她梳着两根油亮的大辫子，经常穿着碎花布的粉色外套，也很无聊地站在柜台后边，见到顾客时爱笑，一笑就露出两只酒窝。

王小宁之所以爱招惹钱丽，不仅是因为他俩从小是在商业局院子内一起长大的，而且他俩还一起上幼儿园、小学、初中。只不过在初中毕业后，钱丽在家待了几年的业，王小宁却因为学习成绩好而考入了地区的一所中专，毕业分配又回到了小城。

当他听说钱丽有个男朋友，正在外地读大学时，他或许是无聊，或许是别的什么原因，下班后，总爱跑到我的寝室，给我散一支香烟，脸上显出高深莫测的神情："走，老纪，上街，上街，整天闷在屋里，人都沤成肥了。"

我第一次被王小宁领着来到百货公司时，一眼就看见了钱丽。我要承认：她是一个长得很养眼的姑娘。

钱丽负责得是药品专柜，卖的药品有感冒清、泻痢停之类。我作为一名顾客，不像在大街上见到漂亮女孩，最多只敢多瞟上几眼，而是可以大方地打量着她。

漂亮的女孩子。

我在心里由衷地赞叹。正在琢磨着形容钱丽究竟漂亮到什么程度时，王小宁却大大咧咧地来到了她所在的柜台前，流里流气歪着身子，眼睛并没有正视钱丽，而是斜视着钱丽，突然冒了一句话，令我吓了一跳。

"售货员，有没有不要钱的药？"

"有哇，这些药都不要钱。"

钱丽倒是落落大方，指着柜台内那些计划生育的专用药品，脸上依然是笑吟吟的。

"你要几号的？"

旁边柜台内发出窃窃的笑声。那是钱丽的同行，一个年约二十七八岁的少妇，还有一个就是跟王小宁的老妈一起参加工作的苏阿姨。苏阿姨见又是王小宁来捣乱，又好气又好笑地冲王小宁骂道："小宁，你是不是无聊了，小心我告诉你妈，捶你小子的肉。"

苏阿姨一脸的严肃认真，她的眼光盯着我时，我却臊了个大红脸。

"老纪，你说我用几号的合适？"

王小宁总是这样，人来疯似的。他没答理苏阿婕的警告，而是显得非常认真地问起了我，眼睛却盯着钱丽。

"走，快走，羞死人了。"

我也觉得害臊，急忙拉起王小宁，他小子却更加来劲儿："要不，你送我一只，我找个地方搞一下，再告诉你。"

"流氓，无聊。"

钱丽也臊红了脸，悄声骂着王小宁，眼睛却是盯着我。仿佛我是无聊的流氓似的。

王小宁扶着我肩膀，显得非常狼狈地窜出百货公司时，他边快活地用拳头打我背部边哈哈大笑道："太好玩了，老纪，真他妈太好玩了。"

而我却觉得一点都不好玩。甚至，我觉得我们是否太无聊了。

"撬盘子，老纪，把钱丽的盘子给撬了，看她嘴还嚼不嚼？"

王小宁和我在小城街道漫无边际地行走时，他不知道出于对钱丽是什么心态，居然劝我对钱丽下手。

"你自己想撬，自己撬去，少拿我穷开心。"

撬盘子是小城青年中的一句俗语，意思就是"挖墙角"。

在小城，明明知道人家女孩子有了男朋友，而去撬盘子是不道德的事情。而不道德的事情，往往又事关一个人的名声。那时，我虽然年轻，但是，做得和做不得的深浅好歹我还是知道的。

说完，我突然也明白过来似的，"小宁，你是不是喜欢上人家钱丽了？"

"我才看不上她呢。"

王小宁急赤白脸声明道，"我就是有点看不惯她。"

"你凭什么看不惯人家，人家也没招惹你。"

我其实跟钱丽素昧平生，犯不着替她打什么抱不平。

"找了一个大学生，有啥了不起的。"

"你那是嫉妒。"

"我嫉妒，哈，老纪，你真他妈的逗。"

"那你是吃醋了吧。"

在那些无聊的日子，王小宁隔三岔五地拖上我，去百货公司调戏钱丽。

在小城的生活，可以用枯燥来形容。我跟王小宁不像单位的其他年轻人，秋天枫叶红了的时候，爬山去采摘红叶晒干了作书签。我们没有那么浪漫。也不会像老莫他们业余摆上棋盘杀个昏天黑地。我们也没有那么高的雅致。

我们就是那么的无聊。

单位的阿姨们给我们要介绍女朋友时，我们底气十足："哪个要你们来介绍，那都是长得困难的需要照顾。"

我们的这些大话把这些热心的阿姨们给气了个够呛。她们发誓：除非我跟王小宁这一辈子不交女朋友，她们发现一回就要掇脱一回。

这些阿姨们的一张嘴，可以把一个人夸得天花乱坠。也可以把一个人贬得一文不值。

好在有个钱丽，成为我跟王小宁在无聊的日子里的消遣。

平时，我跟王小宁很少生病。钱丽的药品柜对我跟王小宁似乎又没什么用处。王小宁回到家批评老妈的不是，说是让一个大姑娘家去卖药，并且还要免费发放避孕药具，遇上小城那些二杆子，不像王小宁纯粹胡闹，而是表面非常认真地要求钱丽示范一下如何正确使用男用避孕套或女用避孕膜，经常弄得钱丽臊红了脸。

钱丽是个黄花大闺女，她哪里就知道呢。

王小宁说的，他老妈觉得有点道理。于是，就把钱丽调到了卖文具的柜台。

2. 放大话，是年少轻狂的表现。

小城有家电影院。每到周六才放映一两部国产故事片。

要说无聊，小城的文化生活就是这么单调。除非是过节有个演出什么的，再就是小城开运动会。主要内容就是单位组织篮球比赛。

钱丽作为商业局女队员，也是场上的主力之一。

我跟王小宁天生就缺乏运动细胞，加上，单位又没洗澡堂。打一场篮球下来，弄得一身的臭汗，没法弄。不像单位的老莫，棋琴书画样样都来，打篮球更是乐此不疲。他又是出奇的有毅力，大冬天的居然冷水浴。

在我和王小宁看来，老莫纯粹是无聊的表现。

31 岁的人了，老莫连一次恋爱都没有谈过。

而商业局女同胞多，男同胞少。王小宁的老妈找到了我们单位，要求派出一个教练，培训一下商业局女子篮球队。

单位派出了老莫去担任这支女子篮球队的教练。

"老莫！"

王小宁一直想着撬钱丽盘子的事情。当他听说单位派了老莫去当教练时，几乎不约而同，我们同时想到老莫是这个撬盘子的最佳人选。

老莫是小城篮球队的主力，队衣号是 8 号。

体委给小城每个篮球队员专门购置了队衣。所以，能够穿着印有小城篮球队字样队衣的人，不亚于 NBA 的队员一样自豪牛 B。老莫中等身材，经常锻炼，练得一身的腱子肉，走在小城街道上，引得女孩子们总是要多看他几眼。这令老莫非常的满足。男人好色。其实，女人又何尝不好色呢。

就像男人对于长得漂亮的女人本能地会多看几眼一样，女人对于肌肉发达、身材匀称的男人未必不是会多看几眼吗。

在训练场上，老莫穿着那件红背心，钱丽老是注意力不集中，她心里喜欢老莫那身腱子肉。

所以，因为走神，钱丽经常受到老莫的批评。

老莫又是一个做事认真的男人。

他有时专门把钱丽留下来，在小城广场灯光球场给钱丽"开小灶"。王小宁看在眼里，他知道自己酝酿已久的计划可以实施了。

王小宁买了两张电影票，叫商业局院子的一个小男孩将其中的一张送给了钱丽。

另一张他交给了我，叫我转送给老莫。

老莫跟我是一个组的人。尽管我跟老莫算不上有好深的交情，但是，每天都是低头不见抬头见。

我得找一个借口。老莫又不是三岁的孩子，平白无故送他电影票，他是不会上当的。

既然王小宁说了大话要撬钱丽的盘子，我也说了大话不要单位那些阿姨们操心我的恋爱问题。

本来吧。托单位一个阿姨让她将这张电影票转交给老莫是最合适不过了。就说为他张罗了一个对象，晚上约会看电影。但是，因为说了大话，不好意思麻烦单位上的阿姨。

况且，老莫平时生活工作认真，不像我自由散漫惯了。

我设计了几套方案。

一种是直接将电影票交给老莫，说是今晚的电影很好看。

另一种就是将电影票放在老莫的办公桌上，给他留个条儿，说是工会的福利。

还有一种办法，就是我自己去看电影。这叫近水楼台先得月。

最后，我等着老莫直接将电影票送给了老莫，老莫将信将疑，果然没有立即接过电影票。"是不是呀，小纪，是不是呀？"老莫虽说没有马上伸手，但是，我从他的表情神态中看出，他是非常兴奋的。当他听说是钱丽为了感谢教练专门请客看电影时，犹豫再三，还是最终将电影票揣入衬衣口袋里。

到了晚上，等到电影开始时，紧挨着老莫那个位置一直空着。老莫心想，大概是钱丽不好意思，一直是要待到电影临放映前的那几分钟，关了灯才来吧。

老莫也喜欢漂亮的钱丽。特别是在篮球训练场上，穿着紧身的运动衣，钱丽丰满的胸脯在运球时随着节奏而起伏跳跃，令老莫也有些心猿意马。

临到电影放映时，终于来了一个人。

却是商业局的那个男孩子，老莫有些失望，觉得上了当。

第二天，老莫一早来到办公室，见到我大声说着："小纪，你太无聊了，无聊，无聊。"

老莫脖子上的青筋暴涨，眼睛喷射着怒火。我知道这玩笑开大了。这才明白原来爱情是可以让一个人暴跳如雷的。爱情是可以叫人杀人的。

我立即嬉皮笑脸地给老莫端正了态度，又是给他端凳子，又是为他沏茶赔不是。

"老莫，老莫，别发火。有话好好说，有话慢慢说。"

"小纪，你欺骗我可以，侮辱老子的智商是不行的。"完啦，任何事情就怕认真较劲，就怕上升到一个认识的高度。老莫满心欢喜，以为钱丽真得看上了他，结果却是竹篮打水一场空。

钱丽一直溶守恋爱之道。

就是在她男朋友上学期间，决不跟任何男人单独活动。她尽管欣赏老莫那一身的腱子肉，但是，是出于对教练的尊重。况且，她并不知道那天晚上会是跟老莫一起看电影。但她心里明白，送电影票的事一定是王小宁这个无聊的家伙干的。女人的直觉天生就敏感而准确。她预感那是一个圈套，是一个非常无聊的游戏。

越是不轻易得到的，王小宁就越来劲儿。

他知道钱丽没有上当时，挠着脑袋："想不到钱丽这个死妮子脑筋转得这么快，遇到高手了。"

他又拖上我，去了百货公司。

我起初觉得几分新鲜和刺激。这游戏玩久了，我真他妈的感到了无聊。但我这人有个缺点，那就是心太软。架不住王小宁再三的央求，就又百无聊赖地跟他来到了小城十字街口，随同熙熙攘攘的人群进入了百货公司。

王小宁见到钱丽，立即又显示出一副流氓德行。

我也觉得奇怪，平时，王小宁是个很斯文的大男孩。在单位跟年轻女职工说个话，都会脸红的。单单是遇见了钱丽，荷尔蒙格外多似的。

"售货员，要一打稿笺纸。"

王小宁每次见到钱丽从不喊她的名字，而是叫她售货员。

钱丽听到王小宁喊她，公事公办地俯身取着稿笺纸。我看见除了文具、笔墨纸张，文具柜台还兼卖一些儿童玩具。

王小宁最怕蛇。

当他打着歪主意，准备又怎么提弄钱丽时，从柜台后面突然伸出了一只仿生蛇玩具，那是钱丽的侄儿的，他星期天跑到柜台里玩，不知道怎么就喜欢上了这玩具。这蛇活灵活现的，将我和王小宁给吓了一大跳。

更加夸张的是王小宁居然被这条玩具蛇给吓昏死了过去。

钱丽也吓得不知所措。

小城之所以叫小城，就是一个城里的人几乎全认识。况且，王小宁的老妈又是商业局的头，整个百货公司们的售货员纷纷从柜台后边跑了过来，她们知道这回钱丽的祸闯大了。

3.我背起王小宁，将他立即送到小城人民医院。

钱丽跟我一路小跑，带着哭腔不断地叫着："小宁，小宁，你怎么啦？"

接下来的故事要说精彩，也非常精彩。

在那些无聊的日子，因为一个姑娘长得漂亮，王小宁总是不断去找人家麻烦，不断试图制造一点麻烦。现在，却因一个极其偶然的机缘，风水轮流转了。

钱丽特意在医院照顾王小宁。

因为祸是她的侄儿闯的。她不论是于公于私都得要去医院照顾王小宁。

钱丽工资并不高，但是她下班后，去了菜市场，买了一只老母鸡，加了当归和党参熬了一大锅的汤，端到小城医院三楼病房。亲自喂着王小宁喝鸡汤，说是要好生为他补一补。

医院里的医生护士见到钱丽如此地悉心照料着王小宁，纷纷对他的老妈说："钱丽这姑娘，不仅人长得漂亮，而且，真会照顾人。儿媳妇当到这份上，你真是好福气呀。"

王小宁的老妈听到这话，心里的气立即消失了一大半儿。她笑着对医生护士们说："我哪有这么好的福气呀，他俩是同学。年轻人的事，管不了。"

许是王小宁年轻血气旺，或许是钱丽安心想大补王小宁身子。钱丽煲的鸡汤味道非常好，喝得王小宁流了鼻血。而且，这鼻血还止不住。王小宁血小板有点问题，平时最怕出血，一旦出血很难凝固，也就难止住。

这故事到这里有点黑色幽默的味道了。

王小宁处心积虑地想如何撬钱丽的盘子。

而钱丽却往往是在无意间捉弄着王小宁。

就是人们常说的：好心办了坏事。

因为意外的惊吓，王小宁原本是在小城人民医院打一两天的点滴，就能出院继续实施他的计划。却因为被钱丽的鸡汤给补过了头。

王小宁又得为止鼻血而多住几天的医院。

倒是便宜了我。那些鸡汤我也喝了不少，第二天，我也被补出了鼻血。

"钱丽，你一定是故意的。"

王小宁鼻子内塞着棉纱，说话怪声怪调的。

"小宁，我真不是故意的。"钱丽急忙为自己辩解，那双漂亮的丹凤眼噙满了泪花，她双手合十不停搓动着，两根油亮的大辫子在背部乱晃，脚尖不停地像跳踢踏舞似的。

"你即使不是故意的，那也是药材放多了。"我虽然也被补出了鼻血，但很快止住了。心里却不服被这个叫钱丽的漂亮女孩子如此捉弄。

"我专门用得特级当归、党参，心里真是盼你好的。"

"还说，炖只鸡，用得着那么好的药材吗？你，你，你他妈的，就是故意的。"王小宁认定了钱丽是报复。

"我就是故意的，你对我使的坏还少吗，小宁。"钱丽也不服，大声争辩着。

"钱丽，大话给你撂在这儿，等我出院了，一定撬你的盘子，明跟你说。"

"王小宁，我又没得罪你，干嘛要这样对我？"

钱丽嘤嘤哭泣着，一跺脚跑出病房外面去了。

就是傻瓜都能明白，王小宁是爱上了钱丽。可钱丽有了男朋友。

这事儿越整越无聊了。

罢，罢，罢。关我啥事儿，还是三十六计走为上吧。

在那些无聊的日子里，我开始渐渐疏远了王小宁。

在钱丽，王小宁，老莫，还有一直未出场的她的那个男朋友之间，到底是谁有福气最终抱得美人归呢？

尽管老莫的电影约会如同白日梦一场。

然而，老莫打跟我争吵了一架之后，开始变得讲究了。他的婚姻大事，一直就是单位阿姨们所关心的。尤其是田阿姨平素就有小城第一媒婆之称。这也不是徒有虚名，田阿姨的媒婆事业不仅兴旺，而且，早就延伸到小城的各机关单位。凡经田阿姨介绍的，成功率极高。

田阿姨的模样，就一个字：圆。

田阿姨脾气极好，见人总是笑眯眯的，圆圆的苹果脸，人一笑眼睛仿佛成了一条线。

田阿姨说："我就不信，凭着小莫这么好的条件，大学生，单位业务骨干，还怕找不到一个女朋友。"

田阿姨为此专程向老莫传授经验。

"小莫，你要主动一些，大方一些，恋爱嘛，从来都是男的主动，哪有女的主动的呢。你说是吧，有些事情，我一个老阿姨又不能说得太露骨，有句话说得好，美女怕朽夫。是吧？"

老莫听着田阿姨面授，涨红了脸，他听得懂田阿姨的意思。就像王小宁常说的，"弄毛了，老子给她来个先上车后买票。"

老莫是个好面子的人。

听着听着感觉田阿姨有些老不正经。居然向他传授，譬如，主动拉一下人家姑娘的手，主动约会呀，主动送礼什么什么的。

"无聊。"

田阿姨用尽中国汉语里的比喻、暗示、典故等，这个小莫就是脑袋给门夹过似的始终开不了窍。弄得田阿姨自信心也受到了空前的打击。但，却更加增添了田阿姨的斗志，没有难度的媒婆事业，田阿姨还不一定感兴趣呢。

世上就怕认真二字。

尽管冷不丁小莫呲了田阿姨一句。

老莫是属于鸭子死了嘴硬的角色，尽管他嘴上骂人家田阿姨无聊，然而，思想还是发生了变化。

所以，老莫变得讲究了。

每天去训练他那些女篮球队员之前，老莫总是要站在镜子面前，打打发蜡，将自己的发型弄很时尚，并且，即使是训练再热，也要在背心外加上一件衬衣。

4.过了几天，王小宁终于出院了。

为庆贺他的康复，我跟单位上的几个光棍们为他接风洗尘。感谢他为我们的无聊日子创造了喝酒的机会。

王小宁当然听得出我们的幽默。

他喝着酒，心里拧着的那根筋始终没有解开。

钱丽呢，因为照顾他被王小宁的老妈视为了公差。在小城这算不上什么，但凡有点权势的爹妈，哪个又不是为儿为女而破一回例呢。

钱丽的男朋友比王小宁大半岁。

在上幼儿园时，王小宁跟钱丽在中班，而钱丽的男朋友在大班。

钱丽的父母跟她男朋友的父母很要好，他俩从小就订了娃娃亲。当两个女人腆着大肚子时，他们两家就约定；如果生下了一儿一女，就订为亲家。如果生的都是儿子，那么，他们就是异姓兄弟，如果都是女儿，那么，就是姐妹了。

这是小城的一个风俗。

关系太好了，就要结拜。

所以，钱丽其实就是这种风俗的牺牲品。

好在她的男朋友，实际上就是未婚夫非常争气，成为小城中学屈指可数的应届大学生。

王小宁始终不相信，他就不能拆散钱丽跟她的男朋友。况且，没有正式结婚，谁都有追求钱丽的权利。那时，恋爱是使日子不无聊的一种方式。

多年以后，我才明白。

王小宁实际上并不喜欢钱丽，他也是一个好面子的家伙。因为嫉妒而非要对钱丽做出荷尔蒙分泌过多的举动。而钱丽呢，因为双方父母的约定，跟她男朋友又不能经常在一起耳鬓厮磨，因此，说不上一往情深，反正，迟早是他的女人。

商业局有个男女公用澡堂。

就是男的在里边洗澡时，有个小牌子挂在门上。牌子上写着双面字，一面写的是男浴室，另一面写的是女浴室。

商业局的公用澡堂一般是不对外营业的。也是沾王小宁老妈的光，她破例同意我们单位的这些外地分配来的大学生们每周可以到商业局的澡堂洗一次澡。

这就很不错了。

那时在小城洗澡是件非常麻烦的事情。不洗吧，身体痒得不行，时间长了，身体真成了王小宁所说的沤成肥了。尤其是夏天，一两天不洗澡，自己都觉得味道难闻。

因为洗澡，老莫最终放下了架子，求着王小宁给他也弄个去商业局洗澡的派司。

踏也真是搞笑。

王小宁的老妈整了一个椭圆形的小金属牌子，谁手中拿着，商业局守澡堂的人见牌子放行。因此，老莫那些天在训练场总是弄得一身臭汗，就希望天天能够洗个热水澡。

而在平时，老莫对于像王小宁这样的小城"八旗子弟"们打心眼是有些看不起的。他不愿意开口求人。

但是，在小城别看王小宁老妈的官儿不大，却是实权人物，如果遇上哪家孩子结婚，想弄点好烟好酒之类，还少不了要找王小宁的老妈给开个"后门"行个方便。

"小宁，听说你有个牌子？"

"啥牌子？"

"就是可以去商业局洗澡的牌子，你看，我还不是在为商业局做事情，这不，天天整得一身的臭汗。"

王小宁很满足，因为那么清高的老莫，终于有求他的时候，他很爽快地答应了老莫。

正常情况下，商业局公用澡堂每周只开放两天，就是周二和周五的下午。

但是，考虑到女队员们天天训练，所以，破例天天开放。每天烧开水，用电费用太高，都是烧柴，去晚了只得在锅炉房自己用桶去接开水，然后，自己兑水洗澡。

所以，女队员们下了训练场，第一件事就是纷纷涌入澡堂里洗澡。

钱丽也不例外，她有次稍为动作慢了一点，洗澡堂水管就没有热水，她只得拎上水桶，去锅炉房打水。

澡堂内光线很暗，白天都要开着那只十五瓦的白炽灯。

说来也是奇怪，当钱丽来到澡堂门口，牌子正翻着女浴室。

她推开门，就听见里边传来哗哗的水冲声音，她也没有多想，就站在衣帽间的木排架上，脱光了衣服。

当她拎着水桶进入洗澡间时，立即就看见那一身她熟悉的腱子肉，她惊叫了一声，水洒了一地。

老莫背对着钱丽走来的方向，他听到一声女的惊叫声音，立即转过身子，双手本能地捂住私处。他在暗处，钱丽在明处。他一眼就看见钱丽赤裸的身体，双手抱着自己，在门外上方口照射进来和那只白炽灯光相交织的光线下，闪烁着迷人的光芒。

老莫顾不上多想，动作迅速地跑进衣帽间，穿上裤子，飞也似的逃离澡堂。

钱丽第一反应又是王小宁整她冤枉，太无聊了。

她一个人在澡堂边哭边洗澡。

这次钱丽是冤枉了王小宁，是风将牌子吹翻转了过来，让钱丽误以为澡堂里都是女人。

但是，王小宁是放过大话的。

所以，钱丽第一个想到能够做这件坏事的，就是王小宁。

问题是这件事情越传越邪乎。说是老莫喜欢上了钱丽，故意在澡堂里等待着她，准备先上车后买票。连田阿姨也听说了这事，她第一次有点后悔做媒婆的事业。甚至，她想得更多，是不是自己的面授，让这个小莫鬼迷了心窍。

在小城好事不出门，丑事传千里。

一直传到在省城上大学的钱丽男朋友的耳朵里，他听到这个加工渲染夸张后的消息时，气坏了。立即给钱丽写了一封信，质问钱丽是不是耐不住寂寞了？

钱丽先是觉得委屈，她没想到这个王小宁太坏了，简直就是一个混蛋。

一个漂亮女孩子的清白比什么都重要。

王小宁的老妈甚至也后悔答应宝贝儿子同意让这些荷尔蒙正旺盛的小青年到单位洗澡。

在那些无聊的日子，出乎意料的事情经常发生。

王小宁虽然曾当着钱丽的面说要撬她的盘子，但是，他没有想到是一股下午的风帮了忙，是一股跟他一样在钱丽面前很流氓的风错翻了牌子。

王小宁觉得自己吃了大亏。

白白让老莫捡了一个大便宜。

老莫把自己反锁在单身寝室整整一天。任何人敲门，他都不答应。他躺在床上，出神地盯着天花板。心里虚空得漫无边际似的。这叫本来就好面子的老莫如何见人？

他简直无法想象单位上的人会如何看他，简直无法想象众口铄金会是一种什么样的情形。

他觉得自己快要崩溃了。

5. 更让老莫意想不到的事情还在后边。

钱丽主动上门，找到了老莫。说自己身子也被你看到了，不嫁你不行了。

这是钱丽经过深思熟虑后想出的办法。

但，出乎钱丽的意料，老莫居然吓哭了。他跪拜在钱丽的面前，脸色惨白："行行好吧，我真的啥也没看见。"

钱丽却哈哈大笑起来："我以为你是个敢做敢当的汉子呢。我真瞎了眼，我把自己交给你，看你那个怂样子。"

钱丽将老莫拉起来，大方地坐在老莫的床上，老莫七魂早吓飞了三魄，他半边屁股坐在书桌前的椅子上。皮笑肉不笑地盯着钱丽："我，我，我真的没有，不是，不是故意的啊。真无聊啊。"

老莫根本没有做好恋爱的准备，更不用说跟钱丽结婚了。

一年后，老莫发奋最终考入北方一所大学的研究生。他好面子和钱丽的逼婚，让他将自己的潜能给发挥了出来。

王小宁应验了单位那些阿姨的咒语。

谈恋爱，见面一个吹一个，弄得灰溜溜的。他长得清秀，个子高高的，是个标致的小伙子。就是说话太损。也奇了怪，他每次失恋，创作大有进步。渐渐成了小城小有名气的青年作家。

三年之后，王小宁在内地参加笔会，跟一个高官的女儿，也是小有名气的女青年作家一见钟情。结婚后，王小宁调到了他太太所在的那个城市，从此，杳无消息。

钱丽一直等待着她的男朋友毕业，这小子却在大学交了女朋友，毕业后留校，跟他的女朋友结了婚。

钱丽倒成了没着没落的人，反正，她的清白是被王小宁这坏小子给毁了。

我一直没有结婚。

还是像平时一样，一周总要至少去一次小城百货公司买点生活用品之类的，钱丽跟我渐渐却成了熟人。她成了被撬了盘子的女人。所以，渐渐就成了单位的剩女。

"要不，我们凑合着过吧。"

有一天，我喝大了。跑到商业局单身女职工楼，敲开钱丽寝室的门。她见我喝大了，像个家庭主妇似的嗔怨着我："又跑到哪里灌了那么多的马尿，真是的。"

我还算明智，这么多年来，一直没有谈恋爱。因为那些阿姨们的咒语还在。我想如果要恋爱，一定会是跟王小宁一样的下场。而小城的好山好水，又使我舍不得离开这个地方。

所以，当我喝了酒，睡在钱丽寝室的沙发内时，非常平静地对她说。

钱丽一愣，她推了我一把，"你个死老纪，马尿灌多了，说胡话呢。说完，她激动地背过身子，肩膀抖动着，她又哭了。"

"看你，不至于吧。结婚又不是什么见不得人的事情。反正，我们都岁数大了，凑合一天是一天吧。"

"去你的！好像我是没人要了似的，谁跟你凑合呀。"

钱丽这几年没太大的变化，相反，经过几番打击和磨难，出落得越加漂亮了。

新婚之夜，钱丽躺在我的怀里，"我观察你这么多年，觉得你还算靠谱。"

"呵呵，春宵一刻值千金。"面对怀中如此娇美的女人，我有些把持不住。

"慢着，你给我说清楚，当年你跟那个混蛋王小宁是怎么想起要撬我的盘子的？"

"都是过去了的事情，何必再提起。"

"不行，今晚你不给我说清楚，就不许你沾我。"

"无聊呗。"

"无聊，你们就敢拿我开涮哪，都不是啥好东西。"

钱丽用兰花指戳着我的脑袋，软软的身子紧贴着我。

"不无聊，哪有我们的好事。"

我吻着自己新婚的妻子，从此开始了我跟钱丽的幸福生活。

2014 年 5 月 2 日

神灵遍布的夜晚

我一直努力试图虚构这样一个故事。

有山有湖的地方，潮湿一直是植入骨髓的痛楚。

这种疼楚不是生病的那种痛，也不是精神分裂的那种痛，而是跟肉体发生直接关系的惊悚。就像我睡在森林边的那幢小木屋的房子里，五月的雨季到来时，从森林里就会蠕动爬行密密麻麻的毛毛虫子。这些虫子的大小就跟第三次蜕皮的春蚕那么大，只不过蚕的皮是白色的，而这些从森林里出来的毛毛虫的皮是绿色的。对，是类似翡翠绿的那种毛毛虫，颜色非常好看。

起初，我并没有在意这些绿皮的毛茸茸虫子会跟我发生什么联系。虽然，在白天昏暗的室内，我也偶尔会发现一些毛毛虫的身影，但是，只是以为它们仅是从到处漏风的小木屋缝隙间过路。因此，也就没有在意这些毛毛虫会产生什么惊人的后果。

在头一天夜晚，因为小木屋没电，睡在被森林的潮气濡湿的棉被内，隐约感受到有什么小动物在被子内爬行，我却以为是森林中那些喜欢人的身体散发出气味的小昆虫什么的。到了第二天的半夜，我因为劳累过度，加上那时又年轻，倒床就能睡着。并且，照例是没有电。

然而，我在这天半夜，先是在睡梦之中听到沙沙的声音，接着，就是浑身开始冰凉。是的。是那种冰凉的感觉令人突然惊醒了过来，我下意识地在黑暗之中抓了一把。

天啊，我立即明白了是什么东西。

紧接着我慢慢感觉到全身上下居然就爬满了这些来自森林密处的毛毛虫！

只要你闭上眼睛，好好想一下吧。

我立即打开应急电池灯，我的天呀，床上、枕头、被子里居然聚集着上百万之众的毛毛虫们。并且，在我从床上跳下来，赤裸着上身站立时，那些毛毛虫们正在吧嗒吧嗒地从我光滑的身子上滑落。

睡意肯定跑得无影无踪了。

我拎着电池灯，看着百万大军般的毛毛虫们，一时也想不出什么处理的好办法。被惊醒时抓住的几条毛毛虫们，其实就是一层很薄的皮子里包裹着满是它们吃的植物还没有来得及消化的绿水。就像是腐烂的叶子和什么奇怪的东西相混杂的味道。好在我这个人肠胃功能一直还比较好，居然忍受住了想要降临的强烈的呕吐。

我立即披上一件军大衣，晚上寒冷时一直加盖在棉被上的大衣。

跑进外间的厨房，还好，铁炉子内的火并没有熄灭，只要往炉膛内添加几根柴火，炉子内立即就会熊熊燃烧起来。我立即从桶内将贮藏的水倒入铝壶中，打算烧点开水，好生洗一把正在散发着说不出是什么味道的手。

同时，我听到了隔壁也正在用铁钩撬动火炉盖子的声音。

隔壁住着得是我的同事小张。

"小张，你也遭遇虫灾了吗？"

我大声叫着隔壁的小张。因为是木板隔的房子，所以，并不隔音。过去小张女朋友来探望他时，到了夜晚，年轻人的动静也比较大，我只好跑到半里之外的森林专职消防队，要么是跟那些从部队退伍转业回来的人喝上半夜的酒，要么，就被消防队员的那些娘儿们叫上桌子，打上一夜的麻将。

小张此时正处于失恋期间。所以，每晚我也能睡上一个好觉。

然而，好景不长，就像那个叫则查洼村的唯一能够在羊皮纸上书写经文的老人讲的，好日子并不多呀，年轻人，你就省着一点花吧。

老人年轻的时候是山那边的一座苯波教寺庙的喇嘛。喇嘛是藏语的叫法，翻译成汉语，就是和尚的意思。

神志有时清楚，有时又不清楚。

他是把日子比作了银子，要我把每天的日子当成银子一样来花。

当地村庄里稍微有点文化的人说话总是这样。如果你的悟性不够，经常就听不懂人家在说些什么。

把日子当成银子来花，意思就是要心存对每一天日子的敬畏。

就像当地村民是相信有神灵存在一样。如果不注意或是不小心亵渎了神灵，那么，必然就会遭受神灵的惩罚。这是我在那个遥远的村庄，在年轻时居住在森林边的小木屋的真实经历。

第二天，天气非常好。我要作的第一件事情就是将被子、床单、枕头等等床上用品抱出去，在太阳底下暴晒。

而且，我非常幸运，至今我也没弄明白道理。

小张显然浑身上下也遭遇了和我一样的待遇。然而，他却浑身上下却没有一处好地方，肿得吓人。

而我除了手心稍为有些痒之外，居然没有中毒。

天啊，我不相信神灵不行啊。

此后数天，我一直寻找着毛毛虫大肆入侵我的床的原因。

我首先能够想到的就是，在我跟小张所居住的小木屋修建时，曾经迁移走过一座坟。难道是坟中的那个神灵跑出来了？

其次，我又联想起在三月的一个傍晚，我跟小张打了一个赌，说是谁敢在半夜去海子边的那座年久的水磨坊去，就输一箱老白干。听当地老人说，那座磨坊之所以废弃不用，就是因为在许多年前曾经在磨坊内吊死过一个漂亮的姑娘。

难道是姑娘的冤魂跑出来了？

海子，是当地藏语，就是高山湖泊的意思。

我把小张送到去海子边的磨坊路口，不出半小时，小张满脸苍白气喘不已地跑了回来。

我还没有来得及问小张，他早已语无伦次："闯了鬼，真他娘的闯了鬼啦。"

差不多又过了半个小时，小张才惊魂稍定。"风哥，酒我肯定不要了，有本事，你亲自走一趟，我赔你两箱酒都行。"

"到底是咋回事儿呀，你喝口水，慢慢说，别急。"

"风哥，真有鬼啊。我刚走进磨坊，就觉得里边阴森森的，突然，背后窜出一个穿着白衣的女人，飘着就不在了呀。风哥，当时就把我的魂儿都吓没了一半啊。"

"说得跟真的一样，我才不信呢。"

"不信风哥，哪个龟孙子在骗你嘛，真的，风哥，要不，明天晚上你去，你敢不，你如果敢，我从此就服了你。"

进乡随俗吧。我肯定不会为了两箱的酒，而再去那座年久失修的磨坊。

小张所说的体验，我其实也在一次下半夜从消防队独自一人走回小木屋的路上遇见过。说来也就是0.25公里的路程，我却几乎是走了天都快亮了，还走不到小木屋。仿佛那条路不断地在我的脚下延伸、延伸，而且，我走得越快就延伸的越快。至今，我都没有想明白。

虽说我当时多喝了几杯，就算是醉眼蒙眬吧。但是，只有一条大路，从消防队所在的台地里下坎，就能回到小木屋呀。然而，我一直走，走得酒都挥发成了汗珠，人也渐渐清醒时，还是感觉前不挨村后不沾店的。

顺便交代一下。我跟小张都是警官。

是小城公安局派驻这个遥远村庄的警官。

后来，实在没办法，我只好拔出那只"五四"式手枪，冲着天空鸣了两枪。

枪声在黎明前的森林山谷间回响着，就像每年三月刮风的日子，森林里传来阵阵巨大的涛声一样。奇怪的是人们睡熟了，居然没有被我的枪声给惊醒，只有小张也提一只手枪跑了出来，一副没睡醒的样子，冲我叫嚷道："风哥，发生了什么情况了！"

更加奇怪的是枪声除了招来了小张，还招来了一场大雨。

站在雨中，小张事后对我说，他见到我时，我的脸色惨白惨白的。还以为我一定是遭遇上什么山匪了呢。

"你一定遇上鬼打墙了。"小张显得非常老练地对我说。

我跟小张是搭档。

有时，打破砂锅问到底并不是件什么好事情。

我排除那几个猜测之后，心想，还是去找那个在羊皮纸上写经文的老人。也许他能给我提供一些意想不到的答案。

老人叫茨仁多吉。

年轻时出家修行。在当地有个说法，就是凡家中有三个男孩子，必须要有一个男孩出家。那时，村庄里也没有什么学校之类的受教育的地方，寺庙其实就是孩子们学习的地方。当然，不是所有的男孩子都有去寺庙学习的机会。

茨仁多吉排行老三，从小是个非常害羞的孩子。

他不合群，喜欢独自一个人坐在山坡想着心事。在他每次赶着牛，将这些成群牦牛赶到水草茂盛的地方时，自己就找到一处宽敞的坡地，出神地盯着山口的那边。

从小他就听阿古（叔叔）说，在山那边有座寺庙。

阿古鼻子长得很大，在山那边的寺庙当了几天的小弥沙，因为害了一场疥疮，寺庙管事喇嘛害怕阿古传染给别的孩子，所以就强制阿古返回村庄。阿古也就失去了当一个神圣的喇嘛的机会。

阿古就把自己这个未能实现的理想转移到了小茨仁身上，阿古常常对他说："那会让你比别的孩子多长出一双眼睛。"

阿古的意思是说，知识会为小茨仁打开另一扇窗口。

在春天到来的时候，通往山口那边的羊肠小路上积雪融化，就像一条若隐若现的飘带般一直通往小茨仁非常神往的世界。那个能够让他比别的孩子多生出一双眼睛的世界。

春天的积雪被炽热的阳光照耀之后，清澈而甘甜的溪流就从森林的高处源源不断地汇入低处的海子里。嫩绿色的枝芽和蒿草呈现着变幻莫测的色彩，小茨仁觉得仅是这春天的色彩就非常丰富了，一双眼睛是看不过来呢。

他想起每逢村庄里作法事的时候，就会从山那边请来穿着绛色袈裟的僧人，他们簇拥着打着杏黄色伞盖的活佛，步态轻盈而从容地来到了村里。那时，他不像村里的其他孩子们奔跑着欢呼着，而是非常安静地跟在活佛队伍的后边，嗅着空气中淡淡飘逸着的檀香味道。小茨仁听阿古说过，那是从遥远的印度捎来的檀香，弥漫着神秘而幽静的气息。

有时，在风起的日子，僧人那宽大的绛色袈裟便会在那行走的山冈羊肠小路之间，随风飘舞。这情形令小茨仁非常着迷，心想，什么时候自己也能够穿上那件宽大的袈裟就好了。就像大鸟的翅膀一样非常醒目地闪耀。

茨仁多吉坐在村口坎下边临海子的磨坊边，晒着中午太阳，回忆着年轻时的情形。

他是差点就能够去西藏的和尚。

时代的新旧变革，一个新政权的兴起必然是要涤荡着旧时代的尘埃。

我找到次仁老人时，他仿佛知道我会来一样。

"化学，你身上有种化学的味道。"

老人扶了扶他那只铜架的圆圆的眼镜，一看就知道是解放前的进口货。他脚前正摊开着一张泛黄的羊皮纸，上面写满了密密麻麻的经文。

化学味道，这个他也能闻出来。

我恍然明白了。

　　是的。那是在小城广场，一帮外来的商家摆摊展销各类琳琅满目的生活必用品，其中，有一个才出产的洗衣粉，洗的衣物被子晒干后，就会散发着淡淡的蜜蜂糖的味道。就连我正穿在身上的衬衣上，也正在散发着这种味道。

　　毛毛虫就是因为这个从山外传来的洗衣粉而大肆攻击了我！

　　至少许多东西，在我跟小张没来之前，这个遥远的村庄是没有的。但是，旅游却是在我和小张到来之前。因为遥远，有山有水，风景好空气好，许多外来的旅游者就来到了这里。

　　也就有了上级派我和小张来驻村的充分理由。

　　说白了，就是负责这个位于旅游区核心地带村庄的社会治安。

　　我回到小木屋，小张正在太阳底下，解开衣衫，边骂边自己抹着从小城医院带回来的消毒药水。

　　"风哥，为什么你没有这样，他娘的，看，弄得我一身的红疱。"

　　是啊。我总算弄明白毛毛虫为什么半夜三更会爬上我的床的原因。但是，我还没有弄明白为什么同样情况之下，我居然啥事都没有。

　　"也许我身上有毒吧。"

　　我边帮小张抹着药水，我看见他的背部真是有点惨不忍睹，毛毛虫爬过的痕迹和手指挠过的痕迹混杂在一起，就像一场战争之后的浩劫。幸好这些伤口还没有溃烂，只需用特制的消毒药水就能解决问题。

　　"说来也是奇怪哈，小张，在夏天，大家一起纳凉，别人都被蚊子叮咬得不行，我居然没有被蚊子打扰。"

　　"风哥，你又吹牛吧。"

　　"打赌？"

　　我跟小张几乎同时说出来。

　　我跟我这个搭档之间，就是这么公平公正，遇上类似的事情，我们往往就是采取这个最简单明了的办法来解决。是啊，许多事情都是人为被弄复杂了的。明明是可以采取最简单的办法解决，却偏要经过聪明人的脑袋和由这些脑袋们所想出的聪明的办法，结果在实际运用中不仅无济于事，并且最后难以收场。

　　年轻时的我，虽然算不上美男子，但是也是属于清俊飘逸类的角色。加之，在这个遥远的村庄，代表政府穿着那身合体的警官制服，还是多少能够受到村庄里那些年轻漂亮姑娘们的青睐的。

　　然而，一想到上次打赌，差点令小张丢了魂，我不禁笑了起来。"小张，打赌你哪次赢过我呀。"

　　"风哥，你不要得意，你要是能够把毛毛虫给治住了，我当着众人叫你三声大爷。"

　　"打住打住，小张，我还不想老得那么快呢。"

　　既然我跟小张已经有了口头的君子协议，那么，不把毛毛虫治住，今后怎么混？

　　我找到消防队长的老婆阿珍。

　　阿珍是消防队公认的大美人儿。平时最爱跟我、小张和消防队的那帮爷们儿开玩笑。

　　"阿珍，我麻烦你一个事情。"

　　我来到消防队那排平房，远远地就看见阿珍站在水泥洗衣池旁边，正在洗着床单，她听到我突然显得客气的招呼，立即停下手中的活儿。

　　"哎，阿风，几天不见，变得这么客气啦，咯咯。"

　　"是不是昨天老嘎动作太大了，搞得洗床单开了。"我还没来得及回答，消防队副队长老莫抢先说道。阿珍立即蹲下身子，在地上抓起一把泥沙朝着老莫打去："你个死老莫，是不是你经常让你婆娘这样子嘛。"

　　"又不是没见过。"

　　消防队长更嘎蹴在屋檐边吸着劣质的香烟，他说话总是慢条斯理的。老莫指着床单中间那不知道是什么污秽物的印迹，"嗯，老嘎，这肯定是你昨天晚上画的，水平就是高。"

　　"哈哈哈。"消防队的平房外面响起一串快乐的笑声。

　　"阿珍，昨天我屋里好多毛毛虫，你有什么办法吗？"

　　"阿风，你是不是用了某某牌洗衣粉？"

　　"咦，你如何知道的？"

　　"咯咯，那种洗衣粉就是招虫咧，身上没有啥子零件被虫子给咬了吧？"

　　"没有，要不，你晚上亲自来检查一下。"当着老更嘎，我也没对阿珍客气。老更嘎大阿珍十二岁，我也风闻他的肾功能不太好，经常是在关键时候就败下阵来。所以，在这遥远的村庄，消防队的那帮人没事总爱拿老更嘎这件事情寻穷开心。

　　"咯咯，你以为老娘怕你不成。"

"我怕你，我怕你，行了吧。"

我立即软下口气，阿珍边洗着床单边用那双滴溜溜的眼睛冲我柔情蜜意。

"阿珍，不瞎扯了，说正事，有什么办法？"

"简单啊，老更嘎，你把家里的那包六六粉交给阿凤。"阿珍冲自己的男人叫道，又转向我说道，"你把六六粉撒在门缝窗台上就行了。"

"原来这么简单。"

"啊，你以为有多复杂吗，阿凤？"

阿珍的目光简直有点让人受不了。我冲正从家里拎一袋六六粉出来的老更嘎说："你也不管管。"

"管啥嘛，有啥好管得嘛。"

更嘎继续抽着呛人的香烟，嘟哝着用目光表达着无奈和不满。

"咯咯，阿凤，要不，吃了晚饭，我来帮你弄六六粉吧。"

果然，我采取阿珍交给的办法，当天夜里就成功地阻止了毛毛虫们的猖獗活动。

小张起初还将信将疑。因为他不相信我这么快就找到了解决问题的办法。到了按时停电熄灯的时候，我特意打开窗，望着幽深的窗外森林，除了夜游的生灵们发出的声音，就没有再见到毛毛虫们的影子。

但是，六六粉的气味也实在难闻。

也是一种化学的味道。就像许多从山外带进来的新鲜玩意一样，在满足村庄里的人们好奇心时，又不知道会在什么地方，什么时候又出现什么情况。

我的房间里燃烧着一支蜡烛，从窗外吹来的晚风中夹杂着森林特有的气息。那是一种生长伴随着腐烂的气息。

小张在隔壁吹起了口琴，那是他孤独的象征。

我知道小张在想女朋友时，就会翻来覆去吹那首俄罗斯的《三套车》。"冰雪遮盖着伏尔加河，冰河上跑着三套车，有人在唱着忧郁的歌，唱歌的是那赶车人。"

情绪这东西是会传染的。听见小张吹着这令人情绪低落的口琴声，我也渐渐地变得有些多愁善感起来。一个男人，在多愁善感的时候，也就是常常是在这样的夜晚，在森林边的小木屋独自一人，想着那些令人伤感的东西。

小张吹口琴，也就只会完整地吹完这首使人软绵的曲子。

小张吹了几遍大约也觉得无趣，就停止了他的独奏。

我正准备关窗，突然眼前闪现一道白影。就像是电影中的特技一样，仿佛是暗中有道什么机关，让一个轻盈的身影飘然而过。莫非这就是小张见到那个女鬼？

我本能地抓起手枪，冲着隔壁叫着："小张，小张，你睡了吗？快，快起来吧。"

听到我惊奇的叫声，小张一手提着手枪，一只手拎着应急电池灯，跑到我的房间。"风哥，又发生什么情况了？"

"嘘——林子里边。"

我指着那道白影消失的方向，"你说的没错，是好像有个什么，冈团从我眼前飘然而过。"

"我没骗你吧，风哥，肯定是那磨坊里跑出来的……"

"也许是我看花了眼吧。"

我不敢肯定地立即打断了小张的话。

小张举起应急电池灯，冲着窗外的森林照射过去，我又立即打了他一下，显得非常老练地教训他，"你是生怕人家不知道你在哪个方位啊？"

在黑夜，在森林中迷路固然是件非常麻烦的事情，然而，自己暴露自己也会带来不必要的麻烦。

我打开一瓶老白干，又从床头柜里取出一袋鱼皮花生撕开，就着酒瓶，我跟小张，你一口，我一口呷着。

"也真是他娘的邪了门哈，老是神呀鬼呀跟我们干上了。"

我却偏偏还不信这个邪。

"走。"

"干吗？"

半瓶酒下肚之后，我想沿着那个白影飘然而去的方向找一找。小张显然有些紧张，"你是说，咱们去会一会那个女鬼？"

"你敢不敢吧小张。"

"这有啥不敢的，风哥，哼，我就他娘的不信了，我们两个大男人，未必还怕了不成？"

小张举着应急电池灯，走在前面。我们所在的森林边小木屋房子背后，有一条小路。也还就只能容得下一个人行走。当我们走进森林时，迎面就嗅到五月林间特有的味道，有经年的油松味道，还有树干下腐烂的落叶层味道，还有叫斑蝥的虫子弄出的奇臭无比的味道。总之，在我后来的人生岁月，我对味道一直就有着特殊的敏感，想必就是在年轻的时候，长期居住在森林边上和经常在森林中工作活动而养成的吧。

走着走着，就没有了路。

高一脚，低一脚，森林里潮气很重，特别是在半夜三更，如果有谁在森林里突然遇上我们，说不定也会把我们当成孤魂野鬼吧。我们厚实的衣物也被杂乱生长的荆棘划拉着，仿佛每走一步，身后总是有着一只手在拉扯一般。

差不多走了大约一个小时，小张在前边突然惊叫了一声，我立即从他身后挤上前："什么，你看到什么了，小张？"

"好快的速度呀，风哥，是像你说的，人家是飘然而过，一闪就又不见了。"

寻找了大半夜，最终还是一无所获。

我跟小张从森林里回到小木屋时，天都灰蒙蒙地亮了。

说来也奇怪，第二天，我跟小张同时病了。

发烧。打摆子。

我跟小张生病时，没有人知道。整个上午，我们各自睡在各自的房间。到了中午，从森林中照射出来的阳光点亮窗口时，我听见有人在敲门。

"阿风，阿风，还没起床吗，都啥时候了。"

蒙眬之中，我听出是阿珍的声音。我拖着几乎虚脱的身子，披着军大衣开门，阿珍见状，立马伸手抚摸了一下我的前额，惊叫道，"哎哟，要死了，这么烫，你都不言语一下。快，快去躺下。"

说着，阿珍扶着我上床。

就赶紧跑到外间，拎着水桶去海子边打水。

打水回来，又急忙捅开铁炉，架火烧开水。她在外间不住地叨念着，"天爷哟，天爷哟。"

"阿珍，阿珍。"

我虚弱地叫着她。阿珍听见急忙进来："阿风，有啥你说，我烧点开水，就去找医生。"

"阿珍，你赶紧去隔壁看一看小张。"

"哎呀。"

阿珍听到我的吩咐，立即双手合十，"还有一个，对，还有一个呢。"

说完，她又急忙跑到隔壁，敲着小张的门。磨蹭了好一会儿，我听见小张也下了床，给阿珍开了门，"天爷呀，你们这是咋个搞起的嘛。个个都成了秧鸡子啦。"

到了下午，阿珍送走村医老罗。

老罗给我们开得药居然是婴儿用的头疼粉和降温药。

这怪不得老罗，他原来就不是什么正经的医生。而是原先林场的卫生员，在1978年秋天，林场搬迁撤退之后，因为无处可去，加上，把村庄里一个姑娘的肚子给弄大了，所以，就成了人家的上门女婿。

老罗左腿受过伤，走路一瘸一瘸的。逢人总是笑眯眯的，态度非常和蔼。村庄里的人有个小病什么的，总是爱找老罗。

所以，阿珍也是病急乱投医。

老罗给的虽然是婴儿用的药物，并且，再三叮嘱阿珍，按照说明的三倍剂量就行了。

老罗不是正规医生，给人看病也赚不了几个钱，自然也就舍不得买什么好药。

服过老罗开得药，还不知道是不是早已过期了的药。反正，那种婴儿头疼粉喝下去，整个人像着了火般燃烧着，渐渐令人昏死了过去一样。

不知道过了多久，我又仿佛听见沙沙的声音，感觉那些毛毛虫又来了似的。

我再次被那种潮湿冰凉醒时，感觉自己突然进入了冬天。浑身冷得不行，同时，感觉身体上又有什么在爬行蠕动的。

也许我还边死死地抓紧什么边说着胡话。

等到我下意识地抚摸到远比一只毛毛虫还要巨大，还要绵软的肉体时，我在恍惚之中，以为是那女鬼上身了呢。

咦，不对呀。

女鬼的身子应当是冰凉的才对呀。

是阿珍！

我不停地说着胡话，叫着冷。

阿珍用她炽热的躯体一直暖着我！

小张退了烧，很快就能从床上爬起来，不住地夸奖老罗的医术高明。

真是闯到了鬼。

我服了老罗的药却从燃烧的状态掉入冰窟窿般，阿珍感觉可能给我的剂量大了一点。这不怪她，她也是心急，想让我早点退烧，也许还有些因为用错药的愧疚，反正，她用自己的血肉之躯拥抱着我时，是希望我不再寒冷。

在她的观念意识中，既没有什么男女授受不亲，更没有什么扭捏之态。她一心想着是尽快将我从死神身边给抢回来。

她侧身面对着拥抱着我，手抚摸着我光滑的背部。

分明是我浑身像炭火一般在燃烧，可我嘴里却不停地叫着"好冷，好冷呀"，浑身不停地抖动着，上牙碰下牙个不停。阿珍弄急了。好在老罗临走时，还留了半瓶的酒精，并且叮嘱阿珍说，实在不行的时候，可以用酒精，把我全身给倒上，双手不停地搓揉。

阿珍见用自己的体温根本就不起作用，她想起老罗的叮嘱，立即掀开我的被子，将我脱了个精光，打开酒精瓶子，往我胸腔腹部大腿上倒着，然后，灵巧的双手沿着我胸部开始搓揉，嘴里不住地念叨道，"天爷呀，保佑阿风，保佑阿风吧。"

她搓揉完我的胸部腹部，有意无意抚弄了那地方一下。

然后，就翻过我的身子，在背部继续倒洒着酒精，重复进行着同样的动作……

到了下半夜，我终于退烧了。

阿珍早熬好一锅粥，走进里间，见我苏醒了，"咯咯"笑个不停。

阿珍穿着长袖的毪氆，腰间系着银质腰带，因为她跟老更嘎没有生育，身材一直非常苗条，胸脯丰满。她的脸是典型的瓜子脸，两根又粗又长的大辫子盘在头顶。

"阿风，你终于醒了。我的老天爷。"

阿珍说着，就将那件军大衣披在我身上，让我坐在床头，端来一碗热腾腾的菜粥。

"来，我喂你吧，你不要动。"

"这，使不得，阿珍，我自己来。"

"阿风，才好了，就跟我见外，几根毛我都看见了，哼。"

"阿珍！"

我一把紧紧地搂住阿珍。她又咯咯地笑了。"阿风真性急，等你完全好了吧，你想怎么搂都行，现在给我好生吃点东西。"

喂完我，阿珍帮我盖好被子，趁着夜色出门，回到消防队那边。

遥远的村庄，总是有着人性的温暖。

在我最孤立无援的时候，是美丽善良的阿珍用她那心无杂念的圣洁，温暖着我的灵魂。

水边的磨坊，如同一座骨质疏松的梦境，耸立在碧蓝的海子畔。

从高处的流水通过视槽将源源不断的溪流送到巨大的木轮上，冲击着木轮转动，木轮又带动着上面的磨坊内的石磨转动。在收获青稞、玉米的时节，经过秋天的日晒之后，这些晒干的农作物就是被这轰隆转动的磨子加工成了青稞面、玉米面。

我一直放不下夜晚所见到的情形。

于是，我就在白天，沿着枫叶飘红的小径，想去那座年久失修的磨坊里去探究一番，看看能够发现一点什么蛛丝马迹。我站在一处高坡，先是从外观上观察着这座破旧的磨坊。在心里油然升起一种敬畏感。就像茨仁多吉老人讲的：好日子不多。

在这个遥远的村庄，收获的好坏全凭老天的恩赐。如果遇上风调雨顺的年景，收成就好一些，如果是遇上冰雹、干旱以及暴雨等等恶劣气候降临的年景，一年的收成就成问题了。

尽管在森林之外有着许多大小不规则的坡地，但是，这些土地却并不肥沃。虽然到处是水，然后，灌溉却并不方便。需要引水，需要花费很大的气力才能将海子或者是山间的溪流引上山，引到坡地内。

有时，我就在想生活才是真正的老师。

不深入偏远，坐在家中，任凭你是如何天才的作家，你是绝对想象不出在这个遥远的地方，人们为了土地上那点可怜的产出，付出了怎样的辛劳和代价！

所以，从这点而言，我要感谢生活，感谢在这遥远的村庄里，让我开始体验着别样的人生。

那座磨坊至少有着百年的历史。完全是木质结构，分上下两层，几根粗大的木桩支撑着第二层的斜面木屋，在这几根水中的木桩之间，平放着一只巨大的木轮，那木轮是当年的能工巧匠们用高大而笔直的树干剖开，刨成一张张规则的叶片，完全没有使用什么铁钉之类，而是采取穿斗的工艺。然后，一根被冲击着光滑的圆木，如同传动轴的作用，从二层铺着的木板底部跟现两块汽车轮大小的石磨穿心连接，视槽的出口安装着一个木质的机关，在需要使用磨坊时，只需打开机关，巨大的流水就会冲击着楼下角的木轮转动，发出流水的轰响。如果不需要使用磨坊时，通过这个机关，将高处源源流来的水直接排放入海子里。

磨坊并没有使用瓦之类的。而是称之为"塔板房"，即完全是用刀斧将粗大的原木劈开成一张张的木片，重着摞着规则地安放在房顶上，然后，又找来大大小小的鹅卵石整齐地压在这些木片上，以防刮风。在下雨的时节，雨水就会沿着斜逸于屋顶的木片滑落，形成一道道的水帘，将整个磨坊包围在雨水的瀑布之中，这些雨水闪烁着迷人的光芒，磨坊不仅有着生活的实际功能，同时，又是青藏高原农区一道亮丽的风景。

现在我下了坡，走在磨坊搭着两张木板上。

木板既是桥，也是直接通往二楼磨坊内的唯一通道。

我有点小小的遗憾就是没有像当地人那样背上一只背篓，里边装满着青稞，可以更加真实地体验背着几十斤重的粮食，去加工成精细的面粉究竟是什么感觉。或者，像每天清晨当地年轻的姑娘们，背着木桶走在轻轻摇晃的木桥上，到海子边用铜瓢舀水。

我沿着斜搭在通往磨坊的两块木板上，来到了磨坊的门口，推开门，那门便发出吱呀的声音，立即就能嗅到年久的那种腐朽而甘甜的味道。那是青稞、玉米在这幽暗的房间内长期发酵与海子边每天上升飘逸的清新空气相混杂的气息。那是年迈的阿依们（祖母）手抚弄青稞就像抚弄自己的孩子一样的虔诚，伴随着她们辛勤的汗水的味道。那是厮守着自己的泥土，依着自己民族坚定的信仰与传承的味道。

我推开门，磨坊内显得非常幽暗，我用一根小木棒支撑，又推开木窗，顿时，外面的阳光亮起了光柱投射到了磨坊内，我还看见从房顶稀漏下来的光线，笔直地照射到房内的角落。

磨子是青石雕琢而成。线条古拙而优美，即使是实用功能的水冲石磨，当年的匠人们也不敢怠慢，横的竖的，那一錾一凿的痕迹之中，无不透露出匠人们的敬畏之心。仅凭这一点，我就不得不佩服那时的前人做事认真和较真劲儿。

殊不知，这正是我们这个浮躁的当下，最缺乏的东西啊！

借着磨坊外面照射进来的秋日阳光，我看到低矮的房梁上悬吊着一根大指粗细的麻绳。在我左手边的木架上，堆放着一件年代久远的妇女衣裙，上边积满了灰尘。

关于这座磨坊曾经吊死过一个姑娘的说法看来是成立的。

我正打算继续寻找着其他的物证，突然背后刮起了一起阴风，扯着旋儿，从我的身后包裹着杂乱的秋叶和尘埃，然后沿着房顶稀漏的缝隙飘向了外面的海子和森林。

我望着打着旋儿，被风扯向外面的杂草枯叶，仿佛看到在旋转的风中，出现了一个位妙龄少女的身影，她的身影就像沙状的飘旋，随时在风停住时，就会随着那旋起的杂草枯叶而坠落，消失得无影无踪。

或许这个世界就是由类似的虚幻构成。

就像在我们的心灵深处，总是错把这种人生的虚幻当成了成功的花环，以为自己真的就是什么成功的人士一样。

接着，我又嗅到了牛奶的味道。

是带着那种久远而膻腥的牛奶的味道。曾经在什么书本上读到，在高原人们把灵魂用牛奶来形容，说灵魂就是跟像牛奶一样的东西给喂养着。

而我在那时那刻却更加愿意相信，那就是这个半夜出来跟我们玩捉迷藏的妙龄少女的味道。是啊，尽管岁月悠悠，日月轮回。我觉得就像许多在藏地至今都无法获得合理解释的现象一样。譬如说，人死后到底有没有灵魂？灵魂又是以什么样的形式展示在我们凡夫俗子的肉眼面前？

有人曾经这样形容说：灵魂如风。

那么，风是肉眼极难看见却是通过树叶、水波、飘扬等等而能够感知的。

所以，相信了风的存在，也未必就没有灵魂的存在。

灵魂是什么东西呢。灵魂是使我们心安的东西。

对啊，心安。为什么许多人在所谓日子好起来之后，反而不能得到心安了呢？

心安又跟情感，跟归宿究竟是什么关系呢？

我从这处旧磨坊内出来，秋天的阳光刺得眼睛有些睁不开。

从五月到九月，我一直在寻找着答案。连小张也不知道我的心里究竟是在想些什么。小张呢，在八月跟一个省旅行社的导游搞上了，俩人正在热火朝天地恋爱。

小张的爱情在我看来是极具形式美感的那种爱情。虽然最终的结果，大都是以不了了之告终。而且，小张这小子真是艳福不浅的主儿，跟他谈恋爱的女孩子是一个比一个漂亮，一个比一个花枝招展。

小张呢，也似乎非常享受这种有始无终的过程。

到底是年轻人呀，有的是时间和精力本钱。

遭殃的不仅是我睡不好觉了，因为不知道什么时候，那该死的不隔音的隔壁就会传来床板被压得吱呀响的声音，还有就是那女孩子放肆的叫声，特别是临近森林边的小木屋的夜晚，寂静极了。空气中也仿佛安装了扩音器般放大而清晰，即使是在我熟睡之后，也会被他们那种极具形式美的爱情给折腾。

还是跑到消防队那边吧。

阿珍喜欢在晚上饭后召集人打麻将。

麻将这玩意儿，就是好混时间，坐上桌子，什么都可以不去想，只是专注地摸牌出牌和牌。

那时，除了有座小水电站定时发电外，就是专职消防队有台一千千瓦的柴油发电机。所以，到了午夜小水电停止发电时，老更嘎就会特意发燃这台柴油发电机，专门供应我们打麻将时照明。

所以，柴油机轰响时，我就知道是午夜十二点了。

由于山里的空气很纯，柴油机飘出的味道，很快就会弥漫在空气中，特别是在半夜，柴油的味道特别地强烈。阿珍坐在我的对家，她那天手气不好，输了不少的钱。

阿珍手气不好的原因非常简单，就是她有点像花痴一样的眼神，真是让人受不了。

阿珍一直没有孩子。有一次，她喝了一点儿酒，借着酒劲儿突然搂住了我，在我的耳朵边悄悄说："我真想跟你生一个娃娃。"说着，她居然在我的耳朵上轻轻地咬了一口。

按理在现实生活中，我不是一个招女人喜欢的男人。

我直到离开这个遥远的村庄时，才真正弄明白。

阿珍生着一双丹凤眼，滴溜溜的黑眼珠在跟我的目光相遇时，总是闪烁着含情脉脉的光芒。就像妙龄少女般脸上就会飞上两朵红晕，那目光仿佛充满着什么感应似的，只要我把持不住自己，就能让她燃烧起来。

"哎，出牌嘛，阿珍。"

我的下家见阿珍又用那种眼神看我，有些不耐烦地催促着她快点出牌，阿珍慌乱地收回眼神，随手出了一张牌，我的上家立即倒牌，"哎呀，龙七对，阿珍，我等你这张牌，等到花儿都快凋谢了。哈哈……"

阿珍恼怒地盯着我，仿佛是我让她不能安心专注地打麻将一样。

她边数着钱边在合牌时在我手背上使劲儿掐了一下，我痛得想叫，她却咯咯笑了。

她穿着一件高领的毛衣，丰满的胸脯在笑声中夸张地起伏着。

在这样的夜晚，牌桌子上的人只会专注于这个古老而刺激的赌博游戏。

是的。当人生陷入一场游戏时，除了浪费大量的光阴，就是因为内心欲望驱动下的迷乱。

就像阿珍，她是另一个村庄最漂亮的姑娘。因为命中注定要嫁一个吃皇粮的男人，所以，就听从了命运的安排。在这样的环境下，自由恋爱常常抵不过双方父母的商量。况且，彼此父母都是知根知底的。

如果嫁给了这个男人，像村庄里其他年轻媳妇那样，过个两、三年生个孩子，那么，阿珍许是可能像绝大多数人那样，生完老大，就继续生老二、老三，直到把自己所有的热情和精力消耗殆尽。

问题是自己的男人，不能让她实现这个愿望时，她就有除了每天煮饭、做家务之外的过剩精力。像一个专职太太那样，把富裕的时光用在消磨生命之上。

在这个遥远的地方，白天的时间还是比较容易打发的。然而，到了夜晚，面对着漫长寂寞的夜晚，阿珍除了组织大家打打麻将外，就几乎是没有什么事情可干。特别是到了午夜，麻将结束之后，老更嘎每天晚上都把自己给灌醉。什么都不想，倒床呼呼大睡。

有时，阿珍在大家玩完麻将后，早就炖好了一大锅的牛肉萝卜，加上莞荽、熟油辣椒、葱、大蒜等佐料，大家就着老白干，喝得天翻地覆的。

阿珍自从对我动了那种心思，就一直在创造机会。

她知道我酒量不行，总想趁机将我给灌醉，然后，实施蓄谋已久的计划。

一个女人，一旦动了自己的心思，就是九头牛也难以拉回来的。我要承认：阿珍不是一个令人讨厌的女人。问题是她来得太直接，不说像书上所写的先来点花前月下什么的，而是总是直奔主题。令人受不了。

阿珍家的厨房比较宽敞，火炉内燃烧着熊熊的火焰，大家用她家的小龙碗喝着酒，几碗下肚后，倦意纷纷袭来。平时，喝醉了那些爷们儿，就懒得回家，反正都是单身汉，就会裹着军大衣倒在火炉边的矮长桌里呼呼睡到天亮。

阿珍喝了酒，脱掉外衣，一把将我搂住："阿凤，今晚你要好好陪我喝。"

大家哈哈开心笑着。完全是角色错位了。

感觉我不是男人，阿珍是男人。我在她怀中像个迷人的少女般被她蹂躏。

阿珍身子散发着酒精和香水相混杂的味道，她的手也不讲规矩开始在我身体上下乱动乱摸开来。

"阿珍，你安静一下，好好喝酒。行不？"

我仍然好言劝着阿珍，我知道她并没有醉，而是借酒撒疯。"你再不老实，我叫更嘎了。"

"咯咯，你叫啊，阿风，你要是能够把那老鬼叫醒，我就喝三碗。"

"来吧，喝。"

反正一碗也是醉，三碗也是醉。我今晚豁出去了。我倒满三碗老白干，一口气喝了个精光。

"咯咯，阿风，你这才像个男人嘛。"

阿珍顺势坐在我的腿上，酡红的脸颊像是三月的桃花。她迅速调换了角色，像个温顺的少女，身子依偎在我的胸前，抓起我的手伸进她的内衣。

我抚摸着她光滑的肌肤，感觉自己也仿佛被点燃了一般，她轻轻呻吟了一声，贴着我的耳朵悄悄说，"阿风，阿珍美不你说，阿珍是不是最美的女人？"

窗外的林间月色皎洁，透过幽暗的灯光，我看见今晚的月色照耀着外边的一切。

酒意上来，我也酒意上来。

整个房间内，大家酒意都上来了。玩了几个小时的麻将，也是非常累人的。我轻轻搂着阿珍，沉沉地进入了睡梦之中。

在睡梦之中，我仿佛带着阿珍来到了林间的一处宽敞的草坪。

秋天的枯草柔软而浓密，就像是一张天然的毡子，我俩在夜色里，坐在这张柔软而散发着白天太阳照晒之后，散发着余温的草丛。阿珍熟睡了，头发有些零乱地散开着，她的头发真好，浓密而油亮。她依偎在我的怀中，平时盯着我的那双火热的眼睛紧闭着。我知道，在阿珍生活和成长的世界，没有那么多的过场。喜欢就会不顾一切地投入，不喜欢就是不喜欢，任凭你用尽任何的花言巧语都是无济于事。

阿珍脸部的轮廓很美，就像上天注定要使她成为最漂亮的女人一样。她喜欢笑，一笑就露出洁白的牙，那是长期食奶渣的结果。在草原和在草原与峡谷的接合部地带，当地村民长期食着牛身上出品的牧产品，不仅营养价值极高，而且，还非常生态环保。

在他们的世界，始终相信在高居于天地的地方，有着神灵的存在。

恍惚之中，我看见了许多的神灵，在我跟阿珍坐在的草坪背后飘逸游弋，就像夏天森林的夜晚，许多的萤火虫，拎着一盏盏的绿灯在林间的树梢、树干、草丛上下飘飞。

梦真是个好东西呀。

在梦中所有的真实仿佛清晰可见一斑，就像是在酒精分子的作用下，我搂着美丽迷人的阿珍，在秋天的林间，畅游于神灵遍布的夜晚。

在梦中我能满足阿珍的想法。

然而，在现实中我却始终迈不过自己心灵上的那道坎儿。

我不是不喜欢阿珍。

而是我总觉得如果满足了阿珍，有些乘人之危的味道。就像是古代书中那些大户人家的小姐，因为常在深闺，极少与外界接触，所以，见到了，就以为是可以托付终身的。

或许在阿珍的心目中，她是没有我想得那么复杂的，就是喜欢，喜欢了就是那么不顾一切。

倒是我自己想多了，反而破坏了这种人性的美好。

我是从哪里来的？

在森林边居住的那些日子，我在半夜辗转反侧之时，面对着漆黑而空洞的虚无，想起这道生命的命题时，油然就会上升那深埋内心的孤独。

就像我为什么要走上高原又为什么在每每面临人生选择的紧要关头，总是放弃了优裕舒适，选择了艰难困苦？

如果是做非 A 即 B 的选择。A 代表着坦途幸运，B 则代表着坎坷艰难，我却总是选择了后者！或者说我有过选择吗？

天亮时分，老更嘎醒来，他嗅着空气中飘飞的酒精气息，知道昨晚阿珍跟一帮年轻人打麻将喝酒瞎闹了一夜。他说不出心里是啥滋味儿。每次跟阿珍亲热时，阿珍总是会带着嘲弄的口吻，"看你生得牛高马大的，中看不中用。"每当听到阿珍用这样的腔调数落着自己，老更嘎如同霜打了一般。久而久之，他几乎就提不起对女人的激情，而是天天酗酒，把自己喝得酩酊大醉。酒跟梦一样，都是好东西。酒让老更嘎的夜晚变得简单，空气中飘飞的酒精分子，常常与他作伴儿。他甚至完全可以在酒赐予的麻醉状态安静地享受着属于自己的孤独的夜晚。

窗外的麻雀叽叽喳喳闹个不停。

由于早晚温差较大，秋天的早晨森林打霜，枯萎的树叶、草丛上降落一层白色的薄霜。风过之后，空气中便飘逸着霜的寒冷，许是昨夜闹腾得太久，大家七倒八歪地睡在阿珍家厨房的火炉旁边，阿珍搂着我，蓬松的头发凌乱地落在我的脸上、肩和手臂，她的双腿交叠，侧着身子，她的呼吸均匀，呼出的气息不断地扑向我的脖内。

我被清晨的鸟叫给吵醒，感觉脖子内痒痒的。仿佛是阿珍不停地往我脖子内轻轻吹着一样。

阿珍的体温非常温暖。

搂着一个漂亮的女人的感觉真舒服。

此时，我尿胀难忍。想轻轻移开阿珍的手，她也仿佛知道一旦我起来，就又会失去一次机会一样，越加将我搂得更紧。

"阿珍，阿珍，我尿胀了，想出去方便。"

"不，阿风，还早，再睡一会儿嘛。"

阿珍闭着眼睛，完全是女主人撒娇的口吻。

"听话，天都亮了，再睡就麻烦了。"

我使了一点劲儿，拿开阿珍的手，将阿珍平放在火炉边铺着毡子的宽大坐垫内，我看到阿珍不像内地的女人弄个文胸什么的，她的乳房光滑而挺拔。平时，阿珍就不戴文胸，她的乳房饱满线条流畅，我怕她感冒什么，立即就将一张军用毛毯给她盖好，就轻手轻脚地出了门。

我来到房后一棵苹果树下方便，望着树上零星挂着的苹果，突然想起老更嘎说过的话："女人嘛，就像这树上的苹果，成熟了，谁都想摘一个尝一下。"

那是别人当着老更嘎的面夸奖他的老婆阿珍长得漂亮时，他得意地冲着阿珍苗条的背影说的。

想到这句话时，我不禁笑了起来。

回到阿珍家的厨房，阿珍也起床，对着门后挂着的小圆镜梳理着浓密而长长的头发，她有些恼怒地盯了我一眼："阿风，睡好没有嘛？"

"嗯，睡好了。"我打了一个呵欠，帮着阿珍收拾桌上的残羹，她立即停下梳理,抓住我的手:"这哪是男人干的,放下。"说完,她又咯咯笑了,说了一句令我生气的话,"阿风,你也该不会像老更嘎吧。"

"像老更嘎啥?"

"咯咯,中看不中用呀。"

"哼,哼。你要不现在试一试。"

"咯咯,阿风你生气了,现在又嘴劲儿大,昨天晚上你咋不说呢,我把身子都送到你怀抱里了,你老实得像个小羊羔一样。"

昨晚几碗酒下去,我都不知道发生了什么。

反正,阿珍肯定没闲着,她解开衣衫,只穿着贴肉的小衣物,帮我脱掉了外衣,然后,像个温顺的小女人钻入了我的怀中,手反正是在不停地抚弄着我。

听到阿珍说我老实得像个小羊羔,我倏尔脸红了。阿珍梳理好长长的头发,束着宽长的腰带:"阿风,帮我拉一下嘛。"我双手环绕在阿珍的腰间,脸贴在她背间,阿珍低声呻吟了一声,转过身子,一把搂着我的脸,"阿风,阿风。"

我环视了一眼,那两个人不知道什么时候离开了厨房。也许是在我出门方便时,他们也起了床,回到各自的宿舍,继续睡回笼觉去了。平时,没有训练和出警的工作时,这些消防队员一个比一个能睡。

阿珍蹲下身子,将我的脸埋藏在她的胸间,我嗅着她身子散发出的牛奶的味道,肉体内的神灵复苏了。

我抱起绵软的阿珍,轻轻将她放在毡子里,解开她的衣衫,立即一对鸽子般雪白的乳房跳了出来。阿珍自打嫁给老更嘎,就再也没有下地做农活儿,身子养得白净而日渐丰满。

阿珍也将我的衬衣从紧扎的皮带内拉扯出来,双手伸进我的衣内,在我厚实的背脊抚摸滑动。

"阿风,昨天晚上你其实就想要我,你是怕羞了,当着其他人,你装睡,是不是?"

阿珍按照她的理解,在我的耳朵边轻轻吃语着。

"来吧,阿风,现在我的身子是你的了。你要像个真正的男人,阿风。"

阿珍激动地闭上了眼睛,在她眼睛闭上的同时,两行晶莹的泪珠,从她美丽的眼睛里滚落而出。

"咳，咳。"

门外突然响起老更嘎的咳嗽声音。

我立即从迷乱的情欲中清醒了过来。我这是干什么呀，当着阿珍的男人欺负人家的老婆。

阿珍悄声地用当地语言骂了一句，冲着门叫道："进来嘛，有啥见不得人嘛。"她边坐起来边穿着衣衫，好像老更嘎犯了什么错误一样。

趁着老更嘎在门外犹豫，阿珍搂着我使劲地亲吻了一口，"阿风，我要为你生个娃娃。"

阿珍这句话说得我热泪盈眶。

这是我在当初选择之时，绝对没有想到，也是没有料到的。

走上高原，投入完全陌生的环境，也就意味着将已经过去的二十多年完全存封于记忆。然而，我没料想，情感这东西就像梦、酒那样，是不受环境约束。一旦遇上适合的时机和生命本能的生长，情感也会像灵魂般寻找着降临与归宿。我不想表白自己如何先知先觉，仅是就情感而言，从始终在所谓的外部，找不到进入的渠道到在这个遥远的村庄里，遇见一个叫阿珍的女人，她的动机是如此的简单而执着，就是想生个娃娃。

尽管我也知道，我又将会面临什么样的惩罚与磨难。

情感好比是森林里兀自流淌的溪水，只要融入再融入更多更大的情感溪流时，在这大自然厚实的泥土之上，总算找到了归宿。

小张和女朋友又吹了。

小张情绪就像森林边的海子，在跟女朋友关系良好时，那湖水就丰盈，中断关系时便枯竭。男女关系说来也真是道不清说不明的东西。小张一直想找一个既年轻漂亮又善解人意的女朋友，然而，在现实生活中总是不能实现。

常言道：人无完人。

年轻人的想法，就是这样既浪漫而又理想化。

虽然我个人认为像小张这样的年轻人对爱情一直存在着这种不切合实际的想法，但是，我却并不认为小张有什么过错。

据我了解，小张的女朋友跟他分手的原因主要有两个。

第一个原因是三年之内小张要调回内地。也就是小张那位当导游的女朋友所在的省城。

第二个原因就是小张要在五年之内要在省城买一套他俩结婚用的

房子。

听完小张的介绍，我觉得人家小张的女朋友的想法也没错。一个年轻漂亮的女孩子，存在着这样的想法，并且，认真地向小张提出了这两条要求，如果不是安心想跟小张好到底，是绝对不会提出这么具体而可行的条件的。

而小张觉得女朋友固然漂亮，但是，所提出的要求他一个也满足不了。

小张虽然也觉得人家女孩子所提出的条件也没有什么不合理，但是，却因为自己只是这个遥远村庄的一个小警察，就算是不吃不喝也得要工作70年才行。这还是从理论上讲得通的办法。也就是说，小张还是有能够满足他的女朋友愿望的可能性。

小张说到这里，冲我无奈而苦笑着："风哥，70年啊，还得是不吃不喝，还得是物价不涨的前提下，她还算好，没说买车子呢。如果她要买辆小车，至少得百万吧，还不说如果生了孩子，从幼儿园算起到读完大学，又得花几十万吧，风哥，想到这些，老子去抢劫的心都有了。"

小张想找一个善解人意漂亮的年轻女孩没有错。

小张最近跟他告吹的那位女朋友想买房子的想法也没错。

既然他俩都没有错，那么，到底是谁错了？

我听着小张的苦经听得头皮一阵阵的发麻。平时我在小张心目中还算是有办法的一个大哥。但是，遇到像小张这样的情况仍然是束手无策，一点办法都没有。

人在没有办法时，何以解忧呢。

"喝酒。"

"对，喝酒，风哥，想那么多有球用哩。"

小张跟我每到夜晚，就会取出老白干，一人一瓶，咬开瓶盖对吹着。有时，如果我们还有兴致，就会撕开一袋鱼皮花生，边吃着花生下酒，边说着各自心里不愉快的事情。然而，在更多的时候，我们就是拿着老白干，也不需要什么下酒的菜，喝干瓶里的酒，将自己给灌个酩酊大醉倒床睡觉。

特别是在冬天，外面的游人也几乎不大来到这个遥远的地方。

村里的男人外出经商的或者去拉萨朝圣的也陆续回来。他们带来了外面的消息，带回了外面的产品，走村串户的。整个村庄充满着团聚的欢乐。

冬季也是村庄里年轻人结婚办喜事的时节，我跟小张经常被村里的人请去参加年轻人的婚礼。

　　一场雪让村里和消防队的人松了一口气。

　　大雪是在夜里降临的。

　　第二天，我从还没有褪尽的酒意中醒来，窗外比平时显得格外光亮。

　　我披着那件军大衣推开窗户，一道令人眩晕的光芒从林间反射而来。我甚至都不知道是什么时候降的这场大雪，透过枯萎的枝梢，我隐约看见密林深处，还游走着平日在高山上游走的野生大型动物们的身影。

　　隐约听见茨仁多吉穿着那件年久的袈裟，开始在为村庄里即将结婚的那对年轻人念诵着祝福经。

　　我叫起隔壁的小张。

　　小张说今天是老更嘎的妹妹出嫁。昨天阿珍特意给我们送来了请帖，我正好不在家，阿珍就委托小张一定要转告我，请我务必要来参加她小姑子的婚礼。

　　老更嘎的妹妹叫泽斯满。

　　我跟小张来到位于半山的老寨子时，只见村里男女老少，个个穿着漂亮的盛装，脸上洋溢着喜气的色彩，站在村口和新人家的院子内，热情地招呼着从各处村庄赶来参加婚礼的亲戚好友们。

　　阿珍穿着一件崭新的合身宝石蓝蕾疆，胸前挂着银质的嘎乌（经盒），经盒用云南红玛瑙、松耳石和翡翠等珍贵的物件装饰着，显得雍容而华贵，头上戴着白色的狐皮帽子，映衬着阿珍酡红的笑脸。她的腰间系着红底镶嵌手工银品的腰带，足蹬一双酒红色的靴子，站在雪地里。

　　"阿风小张，你们来了，快请，里边请，酒席马上要开始了。"

　　阿珍继续用令我受不了的目光盯着我。

　　今天我特意也换一身便装，牛仔裤和蓝色的羽绒服，小张看着我，又看了看阿珍，"呵呵"干笑了两声。我知道小张是在笑什么，他觉得我跟阿珍仿佛事先商量过似的，都是选择了穿蓝色的衣物。

　　我们说笑着，遇上村里特意请来的摄影师，"站好，笑一笑，说茄子。"

　　那位年轻的摄影师，也不管我们是否同意，就将我、小张和阿珍摄入了镜头。阿珍显得非常开心，冲摄影师叫道："记得给我一张照片呀。咯咯。"

　　"阿风今天好精神哟。"

　　"你们家的妹妹出嫁，是要讲究一点嘛。"

阿珍在前面引领着我和小张，冲着"接客"的帮忙的人大声叫喊道，"阿风到了，快，上茶。"

走进更嘎家的老房子，大厅内早已坐满了亲戚和乡邻们，茨仁多吉穿着绛色的袈裟打坐在一张彩色的棉垫上，面前放着一部翻开的经卷，他微闭着眼睛，用纯正的胸腔诵出庄严的经文。而在他的身后则是家中供奉的尊镶嵌在玻璃罩内菩萨像，罩子外挂满着五彩哈达。佛龛前正燃烧着藏香，袅袅青烟飘散着檀香的味道。

客厅的中央是一座擦拭得油光发亮的大铁炉，设计独特。火炉边沿如同一张方形的桌子，正中间是一圈又一圈的炉盖，最小的炉盖中间放着一只正在熬煮着大茶的铜壶，铜壶内"咕嘟咕嘟"翻滚着产自内地的马茶。一只弯曲的铁烟筒连接在侧边的通风口上，一直沿着屋内天花板通往玻璃窗外。

女主人穿着红绿的盛装，一直在忙着朝炉内添柴火，并且，不时用一只漏瓢将铜壶内的马茶掺入到客人面前摆放的小龙碗内，客气地对远道而来的客人说："喝茶，请。"说着，女主人面对着客人，恭敬地退出来。

小龙碗内放着主人家事先加工好的精粑、酥油、奶渣和花生米、核桃之类。

掺入煮开的马茶后，小龙碗立即就散发出天然的混合清香。

今天是女方家办酒席，正式婚礼实际上在明天。

我跟小张去账房上了礼，跟主人家打个招呼后，就准备撤退。阿珍招呼完客人，见我想溜走，一把拽住我的手："阿风，酒都没喝，就想跑啊，今天不许走，不然，我要生气啦。"

小张望着热闹而隆重的婚礼，非常感慨地对我说："还是他们安逸呀，瞧人家的婚礼，既不愁房子，也不愁调动。"

"小张，你羡慕啦。要不，你找一个村里的姑娘吧，当上门女婿，也不错。"

趁着两家人交礼，我和小张走出客厅，来到院落内，坐在房檐下走廊内的条凳上，懒洋洋地晒着冬天的太阳。

七大碗、八大碗端上桌时，大家各自找着座位，开始喝喜酒。

在远离城市的地方，晒着令人慵懒的太阳，我觉得自己就像一粒风中飘飞的种子，一直在寻找着降临和播种的泥土。院子栅栏外的承包地里也正在散发着泥土油脂般的气息。春天的亚麻、牛蒡枯萎着自己的叶子，田地铺着正在融化的积雪，在阳光下闪烁着炫目的光芒。

我来到这片自然山水里已经整整十年了。

我几乎快要遗忘自己来这里的目的。

渐渐地被这山水洗心革面，渐渐融入脚下这片神奇的大地。

婚礼上的酒简直喝不完。

况且，我跟小张被村里热情的村民视为了贵客。一碗接着一碗喝着，渐渐我记不清楚喝了多少碗。喝得浑身上下的零件像是松散了一样。脑袋也感觉不是在自己的肩膀上，而是天旋地转，听不清人们在说着什么。

沿着幽暗而狭窄的甬道，我走出了客厅，扶着院子外面的栅栏，寻找着厕所……

醒来，我恍惚睡在老更嘎妹妹家二楼的厢房内，又感觉是在漆黑的原始森林追捕着那个飘忽的少女。

梦觉。幻觉不断。

高空吹着凄厉的风啸，感觉许多的神灵们纷纷来到了下界凡间。他们隐藏飘忽不定，聆听着婚礼上酒歌和旋转的锅庄。

夜色如水。

神灵们在这样的夜晚，雍容华贵。他们在村庄的空中和屋顶之上，也跟喝了酒一样，手拉手跳起了锅庄。

茨仁多吉双手合十，冲着空荡的夜色跪拜，他匍匐下身子，就像朝圣者似念着经文，仿佛人神在此时相通了一样。

"我看见了神灵了，我看见了神灵了。"

篝火照亮着兴奋而欢乐的人们。他们唱起只在结婚的仪式上才唱得的歌谣。老更嘎走到了村里唯一的这个，也是最后一个去过山那边的老喇嘛身边，也虔诚地跪拜下去。尽管老更嘎并没有看见神灵，也不知道在这样的夜晚，村庄的上空会是神灵遍布的夜晚。

现实与梦幻交织在了一起。

我分明又看见了阿珍。

光着身子的阿珍，没有生育的阿珍。她在呵护着我的身心与灵魂，她是那么执着，唯一的心愿，就是祈求上天里的神灵们能够赐予她一个漂亮的娃娃！

我还嗅到了阿珍身子的味道，牛奶跟酥油茶的味道，日子像银子一样不经花的味道，天降甘霖时清新而湿润的味道，那大地之上双牛抬杠翻开的泥土的味道。

渐渐，在酒精分子的燃烧中，我在一点一点地缩小、缩小，最后，化为了一粒青稞种子，被阿珍白皙而柔软的手撒进了这片肥沃而散发着腐质层气息的大地。

2014 年 5 月修改

蝴蝶梦

一

梦醒时分，窗外早已是车水马龙。整个城市又开始了新的一天，冬日的雾霾笼罩着天空，迷茫而虚无飘纱。所有在我生命里过往的场景如同一场梦似缠绕着，令人身心疲惫不堪。

而在内心世界却始终有片天地。

那是广袤的原野，是青藏高原上的草原，是我生命中把年轻的时光慢慢消磨的草原。

显然，在我的心中还尚有着时而清晰，又时而模糊的美好。在记忆的深处，我情愿把这份人生的美好寄放在那片古老而年轻的大地之上，望着从地平线那边升起的像一团火球的太阳，那缕划破黎明时分的光芒如同一盏天灯照亮草尖、照亮曲曲折折的白河，照亮山坡寺院庙顶那对金光灿灿的铜鹿，整个草原大地如同女人的肉体呈现着丰富而微妙变化的线条，使人身心内部的空荡渴望，在虚拟的状态拥抱她那柔软而丰满。

时光像河水。在涌来填满身心时，所有的满足使人情愿时间在这一刻停驻而永恒，而在那生命之河流走，却是满眼的虚空，只能用思念和孤寂弥补着灵与肉的痛楚。

梦幻常常令人在恍惚中既真实而难以把握，就像掬起一把河水，最终却仍旧从指间滑落。

我却仍然在恍惚。

昨天夜里，我又回到了草原。

是在精神恍惚的梦中回到了草原。

这也是英国著名女作家达芙妮·杜穆里埃的小说《蝴蝶梦》的开头。原句是"昨天夜里，我又回到了曼德里"。

《蝴蝶梦》又译作《丽贝卡》。是一部畅销不衰的浪漫主义名著。

曼德里是一座庄园。英国式的城堡耸立于黑夜，使得整个草原在空旷之中增添了一点异国情调。

在梦中我还看到了你的脸。特别是你的鼻子以及至嘴唇部分，五官非常精致，脸庞轮廓没有一点多余。还有你的眼睛，透着那份安详。

一个女人的眼睛，就是一扇心灵的窗口。透过这扇窗口，我反复读到你的内心以及海一般宽广的世界。

女人的心海底的针，但在我的眼中：女人的心就像大海一样深邃而宽广，如果不是这样，自古以来，那么多的凄婉与怅惘就不会成立，不管这个世界如何变幻，女人的内心就是一个世界。女人的心就像草原天空上的云朵，远远地凝视，却难以捕捉。就像女人爱说的那几句话：你不知道我的心。你让我又心疼了。你让我又伤心了，你让我又哭了。

在梦中我想看到你的手，可惜，却怎么也无法看清。我猜，你的手一定非常柔软，手指修长，就像你的笑容中那份久违的关切。

在梦中我还看到了冬天的草原，在夜幕之中那些游走在寒风中的牦牛，还有著名的河曲马。

时空旋转。

现在，我进入一个非常空旷的梦中。

我和你。

在互联网时代，在每次与你漫不经心的而共同拥有的时间里，准确地说，是漫不经心的时空相遇，也许就是世人常说的缘分吧。

有时，我们尽管可以达到思维、情感的交流与灵魂碰撞的同步，甚至我几乎都听到你在网络虚拟的世界尽头呼吸跳动的声音。但是，我没有说，也不能说。就像一句话叫心有灵犀一点通一样，有些话语属于情感深处的东西，就像大海水底的绚烂世界一样，只能感受。

佛说：人的这一生要在三重世界中挣扎。一个世界是现实生活的世界，一个就是类似像网络这般的心灵的虚拟世界，还有一个世界就是人人向往的天堂世界。

而在你的心海里。有一片天地，一片很小的天地，是属于我们的时间的。

我想，这就足够。就像心海深处，每个人都有着属于自己的生命空间，非常私密的空间。

但是这空间只有一个人或者世上根本就不存这个人一样，可以掌握打开门的钥匙。

我决定从你的眼神着手，从关切什么着手。

是啊。你是在关切着什么而不是关爱、关怀、关心着什么

网络技术的运用，就使得千里之外的距离突然缩小。人人都有可能相遇，人人都会在睡梦之外，拥有虚拟的欢笑与可能。

人们在网络中，其实是在寻找着什么这是因为网络时空提供了寻找的理由和可能。

是啊，说到理由和可能。这是任何人不可否认的。

网络世界的奇妙，就在于通过虚拟的方式能够触动彼此的情感。通过文字或者图像的方式，在夜深人静的时候，在身心放松的状态，在整个世界都在围绕着心海的时候。

所有的知识、智慧、才情需要寻找到一个可以放心倾吐的人的时候。

所有在现实生活中的委屈、压抑以及不满意等等情绪，需要得到释放的时候。

有那么一个人，自然，是一个男人。最好是多少有点浪漫基因遗传的男人，像一只飞蛾似的男人，扑向女人的那片绵密的心海，试图寻找到一些生命的奥秘。

这种情形有些类似迷雾散尽，情感的湖水不是泛滥，而是沉积在深山峡谷，闪烁着生命清澈而波光粼粼的光芒。

情感的深度决定着这个男人在女人心海里游走的宽度。

因为在人类的情感深处，有些时候的有些话语，男人只愿意对女人说，而女人呢，也是只愿意对男人说。

也许就是这么简单。

我要承认：很少有什么能够让我使用震撼这个词汇了。

可是，我依然十分震撼！

这得感谢网络。

为什么呢，因为就在可以几乎忘记一切的时空里，想象和文字是彼此唯一的方式。用你说到真情流露的状态时，你爱说的口头禅："管他呢。"

绝美。

这也许是我自己的词典里，用来形容一个女人全部的至极吧。

我也实在找不出来更好的词汇来形容你的美。

美与美丽、漂亮，是有着本质的区别的。如果用金属来作比较，我觉得美丽属于铝，虽然很光鲜，但很轻。迷人，又多少带着那么暧昧和风尘的味道，虽然这些在你的身上也并不夸张。

但是，我宁愿用绝美来形容你。几十年的人间尘世，我不敢说阅人无数，但肯定有着属于自己的审美和判断。或者说一个对什么是女人美的内心标准。就像我在青藏高原几十年的岁月风尘之中，早已被当地文化、习俗、信仰、生活等同化了一样。

因为，在我的内心深处也有着一片心海。

一片深藏着被同化过程地贮藏在心灵的落差与悲哀。

许多人读过我的作品，但却很少有人读出了这点。

我想，这或许就是叫作差异化的异性间的相互吸引吧。

是啊。相互吸引这点很重要。

世界上没有无缘无故的爱，也没有无缘无故的恨。我说相互吸引，含有彼此尊重与平等的意思。不然的话，每天在网络中人少说也有几百万人吧，这几百万人都有相遇的可能，只不过是概率大小罢了。

总之，我在网络寻找了几年。

这不能不说是一个奇迹，生命的奇迹！

二

每个人都有成年的时候。

而在成年或者叫成长的过程中，总有一些事令人终生难忘。

虽然你的关切，对于我仍然如同密码一般。可我也相信，你一定也想知道我在高原的生活。

尽管这是在两个不同的世界，也是两个完全不同式样的人生历程。

我。一个自由散漫的男人。喜欢摄影和用文字记录自己在高原眼中看到、亲身经历的美好。请记住，是美好。

我叫雪夜听风。

这是我在网络中使用的名字。

至于你叫什么，我当然知道。出于对你的尊重和对涉及私密的道德原因，在这部小说里，我称你为爱弥儿。

爱弥儿，是我在一次非常偶然的情形下认识的。

曾经有一段时间，我一直在设计自己如何结束生命的方式。这听起来很可笑，或许是因为长期从事策划吧，我为别人或者公司、单位策划过不少方案。突然有一天，我觉得为什么不为自己策划呢？

譬如：死亡。

就是一个很好的创意命题。

是一个非常有挑战感的创意的设计。是值得讨论的命题。

虽然许多人的生老病死都是以火化为结局。也就是自己的躯体，放入火化炉中，随着高大烟筒的一缕青烟随风而去。但这也是一件非常麻烦人的事情。

我设计自己知道死亡的时候，提前进入雪山，自己找到一个满意的地方，让雪如尘土一般把自己覆盖，来年春天的时候，让那些喜欢腐烂的动物们食光。

这样，既不浪费什么，也不用麻烦所有的亲朋好友。

这既是我的宿命，也是我的宗教情结。

爱弥儿主动加了我的QQ。

她在得知我的方案之后，不希望我死。尽管在此之前，我已经把她给删除了。

在内心我是非常感动，却在嘴巴上好话反说。这也许是我这一生的风格。是的，我喜欢好话反说，坏话正说。

爱弥儿身子弱，经历过一次生死的劫难。

她是那么关切。是关切一个遥远的地方，一个叫雪夜听风的IP生死。

有时，人的情感或者是行为就是这样奇特。

后来，我仿佛明白，这是一种文化和心理的差异所导致的恶果。

譬如，在藏族的宗教文化中，是注重所谓来世的。

所以，今生今世所有的一切苦难和不幸，都是正常的。没有什么值得大惊小怪。

可是在爱弥儿的心中，一个人不想好好活着，一心却想着死亡的事情，这是不好的。是不人道的，也是不可饶恕的。

其实，我只要好好跟爱弥儿解释，凭借着她的聪明才智，是能够理解的。

有一部电影，名叫《有话好好说》。而我却是有话没好好说，也不想好好说。

现在想来，或许是长期在草原上游荡吧。面对着荒无人烟的大自然，要么，保持沉默，要么，自言自语。曾经在很长的时间里，我就是独自一人的生活。

坐在仿佛是春天的草原，在花开的时节，已是夏天了。满眼是蝴蝶在花丛飞舞。草原的花期其实非常短暂，也不过一个月左右的光景。草原上的春天一般是从四五月才开始，在青藏高原上的这片草原，平均海拔都在三千米以上，到了八九月立即就进入深秋，紧接着就是漫长的冬季了。这种由大自然地理条件所决定的季节，注定也就决定了草原人的生活内容与生活方式。我们常说选择生活，其实生活是不能选择的。每个人其实都是被生活的，而不是随便就能决定生活的。就像女人的爱情，有形无形之中有着太多的与爱情实际上无关的身不由己。

爱情在我看来，应该是极具形式美感的历程。金钱、房子、汽车等等与爱情无关，只不过许多人把爱情理解拧了，甚至当自己进入婚姻之后，才知道原来我还有获得爱情的心愿。

而这心愿却又是那么的隐秘，不动声色。

草原上花开的时候，是所有生命和生灵们的节日。

可不知道为什么，我却常常想到自己死亡时的情形，或者是幻想着那种情形。

我知道从汉文化的角度，这是对自己父母的不敬不孝。

"父母在，不远游。"可是我已经远游了。就像一只断了线的风筝，随时处于自生自灭的状态。不远游，已经是不孝，而且时常想着如何结束自己的生命，真是大逆不道了。

但是爱弥儿并不知道这些。

就像我没有破解她关切的密码一样。

每年夏天，草原上的天空很蓝。有时，蓝得令人心悸。蓝得几乎令人感到不真实，有种令人窒息般的喘不过气来。

每天中午的太阳是炽热的。这也是由于这片草原海拔高的缘故，早晚温差极大，差不多一天之内的温差可达到十几度甚至是二十度以上。在普遍雾霾的当下，草原上却蔚蓝色的天空，仿佛也由于海拔高，遥远的都市里聚集的雾霾被草原边缘地带耸立莽莽大山阻挡在山外。

草原夏季强烈的紫外线，炽热得能够让人肌肤脱皮一样火辣。

在这种时候，我会骑着马，来到花湖畔，找到一个无人的地方，脱光自己下湖游泳。

是裸泳。

反正四周无人。人在自然中，应当坦诚相见。

在雪水融化的水中，我能感受着一种刺骨的冰凉。湖水非常清澈，可以透过阳光的照射，看到自己在水中变形的肉体，四肢跟动物也没有太大的区别，唯一的就是我还有大脑，可以指挥着自己的行为。

这需要点勇气。因为即使是在夏天，花湖的水也是非常寒冷。

游了大约一刻钟，浑身不是凉快，而是被雪水浸泡得麻木，再不上岸，就会因为四肢麻木而亡。有时，我觉得这也是一种选择。但很快又被我放弃。

因为我敬畏水。

不想这么清澈的水，因为我的尸体而污染了。我上了岸，觉得是一种非常奇妙的感觉。

这感觉叫冰火两重天。

什么意思呢？就是整个的身体还是冰凉的，可背部却首先是高原太阳强烈紫外线的火辣再次袭来。

我整个四肢因为寒冷而颤抖，上下牙齿碰撞，背部却是火一般。而一旦进入牧人家的帐篷却又是荫凉袭人。这就是草原，高海拔的草原上，夏天的味道。在阳光的照耀下，整个夏季的草原散发着泥土的气息、牦牛、马、高原绵羊走过所散发的膻腥的气息，远方眼睛看不见，但是通过风贴着蔚蓝色的天际传来的牧女们高亢婉转的气息。

二

那也是一种浪漫的气息。

浪漫，从语言上来说，跟情感一样都是只能感受而难以捕捉的气息。就跟海底世界和女人的心一样，是要在想象中才能够不断丰富多彩。

我需要浪漫。正如爱弥儿也需要一样。

我不是喜欢。而是需要。就如同雨水对于大地，盐对于生命一样。浪漫其实是一种情怀。就像盐对于生命不可或缺，但是泛滥则成灾。浪漫是生活的调剂，是女人晚宴时那对烛台上燃烧的烛光。

在梦中，我跟爱弥儿骑着马。

草原的风中弥漫着奇特的香味。远方的雪山，经幡林立寺院。步态轻盈的僧人，年长的喇嘛。云在蔚蓝的天空，翻涌闪耀着圣洁的光芒。

我知道，这是爱弥儿所喜欢的草原。或者说，是她心目中的草原。

我在跟爱弥儿聊天时，曾许诺过她：总有一天，我会带着她去草原。

即使她的肉身不能赴约，也会替她带着她的灵魂去。

我不知道这叫不叫浪漫？我不知道这叫不叫爱情？

我从此走过草原每一处地方，我都会在心中想着爱弥儿!

浪漫也许在今天，在网络世界只能是一个概念，叫心与意的结合。

这应该是我的发明。浪漫在今天，不一定是天天相守，不一定是耳鬓厮磨。就像在我意念之中，爱弥儿的手一定很软一样，有时，那手还有点冰凉。但是，这不妨碍我拥有时的那种柔软，让我感到也是一种关切一样。

人在这世界。爱情固然非常重要。一个人如果对连爱情都失去了热情，那么这个人一定差不多快行如躯壳了。爱情不一定是彼此肉体的占有和征服。

而是站在更高的层面，更加的洁净。爱情也许不是一个具体的行为了。而更多的是一个精神层面的需要。特别是在这个网络的时代，网恋，也是爱情的本能驱使。唯有精神之恋，才能永恒。

知己。这其实就是男女关系中一个代名词。

这也是我跟爱弥儿讨论过的话题。

世间男女真有无性之爱吗？或者说是友爱。友，包括友情、友谊的意思，爱，就是一种关切。爱弥儿将这两个词汇组合起来，就叫友爱。友爱是友情、友谊递进一层，又比爱情少了一层。这就是我所说的精准的尺度，能够将对我的关切把握到如此之美的女人，不仅外貌绝美，而且，才智超群。

遇上这样的绝美的关切，谁能不动心！

动心。并不意味着绝对占有。而是一种欣赏。就像人在草原上一样。四季变化，景色不同。我不能说我拥有了草原，而是融入。对。这是一种身心的融入，就像在属于我和爱弥儿的时空时候。是彼此思维、情与爱的融入。

我相信自己的判断。

爱弥儿，我答应你要为你写一部小说。

一部关于草原的小说。

四

城堡。在草原东北部有一片山林。

在山林中，有一座城堡。我叫这城堡曼德里。

我在脑中梳理着一些词汇，临近中午，我从床上起来，拉开窗帘，新的一天又来临了。我随便找了一点吃的。就打开电脑，跟一些年轻人在玩灌水的游戏。

到了傍晚，我突然想到昨夜的那个梦。

一直从白天写到了夜晚。

其实，写作这部小说的原动力。或者说，能够让笔下的文字诞生的动机非常简单，就是在网络上相遇了一个绝色美女，彼此进行了坦率而真挚的交流与沟通。

而这个绝色美女经历了一场廖绝人寰的车祸。

车祸使得她长得没有一点儿多余的五官给毁了，就像是一张玻璃被摔得粉碎。这才是我真正心动的秘密所在。美，如果说就像春天盛开的花朵一样令赏心悦目，而当一场意外的车祸降临时，就在那一瞬间的工夫，一切都发生了改变。

一个绝色的美女开着一辆红色的轿车，在高速公路上，因为处置不当，还有满满的自信带给这个美女的任性。往往是在车祸发生之后，我们才会想到种种的如果，如果那一天不是阳光灿烂的好天气，如果不是才拿到驾照不久的嘚瑟，如果不是车速太快，如果不是急着要赶赴朋友们的召唤……

如果没有那么多的如果，一切就不会发生。我相信：任何一个女人，都是在意自己的五官的。不然，那么多的养颜化妆品及相关行业就该破产了。

一个天生丽质的女人因为一场车祸，既毁了自己天生的五官，更麻烦的是她陷入了心理与生理的巨大痛苦之中。她首先想到的是自杀。

在高速公路的年代，我同样也相信她不是第一个发生车祸的女人，也绝不会是最后一个发生了车祸的女人。

经过一年的手术治疗加心理干预，这个女人最终活了下来。剩下的时间，就是长期跟医院打交道。所有的镜子，甚至连同手机都被收了，因为手机屏幕也是可以成为一面镜子，她不敢正视自己毁了容的五官，甚至不愿意见到任何曾经熟悉的人。

　　在她发生车祸后的第三年，我和她在网络中相遇了。

　　这是百万级几分之一的几率。

　　她回到了家，一个没有任何镜子的家。

　　她会每天在网络上寻找着能够倾吐内心的人。

　　这个人，她觉得是我。

　　就是这么的幸运而简单。

　　当我说出自己想自杀的想法时，她哭了。并且，发来她没有出车祸之前的照片，骂我是个懦夫。

　　当我看见她年轻时的照片时，我觉得她骂得对。在她自己就像撞碎的轿车一样状态，我一个四肢健全的人，还能说什么呢

　　在网络中，现实与时空交织，这种情形有点像梦中，或者说，网络是梦的现实化，梦是网络的虚拟化。往大了说，草原不也是许多人心中的一个梦么？

　　对远方或者叫别处生活的向往，总觉得在离自己生活很远的地方，还会有着另种生活的可能。这是许多人心中的一个梦。

　　我决定帮助爱弥儿实现或者体验这个梦。哪怕只是在文字之中。

　　草原。许多人都是从那首"天苍苍、野茫茫，风吹草低见牛羊"的诗歌中，获得了最初的印象。但那是北方的草原，不是青藏高原上的草原。

　　草原。许多人因为各种原由而不能抵达，但，很少有人会拒绝草原。而一旦真正到了草原，就渴望自己整个身心的融入。

　　草原的风，草原的云，草原的雨，草原的气息。

　　格桑花盛开的时候，草原换上了绿衣，策马草原，沿着那条叫白河的沿岸，没有目标地走着。远处，是起起伏伏、大大小小的峰峦，是连接西藏的雪山，曲曲折折的河流，就是从那山的丛林间缓缓游来，整个白河清澈而平静地流淌。在这种时候，我常常有种心胸开阔感，坐在马背间，遥望着地平线的那边。

　　袅袅的炊烟从散落在偌大的草原间、由近到远、各个帐篷内飘散而出，在清晨的阳光下，在草尖还挂着点点露珠的时候，那些烟雾给寂静的草原

带来了人间的气息，带来了生活的气息和生活的风景。

我要承认：我是一个唯美主义和理想主义的男人。

我行走在草原，喜欢眼中看到的场景。

千百年来，草原上的牛、羊、马吃草，吃完草之后排泄，牧民们将这些散落在草原上的牛粪、马粪（实际上，就是一块块未完全消化的绿色的燃料）捡拾回来，投放在火炉中燃烧，这是非常生态环保的行为。羊粪呢则成为最好的肥料，养育着草原。

草原人忌讳之一就是将牛粪和马粪叫牛屎、马屎。

草原上还有许多的禁忌。譬如：对于逝去的亲人，草原出于对生命的敬畏，一般是不提逝者名字的。如果，你是初来乍到来草原做客，问到牧人家庭成员时，最好别问没在的长辈。草原人一般是不回答的。

要融入草原。首先，你需要时间。

我所说的时间，不是一周或者两周的概念。这种融入，也不是读几本关于草原的书籍的事，就像坐在家中看电视画面上的足球比赛和亲临现场看比赛的区别一样。

时间如水。对一片土地的热爱，就如同水的涵养、浇灌一样。日复一日，年复一年。从 20 岁到快 50 岁，我是在这片草原上游走了近 30 年。我为什么说是游走，因为我不能像牧民那样天天厮守，而是随着自己的脚步游走和游历。

我直到现在也不能说，自己就是真正地融入了草原。

是的。草原是一部书，一部很厚重的书。

五

沿着白河，我骑着马。

也正是因为这次草原之行，我渐渐放弃了过去对草原田园牧歌般的走马观花。而是静下了心，从最初满足于拍几张风景，甚至多少带着点猎奇的心态转向了渴望融入的转变！

我知道，我将面对着什么。

除了眼中的草原风光，看到的牛、羊、马和牧民的帐篷，在充满灵性的地方耸立的寺院，我还要面对着一个完全陌生的文化体系。

藏族和藏传佛教。

说到藏族或者藏传宗教，许多人如同我一般第一个关键词：神秘。

神秘是我们人类所特有的、对未知事物充满的好奇心。

我觉得这种感觉非常好，好奇和好奇心，这或许就是能够破解密码的开端。

一个良好的开端。

如果人类失去了这种好奇和好奇心，很可能会变得更加的麻木和无知。

在白河岸边，我独自一人。骑马着边欣赏着一路风景边思考着一些问题。

流光在宽广的河面随着河水而变化着，白河是这片草原上唯一流向北方的河，也是黄河的上游地带。其余的河呢，则是全部流入了长江水系。

所以，我对白河情有独钟。

草原的土是泥煤。因此，沿着河岸，看着亿万年来河水切割冲刷而裸露的河岸，站在陡峭的白河岸边，就能俯瞰整个河面以及草原的辽阔。

从清晨开始，白河两岸迷雾蒙蒙，河面上云雾飘缈，仿佛跟我一样在期待着什么。不论四季，早晨的草原仍然寒冷，河面吹着微风，水波在奔流之中泛着青色的光芒，几只水鸟展开暗绿的翅膀在水面扑棱鸣叫，声音清脆，隔河相望对面的牦牛成群结队在专注地食草。这时，远方的地平线那边云雾在渐渐地飘散，仿佛是盛大的仪式。突然，一丝耀眼的光芒穿破茫茫的迷雾，黛青色的天边尽头，露出了一点点的微曦，就像一个巨大的火炉渐渐打开一丝的缝隙。

草原日出。

接着，这缝隙随着时间渐渐扩张，桔红的光芒四射喷薄着，我骑着马站在白河岸，与草原一道专注地等待着。心中不由自己涌上庄严与神圣感。

当那第一束光芒照亮河水，并且，也照耀在我的身体上时，我觉得自己的灵魂仿佛是在升华一般，所有的情感也随着太阳的升起而变得博大，那团桔红色的火，从半圆到完全成为一轮圆圆的火球时，整个草原也在视线范围辽阔拓展着。

"驾。"我轻轻抖动着缰绳，那马也受到感染一般轻快地跑动起来，随着地势的开阔，马的速度也在渐渐加快，草原在我的眼中旋转，"嗬、嗬"的马蹄声音，在四蹄收放之间，已是几丈之遥，我的坐骑是一匹青色的河曲马。

高大、线条流畅，浑身上下没有杂色。奔跑起来渐渐加快，如疾风般掠过绿色的草原。

大青马是我这次漫游的伙伴。马蹄在扬起落地的瞬间，草尖的露珠纷纷被碰落，那些晶莹的露珠，在马的前面被阳光照亮着，随着太阳的上升，温度也在升高，青草的气息扑面而来，风的气息，泥腥的气息，还有牛、羊的气息。在大青马的飞驰之中，我忘记了时间。甚至忘记了内心的苦痛。

有时，这种苦痛常常伴随着内心的孤独。

曾经一度，我也需要倾诉。在独自一人的时候，我把这种倾诉的意愿化为了行走。

行走在草原上，也是一种倾述。尽管我渴望着融入。

而要融入，先得要找到融入的路径。

就像肉眼看见的草原一样，只有当文字的翅膀飞临这片草原时，如同一只在天空扑闪着羽翼的鸟，寻找着落脚的地方。

那是草原河滩里生长的高原柳丛，树梢尖密集的枝梢，流溢出一片紫色的光芒，群鸟们纷纷歇息在这些树梢之上，还有高天时展翅飞翔的雄鹰，你如果不是亲临抵达，你就真的不会知道这些一生强势的雄鹰们最后的归宿。

六

曼德里庄园坐落在草原东边的山林。我抵达曼德里时，已是太阳落山之时。除了一位管家，主人已于三天前去寺院发放布施去了。

主人是个贵族的后裔，乐善好施。

像我以前到庄园做客一样，管家只是打开我的客房，就悄无声息地离开。这是一位沉默而懂规矩的管家，从来不问客人多余的话。唯一的变化，就是我的房间装上了宽带。主人观念并不保守，知道与时俱进。尽管我随时带了无线网卡，可以在有信号的地方随时上网。

我有几天没有上网了。

没有与爱弥儿联系。虽然我们不是天天要在网络中聊天。

我在管家的张罗下，洗了脸吩咐管家将我的大青马也顺便喂些草料，管家只是应答了一声："噢呀。"便从拴马桩上解开缰绳，牵着大青马去了主人家的马厩。

我喝着管家准备的酥油茶，就坐在客房的窗前，打开电脑，先将一路拍摄的风景导入电脑内后，登录QQ看爱弥儿是否在线，她经常是隐身。试着向她发出一声问候："我到了。"

爱弥儿果然出现了。

事先我跟爱弥儿提过，我要到了草原就会联系她。

尽管我们未曾见过。但通过网络，她就能知道我的行踪。显然，她对于草原也是情有独钟。

我也常常将自己在草原上的感悟写成散文、诗歌什么的，发给爱弥儿。

其实，在我心中最想写的仍然是小说。

因为我觉得小说可以给爱弥儿更多的阅读信息和想象的空间。而诗歌和散文只是零星地瞬间的感受和感悟。

我也知道自己不是一个好的小说家。而只不过是把自己在草原上的行走，用文字简单地记录罢了，还谈不上真正意义上的创作。我边喝着酥油茶，边与爱弥儿交谈着。

曼德里庄园的酥油茶味道非常好，奶中弥漫着草的清香，这是加了新鲜的牛奶，颜色有点类似奶茶。但在草原上，酥油茶是必不可缺的。不仅能够解渴，而且，也是非常绿色的食品饮料，喝上几碗后，一天都没有饥饿感，并且，浑身都是热乎乎的。

我盯着窗外，透过明净的玻璃。云朵浮在蔚蓝色的天空。看着看着，我从那些窗外的云朵，看出许多非常有趣的图案。就像我在亚当沟一座寺院外的山岩间，据说这片山岩非常有灵气，岩石的纹理间隐藏着九位佛像，能够找出来的人，必是大富大贵。

我不论怎么寻找，也只看到了七位。也就是说，此生注定不会大富大贝。

而那些云朵，也非常像佛祖的模样，端坐于蓝天。

在这种时候，是能静下心来的。人一旦静下心来，就会思考一些什么。也许在我思考多的就是生命。

爱弥儿虽然出了院，但是每周必要到医院进行理疗。

有时，我就在想，一场车祸究竟带给了她什么

"这是命，是躲不过的劫难。"

这是当我问她这个愚蠢的问题时，爱弥儿直接回答的话。男人在许多时候就是愚蠢的。这种愚蠢不是先天痴、聋、呆、傻的那种正常人眼中的愚蠢，而是多少自以为是的愚蠢，也就是所谓聪明人的愚蠢。

任何人都不愿意在自己身上发生类似的情况，完全改变了一个人的生活。

而改变一个人的生活，这是多么伟大而令人感到恐怖的情况。

就像是生命这条河不是顺着地势从高到低流淌，而是从低向高喷射，这是没道理的。也是完全违背天理的事情。只不过那时我还并没有这般的觉悟，以为通过自己的爱心就能够改变爱弥儿的生活一样，至少是能够改变她对于自己目前状况的精神态度。想一想，自己是多么的可爱和愚蠢啊。

七

生命是短暂的。

我喝着酥油茶，细细品味着茶中的成分。

酥油是从鲜牛奶中提炼出来的油脂，每到开春的时候，草原上的牦牛产崽后，由于缺乏草料，也是为了更好地产奶，牧民们一般都将一些羸弱的牛崽勒死，更主要是维持草畜平衡关系。因为过多的牛，而草原上承载量有限，反而会使牛加剧死亡。加之，自然灾害和瘟疫等原因，草原上的牧民是非常懂得取舍的道理。

新鲜的牛奶产下以后，牧民们就通过手工的搅拌器皿，从牛奶中提炼酥油，经过若干工序之后，才凝固成为食用的酥油。酥油茶一般要通过熬煮之后，产自汉地的茶砖（也就是俗称的马茶），放入沸腾的铜质水壶中，经过去泡沫、水又煮开之后，将新鲜的牛奶和花生、黄豆、核桃等放入细长的木筒内打制，所以，在草原就有"打酥油茶"一说。

打出来的酥油茶香气袭人。也可以说，酥油茶是什么滋味，生命就是什么滋味。

酥油茶是高热能的饮料。

我坐在曼德里庄园，出神地盯着窗外。隐约之中仿佛听到寺院传来的莽号的声音。莽号也叫长号。是藏传佛教寺院里的必备的法器。莽号是可以伸缩收放的。一般的男子，如果不经过特殊的训练是吹不响莽号的。大的莽号，是需三五个年轻力壮的喇嘛抬着，架在寺院的高处。莽号吹响的时候，总是跟生命相关。

那声音低沉而浑厚。天地之间，仿佛一切都要肃穆一般，德高望重的高僧穿着盛装出来，念着经文和咒语。年轻的僧侣们身着绛色的袈裟，个个显得是那么的精神。

在这个穷经皓首的世界，一个藏族男子从五六岁时开始出家修行，要终其一生在寺院和经卷相伴。一个真正的高僧，是十万之众的僧侣里，通过层层严格的考试，才能获得格西的学位。一万人当中，能够通过读书获得格西的不到十个人！

格西，翻译成汉语就是相当于博士的意思。

达赖，翻译成汉语就是大海的意思。喇嘛，就是和尚的意思。

达赖喇嘛，意思是他的学问和功德像大海一样渊博宽广。可惜，许多生动而形象的藏语通过翻译只能是意译。而很少能够传神！

六世达赖喇嘛叫仓央嘉措，是一位著名的诗人，"情歌王子"。

而绝大多数的僧侣，也许就是相当于小学、中学、高中的学历了。

在草原男孩子到了上学的年龄，许多的孩子就得出家当和尚。

在公元七世纪，松赞干布统一了全藏。

那时，正是汉地的唐朝唐太宗李世民的时代。

而就在那时，印度的婆罗门大肆迫害佛教徒，他们纷纷舍弃寺院，埋藏经卷。一路逃亡到帕米尔高原，而另一路则是翻越了喜马拉雅雪山，来到了西藏。也正是松赞干布决定迁都拉萨的时候，有一位高僧叫阿底峡来到了西藏。阿底峡是显宗大师。据说，当时的拉萨是一片沼泽。苯波教是印度佛教传入西藏前的原始宗教。苯波教，也叫苯教。是原始崇拜的宗教，起初是没有寺院的，而且崇尚自然，神山、神水、神树。所以，藏族人常说，头顶三尺寸有神明。男人的脑袋和肩膀是不能随便让外人抚摸的。因为在男人的肩膀上有战神。

只有得道的高僧。才能看到男人的头顶、两肩膀上有三束火焰。如果这三束火焰熄灭，就意味着一个男人的生命结束。

生命是什么？生命的意义又是什么？

这是我一直在高原试图想要找到的答案。

也是许多善男信女们，终其一生所需要的答案。

前面我提到藏民族是一个注重来世的民族，还提到藏族文化是一个独立的、自成体系的文化。因此，要研究学习，没有下定决心准备用一生的时间，那是完全不可能的。

而且，藏传佛教当中，教派林立。每一门教派其主张不一样。有些教派在历史上曾经非常辉煌过。譬如：宁玛、苯波、格鲁、噶举、沙迦等教派。

如果时间允许，我是准备与爱弥儿认真探讨生命的意义的。

生命赋予爱弥儿的是如此的完美。

在梦幻之中，我和她驾一叶帆船，在茫茫的夜海上航行。

那是一个风平浪静的夜晚，海面上非常安静。

就像在草原上，我常常用大海来形容草原一样。虽然，不论是面积，还是时空，大海远比草原要宽广得多。但是，大海和草原都是我的最爱！

我热爱草原。也热爱大海。

我觉得一个真正的男人，是应该拥有大海一样宽广的胸怀，是应该拥有草原一样的勇敢和坚强。说草原的勇敢和坚强，实际上，我是有无形之中把草原比作了男人。其实，草原更加应该是女人。她的辽阔像女人的温柔。但温柔不仅是女人生命的全部，而应当还有许多。

爱弥儿站在帆船的前甲板，她披着一块绿色的纱巾，微风过处，纱巾上垂掉的线头便轻轻地飘逸，好看极了。她面对着茫茫的大海，张开双臂仿佛是想拥抱着什么。

我始终认为，浪漫应该是属于夜晚这样的时刻。就像我喜欢在夜深人静的时候写作一样。那时，白天所有的喧嚣都沉寂下来，只有手指和思想同步，随着手指敲击键盘的声音，一行行的文字和精妙的语言在诞生。

爱弥儿身材非常迷人。三围曲线毕露，眼中始终透着那份温和的关切。她的脖子硕长，皮肤非常光滑而洁净。特别是那不温不火的性格，始终透着淡淡的典雅。我知道这是女人长期受到书香熏陶的结果。一个女人，如果是正常的从小学到大学毕业，应该是二十多岁，如果结婚生育之后，加之，工作和生活的劳累，如果放弃对自身的修为，那么用不了十年，这个女人就会变得平庸，甚至沦为庸俗。

爱弥儿不是。她在拥有上帝赋予的绝美同时，并没有放弃对自身的修养。有时，想一想。我也觉得非常不可思议。在若干年之后，在一个特定的时空，用特殊的方式相遇。我以为这是上帝对我的眷顾恩赐。

爱弥儿坐在帆船的甲板上，咸腥的海风如同草原夏天的微风一样，猎猎吹动着她的裙子。

我喜欢女人穿裙子的季节。也喜欢女人穿着合体而漂亮的裙子。爱弥儿仿佛事前知道我的喜好一样。在上帆船之前，特意换了一件真丝的暗绿色的裙子。她喜欢暗绿色，我也非常喜欢暗绿色。

帆船在茫茫的大海上，犹如一只漂亮的蝴蝶漂流。我降下了船帆，打算吸一支香烟。我坐下来，隔着船舷吸着香烟专注地盯着远方大海的深处。

在这种时候，我和她都没有更多的言语。

我知道就是我上前去轻轻拥着爱弥儿，甚至亲吻一下，她也不会拒绝。

但是，我没有那样做。肉体的接触有时是需要点机缘的。一个男人如果是真正爱着心仪的女人，那他就应该懂得浪漫的技巧。在这种时候，技巧不是获得芳心的手段。而也是一种修为。是一种如佛一般的虔诚与敬畏。对于像爱弥儿这样绝美的女人而言。男人的魅力就是以虔诚和敬畏之心来对待她的一切！

常常听到一些女人说，那男孩子没内容。应该是指其没有经过时间的磨砺，没有生命中的质感。这种生命的质感不是金钱，也不是名牌服装。而是经过了岁月之后的那份从容与淡定。是在任何困难面前，都能找到出路和办法。那应该是一个男人应该具有的一种气质：智慧、胆识、信心和勇气。

夜的大海，波涛轻涌。过去在想象中、书本上、诗歌中读到的大海，现在是如此真实地展现在眼前。蔚蓝色的水域，就像在草原上看到的蔚蓝色的天空一样变幻莫测。

大海比草原辽阔，天空又比大海宽广。而人的心灵却是比天空还要广阔。

一滴水，可以折射太阳的光芒。

而人却能够从一滴水感悟到生命的沧桑。记忆之中的美好和眼前美好时光一样。在特殊的时空里，我和爱弥儿驾一叶帆船，在大海上各自感悟着生命。

在男人和女人之间，是有着无形的磁场的。我吸完香烟。走近爱弥儿，她仿佛想到了什么，正要对我说，彼此却凝视了。在如此近的距离，彼此能够听见呼吸的距离，我看见爱弥儿的眼中闪着生命的光芒。几乎是同时张开了胸怀，我们在帆船上拥抱了。她轻声对我说："雪夜，谢谢你。"

我们双手环抱着对方，她的脸贴在我心脏的部位。听到有力的跳动声音，就像一只拳头擂鼓一样，听到这个生命的心脏发出"咚咚"的响声。

上帝说，男人的一半是女人。

我们拥抱着彼此感受着来自对方生命的气息。我嗅着她身体散发着淡淡的香味，那是来自女人的肉体和香水相混合的味道，蜜蜂糖的味道。而不是浓妆艳抹的味道。她轻抚着我的背部，手指跟我猜想的一样非常柔软。

她是在关切着在她怀中男人身上所散发出的神秘气息。她是想知道，究竟是什么力量在支撑着这个男人坚守高原。我轻吻了爱弥儿的脸，她本能地娇吟一声。一团火焰突然窜出来。我知道肉体就要被点燃。爱弥儿眼里浮现迷醉的神情，彼此渴望着燃烧起来。透过薄薄的丝裙，我能感受到爱弥儿的热血，肉体温度的上升。有些冰凉的身躯变暖。

我突然意识到男人和女人的肉体也是有语言的。女人的身体语言远比说出来的、有声音的语言丰富百倍、千倍。最精美的语言莫过于男人在拥抱女人的时候，而女人的回报则更加的摄人心魄！

这种语言只能用整个身心全部的投入来感受、体味。

爱弥儿的身子非常软绵，我相信如果我此时松开手，她会无力倒下，就像是临河突然晕倒，如果不在关键的那一瞬间把她抓住，就会眼睁睁地看着她掉入河中被时光之水冲走或者淹死。

那一瞬间，她被我搂在怀中，因此，彼此都得救了。

于是，我们不约而同拥抱得更紧。她回吻了我，电一般的幸福像酒醉漫过我全部的身心。

啊！我明知道这只是一个叫雪夜听风笔下的场景。我明知道爱弥儿娇柔的身躯深处，有一片小小的时空天地是属于我们俩的。

面对着如此的美好，我陷入非常矛盾的两难境地。我希望这是一个梦，一个永远不会醒的梦！但是理智又反复提醒，这是小说。是爱弥儿永远失去的梦想！

爱弥儿是你小说中的女主角。啊，写小说的雪夜听风这是怎么啦？居然爱上了自己小说中的女主角！

生命的拥抱，是彼此情感的提升。就像那碗酥油茶一般，要经过多少岁月时光来搅拌，才能彼此品尝到生命的真正味道。而也有许多人终其一生，却是无缘品味！

我仔细看着爱弥儿的眼睛。在淡淡唇膏色的肌肤下，她的眼睛明亮而清澈，鼻子挺拔，上下嘴唇线条精美，笑起来十分动人。她的五官搭配非常的精致，仿佛上帝令她来我们的时空，就是来关切我的。

就如同是破蛹的蝴蝶，在彼此拥抱的过程之中，重新获得了另一个时空里的生命。这生命比当下现实中的生命更加纯粹，更加真实，更加令人心甘情愿。我相信在那个时空中，人们突破了所谓道德的禁区。

现在，我们坐在甲板上，爱弥儿躺在我的怀抱，听我说着草原上的趣事，不时发出开心的笑声。说到动情之处，她会很自然地吻我一下，我也会自然地吻着她。帆船的舱内，传来著名小提琴协奏曲《梁祝》。那是我在上帆船之前，特意找来作为背景的音乐。在如述如泣的旋律中，爱弥儿闭上眼睛，丰满的胸脯起伏着，她整个的身体线条流畅，头发是浅栗色，脸庞光洁。

"抱紧我。"爱弥儿喃喃呓语了一声。

接着，一滴晶莹的泪珠从她的眼角缓缓涌出，很快那滴泪珠变为线一般悄然沿着她光洁的脸庞滑落！

我知道爱弥儿一定是伤感着什么。

人的情感或许就是这么的奇特。大喜大悲有时是突然转换的。在每个人内心深处，总是有着不可逾越的准则和约束。而一旦个人的行为超越了心理底线，要么是更加的放纵投入，要么就是陷入无底的深渊。

女人其实也是一本读不懂的书。

如果女人是看图识字，那么这世界上或许就没有了烦恼。同样，反过来男人也是一本书。

在男人和女人之间，维系的就是所谓的伦理和道德。而不是彼此的真正认识与了解。所谓了解是长期生活在一起所形成的习性。就像一朵花，需要阳光、空气和水一样。在这个越来越人工化智能化数字化的年代，有时，四季也秩序颠倒了一般，冬天也可以在室内如春天一样，夏天也可以如冬天一般。

爱弥儿快满40岁了。

40岁的女人，是经历了不少的事。四十岁的女人，很少有如爱弥儿一样的肤色和心态。她们大都为生活、工作、家庭所累。有的只是付出，而几乎没有时间自己来照顾自己。更何况是梳理自己的情感。就像女人是非常在意自己的容貌一样，对于年龄女人同样也是非常在意的。

而人生最光鲜的时光也就那么几年，谁不是从年轻过来的呢。

而在属于我们的这个特殊的时空里，爱弥儿想到了这点，禁不住为自己伤感。

而男女间的情感又是那么的微妙和复杂。

坚守一个简单的准则，说着容易做着难。

如果人人能够坚守一个他自己认为正确的、简单的准则，也就是说，能够很容易办到和做到的准则，也是几乎不太可能。

人是有情感的。正所谓这山望着那山高。人心不足蛇吞象。人的欲望，就好比登山，抵达一个顶峰时，还有更高的山峰在前面等待，充满着不可思议的诱惑！

现在爱弥儿在我的怀中睡着了。

夜的大海，仍然是一片迷茫。

八

我来到曼德里已经三天了。

主人还没有回来。每天就是管家到吃饭的时间，轻手轻脚地来到我的房间，叫我去用餐。

在这三天里，发生过一件事。

起初，我并没有在意这件发生的事。后来，我才知道这件事至关重要，也就是说，由于我自己的疏忽大意错过了处理和应对的第一时间。

许多事情就是这样，在发生之后，总是有着最佳的第一时间。而错过了，就会带来许多不必要的麻烦，甚至是永久的遗憾。

曼德里夏天的夜晚非常宁静。距离庄园不到两公里，有一处天然的湖泊。有时，我也觉得无聊。就会骑上马，在饭后的傍晚来到湖边。

在夜色中湖水轻轻鼓浪，在微风下，湖水冲击着岸边，发出“哗啦”的声音，湖水不像海水那般有气势，海水拍岸时会发出“轰”的声音。

我下了马，任马一路小跑在草坪丛中撒欢儿。

我坐在湖畔的一处裸露的岩石上，吸着香烟，盯着碧波微澜的湖水，沿着水域，一直连接到天边。夜空中忽然闪烁了一下，是一颗星星跳动一般跃然天幕。在夏天的夜幕，高原天空的星星格外清晰，由一颗星星引出一串的星星，由一串星星又引出了一片的星星。一会儿，整个头顶的天空，繁星点点，仿佛天河两岸有无数的萤火燃烧一般，北斗星因其奇特的排列，一眼就能辨认出来，更为奇妙的是湖水非常清澈，星光便倒映在水面，形成一幅立体的画卷。令人分不清，星星到底是在水面，还是在天上。

我从摘下的马裕子里取出一瓶酒，边独自一人喝着边欣赏着草原夜晚的星空。

突然，星光之下，一只黑色的蝴蝶在飞翔着。

在我打开了酒瓶，正要喝下第一口的时候，这只黑色的蝴蝶从我的身边飞了出来。

我的浑身闪了一个激灵。我暂且放弃了观赏星光，而是被这一只突如其来的黑色的蝴蝶所吸引！这是一只受了伤的凤蝶。一只翅膀无力却又是那么坚强地支撑着整个身体，而另一只翅膀却是主动承担着更多的分量。在这个宁静的夜晚向着前方飞行。

我略微感到神奇。先喝了一大口的酒。借着满天的星光，盯着这只蝴蝶将要飞向何处？

心底却依稀看见了一个女人！

一个年轻而美丽动人的女子！

她全裸着美丽的胴体，站在夏天的这片花海丛中的湖水中，唱着悠扬的牧歌。啊！我由不得自己泪水涌了出来。就像是我在成都这个冬天的夜晚，我梦到了一只蝴蝶，梦到自己的这一生走在草原上的情形。凤蝶张开翅膀，向湖面飞翔。那优美的翅膀过后。就是死亡一般的沉静。心。仿佛是受到了一次剧烈的冲撞一般。梦幻之中，我心脏的房子窗外，如同春天的花瓣纷纷地飘落。

《蝴蝶梦》中的一切，也就在这个最寒冷的冬天，被我睡眠最深处的闪光唤醒。

一个人的生命，或许就是这样的奇特。

上帝在给了你外貌、才智的时候，又同时让你必定经受磨难。

就像大海之上，总有一座冰山，不知道在什么时间、什么季节、什么地方等待着《泰坦尼克》号的来临。当那个叫杰克的男孩子，因为一场赌博而赢得了上船的资格的时候，当那支英格兰的风笛再次吹响的时候，人人可能觉得自己就是杰克，人人希望自己就是罗丝！

这只凤蝶的出现，打破了我的浪漫。

我低下了头，吸着夜晚露水的清凉，坐在绵软的草坪间，慢慢喝着自己的酒。

空气中就有了酒的味道，许多的长了翅膀的昆虫也纷纷远离我而去。

腐烂的味道，就像是从我的灵魂里淡淡地散发了出来。我觉得自己确实是灵魂腐烂了！而在这夜晚的蔚蓝色的天空，唯一的月亮仍然高高地挂在苍穹。在不远处的湖面，也是一轮月亮映在水面。

如果说太阳的光辉与炽热，代表着大地的温暖。那么，月亮的清寒与婉约则是充满着人生的诗意。

这诗意如同草药一般，可是慢慢地医治我那早已腐烂的灵魂。尽管这确实是需要时间，需要穷尽一生的光阴。但，却是值得为之去试一试的事情。

酒喝到自己内心快乐起来的时候，我睡在了软软的草丛，不觉得寒冷。而是独自一人，任思想伴随着着眼前的时光流淌。如同一条河，在生命中流过了春、夏、秋、冬。

我知道自己只是高原的风、高原的一株小草。我知道那只受伤的迷人的凤蝶实际上就是爱弥儿的化身。

就像佛教中所说的，众生百相。爱弥儿的绝美，历尽了坎坷。正如那首《白狐》中的狐狸，要在冰雪之中苦守修行千百年，才能得到世间的真爱一样。

醉眠湖畔，满天的星光编织着最软最温暖的被子，轻轻覆盖着我的梦。

九

第二天的鸟鸣划破了湖畔的宁静。

醒来满眼是白雾茫茫。仿佛是一昼夜之间，那处被花海包围的湖泊消失在虚幻的梦境。

我浑身散发着清新而潮湿的气息，夜露打湿了我的衣衫，我的马，还有一只喝空了的酒瓶伫立在眼前。马的眼中流露着无可奈何的神情。那意思我明白，就是你昨天晚上喝得太多啦。

而且，半夜你还独自一人摇晃着唱歌。

是为着一位你心中的姑娘唱着。

马低下了脑袋，嗅着我酒精分子正在挥发的身体，眼中挂着一滴忧伤的泪水。

它摇了摇头，期待着我站起来！

马是我在草原上最真实的伙伴和朋友。

它知道我内心的腐烂和痛苦。它也知道不能为我分担着什么。

我终于挣扎着借着马的嘴边那根绳子，慢慢地从大地上爬了起来，马轻声叹息着，伏在地上，好让我慢慢爬上它的背上去，它身体的温暖就像爱弥儿的温暖一样。

在这种时候，一个男人的心是会被熔化的。那无言的彼此关切，是一首无字的诗。

我浑身上下仿佛丢了魂一般软绵，爬上了马背，那马也迅速地站起来，冲着远方嘶鸣着，仿佛是在提醒我：抓紧了。

然后，一路小跑起来。然后，电驰般的飞奔起来！

天旋地转。我闭上了眼睛，听任马驮着我在自由的草原上飞翔。

我知道，一场大病要来了，浑身如同掉入冰窟窿一般。

我几乎是瘫痪在了马背间。脸贴在马脖子后部圆浑的部位，马的体内涌动的热血，柔软的皮毛，令人心中仿佛是高温下的巧克力正在熔化。

与此同时，我的肉体也仿佛着了火一般，内脏和肌肉以及皮肤正在脱水。脑袋如同灌了铅一样沉重和疼痛。

这是内湿加外寒的症状。

我知道由于昨晚自己的放纵，过度喝酒，让所有毛细血管张开，又睡眠在露天的草坪，露水和草原夜晚的温差，所有的寒气侵入了自己的骨髓和血液之中了。

也不知道过了多久。

听到了城堡主人熟悉的声音："你终于醒了。"

我这才仿佛魂魄回到肉身里一般，发现自己睡在曼德里城堡主人家的客房里。床边的小桌上满是各类器械和藏药，主人和主人家的管家，还有寺院一位年长的僧人站在我的床边，轻松地叹息着："好了，终于醒过来了。"

我服下从寺院里专门特制的藏药。主人和他们轻手轻脚退出了我的房间。

一缕阳光透过窗口照射进来。我沿着阳光的来处，开始回忆。

不知道现在是上午，还是下午，也不知道今天是几月几日。

一切仿佛都是在梦中一样。我只感觉左边的脸有些疼，那是与马背摩擦的原因，我左脸的皮肤在与马的皮肤摩擦过程之中受到了一些损伤。

我想活动一下四肢，感觉浑身无力。仿佛自己整个的五脏和四肢都被重新组装过或者是重新粘合过一样。需要较长的时间才能恢复所有的功能。阳光中也仿佛带着窗外的草味和牛、羊的味道。床边，主人特意为我装上按铃，如果我有什么需要，可以按一下铃，管家就会立即进入我的房间。但是。我没有那么做。

唯一能够活动的是大脑。我闭上了眼睛。脑海立即又活跃了起来。

那只蝴蝶深深地印在了我的脑海，挥之不去。

渐渐地那蝴蝶幻为爱弥儿的脸。在湖心星光灿烂之中，那些闪烁的星光仿佛是花丛一般，变幻莫测。时而，又仿佛是天界幻境的虚无飘渺。这时，一位身着白色长袍的老者飘然而来，那白色的长袍覆盖了他的整个的身体，也不知道他的身高，不知道他的肥瘦，只知道他的目光如同针一般的犀利！

我知道这是位什么人物！

他叫死神。是专门来引导人走向死亡的老者。是的。在大病的恍惚之中，我看见了他。

"来吧。"

以往对死亡和死神的恐惧，当真的面对要来临的这一切时，我反而平静下来，想要知道死神是如何一步一步将一个人的生命收走的！

死神如同长着隐形翅膀一般飘然而至，他不是站在我的床边，而是仿佛悬浮在我脚那边的床尾，用那种飘渺的声音，这声音不是从他喉咙内发出，有点类似在什么角落安装了音响设备一样。

"你愿意跟我走吗？"

"我愿意。"

"你要想清楚，跟我走，从此就是离开所有的亲人。"

"我不怕。"

"你会从此失去一切，金钱、美女和财富。"

"那又有什么？"

"你再也没有了呼吸、知觉、没有了梦！"

"你这老头，干嘛那么麻烦。"

"嘿嘿。"

长袍老者的冷笑，真是阴冷而恐怖，仿佛一道寒气把人给冰镇了一般，他因为一直是悬浮着，所以，并不是固定在房间内一个位置说话。表情时而是亲切的，时而却又是令人恐怖的。

然而，在我的内心世界，我反而什么都放弃了一般的轻松。

我既然不怕所谓的死亡，也就没有什么可留恋。既然没有什么可留恋，那么，所谓的功名利禄，还有情爱和痛苦，也就随风而去了。

或许是我的淡然，对生死的参悟，反而使前来收回我生命的死神难办了吧？

他长啸了一声，什么也没说，就从窗口飘然离去了。

十

时间是医治心灵伤痛最好的良药。

在接下来的时间里，曼德里庄园的主人吩咐管家每天准时给我送来一碗新鲜的牛奶。

那是采自牧场的牦牛奶。洁白，散发着淡淡的草香味道，记得在一本什么书上读到，灵魂的色彩如同牛奶。或许腐烂的灵魂是能够通过这洁白的牛奶来医治吧。

一周之后，我觉得自己浑身有了些气力，我试着起了床，穿上衣服，坐在主人家宽大的书桌前，打开了电脑，试图联系上爱弥儿。

但自从我大病之后，爱弥儿也仿佛失踪了一般再也没有从 QQ 里出现，或许她早已经把我给删除了吧。

这时，窗外阳光非常灿烂，强烈的光线透过玻璃照射了进来，令人炫目。独自一人时的伤感悄然袭来。伤感。有时是如此的奇妙。在人倍感孤独的时候，伤感透着典雅的色泽，伴随着整个的身心。

或许这就是男人跟女人的不同吧。记得有一次，爱弥儿伤感时，仿佛整个的身心溢着迷人的光芒和渴望。她那线条分明的脸庞，丰满的胸脯，以及 40 年的时光磨砺，都使得她更加哀婉动人。

"吻我。"爱弥儿轻声请求着。爱，有时就是这样。既简单又明了。

当我温柔地吻着她濡湿的嘴唇时，一缕春天般的阳光如水一般浸润遍全身，彼此的身心如同一滴露珠坠落，融入了温泉。所有的气息，泛着 40

年的岁月酝酿的甜蜜。当她的手伸进我的内衣，抚摸着我结实而光滑的背部时，如同一枚小石子丢进湖心般，激起了彼此情感的波纹，一轮接着一轮扩散、扩散，传递到很远很远的情海深处！

她的舌头在躲让，仿佛受惊的小鹿。突然，她却又意外地回应，热烈地回吻开来。当我沿着她酡红的脖子轻吻着时，她娇吟了一声。迷醉的眼中透着摄人心魄的光芒。这光芒具有人性的温暖与热切地浓情蜜意，她的身子变得绵软，像生命的花朵悄然绽放。

伤感的气息弥漫着，草原的广阔不仅没有止息，反而却为这伤感提供更加宽广的天地。

我知道自己已经无药可救。拖着虚弱的身子，我出了门，坐在曼德里庄园外边的一处草坪间。我抬头看着天空，在寻找着什么？

觉得自己如同最后的草原狼。

虽然我知道经过几十年的猎杀，在这片草原上几乎是看不到狼了。但，我觉得依然满怀着最后的浪漫情怀，在草原上游荡。在狼和蝴蝶之间或许幽冥之中，仿佛有着什么必然的联系。就像我与爱弥儿在网络这个特定时空相遇一样。她的绝美如同狼的绝杀一样，早已将我从灵魂上杀死！

胴体。

当爱弥儿相拥着我走向草原深处的时候，我们坐在软绵而温暖的草坪间，彼此继续吻着。她闭上眼睛，手在我光滑的胸前抚摸着，她丰满的乳房起伏着，四十年的岁月，熟透了她的身体。她那雪白的肌肤，每条优美的曲线，如同爆发一般配合着我的每一个温柔而浪漫的吻点。天。成了宽广的房子。软绵的大地，成了世间最大的床。原始的冲动，伴随着我在她原野般空旷而宽广的肉体间纵横驰骋。

"我……"

爱弥儿越加娇吟着，如同世间最动人的乐章。

从彼此之间透着的陌生，向渐渐熟悉，来自生命的认识、融合。一切的一切，在此时变得既简单，又最复杂的时候，女人的心海间，仿佛有一朵花正在冷艳地开放。于是，另一个女人，另一个全新的爱弥儿在这一过程之中，从这朵花蕊间诞生了。就像是化蛹为蝶的过程。

起初是那蛹的一角破裂，一根蝴蝶的须突然生长了出来。接着，就是蝴蝶的翅膀，湿湿的还来不及张开，等到全部的蝴蝶脱掉蛹衣之后，轻轻地抖动，翅膀缓缓地展开，那些美丽的斑纹在阳光下闪着，轻启振动临虚飞翔了。

爱弥儿哭了。幸福的潮水在淹没她整个的身心时，却又悄然无声地退却。她来不及品味就结束了。爱弥儿依偎在我的怀中，一袭秀发散乱地落在我的心田。

身后的草散发着绿色的气息。

不远处的白河，一队牧马人赶着一大群牦牛迁场。整个大地发出轰鸣的声音，爱弥儿目不转睛地盯着这壮观的场景，内心非常激动。马背上的汉子个个彪悍魁梧，他们戴着毡帽，足穿马靴，目光如鹰。牦牛呈一字展开，在领头的牛引领下，朝着西边的草场游走。沉默的草原大地，唯有沉默的牛们，与这片自由的乐园，昼夜相伴。牛和牧人之间，就有着血缘般的情感和联系。

牧人离不了牛。牛也离不了牧人。

牛奶、肉是牛们献给草原上的人们最珍贵的食品。

就像我每天喝着曼德里庄园主人提供的鲜牛奶一样。那是需要两至三个女工每天清早将产奶的牛，牵到挤奶房内，挤着热腾腾的散发着膻腥味道的牛奶。

牛站在产奶房内，硕大的乳房圆挺而饱满。

女工们蹲在牛身子下边，将木桶放在牛的乳房下面，那牛边食着干草边享受着自己的奶汁分泌，在女工们手中被捏挤了出来。在女工们捏挤的过程之中，牛的乳头如小溪般喷射出洁白的奶汁。

曾经有一次，我在产奶房内学习挤牛奶，由于操作不当，那些鲜奶汁喷溅了我一脸。引得这些草原上的阿妈们咯咯笑个不停。

才挤出来的奶非常粘稠，但是营养价值非常高。牛奶工将产下的奶，经过提炼之后，才卖给牛奶加工商。被提炼出来的油脂叫酥油。还有酸奶子。在每年五六月，是草原上产酸奶子的季节。粘稠的酸奶子，需要加白糖方可食用。这些经过发酵的牛奶，嗅着就有草的清香。如果你不怕酸，什么也不加，远比食醋还要酸。

草原上还出产贝母和虫草。

对于牧人，上山挖虫草和贝母既是非常辛苦，也是非常快乐的事。

大家骑着马，成群结队赶着牛车，上山扎好帐篷，漫山遍野寻找着。贝母是清火和治疗咳嗽的良药。

虫草。又称冬虫夏草，是高原特有的菌类植物。在冬天为虫，夏天却为草。也是非常珍贵的天然药材。五六月，草原上的牧草正在生长，要在繁星般的草丛中识别虫草，除了经验，还需要非常好的眼力。就像猎人，首先要有一双像苍鹰一样的眼睛般，数公里之外，就能看见目标。

在滥猎的年代，我跟着猎人一起狩过猎。一个真正的猎人，不仅眼力好，而且嗅觉也跟野生动物一样灵敏。所以，我说想要融入。那是长期生存的需求而不得不要掌握的一门技能。

当我从所谓现代文明社会走近这片最后一块宽广而洁净的土地时，我知道自己今生今世是离不开了！对一片土地的认识，也正是从挤奶、狩猎等日常生活场景中开始的。所谓神秘与神奇，其实是对陌生的茫然与无知。有许多东西不是所谓书本所能给予的。

那是需要时间，需要投入的勇气。从陌生到熟悉，我是用了近三十年的时间！

十一

我坐在庄园外面。

伤感着自己，并且，也伤感着时间。我和爱弥儿或者说爱弥儿与我，皆是有着宗教情结的男人和女人。在藏传佛教中，有着许多关于人是什么的阐述。

但是，在这部小说中，我不能过多进行宗教方面的说教。

小说是通过语言刻画人物的一门艺术。既然是刻画人物，肯定是要围绕着我和爱弥儿之间的故事来展开。

感伤是我们人类所特有的情感。就像要真正认识一个女人，就得从认识她的身体开始一样。女人的身体是上帝最完美的杰作。一个真正的男人，是不会放弃这种认识的机会和时间的。

草原的夜晚气温下降。

我和爱弥儿躺在帐篷内的毡子上，太阳能电灯提供着充足的光亮，桔红的光芒透着暧昧的气息。一条灰色的毛毯覆盖着我们。此时，仿佛整个天地之间只剩下我俩一样。在这温馨而浪漫的时刻，彼此的手在抚摸着对方，彼此的手代替了嘴巴在进行着无言的交流。

在一种近乎宗教般的感伤氛围里，我的手指沿着爱弥儿的脸、鼻子、嘴唇轻抚着，而她的手，光滑而绵软的手也在沿着我的宽阔脸膛轻轻滑动着。

她虽然40岁了，但身体却没有太多的赘肉，因而整个的身子线条依然流畅。

我要承认：我非常喜欢女人身体的这种流畅感。她是那么的完美，那么的不可思议，在这样的时空里，我只能在心底感谢上帝！

彼此的身体散发着彼此需要的温度。这也是上帝的杰作。不论是夏天，还是冬天，男人和女人的肌肤相亲，总能给人最需要的那种温度。这温度闪着人性的光芒，照耀着彼此生命中的黑夜！

我的手在前面探路一般沿着爱弥儿的身体朝圣。随后，我的舌头沿着手走过的地方继续着灵魂的朝圣。

啊！爱弥儿。

在一种伤感的弥漫之中，她的手和热吻也在热烈地回应着。

她的乳房圆浑而起伏着。这是上帝赐予生命的活力，在男欢女爱的时候能够随着体内情绪的变化而变化，能够唤醒睡眠深处久违的东西！女人一旦爱了，就是全部生命的投入。而作为男人却是还有另外的生命空白，并不完全属于女人！

渐渐地彼此的身体在合拢一般紧紧地拥抱着，我的手沿着她的腋下侧背轻抚着，她的肌肤仿佛会说话一般，光滑而温暖。这温暖又通过我的手源源不断地把她内心的渴望传递到我的心底、我的灵魂深处，如同一剂药在慢慢地医治着彼此内心的因为时间的流逝而留给生命的创伤！

是什么让一个女人和男人在人生经历四十多个春秋的时候，把留在生命体内的伤痛同时呈现出来，在这宽广的草原之上，进行着生命与生命的对话！

我是一个唯美主义和完美主义者。

遇上了就是生命的奇迹。

爱弥儿随着彼此身体的相拥情不自禁地发出呻吟。

那是一个女人生命中最迷人、最美的时刻，在桔红的灯下，她的脸庞酡红，眼睛迷醉而微闭着，丰满的胸脯起伏着，身子如蛇一般轻轻扭动，她的手沿着我的胸膛、腹部向下滑落、滑落，嘴唇寻找一般在我的唇际滑动，我另一只手轻按着她的长发飘逸的脑袋，迎着她的唇，温柔地吻着，舌尖轻轻挑开她的嘴，滑了进去。

啊！

她的舌头如此地甜蜜！我们彼此用舌头吮着吸着，她的大腿侧贴在我的两腿之间，她的臀部像熟透的苹果一般圆浑。将一个女人最美生命华年表达到了极致！肉体与灵魂此时同振。当我进入了她的身体时，爱弥儿轻声娇呻了一声，仿佛眼前是宽广的原野，火山爆发的临界，一种热度熔化着我的生命。她紧紧地将整个的身体贴了上来，就像上帝之手要将彼此合二为一，永远不再分开！

潮起潮落般的冲刺，是身子下的女人发出的信息。我搂着她的脖子下边的肩，另一只手反方向搂着她的腰部，把最热烈的爱和最热烈的痛种植着，尽管我明白在此之后，彼此将会是无限绵绵和遥遥无期的思念与痛苦相伴，尽管我知道自己不可能会与爱弥儿终生相守。

就如同那只蝴蝶，在美丽飞翔之后，最终是回到自己的蛹内，终结自己漂泊的一生！

天亮时分，爱弥儿醒来。

她支起自己裸露的身子，仔细端详着睡梦中的我。

她盯着帐篷之外的天色，此时太阳还没有升起来，她伸出手想要轻抚我的脸，却又忍不住轻轻吻了我的脸。她的眼中满是柔情蜜意。在抵达最高潮的顶端时，她在内心渴望此时自己如果死去，人生就非常圆满。

爱弥儿一生非常喜欢这种圆满感。

十二

曼德里的主人长着一张非常年轻的脸庞。

他是个讲究的男人，一身的名牌，在饭后如果天气好的情况下，我们就会来到庄园后边的花园内，摆上茶几和类似沙滩椅样的躺椅，喝着管家亲手沏好的斯里兰卡红茶。

主人叫索朗仁青。

他吩咐管家抱来一只漂亮的木匣子，里边装着正宗的古巴雪茄。他熟练地打开匣子，取出一枝五号雪茄，然后使用专用工具剪掉一小截，划燃一根长长的火柴，反复在雪茄另一端燃烧着，轻轻啄着，显得非常优雅的样子。

索郎仁青身材很好，他一直保持着骑马的习惯。是个典型的贵族美男子。我们聊天没有什么主题，而是漫无边际。

他每次都要说对我照顾不周，请多多包涵。

讲究的人说话总是这样，喜欢咬文嚼字。譬如：我们谈到一些肮脏的事情时，肮脏这个词汇就已经是够书面、够文雅的表达了，而仁青却总是说很腌臜。虽然意思差不多，但是，从他的嘴里说出来，就显得特别的有文化。

平时，我叫他仁青。

他并不喜欢我像管家那样叫他老爷，或者是外面前来跟他洽谈业务的那些人叫他董事长或者老板。

仁青觉得如果我要是那么来称呼他，就一定带着某种跟经济相关的目的。这会让他很不高兴。是啊，即使他是一个老板，一个贵族的后裔，也是需要一两个能够在饭后在一起抽雪茄的人的。就像任何一个政客都需要几个艺术家一样，成功的企业家同样也需要。

虚荣心是不分政客和企业家的。

而我是个作家，不是画家和音乐家。父母遗传的基因里天生就不带画家、音乐家那种高级艺术细胞，因为连我自己也相信搞艺术是需要天赋的。艺术家不是培养出来的，是自然生长出来的。

就说语言吧。

草原上那么简单而丰富的生活，一旦像我这类蹩脚的人来进行表达时，总是显得词不达意。不及草原的万分之一。

草原人的生活，就是日出而作，日落而息。

白天，太阳升起来的时候，牧民们就会生炉子，熬好了大茶，女人们就开始了一天的忙碌。我曾问爱弥儿如果让你每天过着这样的生活，你愿意吗？

爱弥儿没有回答。

草原生活简单。却是非常繁重的需要体力的活儿。草原上的女人，即使早晨才生了孩子，下午就能够骑上马去放牧。这在生活在汉族地区的爱弥儿看来，那简直是不可思议的事情。

在汉地，女人生孩子那可是一件了不得的大事，不坐满月子，是不行的。在草原上没有坐月子。

生下来的孩子，请寺院里的喇嘛来念经洗礼，如果是在大冬天，也是如此。如果正好碰见这孩子体质弱，先天夭折，那么，就将这婴儿的小躯体装入瓮里举行水葬。

天葬呢，一般都是德高望重的人寿终正寝时，或者是贵族们因病去世时，为了弄清死亡的原因，所以，解剖师也是医术精湛的藏医。早在四千多年前，藏医就能够作开颅手术，这是有出土文物证明的。

草原人对于生死问题看得比像我这样的外来者清楚。

他们认为：生命来自大自然，就应当回到大自然。而天葬就是回到大自然的最好形式之一。试想，草原千百来，如果像我们汉地一样实行土葬，那么，广袤肥美的大草原岂不到处遍地都是一座座坟包么？

灵鹫是喜欢食腐烂尸体的飞禽，翅膀展开时几米宽，个头超过一米八，在天葬时，经师念经，煨桑。

桑是刺柏树枝，点燃就升起袅袅的青烟，灵鹫见到这缕升起的青烟时，那么就仿佛得到了信号般条件反射来到了天葬台。如果是在天气不好的时候，经师就会吹响骨笛，那是一种法器，是用少女的髋骨制作的法器，声音尖利而传播遥远，灵鹫听见骨笛响起，也会本能地来到了天葬台。

因此，天葬台附近的土地都是血红色的，弥漫着人死亡后的味道，那是真正的生命的味道。

其实，生死问题一直会伴随着我们的一生。

有生就必有死。

生生死死，日夜轮回。试想，草原历经亿万年的生长，才形成了广袤的草场、河流、沼泽，任何一次简单的决定都会给草原带来灭顶之灾。

当然，我跟仁青聊天的内容远不止这些。

在草原上，宗教信仰成了凝聚人心的东西。我们都生活在现实中，尤其是当下的生活早不是过去静止状态下的生活，早也不是老婆孩子热炕头的生活，它是流动的生活，是动态的生活。

牧民们早也不是厮守一隅的生活，公路的拓展注定了现代文明的抵达。

就说草原上的蓝天白云吧。

在公路通达条件改善之后，这蓝天白云也似乎变成了外来者的消费品。蛮荒、愚昧、落后也似乎渐渐远逝而去。变成外来者心目中的天堂，变成尚未受到现代文明侵袭的最后一片净土。

我之所以想起要设计自己的死亡，就在于在我所受到的传统教育里，一直就是注重了生，而轻视了死。

像爱弥儿是经历了生死考验的女人。

她的绝美容貌毁于一场车祸，对于一个女人而言，无异于死过一次一样。然而，生命就是这样，当你觉得生不如死的时候，生命里基因密码却会将关于生命中的美好又再次带给了你。

就说生活吧，当人们觉得生活没啥意思时，生活却又会让人觉得有意思。

到底是我在救赎爱弥儿，还是爱弥儿在救赎我呢？

我觉得谁救赎了谁并不重要，就像爱情谁对得起谁、谁对不起谁一样。问题的关键就在于彼此的需要。这点太重要了。蝴蝶梦是个久远的话题，就像英国那部小说中，女主角是一直没出场的，没出场的原因，是在于小说中女主角早就死亡了。

在小说中，曼德里庄园有个房间一直保持着女主角生前的样子。

那也是一个绝美的女人。

而爱情跟年龄无关。

即或是到了七老八十，人还也是需要爱情的。问题就在于许多的人，在儿女长大成人之后，就把自己的人生刀枪入库、马放南山。也就是说，过早地放弃了自己。

这也就意味着放弃了自己的生活，而放弃了自己的生活，就等于放弃了自己的生命。

我在跟爱弥儿讨论生死问题时，她像个小姑娘一样睁大的眼睛，惊奇地对我说："我还真没想过。"

过去，为自己活被视为是自私的表现。

一个人如果首先不为自己活，而为别人活，你信吗？

十三

索朗仁青是个鳏夫。

说不清为什么，仁青尽管长着一张年轻的脸，但我却觉得他的鳏夫形象更让他魅力十足。

有时，我俩也会谈起女人。

夕阳下，草原上的落日放射出桔红色的光芒，男人只有在谈论女人时才是彻底放松的时候，越过城堡的栅栏，整个草原此时淹没在一片虚实驳杂的光影中。

我们都没有说话，仁青年轻时是个风流倜傥的男子。喜欢他的姑娘和他喜欢的姑娘不少。

为了家族的利益，他还是娶了一位门当户对的女子。

年轻时，仁青跟着父亲去过拉萨。

此后，漫长的岁月里，父亲被视为没有改造好的反动上层人士被关进了监狱。不久，就病死在监狱里了。

仁青参加了筑路队，变相劳改。

他年轻的妻子生活变得艰难，又是大家庭里长大的千金小姐，生活能力几乎为零。他的妻子又是一个心气很高的女人，即使生活过不下去了，也不愿意向别人开口。结果就只有一个，他的年轻漂亮的贵族妻子在饥寒交迫中离开了人世。

索朗仁青一直没有再娶。

因为真正的婚姻就像真正的爱情一样只有一次。

在曼德里主人的悉心照料下，我也很快恢复了元气，也便没有理由不离开庄园。

好日子就像好天气一样，太多的好日子，会让我走不动路的。

这也是草原人对生活的理解。意思就是太优越的生活，人会变得懒惰的。而人一旦懒惰起来，就差不多行尸走肉了。生命在于运动，不仅是指体育锻炼，而是当你内心有个想法时，就要在趁活着的时候尽快去完成、实现。

就像我设计自己的死亡。

我在身体恢复的时候，每天一早骑上大青马出了庄园。

只有我自己知道，我是去寻找什么了。

如果遇见天气好的傍晚，我就会在河边扎起一顶帐篷，独自一人过夜。

仁青对我说："人总不能啥好事都让你一个人占了。"

就像许多的企业家们有那个命挣钱，却没有那个命花钱。

出来混，迟早是要还的。

隐约之中，我不知道是睡在都市宾馆，还是睡在草原河边的帐篷里。

闭上眼睛，到处的夜晚都大同小异。

只有爱弥儿的那张关切的脸，在我们没有遇见之前，灿烂而绽放着女性的芳香。她就像那只凤蝶，回到了自己的蛹内。夜空中闪烁着满天的星辰，这样的夜晚，一个人的神思如同梦境一般，在那个三重的世界里上下翻飞。

来到这个世界上，人与人之间真正彼此懂得的人不多。

也就注定要许多日子一个人孤独。

就像城市的地铁，人潮如海。各个表情冷漠而小心翼翼，因为太多的欺诈，人与人之间不知道从什么时候变得不信任了。人们的眼神中极难看见快乐的光芒，而是彼此怀疑、戒备的目光。

在这样的目光如林的状态，真正的爱情也开始变得稀缺起来。

不懂我者，于我何用，懂我者，又于我何求？

在这种不知今夕是何年的懵懂状态，我变得恍惚，变得心不在焉。我的一个诗人朋友说："人生光阴就是用来虚度的。"他的意思是说人生没有那么多的意义，人生就是一天二十四小时，吃、喝、拉、撒、睡。人生不如意十之八九，人生哪能事事件件都称心如意呢？

在爱弥儿未出车祸之前，她是极度自信的。

在这个视觉的社会，漂亮绝对是一个女人无比自信的资本。她首先嫁了一个靠谱的男人，靠谱的意思就是可以让她衣食无虞地生活。

问题是人是喜欢攀比的动物，同伴闺蜜都开上车了，她没有一辆车就觉得比她们差了。车嘛，现代社会出行的交通工具，原本也无可厚非。

美女配宝马。

如同英雄配美人儿。天经地义。

其次，你也可以理解成面子。

女人的面子，女人的虚荣心。

女人都爱面子的，就像挽着自己家的男人逛商城，在出门之前没有哪个女人不是精心梳妆打扮的，女为悦己者容嘛。这还不算完，女人自己打扮光鲜了，就会要求自己的男人也要体面。

这是生活中的常识。

问题是男人天生就是要干大事的主儿。男人因此考虑的都是大事，是事业。

或许只有像我这样的男人是不想干大事的。

我也没觉得要干大事的男人不好，也没觉得像我这样不干大事的男人就差。

我是有梦的男人。

就像蝴蝶梦。那是一个多么虚无飘缈的梦啊。

可是我却有些迷恋虚无飘缈的梦，要是这个梦不虚无飘缈，对于我而言，就不叫是梦了。

人性中有些东西就是这般的奇怪。就像在诗歌中所寻找的疆界一样。人生无常，人生没有疆界，有的只是生与死。或许这种虚无飘渺感，就是我自己生命角落里长期被自己所忽视的一片天地，我不知道这片天地有多宽、多广，但却是自己的心甘情愿。

千金难买的愿意，就是这么简单。

十四

不杀生。这是草原千百年来信奉的传统。

春天降临时，蛰居了一冬的土拨鼠又开始活跃了起来，它们纷纷从地层下面钻了出来，在太阳升起来的时候蹲守在自己的土洞口，牧人说："像佛一样朝圣。"所以，无形之中牧人也把太阳比作了佛。是的。太阳对于草原太重要了。

阳光照亮了大地，也照亮了蹲在洞口的那一只只皮毛油亮的前肢类似合十般的土拨鼠们。这些啮齿类的动物们，在整个冬天完全依赖着体内的脂肪支撑着，由于冬眠没吃啥东西，土拨鼠的牙齿又长了，对于土拨鼠们来说，牙齿长了，就要磨掉。而磨掉的方式就是啃食着草根，许多的草也就不能发芽了。

大自然的生物链就是如此。

雄鹰是土拨鼠的天敌。

金雕，琼鸟，大鹏。藏族人说他们大鹏的后代，又说他们是罗刹女与猴子的后代。

在冬天藏密猴会来到温泉，猴王带领着家族，浸泡在温暖的泉水里，以躲避严寒恶劣的降雪天气，而我却更关注这些密猴的眼神，那是一种忧愁的眼神，而不是快乐的眼神。不管是人类，还是动物眼神是最能打动心灵的。就像天降鹅毛大雪的日子，许多的动物没吃的，一些动物像土拨鼠、棕熊就会选择冬眠。

土拨鼠在地下把自己的窝收拾得非常温暖舒服，它们会事先铺好了草，一家人拥挤在一起，彼此用体温取暖。

只有狼不会。

狼即使是在漫天大雪纷飞的时候，也会成群结队地游走在旷野，发出尖利的嚎叫。

有一次，我在草原的夜晚遇见了狼。

那是一只苍老的狼。

眼睛闪着绿莹莹的光，从西边的山冈缓慢地下坡，那笨拙的行为令人心酸。就像人一样，任凭你如何了不得、不得了，唯一无法抗拒的就是衰老。那只苍狼正是如此。它的步频非常缓慢，就像老态龙钟的老人般，但目光里却随时透着机警。

都说狼的眼神像毒刺般，那是进化的产物。

狼不会轻易伤人。

任何动物只会在两种情况下会主动攻击人类。一种情况是在哺乳期，还有一种情况就在是饥饿难耐的时候。倒是我们有见动物就杀的习惯，却是动物们真正的天敌。

就像一个真正的猎人，他是决绝不会在动物的哺乳期来猎杀动物的。

草原人是懂得取舍的道理的。

他们不会赶尽杀绝。

在旷野的星光之下，一只孤独的苍狼与我对峙着。我们彼此都在打量着对方，我没想到自己见到这只苍狼时，内心居然涌起怜悯。我想到了这只老狼年轻的时候，在草原上奔跑的情形，或者是群狼偷袭羊群、牛群的情形，那也是一种青春的激情啊。可是时间里的魔力，却也让这只苍狼也渐渐地衰老了，成为狼群的累赘了，就像被不孝的子孙们遗弃的孤寡老人一样，佝偻着自己不再挺拔的腰身，在草原的夜晚，连发出嚎叫的力气都似乎丧失了一般，成为一种象征，一种遗世孤立的象征。

爱弥儿在听我讲这只狼时，泪水涌了出来。

她知道我在讲这只狼，其实是在讲我自己。讲自己在草原上如何寻找融入的路径。

接着，我又向她说述着松赞干布统一全藏的历史。

松赞干布是第 33 位藏王。

他在藏族人心中是一代雄才大略的人物。他率部先是统一了内部的部落，以数万之众打败了拥有几十万大军的象雄王朝，然后挥兵东进。一直打到了摩天岭。

当时的拉萨还是一片沼泽、湖泊，当松赞干布的大军来到了红山脚下时，天呈祥瑞，随军苯波大师占卜后，藏王决定在拉萨定都。在红山之上修建了布达拉宫，然后，发动民众填湖造城，人力不够，羊也动员来驮土填湖。

与此同时，他还派人迎娶了尼泊尔的尺尊公主。

为建大昭寺，松赞干布随手摘下一枚松耳石戒指，他说："这枚戒指的降落之地，就是大昭寺之址。"说完，他顺手一抛，这枚戒指就落入湖中，闪烁着光芒。尺尊公主给藏地带来了释迦牟尼六岁等身造像。

一千多年来，这尊等身造像一直供奉于西藏的大昭寺，信众们不惜千万里路途也要跋山涉水，来到大昭寺膜拜。

千年的时光，那些信徒们的血肉之躯，居然将大昭寺广场上的石板给摩下去寸许，那是什么力量，那就是信仰的力量！

我坐在雪山之上，选择好了自己的葬身之地。

我点燃了一支香烟，遥望着山下茫茫的草原。

是的。我要寻找就是自己设计的那个关于死亡的创意。

同时，我也在思考这片草原。

五百多年前，十二个部落来到了这片草原。

在摩天岭山脚下的东北边，有一个叫白龙湖的地方，吐番的军队在最强盛时一度抵达了这里。尽管已是强弩之末，却让当时的唐王朝非常头疼，高原上这支虎狼之师的崛起，整个广阔的西域遍地烽火。

而战争必然伴随着又是崛起民族的文化跟进。

而在天竺，婆罗门又开始了迫害佛教徒。

佛教又次开始了东进。而在汉代，随着丝绸之路的开通，一些教徒跟随着波斯商人的驼队抵达了中原。他们一路修建了寺庙，开始了摩岩造像。

到了唐代，佛教与汉地的道教、儒教等融合，才真正形成了中国化了的佛教。

在历史上这种文化的交流，一是战争，二是贸易。

我坐在雪山上，想得非常遥远又非常繁杂。

在这个物质主义甚器尘上的年代，我远离了。从最初猎奇的心态渐渐转向了静默，转向了青藏高原上这片广袤的草原。在草原上，我原以为自己会像一个真正的牧人，习惯了游牧的生活。

然而，无论我怎么努力，却始终无法真正地融入。

这就是在我内心巨大的悲哀。

因为在我的血液里流淌的不是草原的血。我只是一个游子，不是古代边塞诗里的人，即使他们血战沙场，也会有马革裹尸的荣耀，而我却没有。我只有像那只草原苍狼一样的渐渐老去！

对于我而言，我连一张马革裹尸的马革都没有。

我只能自己去寻找属于自己的生命最后归宿。

十五

现在，该写雪山了。

现在，天气变暖了。雪山也在一天天地退化，萎缩。

我这一生跟大山结下了不解之缘。在峡谷的那些日子，每天开门就是莽莽的群山，一年四季，在那种空间的局促感中，大山遮挡了视线，就像是你在人头攒动的都市，带着好奇心想要看清人群中究竟发生了什么事情时，却被密集的人头给遮挡了一样。

久而久之，我对于大山从一滴融化的雪水开始，从春天布谷鸟那第一声鸣啼开始，从山坡里生长的蚕豆花开第一片花瓣开始，从森林中第一声松涛开始，关注起了大山。

中国是个山地的国家。

许多的江河发源自大山。

而每座大山都又差不多集中在西部，集中在青藏高原之上。喜马拉雅山、冈底斯山、仁青岗波山、巴颜喀拉山、昆仑山、横断山、天山，峨眉山、岷山等等。北方的山，南方的山，春天的山，冬天的山。

而大雪山却是终年积雪。

她是天然的生长于大地之上的天然水库，凝固着上苍降下的甘露，养育了草甸、森林、草原、江河，也养育了人类的最初。

在树线之上，在生长着苔莓、地衣之上，大雪将铁色的岩石给包裹了起来，动物、植物在亿万斯年的进化演变过程中，最终找到了适合自己的生长方式。

高处的植被，低矮而根系发达，长满了荆棘，即使是开花的雪莲、龙胆，也是浑身长满了刺，植物们懂得自我保护的。在冻土地带植物们生长的非常缓慢，只有那些长出翅膀的生灵，在高海拔的草甸丛，筑起了自己的巢穴，当冰雪消融的时候，潺潺的流水发出哗哗的声响，仿佛是在提醒着人们：春天来了。

在高海拔地带，天气气候就像孩子的脸，说变脸就变了。乌云密布时，立即就是降水降雨，阳光灿烂时，遍地散发着和煦的温暖。雪峰延绵起伏着，在视线的尽头，使人简直难以分得清楚哪里是山，哪里是蔚蓝色的天空，极目远望，那一座座的雪峰如同雪岛般的耸立蓝天白云下。

而在近处，这雪峰裸露的岩层，被厚重的积雪装扮着，奇石峭峻。像一首真实而冷峻的诗。炽热不仅是在喜马拉雅造山运动时的剧烈，更在于亿万年之后，从海底上升的波纹痕迹，是沧海变桑田的见证。

在太阳的照射下，雪山闪耀着圣洁的光芒。

都说草原人有一个关于海的梦。

贝壳、珊瑚，都是草原人饰物中的最爱，就像一个女人没有不喜欢宝石一样。晶莹的宝石闪烁着，与女人的雍容华贵相匹配，一身晚礼服，勾勒出女人优雅而迷人的躯体。

我曾经想象爱弥儿身着一件红色的晚礼服的情形。

白皙的肌肤，恰到好处的身材，走在星光灿烂的大厅走廊内，那原本就是她的。现在却永久地失去。不是因为她不想出现，而是因为她那张像破碎的玻璃般的脸和散架了的骨头。需要在漫长的岁月时光中，一点点地恢复与修补。

就像我自己知道，我的灵魂也早已经腐烂了一般，就像草原的沼泽，充满了腐烂的气息。

这是我跟爱弥儿的共同点。

她是在关切着我的什么。

我也同样在关切着她的什么一样。

而我的远离，不仅是一个地理意义的概念。更是生命的放纵，是生命置身于草原时的自生自灭。这尽管不是我最初的选择，却因为时光的流转，身陷囹圄了。

如果爱弥儿是一个健康而正常的女人，我们肯定不会在网络中相遇，即或是相遇，也不会演绎出一场蝴蝶梦。

我们正是在肉体与灵魂上都有问题的人。

但爱弥儿对我说过，她并不满意自己的婚姻，即使是在没发生车祸的情形下，她也是不满意的。

我倒觉得这挺正常。

没有一个人的婚姻是十全十美的。

婚姻是生命历程中不可回避的。婚姻具有唯一性。正是因为其唯一性，没人事先知道婚姻的好坏。就像世上没有后悔药一样，许多的婚姻是凑合。

从爱弥儿的语气中，我能读出带着骄傲似的诋毁。就像平常生活中听到一个人女人这样说自己的先生：我家的那位呀，脾气可怪了，但是，每次出差都要给我买衣服，难看死了，那么贵的衣服。

口气是批评，实际上呢是在表扬。

女人的话要反着听。

她在表扬你时，说不定正在为某项没达成的愿望而生气。相反，她在批评你时，实际上她在内心是满意的。

这就是女人。

爱弥儿听到我分析女人，边掐边乐："胡说呢，完全是胡说，你觉得你多懂女人呀。"

我要承认：我不懂女人。

女人是一本书。

草原也是一本书。

十六

天光启开了幕布。

我睡在河边的帐篷内，睁开眼睛，从帐篷缝隙处漏入几缕青色的光芒。恍惚中，我又看见了爱弥儿。

她早于我起了床，在帐篷外不远处的溪水边，蓬松着一头秀发，她的头发油亮而浓密。她坐在溪水边梳理秀发，背部的身影生动而迷人。帐篷内弥漫着她的气息，身体的余温。

我坐在帐篷内，撩开一角安静地看着爱弥儿的背影，准确地说是侧背影，她的头发遮住了半张脸，脸颊鼻子的轮廓，我记得她的嘴唇是唇膏色，嘴角人中较深，透着非常性感的味道，如果仔细观察，女人的嘴唇其实长得都不一样。有的女人是樱桃小嘴，有的呢则是嘴皮子较薄，都说嘴皮子薄的女人口齿伶俐，说话都跟打机关枪似的哒哒、哒哒地让人根本插不了嘴。

爱弥儿不是，她的嘴唇厚实，但也没到黑人那种程度。

我喜欢跟爱弥儿接吻。

彼此的嘴唇濡湿而绵软。她在接吻时，喜欢按着我的脑袋，生怕脱离了接触，有时，她也挺主动的。热烈地蠕动着舌头，彼此的舌尖纠缠在一起忘情地长吻，那是一种多么奇妙的感觉啊。

我的目光渐渐越过了正在溪水边的爱弥儿，看见了远处的地平线。在天光一点点照亮的过程。这时草原的天空泛着黛青色的光泽，无形中的手像是毛笔绘国画样，皴染着所有的天空。

这是草原的清晨，空气中还带着高海拔的寒意，就是在最炎热的七月间也是如此。蜿蜒的溪流反射着天光，悄然无声地流淌，使人更加的恍惚，弄不清这曲曲折折的流水究竟来自何方。一匹骏马伫立在爱弥儿隔着溪水的对岸草原上，它没配上马鞍，而是自由地低头食着草，不时抖动着整个的躯体，感觉是被冷着了一样。鼻孔不时响着，就像人闭上了嘴巴，使劲用自己的鼻子发出"哼、哼"的声音一样，几只牛虻在这匹马的后腿之间飞舞着，那匹马边食着草边扇动着马尾驱赶着这些草原上的牛虻。

天光也渐渐照亮了马背，起伏而优美的马背。

照亮了马肚下边缀着晶莹露珠的草尖，草尖上的光芒折射过来，又照亮了爱弥儿的脸庞。

我心生感动。那是对草原、对大自然的感动。

我觉得自己该起床了。

我穿好了衣服，溪水边却是一片空旷。不见了爱弥儿的踪影。我知道是自己产生了幻觉，不可思议的幻觉。或许在这样的时间，我在内心是很希望爱弥儿在场的。在我自己所在的草原上的那个现场的。

人生倘能如此，夫复何求？

我明白爱弥儿在互联网的另一边，我尽管带着无线的网卡，心里明白最终有一天，爱弥儿会消失在网络的深处。就像什么都没有发生过一样。想到这里，我又变得有些伤感了。

伤感仿佛就像草原早晨的雾弥漫在我的身体内部，只有自己的心脏、胃、肠子能够感受得到，就像一阵蠕动的痛楚，从身体内部器官的某处开始，渐渐地向着自己的整个的身心侵袭着，那其实就是渐渐腐烂的过程呀。

我安静地忍受着伤感带来的痛苦。

坚持，还是离开，一直就是这几十年来纠结于我的内心挣扎。

我觉得在许多时候，自己成了风箱里的耗子两头都不落好。

如果离开选择去城市中生活，尽管每天面对着是陌生的人群，但那对于我，就是又一次的重新开始。

如果坚持下来，漫说草原的生活，就连牧人的语言都不懂，如何跟他们交心交流？

这也是内心一直隐藏着的巨大的悲哀啊。

我所说的腐烂，不是肉体的伤口溃烂化脓的腐烂，而是心在一点点地腐烂。直到生命的终结。

所以，我想，趁自己还活着，寻找到一处雪山，让自己彻底地回归大自然。

爱弥儿是知道我这种想法的。她坚决不答应，甚至她都说到了如果我没嫁人，如果我没发生那场该死的车祸，我一定会来草原上找你，管他呢，就算是私奔，也要来一场轰轰烈烈的私奔。

严格意义上来说，我跟爱弥儿连面都没有见过。

站在现实的角度，我们应该叫素不相识。既不是从小一个院子里长大的伙伴，也不大学同学、部队战友，我们是八竿子都打不着的陌生人。

是互联网让我们认识了。

我们并没有发生什么网恋，更不是通过网络而发生了一夜情。

我们还不至于那么的猥亵。

我们都是成年人，都是有着生命不幸的成年人，都明白法律和道德的底线在何处的成年人。

既然都是成年人，就应该清楚什么是都对彼此的情感负责。

注定这是没有答案的。

就像蝴蝶梦。蝴蝶梦不需要答案，拥有这个梦的过程就很好了。

我也曾问过爱弥儿，如果你的先生知道你在网络中的情况，会发生什么呢？爱弥儿的回答既简单而又明了：管他呢。

这就是女人的伟大。女人一旦投入了，就是整个身心，没有那么多的道理，爱了，就是爱了。千百年来的爱情故事也不过如此。只不过到了互联网时代，爱情居然有了新的式样。内容还是那个内容，方式却发生了巨大的改变。人人都可以在网络中得到爱情，当然，也能从网络中失去爱情。

爱弥儿的大彻大悟是在发生了一场车祸后。

她说即使爱情能让自己作出判断，她也不可能来找我。

在这点上，她跟所有的女人想法一致。她觉得如果是真正的爱情，女人应该是把最美好的一切献给自己的爱人。她说，像现在这个样子，自己连人都不敢见，怎么敢还奢求爱情呢。

爱弥儿的话比女人的背叛还要让人心疼。

有时，言语的刀比什么都厉害。

女人要的也真还不多，她只要一句话，一句好话，一句好听的话哄一哄她，因为尽管人人在婚礼上都信誓旦旦，又有几个人是真正做到了爱对方一辈子呢?

能够厮守一辈子就挺不错了。

但是，人这辈子是要在那三重世界里挣扎的。人的内心是如此的复杂奇妙，连爱弥儿也承认：在属于我俩的时空，她是爱我的。

我想，这就足够。

怀念一个人，就要念着这个人的好，而不是恶，即使是发生过不愉快，那也是过眼云烟，人生来就是在一个善与恶的圈子内纠结与挣扎，名与利，没有不是这样。

而时间却是最好地见证。

放弃也是爱。

懂得放手时，我心已无牵挂。

十七

我决定向雪山进发。

我告别了庄园的主人，在身体恢复的差不多的时候，骑上马沿着西边的道路漫无边际地走着。

"东日夏日"就是东方海螺山的意思。

那是青藏高原边缘最东面的一座海拔最高的雪山。青藏高原从喜马拉雅最西边的雅鲁藏布江向东舒展的时候，是那数千座大大小小的雪山，托着举着这片既古老又年轻的最高的大陆。

幅员辽阔的青藏高原也被称为"世界屋脊"。众多的河流发源于青藏高原的大地，在养育沿岸的村庄同时，也养育了一个既古老而年轻的民族。

我坐在马背间伫立，回望着曼德里庄园晚秋的景色。

昨天夜里，我回到了曼德里。

爱弥儿知道是和我道别的时候了。尽管我们彼此依依不舍。在我俯身收拾帐篷的时候，爱弥儿一直站在我的背后深情地拥抱着我："我的听风，我知道是我离去的时候到了。"

爱弥儿喃喃自语着。

时空的深处响着生命的呼唤。

遥远的高原那边，清晰地传来《梁祝》的旋律。

头顶的天空蓝光闪烁。

在我转身的瞬间，我突然后悔让爱弥儿进入了我的梦境。

我怕爱弥儿看见我眼角的泪水，快速地在转身的同时紧紧地拥抱住她，将自己的脸贴在她热泪滚滚的脸庞。

"我的至爱，永别了。"

我在心底悄声地说。

仿佛是心有灵犀一般，爱弥儿知道我要去实现自己的那个设计了。

要与自己日夜相伴的大地彻底地告别了。

蓝光过后，爱弥儿缓缓地升向了天空，腋下张开一双黑色的翅膀，飞向空中一个白色的袋状的蛹内。

我抬头望着天空，夜色如同海洋一般的蔚蓝，爱弥儿双脚缓慢地被这只蛹吸了进去。

然后，就是整个的身子被吸着进去，翅膀渐渐地合拢，在一轮皎洁的月光照耀下，爱弥儿在蛹启动盘旋的瞬间，用世间最凄凉的声音叫到。

"我——爱——你——"

仿佛一切都结束了。

我感觉浑身解脱了一般虚弱，体内最后的那束火焰支撑着我的生命。

此时，我坐在马背上，深情地将最后的目光投向曼德里。然后，毅然调头向着"东日夏日"雪山的方向策马狂奔。

心中仿佛一直听到了雪山的呼唤。

天色将晚的时分，我终于抵达了雪山脚下。

我下了马，坐在草坪间从容地吸完最后一支香烟，就将吃完草的马牵到身边，卸下所有的马身上的鞍子、裕褛等，轻轻在马脖子抚摸了一下，平静地对马说道："去吧，回到你草原的天堂吧。"

那马仿佛听懂了我的话，扬起前蹄冲我发出阵阵的嘶鸣，然后，落下自己的前蹄，一个漂亮的原地转身，向着茫茫的大草原冲去！

死亡降临的时候，天地一片寂静。

现在我站在雪山之巅，遥望着东方。在一座座山峦的那边是我的家乡。

我双手合十，跪了下来，一边祈祷着降雪，一边在心里向逝去的父母忏悔。

"给了我生命的人啊，现在我就要来跟你们汇合了。从小我虽然调皮，但没有让二老操太多的心。我去了高原，不能在二老身边尽孝，这是我一生的愧疚！"

"如果真有来世，我还会在高原的大地，承受一切苦难。承受命里注定的折磨。因为那些苦难和折磨，是我一生必须要承担的罪孽！尽管我从来没害过谁，处处与人为善，到头来仍然是内心痛苦。无法找到解脱的方法。"

"现在一切都结束了。包括我的情感和爱情，注定往往是有始无终。"

"从不习惯孤独到习惯孤独，从不适应高原到埋葬高原，一切皆由我愿。"

"给了我生命的人啊，我知道在二老天堂等我，我会从此一直陪伴你们。生生世世，永不分离！"

在心中给父母说了这些之后，我又转向了西方。

这时，天降大雪。

比鹅毛还大的片片雪花从天而降，很快将我小腿和双脚覆盖，渐渐寒意袭进了我的双腿，麻木和剧烈的疼痛之后，我的双腿就失去了知觉！

意念之中，我顽强地站了起来，因为在我这一生中，我可以跪天跪地跪父母，却不能向死神下跪！

我知道自己所剩的时间不多了。

此时此刻。

我反而无言了。

雪花仿佛水一般在渐渐淹没着我的身体，我呼吸困难了。

恍惚之中，幻觉不断，我又看到了爱弥儿，她那绝美的脸庞，关切的眼神，永远是世间最迷人的微笑。

虽然我才四十多岁。

我一直说过，我不想活得太老，活到人人讨嫌的年纪。在我有体力的时候，我会自己走向雪山，让一场大雪将我覆盖。来年春天冰雪融化的时候，我的尸骨还没有腐烂，要等到晚春的时候，草原上的格桑花盛开的时节，我的尸骨才会腐烂，才会招来天上的、山上的食肉动物们。

让它们尖利的牙齿将我一点点撕碎。

让它们的翅膀驮上我的灵魂，好让我早点与亲爱的父母团聚吧。

2010 年 10 月

遥远的约会

1. 广播里在一遍又一遍播着航班延误的通知。

我坐在候机大厅的楼上，那里是一处只要你愿意花钱、明知是当了冤大头也要去的地方。我天生就喜欢安静，花钱买安静，楼上是一个可以提供茶水和咖啡的小厅，视线非常好。透过明净的玻璃窗，就可以看见对面的雪山在下午的阳光里熠熠生辉而绵延不绝。

这里是青藏高原海拔最高的支线机场之一。

我叫了一杯绿茶，杯子里的水温热，喝着没有泡开的茶，味道怪怪的。

我坐在临窗的位置，上方有处开着的小窗，不时传来高原下午的风吹出的"呜呜"声。室外在降温，对面雪山的坡里积着今天早上的降雪，把整座山脉呈立体几何状展现着。我知道，高原气候多变，航班延误是经常的事情。所以，抱着既来之则安之的心态，安静地等待着时间的流逝。

大厅内回荡着藏族歌手亚东的《游子之心》。跟我此时的心绪倒也非常吻合。

我是一个游子。

在这片高原的山水之间已经游荡了 30 年。

我还知道，沿着对面雪山脚下，有一条公路，往西走，就是一座苯波教的寺院。在没有修建机场之前，我曾经骑马围绕着这座叫"东日夏日"的雪山在草原上漫游。

东日夏日就是东方的海螺山的意思。

每年春天，草原上花开的日子，当地藏民就会围绕着这座雪山朝圣。

人的记忆有时是非常奇怪的。对于今天上午发生什么跟我有关的事反倒记不清楚，而对于二十多年前发生的事，或者是跟我自己相关的事却历历在目。

在这个叫 2012 年的冬天，我在机场等待延误的航班时，坐在候机大厅楼上的这间小咖啡室，联想随着记忆之中的某种伤感的气息扑面而来。我想，这或许是人们所说的衰老的表现吧。

我仿佛清楚地看见伤感是从自己的心底某个角落，像清早湖畔飘升的水雾般悄然袭来。渐渐将我整个的心房弥漫，我甚至还感觉到那伤感带着那么点潮湿的味道，在我的心灵间无声地涌来飘去。

伤感什么呢？

伤感岁月。是的，岁月就像一张无形的网，把自己网在中央，却将青春激情从岁月的网格间给漏掉。无形之中，岁月渐渐催人老去。

我在安静的等待中，不知不觉太阳快要落山。高原落日不像日出，感觉当中日出来得快速而迅捷，而落日却比较缓慢，霞光映红着雪山，那些酒红色的光芒照耀在静谧的雪山上，宽阔而绚丽。我要承认：我非常喜欢高原落日的景象。

广播声音又起，总算带来了好消息。

我起身下楼，随着早就等着不耐烦的人群，排在长长的队列中。看见一个漂亮的服务员和一个年轻的小伙子站在登机口，人群随着检票的声音而陆续穿过那道玻璃门，朝着姗姗来迟的机舱涌去。

2. 飞机开始在跑道上滑行。

在太阳最后那轮光芒还没有消失之前，飞机冲云霄爬升。

我坐在窗口，看着云海之上，太阳的光芒照耀着茫茫的云层，想象着神话故事中的人物。居然产生如果在窗外厚厚的云层里翻个筋斗会是什么结果的奇想。

想象，有时就是这么的奇怪。

随着阳光的消失，窗外渐渐地暗了下来。我降下遮阳板，闭上眼睛。脑海中却是二十多年前，那座雪山下密林深处的一坐村庄。

我突然看见在脑海里，在那年的也是八月，在那片青稞快要熟的坡里，第一次遇见那个步履蹒跚的老人的情形。

他站在青稞地里，穿着一件宽大的黑色袍子，腰间系着一条绛红色的腰带，手里攥着一把半黄半绿的青稞。齐腰深的青稞在他袍子的四周轻轻地随风摇曳。

而在他的身后，是坐落于一处缓坡上的藏族村庄。

高大的浪架矗立在村庄的前面，从村庄后边山顶照射而来的阳光穿过林立的麻呢旗帜，也同时就穿过了这些经年的浪架上空洞的间隙，懒懒地投在开着黄色小花的草坪间。

一只老态龙钟的藏獒趴在生长着高原柳的草坪里，吐着暗红色的舌头。

当我年轻的身影出现在隔着溪流的青稞地这边时，这只藏獒倏地站立起来，用机警的目光盯着我……

"先生，先生。"

我睁开了眼睛，恍惚之中，又看见一位漂亮的空姐，推着滑轮车，我立即清醒过来，望着机舱内纷纷要茶、要咖啡或者是要果汁的乘客们。

"先生，您要点什么？"

"咖啡吧。"我从说着流利的普通话的空姐手中接过盛着咖啡的纸杯，立即放下折叠小桌，将这只有点烫手的纸杯放在小桌上。

我平时很少在冬天出远门。

并且，还非常奢侈地乘坐从高原飞向远方的航班。

我知道在远方有一个叫百合的女人在等待着。

我也非常期待着这次遥远的约会。

机舱内很安静，很多人都在睡觉。

百合是我从未谋面的朋友，她喜欢写诗。这是我们共同的爱好之一。

在诗歌中百合非常多愁善感。这是我读到她的诗歌的感觉。

感觉这个东西说来也是非常奇妙，就像有些人尽管跟你生活一辈子，你也仿佛从来没有走进过她的内心，而有的人虽说不一定跟你的生活有什么关系，却是神交已久。

我对百合就是这种感觉。

就像我虽说冬天不大愿意出门，但却喜欢冬天一样。如果把四季比作女人。我觉得春天有点妩媚而腐烂，夏天则太过于热烈丰满，秋天呢，秋天却又有点太艳丽，有点令人眩晕。冬天的女人则是淡淡的忧伤中却带着纯粹的那么点性感。

我喜欢那种像冬天一样安静的女人。

就像冬天降雪时候，飘落无声。转眼之间，却将自己的纯粹铺展于茫茫的天地之间。

并且，散发着淡淡的冰蓝色的清新气息。

我喜欢跟百合在诗歌中进行那种交流。

在下雪天，坐在森林边的小木屋，喝着我亲手调制的酒，或者是亲手煮的咖啡，我们边说边欣赏着室外的飘雪。或者我们什么也不说，而是各自捂着我的漂亮的茶具，安静地倾听雪落的声音。

或许是长期的高原生活，我对声音、味道变得异常的敏感。

百合喜欢香水，是我所喜欢那种淡淡的恰到好处的来自她肉体中的飘香。

尽管我们未曾谋面。

但，在想象当中我是这样幻想着我们相会时的情景。

3.我在飞向赴远方的约会途中，将自己的意绪通过对遥远的那个村庄的印象，试图还原当时的一些场景片段。

特别是在这个物欲横流的年代，谁还有精力和心思去梳理早已消失在人们记忆中的那些碎片呢。

就像那位一直站在青稞地里的老人，我在二十多年前的那个八月见到他的时候，他已经七十多岁了。

在我的记忆碎片里，他个子不高，浑身上下就是一个字：瘦。脸部线条纵横，额骨突出，皮肤早就被高原的烈日晒成了古铜色。走起路来，有一条腿是瘸的。

尽管他住在一个叫亚隆的藏族村庄，穿的也是当地藏族人的服装，但他却不会说汉话了。

尽管他穿着的是当地藏族人平常爱穿的袍子，但，他并不是藏族人。

没有人跟他用汉语交流时，他却能说着一口流利的藏语。但是，当他遇见我时，也想说着汉语，结果却因为遗忘汉语的表达而说得不利落，涨得脸部青筋暴绽。他因为说不好自己的母语而显得不好意思，就像一个孩子样羞涩地耷拉着脑袋。

是的。他是汉族人。

他是在一个叫包座的战役中受伤的流落红军。

我之所以敢断定他是红军战士，就是通过与他艰难的交谈，并且，是通过通司（翻译）。他能说出自己的首长叫张国焘和陈昌浩。

老人姓陈。

他是大巴山那边的人，他说自己参加红军，主要是因为饥饿。那一年，他跟他的哥哥一起要饭，来到一个叫通江的地方，正好遇上红军队伍，部队长官非常和蔼，对他兄弟俩说，"想不饿肚子吗，那就参加我们的队伍。"

就这样，陈姓兄弟俩人参加了红四方面军。

在长征途中来到了这个叫包座的地方，红三十军与胡宗南的部队交战，他的哥哥在战斗中阵亡。他的左腿被机枪子弹打中。说着，他撩起裤管，我看见他的小腿肚上的伤疤，而且，他的左腿明显萎缩。并且，右耳朵也被弹片给削掉了一半。

因为腿部受伤，他自然不能走完漫长的长征之路。就在当地藏民家中养伤。

红军大部队离开后，包座村寨的头人回来，又将他卖给一个马帮，最后，流落到了现在这个村庄。他已经五十年没有回过老家，一直在这个藏族村庄生活，娶了一个本村的藏族女人。

环境。从1935年到1985年这漫长的五十年的时光中，他一直生活在雪山脚下的深山密林的这个村庄里，久而久之，他成了一个比藏族人还像藏族人的人。

环境是真的能改变一个人的命运的。

我在1985年的那个八月，来到这个叫亚隆的村庄。见到了一个流落的老红军。

4.航班抵达这个城市时，已是灯火通明的夜晚。

我随着拥挤的人群走出机场的大厅，就看见许多的出租车等候在大厅外的廊桥下面，一个热情的女孩子，冲我叫喊着："师傅、师傅，要住店吗？有发票的。"说着，她居然想帮我拎着行李包，完全不顾我的感受，我显得有些不耐烦地拒绝她："对不起，我不需要，谢谢。"

"师傅，您是一个人吧，一看就知道您外地来的，人生地不熟，跟我走吧，我们那里什么服务都有，保你满意，有发票得喔。"

姑娘的话透着露骨的暧昧，仿佛我如果不跟她走，人身安全都得不到保障似的。

我打开手机，百合已经给我发来了三条短信。

第一条短信内容是："你到达了吗？"

第二条和第三条短信中说："如果你到达了，请立即给我打电话，她已经为我预订了一家酒店。"

我立即给百合回复："我到了。"

上了出租车，百合把电话给我打了过来。

"你怎么这么晚才到啊？"百合的声音非常清脆，语气中透着点女人撒娇的味道。

"航班延误了。我这不才下飞机，就开机跟你联系吗？"

"那好，那好。我马上出门，先到某某酒店等你。"

出租车沿着机场高速进城，窗外的夜色中，行人穿着厚实的羽绒服，个个像南极的企鹅般缩着脖子，面无表情领略着寒风的袭击。

我坐在后排的座位，车内开着空调，热烘烘的，我降下一点车窗，对司机说："我可以吸一支香烟吗？"

"可以，可以。"

"能借个火吗？"刚才从飞机下来的男人，第一件事不是上厕所，而是找路人借火抽烟。我知道自己的这个不良嗜好，因为所有的火种在过安检时都得主动上交。

男人的尴尬，一是兜里钞票不厚，二是想吸烟却没有火。

"给。"司机从挡风玻璃下边拿起一只气体打火机，眼睛一直平视前方，反手从肩膀上将火种交给了我。

"谢谢。"我点上一支香烟，降下一半的车窗，车内的热气随着我吐出的烟雾一道飘散到窗外。

在出租车进城的路上，我开始想着百合是个什么样的女人？

想象尽管能够给人各种幻想的可能，但是，当这个遥远的约会马上要成为现实时，我心底却涌上一阵莫名其妙的虚空。当真实降临的时候，我甚至有点开始怀疑这种真实的可靠性。就像爱情这个词汇，许多人一方面不相信这个世界上还有真正的爱情，而另一方面却又非常渴望着有一场轰轰烈烈的爱情。

百合是一位刚满40岁的女人。

40岁的女人，如果不是在情感层面受挫，那么，她是不会那么多愁善感的。

因为书上说女人是感性的。

而40岁的女人又是有内容的女人。

内容这个东西，说起来复杂，其实，也非常简单。那就是一种生活的阅历。是40年的时光磨砺过的情感，像酒。对，是像那种贮藏在橡树桶内的红酒，一定要经历岁月的积淀发酵，才具有生命的质感。

就像百合喜欢香水一样。

女人喜欢香水，跟男人喜欢酒一样，都是因为性别不同的天性使然的选择。

在想象中，我看见百合穿着一条飘逸的裙子，略施了一点香水，浑身散发着淡淡的香水味道。我一直认为，女人这种味道跟魅力有着天然的密不可分的关联。

我喜欢像冬天一样静谧穿着厚裙子略施一点香水的女人。

只有这样，百合在我的想象之中，呈现出了女人的成熟之美。

成熟对于男人应当是智慧和理性结合的产物。这种男人是在任何时候都能找到办法，不会束手无策，唉声叹息。

我不喜欢那种束手无策，唉声叹息的男人。

"到了。"

司机刹车，停在那家酒店的门口。

我拖着行李进酒店的大堂，一眼就看见一个女人坐在酒店大堂的沙发里，她转过脸，我这才发现她居然就是穿着一条花格厚呢的裙子。

"阿风。"

"百合。"

几乎同时伸出手，礼节似的握了一下，百合上身穿着一件红色的羽绒服，浑身飘散着淡淡的香水味道。我知道那是国外专门为东方人而生产那种名牌香水。略带着点茉莉花和百合花的混合味道。

我的嗅觉一向都非常灵。

百合身上散发着这种香水味道，立即让我对她就充满了好感。如果百合施着浓烈的法国香水，或者是浓妆艳抹的样子，我肯定在心里会多少有点反感，甚至不喜欢。

进了房间，我走进卫生间洗脸。

百合脱掉羽绒服，露出苗条的身材，她的脸上自从见到我的那一刻起，一直始终是微笑着。我知道自己是一个长得不一定招人喜欢，但，一定不会是令人讨厌的男人。

我洗好脸出来，百合坐在床上，手中拿着电视遥控板，不停地找着她所喜欢的节目。

"你一定饿了吧？"

百合见我从卫生间出来，放下遥控板，像个女主人一样关心我。

我这人最受不了的就是这个，而且，百合的目光中闪烁着火热也使我一时不知如何是好。

"你肯定也没吃饭吧。"

"嗯，人家不是一直在等你吗。"

百合说话的语气中又透着像电话中的撒娇味道。

"那走吧，先去吃饭。"

5. 出了酒店不远，就是一座非常现代的高大建筑。

乘电梯上楼，就是一座非常巨大的美食城。

我跟百合找了一张两人桌坐下，百合随意地脱掉羽绒服，开始点菜。对于点菜，我一向都是外行，既不知道该点多少才不浪费，也不知道点什么才符合女士们的胃口。

但，我也不喜欢那种点一大桌菜却吃不了的晚餐。

百合知道我是喝白酒的。

所以，她专门为我点了一瓶半斤装的白酒。

我显得有点不自在地环顾着这家餐厅，那是一种后现代的装修风格。空旷而透着钢筋水泥的味道，并没有刻意吊顶，而是框架结构，管道线路直接裸露在天花板内，只是简单地倒挂着几只撑开的雨伞和几把桌椅板凳。

一般我初到一个陌生的环境没有什么食欲。在百合点完了菜时，我专门要了一盘油炸花生米。我平静地对百合说："其实吧，我这人最好打发了，有点白酒，来盘花生米，最好还有一碗粥，就行了。"

听完我说的话，百合"咯咯"地笑了。她笑起来的样子很好看。

"原来你这样好打发，早知道我点那么多菜，岂不是浪费了呀。"

"就是啊。"

百合很斯文地吃着菜，我大口喝着酒，多少带着点孩子气地说："想象一下，要是现在，就你和我，坐在高原一处森林边，边喝边吃，窗外飘飞着雪花。"

"好美。想象一下，都是好美哟。"

"还有湖，温泉。"

"你教我骑马，想象一下，在宽阔的草原上，策马狂奔的情形。"

"策马狂奔？"

"咯咯，我可不敢，万一摔下来，不得了。除非你牵着，还差不多。"

"我还挑着担呢。"

"咯咯，那不成了唐僧取经了。"百合拈了一点菜，"阿风，想不到你说话还挺幽默的。自己不笑，哎，你笑一笑嘛，干嘛一直那么严肃呀。"

"嘿嘿。"

我夸张地冲百合皮笑肉不笑，百合笑得前仰后翻，"哈哈，你太好玩了。"

在电梯内，我许是喝了酒，没站稳，百合一把搂住了我。嗅着她身子内散发出的淡淡香水味道，我立即就有种想吻她的冲动。她搂着我，"站好，你喝多了。"

"没有，就是有点晕。"

"这么点酒，你就不行了。"

我贴着百合的脸，还是忍不住在她的脸上亲了一下。

"讨厌。"

百合娇嗔地在我脸上轻轻打了一下，并且，在我腰间暗中使劲掐了一把。

城市的夜晚，街道行人渐渐稀少。

百合搂着我，向我介绍着这座城市。最直接就是她指前面那片小区，"阿风，你猜这里的房价是多少？"

"我哪里猜得出来？"

我知道城市里的房子，一定是许多人这一生的梦想。也是一生注定要为此奔波劳累的商品。任何人只要想在城市里生存，都需要拥有一套属于自己的房子。有了房子，才有了一切。

就像爱情，在房子这样非常现实的问题面前，爱情显得是多么渺小和微不足道啊。

没有房子，再伟大的爱情也是苍白无力的。

"这里的房子，都值千万。"

百合无限感慨地对我说。我望着摩天大楼，那一间间像蜂巢般亮着灯光的房子，吐了吐舌头："太吓人了。"

6.我知道陈大爷去世的消息时是在外地。

民政部门将这批流落红军最终纳入了政府救济。

还记得那年八月，我离开亚隆村时，陈大爷拄着拐，站在村口，那只苍老的藏獒也不冷不热地跟在他的后边，一直默默地注视着我们。

"五十年了，我好想回老家。"

这是陈大爷反复跟我叨念的话。经过几天的接触，陈大爷尽管汉语说得没有藏语流利，但是，却能完整地表达出一句话的意思。除了五六十年代，有人专门来看过他几次外，我是因为漫游无意间闯入这座村庄的外来人，偶然遇见了他。起初，我把他一直当成了当地的藏族老人。但，经过通司的翻译，我才知道他是流落红军。

但在陈大爷眼里，我仿佛就是代表什么组织专门来探望他一样。

我知道自己所能做的，就是用文字将他记录下来。我既不能解决他实际的许多问题，也不能评价他什么。

我假设如果是自己，五十年被搁在几乎被遗忘的深山角落，又会如何呢？

必须承认：百合是我虚构的一个小说人物。

但是，陈大爷不是。他是我年轻时候在高原上漫游时，无意之间发现的。说发现我都觉得未免把自己放在太高的位置了，即使我不发现，或者根本没有去过这个村庄，那么，是否意味着陈大爷就不存在了呢。

显然不是这么回事。

陈大爷一直就存在。

我同样也不否认见到陈大爷，听说他的故事时心灵上所产生的强烈震撼。我并不完全是震撼他是红军，参加了长征。而是震撼他失去了属于自己的语言环境，甚至完全变成了一个当地人。但，他却在骨子血液深处并没有忘记自己来自何方日夜都想着盼着回到自己的家乡。

遥远的约会。如果这是一个遥远的约会，五十年的时间，这个约会代价就太昂贵了。

我是想设计双线，即我跟百合的遥远约会。甚至可以缠绵浪漫……

突然，我意识到陈大爷又何尝不是用生命在进行着一场遥远的约会。

两种现实，穿越了时空。

而就在这两种现实当中，我却分明感受着历史的变迁与沧桑。

都说沧海桑田，如果人的这一生，不完全是由自己选择，那么，人生的道路必是充满着想象中的无限可能。

我喜欢小说，因为可以在小说里去实现这种可能。并且，用文字去完成自己不能实现的愿望。

2014 年改于九寨沟

穆大爷的葬礼

　　高原边缘的结合部在初春的日子依然是一片萧瑟。

　　从嫩恩原始森林向东是白茫茫的大草原，往西是尼玛峡谷。如果骑马走上三天三夜，再翻越亚当雪山，就可抵达以盛产水晶而出名的嘎尔纳走廊。众水的源头地带，峰峦叠嶂起伏延绵，蔚蓝色的天空辽远而高阔。主宰这一切的太阳永远雄踞在苍天，那翻飞的鹰舒展着黑色的翅膀在群山之上，被炽热的阳光捉弄因而更加卖力地进行着徒劳的表演。雪后的晴朗把大地照亮起来，白色的世界因为有了这亘古不灭的火焰而更加地洁净，并且，透着醉人的幽蓝。强烈的光线像虚拟的利器，直穿森林和树冠下面的荫凉是那么的有力。并且，落地的阳光会在温暖着肌肤的时候，连同升起的气息一道弥漫。陡峭的山岩间巨大的岩壁里阴暗的地方，还清晰地保存着青色的痕迹，像女人在经过数次的分娩后，腹部留下的那美丽的孕斑。

　　在初春一个阳光明媚的下午，穆大爷安详地合上了双眼。

　　这是个多少使人感到沮丧的下午，穆安民大爷躺在自己的家里，额头的汗水顺着两边瘦削的脸庞，像岩缝中的山泉一样渗出来。

　　大儿子旦果急忙拿来一条毛巾，轻轻地替父亲拭着脸上的汗水，父亲的双目已经被病魔折磨得凹陷下去，浑身的肌肉也在一天天地消失，仿佛被什么东西吞噬掉了，而只剩下长着老人斑的皮肤和骨头。父亲面部的光泽在又一次出汗的过程之中正在暗淡下来，犹如慢慢停电的灯光一点点地减弱下去。

　　目睹着父亲生命的离去，旦果手中的毛巾像流水一样滑落。

　　现在穆大爷静静地睡着了。查寨外面残存的森林、坡地内的积雪在初春的阳光下，开始悄悄地融化。一个生命的离去，有时，就跟这大自然间的万事万物一般显得既顺其自然，又复杂得使人一时理不出个头绪。望着眼前这个死在异乡的老人，旦果的心里涌上了不可名状的悲伤。但是，旦果还是在内心提醒着自己：还不能过分地悲伤。

得到穆大爷去世的消息，寨子上的娘家亲戚纷纷陆续地赶来，与这个家中的长子商量着有关葬礼的事宜。

穆大爷生前是查寨红旗林场的一个普通退休工人。那时，查寨是一个森林环抱下的仅有十几户人家的小村庄。半农半牧的生活方式使得查寨的人过着与世无争的日子，耸立的木房子像梦境般散落在谷地、山坡的草地上，每家的房子前经幡在晴朗的天空下猎猎地飘动。坡地里种植着青稞和胡豆，拔穗和开花的时节一缕来自泥土的诱人清香，随着从森林中飘来的风一道在寨子的四周弥漫。成群的牦牛在林间、溪流旁边悠闲地觅食，马匹在草滩上嬉戏，高亢的歌声婉转而悠扬。

间或有远方而来的身着绛色衣裳的喇嘛被请到查寨念经，为查寨人消灾驱邪。

命运如风。70年代初，国家在大西南修一条铁路。于是，穆安民所在的林业局从大草原以北辗转到了查寨。也是在一个初春的早晨，机器的轰鸣划破了大草原的寂静，由集材机、卷扬机、吊车、拖拉机和解放卡车等组成的森工队伍朝着草原与峡谷东北方的接合部所在地，朝着莽莽的生长针叶松、油松、红松的查寨大森林进发。三月的草原，积雪皑皑。边缘的雪山真像一座座洁白的岛屿，大大小小，重峦叠嶂。

那令人炫目的圣洁之光，使一路奔忙的林业工人们兴奋异常。几只麻灰色的野兔从泥泞的公路下面，深浅不一的沟壑内被这列长长的车队机器所发出的巨大轰鸣声而吓得四处逃窜，空气中散着刺鼻的汽油味道，众车辆排气尾管冒出的淡蓝色的烟雾，在大草原上飘落。

穆安民坐在一辆解放牌卡车的敞篷货厢内，刺骨的寒风从四周的挡板外漫涌进来，他戴着海夫绒的棉帽，穿着一件军绿色的棉袄，叼着一根斑竹制作的烟杆，一言不发地闷声闷气吸着叶子烟。瘦削的脸上，长着稀稀拉拉的胡子，浑身散着一股泥腥和叶子烟相混杂的味道，他的双眼被四处吹来的风抚摸着，像是有谁在他的面前拿着一块晶莹剔透的冰，用一只电风扇在不停地朝他吹着；他眯着双眼感到针扎一样难受，眼泪止不住地涌出来。

"日妈的。"

穆安民吸着呛人的叶子烟，轻声地骂道。同时，感觉隐约的腹胀，一种难以言语的情欲，使他涌上一阵想小便的快感。他憋红着脸，冲着驾驶室的后窗轻轻地敲打，另一只手猴急般抓着被高原的紫外线和风吹日晒得淤红而皮肤粗糙的脸。

"喂，小向娃儿，停车。"

"穆安民，憋慌了哇。"

林场李伯伦书记从驾驶室右边的窗口内，伸出肥硕的大脑袋，向右后车厢上面侧过脸，笑着对穆安民大声说道："日妈的，夹到!"

李书记又把左手从车窗内环着伸出来，指着后面车队，"自己想办法嘛，一会儿，车陷在路上，就都走球不成喽，狗日的，穆安民。"李书记丢下一串尖细的笑声，就把脑袋缩回去，摇上车窗的玻璃。穆安民在心里出于一个男人对另一男人的看法：生他妈那么大个脑壳，声音却像个女人样尖声细气的，日妈的。

车厢内还坐着一个漂亮的女人。

日妈的，如果不是这种情况，他穆安民早就掏出已经胀硬的家伙站在缓缓挣扎的车厢上，朝外面开干开来。穆安民的目光死死地盯着那张女人的脸蛋。

车队在新辟的林间简易公路上走了整整两天，终于抵达了查寨已被命名为红旗的林场。在距寨子约2.5公里的一处山坳里，先期到达的筑路队、基建队早在去冬来临之前就筑起了几排灰砖房子，作为红旗林场的场部。筑路队在伐木工人来临之前，已经向林海的纵深为机械化的设备作业继续开辟新的道路。基建队也随之跟进，用油毡和树皮搭起了一座座简易的工棚，作为工人的栖身之地。

穆安民分在了离场部最远的靠近阿底草原边缘的四工段，那里生长着直径均在50公分以上的红松林。上百年的暑去秋来，林间堆积着厚厚的落叶腐质，寄生的藤萝草挂在笔直而高大的树枝上，风袭来的时候，浅绿色的寄生植物就在松树枝头轻盈地飘舞。一会儿，雨水降临在乔木、灌木丛中响起"沙沙"的声音，就像是有一张无形的嘴巴在吮吸着上苍的甘霖。林中的草里还生长着苜蓿、羌活和亚麻以及野草莓、蘑菇和菌类。当阿底上空的乌云缓慢地从云杉、红松、赤桦树、青杠树、棒树、概树所汇集而成的查寨原始森林散开的时候，一缕春天的阳光，从仰视的高度把几束炽烈的光线投向了大地。积雪在松软地泥土上正在悄然融化，两只锦鸡和一群野画眉在树丛扑棱。

穆安民安顿好栖身的住所，走出低矮而幽暗的工棚，深深地呼吸着来自森林的树叶和草丛的气息；清新的空气中夹着湿润的甘甜，大地正发出一股生长和腐烂的味道。以及工棚那边飘来的煮老腊肉的味道，穆安民从怀里摸出一个裹着几层的小布包，小心翼翼地打开，取出一撮叶子烟粉，掐下一片烟叶仔细地裹成一支卷烟，又把斜插在蓝布腰带内，那根斑竹制作的旱烟袋取出来，将自制的卷烟安在铜制的烟锅上，划燃火柴点燃，狠狠地抽了一口。"日妈的，给老子一个司令官也不愿当喽。"

日子像流水般在一天天地过去。红旗林场今年要完成二十万立方原木的采伐任务。穆安民所在的四工段要完成八万立方，架设高空索道的工作正在加紧地进行，卷扬机也在安装调试，只是油锯尚还没有运到，上山伐树只能分成几个小组，全靠使用斧头来砍伐。一棵直径50公分的红松需要三个工人轮流作业一个多小时，最快纪录也只能达到48分钟。因此，一天下来，穆安民浑身就像散了架，有一种很想被人揍一顿的欲望。

吴莉莉来到红旗林场医务室工作已经快半年了。

她由于家庭出身问题，从上海发配到了这个原先在东北的林业局，后随着这支林业队伍转战到了大西南。

她是林场屈指可数的女性之掰起手指数一下，一个是红旗林场场长老陈的婆娘，一个是女技术员阿珠。老陈的婆娘已经快满五十，是个快嘴快舌的热心肠。戴着一副眼镜的技术员阿珠，长得皮肤白净，私下里工人们有时感到很是奇怪，同样都是风吹雨淋太阳晒，工人却一个个像非洲的黑人似的，而阿珠就是长得白，人也挺斯文，说话细声细气的，加之，又戴着一副玳瑁边的近视眼镜，就使得阿珠更加的斯文。吴莉莉之所以出众，一方面是她最年轻，另一个方面是三个女性中最漂亮的。对人也比较随和，受伤的工人到医务室来包扎皮外伤时，吴莉莉只需要三言两语，就把受伤者搞掂，同时，又让来人心情愉快地奔赴各自的工作岗位。

在红旗林场工人的印象中，吴大夫是个无忧无虑的人。好像从来就没有过痛苦，或者她从来就没有在工人面前流露出痛苦。

夏天到来的时候，红旗林场的建设已经初具规模。穆安民的裆部被白蛉咬了一口，立即，穆安民感到难以言喻的奇痒。他拼命地挠着自己的睾丸，感到撕裂般的疼痛。在中秋节的夜晚，发出狼一样的嚎叫。

第二天，李书记听说了此事，从场部派吴莉莉赶到四工段。吴莉莉低下头钻进阴暗的工棚，就听见一个男人在呻吟。透过顶端的缝隙一缕正午的阳光，落在穆安民的脸上。吴莉莉一眼就认出了这个被病魔弄得有些憔悴的男人，她用温软而好听的南方普通话问着："穆师傅，您哪感到不舒服？"

穆安民睁开眼睛，看见戴着白帽，穿着白大褂的吴大夫，一双温和的眼睛正在注视着自己。由于持续发烧不退，穆安民神情恍惚干渴难捺，他分明看到长着一双迷人眼睛的女人，在用亲切的目光安抚自己。他的脸上露出难以启齿的表情，有些吃力地对吴莉莉说："吴大夫，我被蚊子咬了。"

"什么地方被蚊子叮了？"

穆安民没有作声。吴莉莉从携带的药箱内，取出听诊器和体温表，示意穆安民解开衣扣，把体温表交给穆安民插在自己的腋下，将听筒放在穆安民左边的心房上轻轻地移动；穆安民惯着双眼，盯着吴莉莉那张漂亮的脸，时而模糊，时而清晰。一缕淡淡的幽香从吴大夫的身体内散发出来，白净的手在轻轻触摸着穆安民的胸膛，穆安民感到了女性的呵护与温情，心间泛起阵阵的暖意。

吴大夫量完穆安民的体温，盯着体温表上的数字，不禁脱口而出一句："哟，穆师傅，您烧得不轻哪。"

当即吴莉莉决定穆安民转到林业局职工医院去治疗。林场派出一辆卡车，由吴莉莉护送穆安民到林业局职工医院做进一步的检查治疗。

第三天，诊断下来证实了吴莉莉的判断：穆安民患的是黑热病。

到了九月下旬，油锯终于从省城运来了。

阿珠下到段上向工人讲解技术操作规定和有关安全事项。油锯的使用提高了工作效率，采伐的进度明显地加快，大片大片的红松、云杉在轰鸣的机械声中倒下。一棵树被伐倒往往是四周打倒一片，阿珠对此心疼不已。早晨，两个工人一组，挎着黄书包揣着两只馒头，或一只玻璃瓶中装的泡菜就是中午的饭上山，一个拎着一小桶的汽油，一个背着十几公斤重的油锯；从工棚内出发，沿着崎岖的羊肠小路上山，根据阿珠的设计由下而上地进行采伐。采伐班把树锯倒后，集材班就梳理着树枝，然后，再按照规定把树干锯成等长的一截一截的，用钢绳将原木捆扎起来，由山谷两边的高空架设的索道滑轮，把原木吊起来，通过谷地这边的卷扬机将原木从山上运下来。山上与山下的联络全要靠安全员嘴中含着的哨子和手中的红绿小旗子来进行，一个环节或一个操作步骤失误就会酿成事故。在山谷两边的山冈，装吊起来的原木像是被掠夺的东西一样，轻易就离开了自己生长之地。

有时，集材在运送的过程之中，像是带电的物质在与钢索的摩擦里闪着火花。有时，钢索会不堪重负而断裂，集材像空投的物质一样从几百米的高处四下散落。阿珠的职责就是教工人按技术规程作业，那时，生产任务重，时间紧张，大战什么的口号也提得山响。因此，安全事故的频繁发生也就不足为奇了。

查寨经过最初的惊奇后，对这群操着外地口音的人才渐渐搞明白。

原来他们是来砍我们的林子的。他们为什么要到查寨来，要砍多久我们的树木，查寨人搞不明白。查寨人通过观察觉得这些外来者都是些胃口极好的人，他们什么都要吃，什么都敢吃。溪流中的鱼，林中的鸟，树上、腐木、落叶质土层生长的蘑菇、菌子，野菜，能吃的和查寨人认为是肮脏不洁净的东西，譬如老鼠等他们都要弄着来吃。还有他们从外面带来的包装漂亮的罐头糖果。

有人生存的地方，冲突总是难以避免的。

到了冬天，由于大雪封山，生产暂时停了下来。工人和林场的领导凡能够走的都按规定请假回老家去探亲，穆安民经过近半年的治疗，在春节来临之前出院，而回到了四工段。吴莉莉在元旦过后，就请假回上海探亲了。

生产闲下来的时候，林场却并没有闲着，在李书记的主持下，红旗林场"批林批孔"运动正如火如荼地进行。李书记不愧是搞政治的，他不仅在林场场部亲自主持召开了动员大会，而且，还从查寨请来了村党支部书记严科、贫下中牧代表老牧民泽旺，结合查寨的实际和自己的亲身经历对林彪、孔老二的反动本质进行了无情的揭露与批判。

工人们也结全新旧对比，与贫下中牧一道举行了座谈。

李伯伦书记是从部队下来的。三十出头，生着硕大的脑袋，浓眉大眼，个子中等脸上长着白色的麻子。家属在内地的农村，说话有条有理按时兴的语言叫：很有理论水平。平时，李伯伦言语不多，喜欢串串门了解了解情况，也关心群众的疾苦。穆安民患黑热病时，他马上安排吴莉莉医生去四工段，并且，亲自派车把穆安民送到林业局职工医院进行治疗休养，在地方医院的大力帮助下，很快就搞到专门治疗黑热病的针药，控制住了穆安民的病情。

查寨老乡有个头疼脑热什么的，找到红旗林场医务室，李书记也会非常热情地安排吴大夫替他们看病拿药，时间长了李书记成了查寨老百姓心目中的大好人。渐渐地李伯伦书记到吴莉莉处的次数也就多了起来，对吴莉莉的关心也多了起来；场长老陈的婆娘对李书记的做法也就渐渐地有些看不大习惯。"哼，孤男寡女的，搅和在一块儿，不知会搞出什么名堂。"

红旗林场场长老陈是个牛高马大的东北汉子，唯一的遗憾就是自己的女人阮秀英没有给自己生下个儿子，从东北的小兴安岭到其钦洼大草原那边的黑森林，以及来红旗林场的近二十年的光景里，阮秀英不歇气般地为老陈生了五个丫头。到查寨的第一个冬天，阮秀英的肚子里又有反应了。

这一次阮秀英的妊娠反应格外地强烈，每天清晨，阮秀英起来从查寨的翡翠泉内担回一挑纯净的泉水，在燃烧的地炉内添上几块桦木劈柴强忍着呕吐，待到一天开始的第一壶水烧开后，这才把自己家的老头从热烘烘的北方式的炕上叫起来，伺候着老陈喝下第一口茶，又赶忙将五朵金花叫起来。大女儿娟子已满十二岁，在林业局子弟校读初中一年级，眼下，学校正在放寒假，娟子就成了妈妈的好帮手。

娟子生得水灵，性格活泼有着银铃般的嗓子。老陈经常对自己的老婆说："我说，你是不是把咱们娟子生错了，天生一个小子个性。"

阮秀英不服气："生小子生闺女，这事要由老爷们作主，这事我问过吴大夫。"老陈不以为然，喝下一口酽茶说："啥，老爷们作主，吴大夫可真能扯。"

夫妻俩正说着两口子的话，阮秀英忽然感到胃部的不适，捂住嘴巴疾步冲出屋外，站在门口拼命地呕吐起来；阿珠正从场长的门口经过，看见阮秀英蜷伏着身子，急忙几步上前扶住阮秀英的身子。"嫂子，又有啦。"

"嗯，老头子造的孽。"

"嫂子，不是我多嘴，你们也该采取采取措施了。"

"哎，阿珠，老头子就想要个小子。这回肯定能行。"

"那你可得小心点儿啊。"

阿珠从衣兜内摸出几块水果糖，一把将娟子揽在怀里，"给，娟子。"娟子手中拿着一条热毛巾，站在妈妈的身边。阿珠抚摸着娟子冻红的小脸，"都长这么高了哈。"

"成天傻长个儿。"

阮秀英吐完清口水，从大女儿的手中接过毛巾，拭了拭嘴角，冲女儿努努嘴，娟子挺懂事儿接过妈妈递给自己的毛巾，转身就回屋里。阮秀英一把抓住阿珠的手，"阿珠，你知道吴大夫啥时候能回来吗？"

"不太清楚。"

"哎，我给你说……"

"我不信。"

阿珠从阮秀英的手中把自己的手拿出来，准备向场长的婆娘告辞。

冬天的查寨早已是银装素裹，清新的空气在森林、村寨、山谷里弥漫，然而，阿珠的心间却涌上一个女人的悲哀：因为阿珠她不相信，阮秀英自己也是一个女人，怎么要去糟践另外一个女人。

阿珠不相信吴莉莉是回去做人工流产。

但是，在动乱的年代什么事情都可能发生。

来年的初春，查寨与红旗林场之间为林地中的牧场终于发生了第一次的冲突。林业局和地方政府派出了联合工作组，连夜就奔赴查寨和红旗林场；因为这一年即将采伐的全部是红松，属于军用木材。一天也耽误不得，解放军还派了一个汽车连来到了红旗林场，在山杜鹃发芽的那天，工作组与查寨终于达成了临时的协议：四工段移向更深处的地方进行木材采伐，林中的牧草查寨的村民，可以继续放牧。林业局对已毁坏的林地草场做出适当的赔偿。

吴莉莉是跟着解放军的车队一道回到红旗林场的。三个月的时间已经将吴莉莉养得既丰腴又白净，肤色更加的娇美，阿珠在吴莉莉下车的当空儿，与她热烈地拥抱。李伯伦书记大步走上前就像什么事情都没有发生一样，他热情地上前与吴大夫握手；阿珠在旁边趁机观察他俩，阿珠并没有看出什么异样的不同。

阮秀英腆着出怀的肚子，看着一个个身材魁梧的解放军战士，幸福地摸着自己的腹部："儿子，我的儿子。"

吴莉莉伸出自己白净的小手，"大嫂，您好。"

阮秀英多少有不好意思面对着坦诚的吴大夫，她一把抓过吴莉莉的双手，大声地说着："吴大夫，真想死我啦。对象的事儿解决了吗？"

"还没呢。"

"你也不着急，我要是男爷们就要你。"

穆安民在初春来临的日子，在四工段的林子里，认识了旦果的妈妈茸珍。那天，茸珍赶着一群牦牛在林子间放牧，初春的阳光照在嫩绿的草地上，从草原与山谷交界地耸立的雪山上流下的溪水，在林间小道下面的沟里欢快地流淌。在一棵高大的松树枝上，一群马蜂正在围着它们神圣不可侵犯的蜂巢盘旋；穆安民戴着草帽，脸部围着毛巾，拿着一根"鸭儿"棒，准备采割蜂蜜。

接下来的故事就变得比较简单。

穆安民自患了那场病后，风湿病也随之缠绕着他。穆安民不知从何处打听了一偏方：说是野蜂蜜可以医治。于是，在劳累不堪的工余，对林中的野蜂产生了浓厚的兴趣。

穆安民捅了马蜂窝。就像炸开一样，成群的马蜂追逐着穆安民的气息，紧紧地跟着在林间狂奔的穆安民后面、头顶，对这个破坏自己生存家园的林业工人表达着毫不掩饰的愤怒；只见一团雾状的风在林子中飞行，穆安民丢下手中的家什，抱着脑袋在没命地逃跑。穆安民只顾狂奔，慌不择路只恨爹妈给自己少生了一双脚，杂灌丛的枝条划破了他的裤子、衣裳，划伤了他的皮肤和脸。

但这并不能使马蜂们停止下来。

它们很快就展开了战斗队形，把穆安民包围起来。将尾部像一支支小箭般的毒针刺向穆安民，每刺中一下，就有一只野蜂倏地坠地死去，穆安民就发出一声惨叫。一会儿，穆安民的草帽也被自己弄掉了，穆安民急忙掩面伏在草地上，听凭马蜂们在蹂躏，一具具马蜂的尸体在坠落的过程之中，将草叶上的露珠轻轻碰落。

一会儿，穆安民就失去了知觉。

看着马蜂的攻击，茸珍有些目瞪口呆。她听老一辈人讲起过马蜂的厉害，现在亲眼目睹着这个五尺高的男人，被一群褐色的狂蜂咬得昏死过去，就像一棵被伐倒的大树一般轰然倒下，茸珍的口中念着佛爷，心里感到一阵的恐惧。阳光照在这个美丽而善良的年轻女人身上，像是天堂的亮光在温暖、烘烤着她的皮肤和心房。

来自母性的仁爱和柔情，促使着茸珍壮起胆子小心地走上前去，她想看一看这个异乡来的男人到底是死了，还是活着。茸珍踏着尚未被太阳晒干的露水，迈着轻盈的碎步，像是去迎接未来一样来到了穆安民的身旁。

她蹲下身子，仔细察看着脸部已经被蜇得变形，肿大的令人感到可怕的穆安民，茸珍伸出手放在这个男人的鼻孔，感到了一丝脉息。

她长长地松了一口气。

"天爷呀，他还活着。"

茸珍不知是欣喜，还是出于对这个男人的怜悯，她顾不上拭去眼角的泪水，毫不迟疑地把穆安民扶起来，背着朝工棚走去。

穆安民昏睡了三天三夜。

在这三天的日子里，茸珍每天都要来照顾穆安民。爱情之箭也在不知不觉中搭上弓弦，茸珍开始对这个叫穆安民的男人，就有了种说不清道不白的牵挂。吴莉莉在穆安民被马蜂蜇的第二天从场部赶到了四工段。她也被这个男人与众不同的东西吸引。同时，又感到几分的滑稽。她不明白为什么这个寡言少语的男人，总是与别的工人不一样，身上流露出使人感到沉甸甸的东西。

穆安民的行为总是有些古怪。回到林场的场部，吴莉莉对阿珠说起了穆安民："这个人你熟悉吗？"

阿珠在记忆中搜索着这支来自天南地北的人组成的森工人群，对吴莉莉摇了摇头："不大清楚。"

就在穆安民又次在死亡线上挣扎的时候，阮秀英临盆了。

下半夜老陈把吴莉莉从睡梦中喊醒。吴莉莉背上医药箱，趁着夜色来到了老陈的家；阮秀英一见到吴莉莉的面，反而安慰起她来："没啥大不了的，又不是第一次生孩子，就跟拉屎一样。"

吴莉莉被阮秀英最后一名粗话逗乐了。她还是不敢掉以轻心："大嫂，您这是高龄生产，要特别的小心。"说着，吴莉莉叫老陈倒了一盆开水，用肥皂消毒洗手后，开始为阮秀英进行产检；吴莉莉示意在一旁干着急的场长老陈到外屋去，就帮着阮秀英脱下裤子，分开双腿认真地检查起来。边听着心律跳动，边与阮秀英聊着："大嫂，发作多久啦？"

"天黑就有点儿不得劲儿。"

阮秀英的额头渗出颗颗的汗珠，吴莉莉感到这是个坚强的北方女人。她忍着剧烈的疼痛，不顾高龄生产的危险，为的就是生个儿子。

女人的这种单纯而执着令吴莉莉既感动，为身为一个女人的坚韧从心底领略到了什么叫母性的力量。同时，又为女人感到只为生育的目的而付出的代价，从内心深处体味到撕裂般的痛楚而悲伤。

啊，一个生命的降临是这般的艰难。

阮秀英发出痛苦的呻吟。吴莉莉检查完毕后，决定就在老陈家里为阮秀英接生。她吩咐老陈赶快去烧一壶开水，自己有条不紊地做着产前的准备工作。她准备着纱布、剪刀、酒精、针剂等，叫守在一旁的娟子去把阿珠喊起来："娟子，吓坏了吧，不要害怕，你们要来个小客人啦。快去把阿珠阿姨请来，给吴阿姨帮忙，去吧。"

闻讯而来的解放军卫生员被老陈热情地堵在外屋。吴莉莉知道老陈比较封建，他不想叫一个年轻的男人来伺候自己的老婆生孩子。吴莉莉和蔼地对这个解放军战士说："你就在外面吧，有事我会请你帮忙的。"

黎明，伴着一声婴儿的哭啼。老陈家的小六子降临这个充满着温情的人世，老陈冲着吴莉莉几乎想向这个美丽的女医生下跪："我终于有了儿子啦。"

阮秀英失血过多，到了次日的中午才慢慢地苏醒过来，听说自己生了个儿子，她那张苍白的脸上露出了幸福的笑容。守候了一夜的阿珠紧紧地握着阮秀英的手流出激动的泪水。阿珠有些语无伦次："嫂子，你这下终于如愿了，可不要再生了，真悬哪。"

"嗯，我再也不生啦。"

阮秀英喜极而泣。

这是红旗林场降临的第一个孩子。

穆大爷现在已经入殓，查寨的娘家亲戚按照各自的分工正在忙碌着葬礼前的琐碎事宜。旦果守在父亲的灵前，听着老一辈的人说着父亲和母亲的故事。旦果的脸上流着奇特的光彩，茸珍死在 21 年前的那场森林大火之中，穆大爷也险些在那场大火中丧生。

"真可怜啊。"

穆安民是一个孤儿。50 年前，穆安民在老家的父母相继离开了人世，穆大爷勉强读完了小学，就在老家种地为生，20 世纪 60 年代初国家林业局到穆大爷的老家来招林业工人，穆大爷由于老实本分，当地乡政府就推荐穆安民当上一名光荣的林业工人。从此，穆大爷跟随着林业队伍钻山沟，住老林子砍伐原木。80 年代末光荣退休在查寨定居，与三个孩子相依为命，又当爹来又当娘，把小孩子拉扯成人。

第四天的早晨，穆安民从昏睡中醒来，茸珍正端着一碗奶茶走进幽暗的工棚。嗅到一股潮湿和混杂着男人汗水的味道，穆安民心里明白是眼前这个美丽而善良的女人救了他的命。从这个女人的身上，穆安民感受到了母性和女性的双重厚爱；命中注定的东西，就像头发一样，即使被剪掉了，也会长出来。就是被剃了光头，也会要像冬天之后的春天发芽。穆安民在茸珍沐浴着门外的阳光走进来的瞬间，一道奇异的光芒刺在他的心上。

这是爱情的力量。她像一团火焰由燃烧的物质提供的热度，又传导给了距离最近的爱人。茸珍的双颊被这炽热的火映得通红，心房像突然蹿入一只惊魂未定的野兔子，丰满的乳房在急剧地起伏着，她的意识之中这个外乡的男人将成为自己的主宰。

于是，他们的肉体结合了。

就像要培养一个好骑手，离不开马和骑马的人。最初，有几分的胆怯、兴奋，甚至由于过度的紧张会从马背上摔下来，第一次失败了，还有第二、第三次。前方是宽阔的草原地带，策马飞驰起来，在起伏之间，沉浸在燃烧般的灼烈，猛地看似平坦的尽头，突然出现了一道难以逾越的坎沟，腾飞，下坠，坠入无底的深渊……

婚礼是在冬天举行的。查寨的人，以比较复杂的心态为自己最美丽的女儿操办了仍不失隆重的婚礼。红旗林场的职工、解放军战士都来参加了穆安民和茸珍的婚礼。

春天即使是在寒冷的日子，也会如期而至。一场春雪把进山的道路封锁，眼看整个红旗林场面临着断粮的境地，李书记和场长老陈心急如焚。于是，他们作出决定发动一场狩猎战争。李书记亲自带领一支由十几人组成的小分队，深入四工段公路尽头的大山莽林密处，去尽情猎杀青羊、老熊；因为理由很是充足，为了解决生存问题。我们正是在像这样貌似正确的情况下，为自己的罪行找到了合理的借口，为自己的错误总能找到辩护之词。我不是不能，而是不想在此来讲述猎杀的过程。半个月之后，首批猎获的战利品被运了回来。

当天夜晚，查寨的空气中弥漫着野生动物特有血腥味道。不久，这种血腥又被一股奇特的气味替代。几乎是在这个由吃而产生的吸引，使人的表情变得十分地庄严的时刻，每个成年人的脸上涌出最幸福的笑容。老陈抱着快满周岁的儿子，用虔诚的目光盯着煮沸的青羊汤用恭敬的语气对孩子们说："汤快好啦。"

整个红旗林场的职工都分到了肉，唯独阿珠将肉送给了别人。

"罪孽呀。"

阿珠喃喃自语着，她被血腥的味道弄得胃部翻江倒海般的恶心，她受不了人们的贪婪。她耳朵不时响起虚幻的枪声，枪响之后，一只只无辜的青羊中弹倒下，把自己对人类疑惑的鲜血洒在洁白的雪地里，像绽放在冬天的无根之花。

这种花却总是在我们为自己的行为感到羞耻时开放。

阿珠从小就受家庭的影响，她的母亲是个信佛的女人。因此，阿珠在那个年代，只能把对佛的敬爱深埋在心底。

时光匆匆而多少有些无奈地流逝。这年的初春，红旗林场所在地的查寨遇上了罕见的干旱。整整一个冬季没下一场雪，查寨人从远方的大草原请来了喇嘛念了三天的经。

我们许多美好而善良的愿望就是这样：既令人感动，又难以实现。

于是，我们不惜脚力和有限的财富，请来了神灵的代言人。试图找到一条途径，把我们的一些对生活的基本要求和想法，告诉居住在天空之上的神灵。试图找到直接与神灵对话的办法。

譬如火灾将要降临了。

神灵发怒了。

火，无情地燃烧着原始森林。红旗林场、查寨全体紧急动员起来，他们操起最原始的工具，与同样也原始，但是却要猛烈得多的森林大火进行着殊死的搏斗。李伯伦书记、老陈场长、穆安民、严科书记、阿珠、吴莉莉、茸珍，还有老牧民泽旺等全部冲向了森林，他们拿着铁锹、斧子、油锯浩浩荡荡地上了山。只见四工段森林的上空，浓烟滚滚尘埃飞扬，一会儿的工夫，就把阳光明媚的晴空变成了乌云密布的阴天。

李伯伦书记作为此时的最高负责人，明知不可为而为之。他扯着尖声细气的嗓子，大声地动员着："同志们、共产党员们，现在是生死攸关的时候，为的是让国家财产少受损失，我们一定要扑灭大火！"

李伯伦书记第一个冲上去了！

大家都跟着冲上去了！

李伯伦书记抢起斧头砍着燃烧的树枝，穆安民发动油锯迅速地将一棵冒烟的红松伐倒，只听见"轰"的一声，火星四溅这棵百年的大树向前把另一棵大树打倒；阿珠、茸珍上前用铁锹扑打着，火起之处风生而起，火越烧越大，风也越来越大。严科、泽旺老爹冲到最前面去了，阿珠还来不及喊住他们，自己却正处于烈火的包围之中。森林中的火随着势四处漫延，大风卷着火焰像愤怒的火龙，在与人们较量。一阵浓烟裹着热浪从人们的头顶一下子窜到他们的后面，茸珍呼喊着自己男人的名字，不顾一切地跑上去，把正在一片坡地里专注地锯树的穆安民，一把从上面往下使劲地一拽，穆安民连人带油锯从坡里就滚下来……

顷刻之间的工夫，一片火海就将他们淹没。

坡下进行紧急救护的吴莉莉，看着眨眼的时间，火龙就将几个活生生的人吞掉，发出一声凄惨的叫声，就昏倒下去。

大火烧了整整七天七夜。还是一场来自上苍的大雨，解了燃眉之急。

来自天上的雨水啊，你降服了火魔，同时，也是为了死亡的生命，为了一种精神而深深地抽泣。

李伯伦书记、阿珠、茸珍，还有泽旺大爷在大火中永远地走了。

1978 年初春的这场大火夺去了他们的生命。

啊，穆大爷终于安详地闭上了眼睛。

葬礼是在这个初春的下午举行的。现在查寨的森林已经被政府下令而停止了砍伐；红旗林场的职工在经过三年的苦熬之后，也终于由砍树人变成了种树人。但是，现在的森林已再也看不到昔日的容颜。斑驳的群山，真的成了和尚的脑壳，并且，沙化现象正以惊人的速度在侵蚀着我们的大草原。并且，一场百年罕见的洪水袭击了长江、松花江，百万军民用他们的血肉之躯抗击着，筑起了一道道的防洪大堤。

善良的查寨人在这个使人多少感到一丝暖意的下午，为穆安民大爷举行了简朴而隆重的葬礼。

他们按照本地的风俗，把穆大爷轻轻地安放在松木棺材里，手中捏着馍馍，一只手一个。四十几个身强体壮的本寨子的小伙子，抬着穆大爷的棺木，要轮换着，中途不能歇气一直要把穆大爷送上山冈安葬。

旦果早已等在那里，和几个小伙子拿着装满红火药的猎枪。

穆大爷要下葬入土了。

旦果和弟弟、妹妹三个人泪流满面，他们呼喊着父亲。

孙儿们也与自己的父亲、母亲一道跪下。

"举枪。"

一个中年的汉子朗声地喝道。

"放！"

八支猎枪同时勾响。天空中飘着红火药的幽香……

1998 年 10 月

小城的 H 先生

一

大约是在五六年前的秋天，小城的 H 先生成了名人。

我还清楚地记得这一年的秋天雨水特别多，仿佛是老天爷汗腺特别发达，雨水如同汗水一般汩汩涌出，而不是像夏天的傍晚，经过一天的太阳曝晒之后乌云就会云集在小城当空，接着就是一场突如其来的暴雨降临，有时还会伴随着一阵狂风，吹得所有小城街道上的绿化树和建筑物顶上的木板房子仿佛注入了兴奋剂。绿化树是从山外买来的大树，树干被四根不规则长木条支撑着，因为根系还不发达，这些从外地采购回来的银杏、女贞以及海棠等树木还承受不起夏季狂风的折腾。房顶上的建筑则是新近建设的小区人家，总是怀着占了多大便宜的心思，在自家的屋顶上私自搭建的临时建筑，大都使用的是彩钢板，所以，一遇上刮大风的天气时，这些彩钢板常常会发出摇摇欲坠的"嘎嘎"声音。

这些年小城的变化有目共睹，原来的荒河滩上落成的新区延伸和拓展了小城的城市规模，沿河两岸满是按照现代理念设计的漂亮而高大的建筑群落。

原先居住在老城区的市民，随着新区的建成，陆续就搬迁到了新区的几个生活小区。

小城常住人口也并不多，随着三分之二的老城人口迁入了新区，老区就一夜之间显得清冷和凋零了许多，就像年老色衰的女人。

H 先生像老城搬迁的居民一样，尽管家也安在了新区，但是，对于老城还是在情感层面上有些难以割舍。

H 先生是我在老城住在一个机关单位院子内的邻居。尽管我们不是301 室跟 302 室的那种邻居关系，而是我住在编号为 301 的房间，意思是三楼一号房间。

H先生是住在301对面的那幢编号为403的房间内。

小城单位的建筑无外乎如此，底层和二楼皆是单位办公用房，三楼以上才是本单位职工的住房。职工住房面积的大小主要是两个参照指标，一个是行政级别，再一个是工龄。跟家里人口多少并没有太多的直接关系。

H先生跟我差不多都是80年代大学毕业参加工作的人。所以，我和H先生尽管不在一幢楼，但是居家面积大小差不多。

机关单位的建筑是由三幢呈U字形的楼房构成，三幢楼之间通过回廊连接，所以，彼此之间如果要串门什么的，也就无需下楼，而是沿着回廊上下就可。

那时，单位除了领导的工作车辆和单位车辆，还没有私人车辆。所以，院子内中央的院坝也就显得宽敞，单位还在院坝正中修建了一个花台，花台种植着玫瑰、芍药和一些草本植物，每到春天，花台盛开着红色、黄色和紫色的花朵。

H先生不是这个单位的人，因为他的妻子是这个单位的人，他们结婚那一年，妻子的单位正好修建了我所在的这幢房子。尽管没有单位规定，不给女职工分配房子。但是，这个单位的女职工多，男职工少，所以，每当女职工出嫁打报告要求解决房子问题时，单位领导总会说："为啥总是找本单位要房子啊，你们硬是嫁不脱哇"。单位领导以为，自己单位的女职工嫁人，也一定会是像现在这样肯定是要由男方来解决房子问题，不管男方是按揭房子，还是租赁房子。

所以，随着结婚生孩子，机关单位院子一天比一天热闹起来。单位的女职工极个别因为嫁到外地的原因，绝大多数都是留在了本单位，昔日一道参加工作的女伴们，也随着结婚和生儿育女，身材也由苗条而渐渐变得臃肿富态。

在我的印象中，H先生不爱串门，虽然我们彼此居住在一个机关大院内，H先生仿佛一次也没有到我家来过。最多就是上下班在单位大门口碰巧遇见，我主动招呼着他："小H，去上班啊？"

"嗯、嗯。"

H先生始终是面无表情，要么是点点头，要么是鼻孔里"嗯"一声。时间长了，H先生就给这个院子内的人留下了一个清高和骄傲的印象。

从 20 世纪 80 年代中期 H 先生结婚算起，我们同在一个院子生活了二十几年，我也由上下班招呼他小 H 到老 H，他始终就是那样对人显得不冷不热。一个人能够几十年如一日这样待人接物，我真有点打内心佩服 H 先生的执着。

那时，机关单位因为人口一年比一年增加，单位决定开办职工食堂。主要解决女职工们上班时间因为常常要去菜市场而中途溜号的问题。

机关单位的日子也无外乎是上班下班，买菜洗衣煮饭。

H 先生几乎从来不干这些家务活儿，他每天一下班总是将自己关在自己的小天地。买菜洗衣煮饭这些小事情也从来都是由他的漂亮妻子去做。

H 先生最大的爱好就是读书，业余还喜欢给州上的报纸和文学杂志投投稿件什么的。

我还清楚地记得 H 先生第一次来到单位院子时的情形，我是那年的五一结的婚。他则是那年的国庆节结的婚。都是从大学毕业不久的人，也没有什么像样的家具、行李什么的。H 先生比我还简单，结婚的那一天，就是拎着一只学生们常用的绿色箱子，还有就是背着一卷被盖来到了单位院子。

H 先生个子不高，身材不胖不瘦。一袭浓密的长发，穿着一条膝盖开了口子的牛仔裤，暗格衬衣，戴着宽边玳瑁眼镜，前额被他耷拉着的油黑发亮的几缕头发遮住了一半的眼睛，一副典型的文艺青年的范儿。我看到他走进院子内，因为天气较热的缘故，加之，顶着太阳走了不少的路，额际和发丛居然冒着热气，他放下箱子，捋了捋遮挡自己视线的那几缕长发，我这才发现原来 H 先生五官长得还是很清秀的。

单位看大门的老王头见状，非常夸张地冲单位看稀奇的人嚷着："让开，让开，太学生来了。"

老王头过去是部队上的司号兵，经过在地方上多年的厮混，已经早已脱胎换骨成了老油条。老王头虽说文化不高，但说话刁毒。他平时叫我以及 H 先生不是叫"大学生"，而是叫我们"太学生"。对于社会上的事，喜欢编个顺口溜什么的来编排。20 世纪八九十年代，小城电力不足，经常停电。特别是看世界杯足球赛时，看得正带劲儿，小城突然停电全城一片漆黑。老王头知道是小城水电站出了毛病。编排电力部门"水小带不转，水大皮带断，不小不大看不见"。

老王头爱贪小便宜，我因为喜欢交际，单位门卫制度严格，到了午夜十二点准时要锁大门。夏天还稍好，老王头还起床给开门，到了冬天，明明看到老王头门卫房子里电视还在忽明忽暗的，任我如何叫门，老王头就是不开门。

后来，我也多少搞明白。每次回来晚了，准备五毛钱，老王头一开门，就将五毛钱赶紧塞在老王头的手中，因此，以后不论我玩到多晚，老王头只要听是我叫门，他都会起床为我开门。我也知道，这也怪不得人家老王头。单位有门卫制度，老王头也没做错什么。

有一次，大概是 H 先生加班晚了，并且，还只是夜晚十一点五十分。H 先生见大门锁了，也在叫门，老王头仿佛聋子一般就是不理 H 先生，H 先生搞急了，就爆了粗口。

人就是这么奇怪，说你好话时，你总是听不见。而一旦别人骂你或者是说你坏话时，你总能听见或者是从不怀好意的人口中转述而听到。

听到 H 先生骂自己，老王头披衣出来："都说你们太学生是最讲道理的，明明是你不对嘛。"

偏偏 H 先生又是较真的一个人，他指了指腕上的手表："还不到十二点，你他妈的为啥关门？"

"最近小城治安不好，公安局要求十一点关门。"

老王头却没有爆粗口，他不紧不慢地从门卫室取出一张纸，H 先生看到是一张盖有公章的纸，本来就觉得自己理亏，但是，H 先生嘴上却是不服。"既然有通知，那你也应该在黑板上通知一下哇？"

H 先生指着门卫墙上的黑板，站在单位大铁门外边，越发显得生气，凌乱的头发竖立着，就像一只好斗的公鸡。

"我是十一点半锁的门，谁晓得你要回来那么晚？"

"我、我、我错了。"

"错了，现在才晓得错了，你们这些太学生。还动不动骂人，单位制度又不是我制订的，你晓得不，最近小偷猖狂得很，万一单位被偷了，算你的，还是算我的呀？"

老王头边说边将钥匙插入锁孔，并没有马上开锁，"同样是太学生，人家小吴每次回来晚了，总是那么讲礼貌，那么懂事，哪像你，书都读到屁眼里去了。"

H 先生知道，老王头不把自己数落个够，是不会开门的。索性，只好忍受着老王头的羞辱，硬着头皮站在单位大门外，只要老王头开门，一切都好说。

二

小城坐落在三面环山，一面临水的峡谷地带。

在没有建新区之前，小城尽管显得局促狭窄，但是因为人口少，所以，小城的日子还是过得不紧不慢、有模有样。

小城究竟有多小呢？

有好事者这样形容小城，"划根火柴可以走三圈"。那意思是划燃一根火柴到这根火柴还没有燃烧完毕，就已经在城内走了三遍了。

小城虽说小，但是作为高原边的一座县城，配置却是应有尽有。以小城十字街口为界，街口东是邮电局，隔着街道对面是新华书店，街口北是老商业局百货商店，商店对面是以小城名字命名的一家宾馆。从西山脚经十字街道叫小城政府街，紧挨着新华书店的是县委县政府招待所，招待所对面是粮食局，粮食局对面是县农业银行、县法院、县检察院、司法局、文体局和县城文化广场，紧挨着粮食局的是县建设银行和武装部大院。

隔着县农业银行就是县人民政府大楼，大楼背后是县委、县政府家属大院，斜对面是县委大楼，紧挨着是小城居民铺面，往铺面里边行走，就是小城著名的"好吃街"。

沿着"好吃街"口往西山是一个大斜坡，后山公路坎下是县人民医院。公路另一边是县汽车站和运输公司。城关二小、林业局职工医院和林业局办公大楼、林业局职工家属区和林业局子弟学校。

还是以十字街口为界，北边这一片称作"上街"，南边那一片叫"下街"。（分布着武警中队、看守所、县中学、林业局水运处。）

（供销社、外贸站、幼儿园、工商局、城关派出所，农贸市场、信用联社、保险公司、财政局、计划生育委员会、城关工委、老干所、总工会、青少年活动中心、气象站等等。）

总之，小城这些大大小小的机关单位与小城居民呈犬牙交错，类似抗战时期的"敌、伪、顽"与我八路军根据地分布的势态图一般。

渐渐地，小城的拥挤和拥塞到了难以承受的地步。

好在沿着小城的河，往北转弯的河滩地带，还有一两千亩的宽阔土地，面对着越来越多的车流和人口，小城决定在这片河滩地建新城区。

那时，我因为经常被别的单位借调，常年不在小城生活。所以，与H先生见面的时候也越加得少。

H先生因为经常发表一点豆腐块样的文章，小城的领导就认为H先生是个人才，是小城不可多得的"笔杆子"。

林彪说过，革命成功离不开"枪杆子"和"笔杆子"。所以，但凡想要有所建树的领导人，多少是重视笔杆子的作用，特别是在和平建设时期。

在我离开小城的日子，H先生终于时来运转了。新调到小城工作的领导人，慧眼识英雄，就叫组织部门用一纸调令把H先生给调到自己身边办公室工作，成为领导麾下的一名得力干将。

林元帅还说过，不说假话就办不成大事。

H先生是俗称"一根筋"的性格，作为领导的幕僚倒也还适合。是属于领导使用起来比较放心的那种性格，但因缺乏圆融和变通，也就是俗称的缺乏灵活性，所以，又使得领导不太放心使用。

要命的是H先生自己却不明白这个简单的道理。

领导觉得他是个人才。

在领导身边工作，别人因为出于对领导的某种需求心理，自然也会在平时生活工作的接触中对H先生显得格外客气。

总之，林林总总吧。H先生也渐渐自我感觉良好起来。但他因为不会说假话，或者说也不完全是要他说假话，而是把领导对某个人或者是某件事私下的看法与评价，换一种表述的能力欠缺，使得H先生又常常说错话，虽然并不一定是办错了事。然而，从H先生口中说出来东西，经过别人或者是更多的人转述，常常就会变了味儿。

他不知道在领导身边工作，除了自身素质，业务好、能力强外，最关键的还是嘴要紧，即不该说的一定要做到坚决不能说。这就是这位领导经常在批评身边工作人员时最爱说的："你这叫典型的不讲政治。"

小城虽然小，比起上面的大机关和大单位，自然在别人眼中也算不上个什么。

然而，"麻雀虽小，五脏俱全"。

小城官场历来就是错综而复杂。这种复杂在很大程度上是因为小城太小的缘故。同学关系、战友关系、上下级关系、同事关系、朋友关系、连襟关系、老表关系、叔伯关系、邻居关系等等一样不会少。

H先生他哪里就能搞明白呢。

领导之所以调他到身边工作，就是因为看中他还没有牵扯到这些错综而复杂的关系里。但是，这是领导心底的想法，也是永远不会说出来的想法。H先生如何就能够摸得到、猜得透呢？

从本质上来说，H先生依然是一介书生的本色。

他在未调到领导身边工作之前，是在一个相对封闭的单位工作。

H先生又不擅长社交，所以，平时在小城也没有什么真正的知心朋友。他一直信奉的就是凭本事吃饭的做人原则。如果H先生一直坚持这种原则，那么，他这一生虽说没有什么多大出息，但是，倒也会平平安安过得平淡的日子。

权利是把双刃剑。

三

县级机关每年都有驻村扶贫的任务。

H先生虽然是属于嘴笨人憨的主儿，但是小城主要领导还是对他给予了充分的信任。在小城官场信任是弥足珍贵的东西。H先生虽说天生缺乏圆滑，但是对于领导布置安排的工作从来不讲价钱，不打折扣。

驻村扶贫原本是整个机关的纳入目标考核的内容之一。分管领导心里知道，尽管在机关单位人人都能读懂扶贫文件上的意思，但是，真正落实到具体某个人头上却是一件并不轻松的事情，总之，机关单位许多人原本就是来自农村，通过接受高等教育和个人努力奋斗，身份就由过去的农民转变为城市居民，但是对于农村仿佛是一旦离开，就多少从情感的层面变得淡漠。特别是在小城所在的山区，所谓扶贫肯定不是公路沿线、交通相对发达的村庄，肯定是交通不便的偏远的高半山村。

夺村是本年度单位要驻村扶贫的对象。

夺村位于距离小城百里之外的高山上，因此，分管领导拿到全县扶贫计划任务分解表时，第一个想到的就是派H先生驻村扶贫。夺村相对其他需要扶贫的村庄不仅更加偏僻，而且又因为是处于高半山，况且，主要领导在动员会上一直号召县直机关要积极主动带头去最偏远最艰苦的村庄里去，真正与村民同吃同住同劳动，并且，将所在村如何发展，尽快脱贫致富因地制宜找到切实可行的办法。

分管领导召来 H 先生，态度非常和蔼地亲切地对他说："老 H 啊，对下夺村工作，有什么想法包括有什么困难，需要单位解决什么，都说出来。"

分管领导坐在宽大的办公桌后边转椅内，一般在派单位的人辛苦的差使时，领导的态度和说话的语气都会显得非常的亲切。

H 先生性格虽然说是属于"一根筋"，但是，H 先生又不是先天的痴、聋、呆、傻，就像小城当地有句俗语：驴吃的亏，只有驴子才知道。

"没什么想法。"

H 先生轻描淡写地答道，他知道自己不去不行。

"我就知道，你老 H 是个讲政治的人。"分管领导见 H 先生连一句牢骚都没有发，多少有点儿出乎意料，以往在 H 先生没有调来之前，安排类似工作时，别人不是强调客观，就是变相提要求，甚至常常顺便提出解决什么亲戚的工作调动问题。总之，没有不提出交易条件的。然而，H 先生虽然也有需要解决的具体问题，但他觉得在这种时候提出任何条件，多少有点儿要挟领导的意味。

分管领导见 H 先生的工作如此好做，顺手从抽屉里摸出一条好烟递给 H 先生："知道你烟瘾大，农村条件也苦，家里有什么具体困难，也可以提出来嘛。我知道，你是个笔杆子，驻村你也可以体验体验生活嘛，说不定，你能写出点小说什么的。"

临了分管领导顺手从桌子上拿起一张报纸，小心吩咐老 H 将这条香烟包好，主动伸出细皮嫩肉的手握住老 H 的手："那就这么定了，派你去夺村扶贫。"

下午下班回到家，H 先生在吃晚饭时给妻子说出单位要派他去驻村扶贫的事情，妻子立即脸色就显得很不好看。

H 先生知道这是妻子快发火的征兆，他多少有些嬉皮笑脸："老莫说只当是下去体验生活了，想一想，也是这个理哈儿。"

老莫是单位分管领导，他以前是夺村那个区的领导，知道夺村不通公路，去夺村需要骑马走路和爬山。

果然，妻子就因为心里一件事情不痛快，就冲 H 先生发火了："你说得轻巧，小芹明年就要高考了，还指望你好生辅导辅导呢。你能不能跟老莫说说，另外派一个人去？"

小芹是他们的女儿，快满十八岁了，正在读高二文科班。

"我都答应了，说话不算数，不好意思哩。"

"就你觉悟高，领导啥时候说话算数过？也就是你吧，给一点儿阳光就会灿烂，给根杆杆你就要爬上天。"

"你懂个啥？"

H先生听到妻子这样数落着自己，也有点生气。他内心的委屈只有他自己知道，又不能说出来，"你以为我不知道孩子要高考了吗，问题是，问题是……"因为涉及主要领导，H先生欲言又止，轻声叹息道，"唉，说穿了漏水呀。"

"问题是啥？"

妻子在阳台边收拾晒好的衣物，边不依不饶地安了心要跟他吵。

如果妻子稍微理解体贴，H先生因为愧疚也许会向分管他的老莫提出具体困难，实在不行，他还可以找主要领导出面。

H先生生怕别人误会，以为自己是主要领导调到机关来的人，别人就使唤指挥不动，但他又不能将这些话跟妻子说穿说透。

小城官场的小游戏和小把戏，是在H先生进去之后才渐渐领悟到的。他虽然嘴上不说，其实心里跟明镜儿似的。而且，他最讨厌的就是将单位的不愉快和鸡毛蒜皮拿回到家里来说，单位是单位，家里就是家里。对于这点，H先生分得很清楚。

男人嘛，思考的应当都是大事。

"你要实在是不好意思，明天上班，我去找黎书记。"

黎书记是小城主要领导，也是将他H先生调到县级机关的人。

H先生知道妻子也是属于说到做到的主儿，听到妻子说要去找黎书记，心里立即慌乱得不行。

"我说，你都四十出头的人了，懂点事，好不好嘛？"

"我咋就不懂事了嘛，你摸着良心说，这些年，我哪一样事没有支持你？你改行、换单位，哪一样事先跟我商量过？我都可以容忍原谅，但是，说到孩子教育问题，你要觉得我自私，我就自私了！"

妻子收完晾晒的衣物，回到沙发坐下，拿起遥控板调着自己喜欢看的电视台节目。

H先生一时语塞，他自觉收拾着桌上的碗筷，溜进厨房洗碗。他拧开自来水龙头，在架在水下的铁锅内倒了一些洗洁精，立刻泡泡就在水中像开放的花朵漾动着，他边洗着碗边想如何说服妻子让自己下村，最主要的是明天不要去找黎书记。

男人对付女人的办法肯定是比女人对付男人的办法多。

尽管他 H 先生不喜欢对付这个词，觉得对付这个词汇用在自己的妻子和亲人身上，总有点阴谋诡计的味道，对自己的亲人使用阴谋诡计让 H 先生觉得自己变了，变得有点儿陌生，有点儿自己快认不出自己了。

"给！"

洗完碗，H 先生回到客厅，从左边的屁股兜里摸出一千块钱，上交给妻子，这还是去年目标奖兑现单位用信封发给自己的私房钱。H 先生自从单位工资上卡后，一直将工资卡交给妻子保管，倒不是 H 先生是"妻管严"，而是 H 先生天生对数字不敏感。就像他偶尔去小城菜市场买菜，人家卖菜的农村妇女称好菜心算飞快，他还半天愣在摊边儿，算不出来是多少钱，人家说是几块钱，他就给人家几块钱。常常是回到家取出笔和纸一算，总是被人家多算几毛钱。而且，H 先生买菜从来不会还价，妻子有时问他菜价多少，他总是随口胡说。久而久之，妻子也不让他去买菜了，说几个工资被你这样用，早就喝西北风了。

因此，对于 H 先生自己认为琐碎的事，他就懒得去动脑筋。

男人嘛，就应当去考虑大事情。

H 先生平时除了抽烟，花销也不大。他不讲究吃，也不讲究穿。反正，香烟是必不可少的。再说，分管领导老莫又送了自己一条好烟，他就更不好意思回绝人家老莫。

果然，H 先生主动洗碗和上缴私房钱的实际行动，多少还是令妻子的脸色变得缓和下来。

女人嘛，有时男人主动哄一哄，还是通情达理的。再说，毕竟是多年的两口子，谁的性情如何，谁又不知道谁呀。

H 先生知道妻子最近想买一件秋天的时装，差不多也就是八九百块钱："你不是一直想买件风衣吗，正好，上交。"

"去。"妻子边收钱边嗔怒回敬了一句。

"你莫去找人家黎书记，人家那么忙，驻村扶贫你当哪个单位跑得脱呀，况且，这是人家老莫安排的，我又是才调到机关工作。不然，人家老莫会有想法，说我是黎书记调来的人，安排不动工作，这要是传出去，对我倒没有啥，对人家黎书记影响也不好。你说是吧？再说，我又不是下去就不回来，人家老莫说，单位每周要派车接的。"

听着H先生的解释，妻子的脸色渐渐变暖，但H先生心里不是个滋味儿。觉得单位上的事情，总是有着说不清道不白的纠缠，需要耐心地对妻子讲明。然而，如果单位上的每一件事情都需要给妻子讲明，又是多占时间和精力的事情！

况且，男人也并不是在任何时候任何时间任何地点都是有耐心的。

四

H先生是跟单位的小薇一起去夺村的。

小薇是单位的财会人员，老公在小城开了一家歌城。

在去夺村的路上，小薇先说着老莫安排她跟H先生去夺村主要是解决H先生的生活问题。老莫说，不能给村民增加任何负担，譬如棉被呀吃的用的等等生活必用品，让小薇先同H先生下去看看，回来就由小薇根据实际需要去采购，然后，由办公室派人送到夺村。

H先生在心里感叹老莫考虑的周到，要不，老莫四十岁不到，就干上了常务呢。说到底就是人家老莫比H先生会做人啊。

H先生和小薇高一脚低一脚地走在去夺村的羊肠小路上，他在心里莫名其妙地胡乱感叹着。

小薇却又说到老公的歌城最近不景气，主要是找不到好的歌手。

H先生知道小薇老公的歌城是小城生意最火的娱乐场所。经常会有驻场歌手来助兴，吸引得小城那帮拥有明星梦想的孩子们经常来消费。还有就是小薇两口子会做人，在小城人际关系也不错，单位的接待消费也大都安排到小薇的老公开的歌城里。

"不会吧，小薇，昨天我从你家歌城门口路过，看到停满了大车小车的，咋会生意清淡呢。喔——小薇，你是怕我跟你借钱吧。"

H先生自以为幽默。小薇三十出头，人长得蛮受看，她穿着一件薄型的羽绒服装，虽说是仲春，但在山里如果遇上阴天，也还是比较寒冷。

今天天气不错。

一大早儿，东山口就是一轮炽热的太阳。

单位派车将他俩送到夺村所在乡，因为夺村不通公路，单位司机小刘就跟小薇约好下午来乡政府接她。

春天的山村，正是农忙的时节。乡干部大都去了村里，所以，也抽不出人来陪 H 先生和小薇。但是，守在乡政府的工作人员说昨天就跟夺村的村干部打了电话，他们在村里忙，抽不开身下山，所以只好在村里等着 H 先生跟小薇的到来。

H 先生跟小薇走到半山，太阳已经升上了天空。望着山巅隐约可见的夺村，H 先生走得满头大汗，小薇也出了汗，她将羽绒服半脱下来将两只袖子系在苗条的腰间，大方露出半截穿着粉红毛衣的身子，起伏的胸脯勾勒着她丰满的线条。

隐约他俩就听见山上发芽的柳丛那边传来一个放牧少年的歌声。

这声音是完全没有经过任何训练，但却是非常动听的天籁之音。

"嘿，小薇，这真是瞌睡遇到了枕头。"听着小薇才说想找歌手，就凑巧听见了山野少年的歌声，H 先生学着本地人的口音，说着本地人经常爱说的一句俚语。

"咯咯，H 老师，是瞌睡遇到枕头。"小薇被 H 先生夹生的话给逗乐了，她显得非常认真地用纯正的本地方言纠正着 H 先生的发音。

瞌睡遇到了枕头，看用在什么语境里。譬如在星期天小城茶楼，大家玩着"斗地主"，遇到"地主"出牌时说，"三个3带一。"下家正好有三个4，一定会说，"瞌睡遇到枕头，三个4带一"。要不，还有一种表述方式，就是爆粗口，"老鹰日麻雀，三个4带一。"瞌睡遇到了枕头这句话含有恰巧、运气的意思。

放牧少年的歌声令 H 先生和小薇顿时来了精神，他俩不由得加快了脚步，听着歌声寻找着山上的唱歌少年。

在距夺村不到一里路的一处山地平台里，H 先生一眼就看到一位年约十五六岁的少年，穿着一件几乎是看不出原色的大棉衣，将自己正在发育的身体包裹在僵硬的经年棉花里，宽大的棉衣几乎齐在他的膝盖部位，手持牧鞭，坐在一片倒伏的破栅栏旁边的草丛，忘我地正在唱着当地山歌。

"哎，你过来。"

H 先生冲那个唱歌的少年打招呼，那少年突然看见从半山的柳丛冒出两个陌生人，立即停止了歌唱，显得有些紧张和局促地瞟着 H 先生和小薇。

"你叫啥子名字？"

小薇走到了那少年的身边，用温和的语气问着他。

"赖。"那少年生着天然卷曲的黑发，浑身散发着春天阳光烘烤下所特有的青草和泥土相混杂的气息。

"你抬起头说话，不要含羞嘛。"小薇想伸手抚摸一下他的脑袋，却被一直低着脑袋的这个少年倔强地躲避开。

"你叫什么名字？"

"赖。"

那少年仍然不肯抬起头，H先生挨着他坐下："你能声音大点儿吗？"

"赖！"

H先生也跟着叫出来："赖，哪个赖？"

"赖皮的赖。"那个少年声音渐大，他为自己的名字的说法，惹得H先生跟小薇哈哈大笑起来："赖皮的赖，嗯，至少这个名字很好记。"

小薇抚摸着这个叫赖的少年的脖子，感觉手里立即就沾上一层油腻状的什么，赖显得非常反感地倔强扭动着脑袋："咯咯，你真是个小赖皮呀，从来就不洗澡吧。"

在赖打量这两个陌生人的瞬间，H先生发现这个大山深处的孩子长得还蛮清秀的。天然的卷曲的头发，一件不知道几代人穿过的棉大衣，纽扣几乎全部脱落，这孩子在腰间胡乱用麻绳捆着，透过敞开的衣领，H先生发现这孩子里边居然是赤裸着！

在大衣的左胸口位置，还印着半圆形的先进生产工作者的模糊小字，尽管也看不出是什么色，油漆也早剥落，但是在隐隐约约H先生还是猜出了这件大衣的来历。

夺村在20世纪五六十年代是一家国有森工局林场的所在地。在90年代下叶，退耕还林工程实施，森工部门早就撤出了大山。在进山之前，H先生查了一些跟夺村相关的资料，发现夺村其实在80年代后期，就已经停止了采伐。过去，林场红火的时候，夺村的村民除了上山挖药狩猎和在贫瘠的高半山河谷地带坡地种植点玉米、土豆所获得的收入外，就是依靠森工企业打点小工有些额外的收入。

现在森工撤出十来年的光景，这些高半山的村民因为收入渠道减少，反而经济收入下降！

显然，小薇也看到这孩子仅是光着身子穿着一件宽大的棉衣，女人的恻隐之心，令小薇有点心疼这个生得眉清目秀的大山深处的孩子："小赖皮，跟阿姨去城里唱歌，好不好啊？"

"你在上学吗？"

H先生眼睛也有点潮湿，他觉得既然是来扶贫，就应当遇到什么，在力所能及的前提下，就应当解决什么。

"没有上学。"H先生这才真正听清楚这少年说话有些瓮声瓮气的。但他一时也没想明白，这少年说话声音含混，唱歌却是那么流畅。

听到漂亮的小薇阿姨说要带自己去城里，少年眼睛流露出那种非常干净的渴望与向往。源自内心的喜悦，令他脸上的表情也渐渐变得生动和丰富起来，这孩子笑了。

露出一排整齐而洁白的牙，H先生和小薇开始打心眼里喜欢上了这个叫赖的少年。

五

H先生在随身携带的小本子上记下赖的情况后，跟小薇商量如何帮助赖。小薇说要在下午下山时将赖带回小城，就在她家的歌城里学习唱歌，由她私人负责给赖发工资。

H先生也觉得这是一个不错的选择。

太阳当顶的时候，H先生和小薇终于抵达了夺村。

村干部们早就站在村口的大岩石上，盯着H先生和小薇沿着曲曲折折的山间小道，朝夺村走来。

"呀，让你们走那么远的山路。心里真是过意不去。"

村支书是一个五十出头的男人，说着本地口音跟南腔北调混杂的话。一看就是部队待过的人。他穿一件洗得泛白的旧军装，伸出一双有力而粗糙的大手，在与H先生握手时仿佛有意使了一下劲，以显示自己宝刀不老。

在临下夺村前，黎书记特意将H先生叫到自己的办公室交代，现在农村想发展，其中一个关键就是要选好村里的带头人。H先生非常同意书记的观点，特别是在小城农村，村党支部书记普遍存在年龄老化的问题。黎书记在下村调研时非常敏锐地发现了这个问题，因此，他将最偏远的夺村作为驻村扶贫的联系单位，事先他跟老莫通了气商量，一定选派一名作风踏实的机关干部到夺村去。所以，选来选去，他们几乎同时就想到了派H先生去驻夺村。当然，其中的缘由，H先生并不知道。

进了夺村书记家，大家围着村书记家的火塘坐下，一名姓曾的副乡长开始介绍。他先指着 H 先生热情洋溢地说：“这是县里派来驻村扶贫的老 H，也是县上黎书记亲自选调的笔杆子，这是政府办的小薇，大家欢迎！”

随着曾副乡长的话音落下，夺村的村干部和前来村书记家帮忙的农村妇女停下手中的活儿、包括几个孩子和站在村书记门口笑吟吟望着 H 先生和小薇的老大爷、老奶奶们“噼里啪啦”拍着稀疏的巴掌。

介绍完县上派来的人后，曾副乡长又指刚才在村口暗中使劲跟 H 先生握手的老男人说，“这是夺村的书记，叫顿珠，七六年在新疆当过铁道兵。这是村委木主任，妇女干部阿霞，团支部书记东周，哦，他们是姐弟俩……”

顿珠书记的老婆和儿媳妇一直在灶前忙碌着，不时往 H 先生和小薇碗里添着马茶，H 先生坐在火塘边，用一双筷子不停地搅拌着碗内的酥油和糌粑，翻动起碗底的奶渣，火塘内架着劈柴，火焰的上方是类似天井一样的出口，燃烧的烟雾随着房顶刮过的山风上升至出口，被一阵仲春的野风吸扯，然后飘散在天空和夺村背后的森林密处。

在火焰燃烧的上空，一根被熏黑的铁丝从房梁垂吊下来，端头一只类似鹿角状的柴钩上悬挂着一只同样被烟熏火燎的茶壶，壶内盛满着夺村背后的山泉水，正在沸腾发出呼呼的声响，室外虽然春寒料峭，但室内却温暖燥热。小薇边喝着奶茶，边索性完全脱掉那件薄型的羽绒服装，露出贴身的粉色羊毛衣。

“H 老师，我们乡上跟村上的干部商量，你就住在顿珠书记家，你看，行不行？”

“行。这样也好，便于我跟顿珠书记商量村上的工作。对了，在上山的时候，我们认识了一个叫赖的孩子，他家情况究竟如何？”

H 先生问着曾副乡长。

“唉，说来真是可怜，赖在十岁时，阿妈就病逝了。他阿爸原是 124 林场的工人，一直就是光棍，快四十岁才跟赖的阿妈结婚，几年前上山偷砍木头，腰受了伤，整天只能睡在床上，真造孽哟。赖还有两个妹妹，一个在乡政府中心校上小学，还一个、哎，木主任，还有一个今天没在。”

“小赖皮的歌唱得真好。”

一直在喝茶的小薇，放下茶碗，由衷地夸奖道。

“哦呀，这个娃娃就是喜欢唱歌，说到唱歌，他饭都可以不吃，命都可以不要，硬是这个样子嘛。"当过民兵连长的村委会老干部俄莫泽里听到小薇夸奖赖，也禁不住跟着帮着说起赖的好话，听到小薇叫赖小赖皮，几个村干部和正在擀面皮的妇女都咯咯笑起来。

顿珠书记家到了春天，日子也不好过。中午饭是快到下午二点才吃的。大家就着清水煮的大锅土豆，稀里哗啦吃着清汤寡水的面块儿，想到H先生要这里待上将近半年的时间，小薇悄声对H先生说："H老师，你要受苦喽，这样，我下山后多买些方便面和罐头吧。叫小刘明天就给你送过来。"

H先生明白这已是夺村条件最好的人家，在仲春能够提供的最好的食物了。

吃了中午饭差不多也是下午三点了，曾副乡长吩咐村团支部书记东周牵来了两匹马，叫东周负责安全地将小薇护送到乡政府，在临离开夺村前，小薇执意要带走赖。又不放心赖走了以后，谁来照顾他的父亲和放牧的几十只山羊。

"这是好事嘛。难为小薇干部这片心意。"

俄莫泽里撩起衣袖口拭着眼角，他叫过早早等在村口的赖，用当地语言激动地说着什么。小薇骑上马，对H先生和村里人说："放心，我带他到县城，保证饿不到、冻不到他，我还要给他买新衣服，请人教他好好唱歌。"

H先生知道如果不带赖去县城，小薇会难过一辈子的。但是，带这个从生下来到现在只去过县城三次的大山深处的少年去灯红酒绿的地方，对于他究竟是好事，还是坏事H先生开始有些担心起来了。

"小赖皮，跟大家说再见。"

小薇显然有点按捺不住，坐在一匹高大的白马背上，叫着跟东周一起共乘一匹枣红马的赖开始学习文明礼貌了。

六

H先生睡在顿珠家类似厢房的屋内，翻来覆去睡不着。H先生平时不喝酒，酒量也不大，但架不住跟他同住夺村的曾副乡长的热情和村干部眼中的热望，还是喝了不少的青稞酒。H先生听着这群可以说能够决定夺村将来命运的人，说着议论着夺村将来的发展。并没有过多地参言。

H 先生清楚，尽管县上派自己到夺村来驻村扶贫，但是既没有赋予他任何职务权利，更没有给他乡、村干部们最为关心的钱、财、物等等重大事项的决定权。

在小城尽管像夺村这样的高半山村不在少数，但是，像夺村这样情况的村庄却是非常特殊。

夺村不大，共有 76 户，328 人。

人平均拥有土地面积不到一亩。而且，许多坡地因为退耕还林，实际上已经不再出产任何农作物。为保护生态，政府早在几年前就严令禁止村民上山乱挖野药，更不用说乱捕滥猎了。然而，村民长期以来信奉"靠山吃山，靠水吃水"的传统，一直在村民心中根深蒂固。

夺村又不通公路，山里出产的一些农副产品，譬如牛羊等因为品种问题，又存在出栏周期长、草牲畜载量比例失调等突出矛盾，并且，当地村民将牛、羊实际拥有量多少视为财富多少的象征，也就是，在他们脑海间还没有形成商品和商品交换的概念。

唯一的出路只有移民搬迁。

听到自己内心产生这种想法时，H 先生自己把自己给吓了一大跳！

移民搬迁谈何容易，首先是需要找到一块能够安置夺村整个村民的那么一大片土地。并且，在规划移民搬迁的同时，还要考虑到将来生产方式改变之后，村民们能否尽快融入新的环境和能否掌握新的增收致富门路所必需的技能和方法。

旅游。

这是乡、村两级干部们议论最多，也是最为醉心的事情。按照他们美好而浪漫的想法，如果农村旅游发展了，那么，夺村未来肯定是一片灿烂光明。

H 先生觉得他们说的想法美好而浪漫，就在于夺村附近既没有成熟的风景名胜区可依附，更没有外来投资者在这里兴办能够带动村民致富的什么产业。

况且，眼下夺村连公路都不通，村民有个头疼脑热，还得走上几十公里的山路，到乡卫生院找医生。

大家的展望令人既激动而又充满着美好的幻想，然而，回到严峻甚至是严酷的现实，大家的"等、靠、要"的思想又占据了上风。

H 先生在大家酒喝得差不多时，只是冷静地向曾副乡长和顿珠书记、木主任提议："要不，明天分头找一找村民吧，听一听老百姓的意见和想法，大家觉得如何？"

酒劲上来，加上今天又走了不少的山路，H先生的倦意最终战胜了从相对优越的城里环境到陌生加不熟悉的农村环境所产生的严重不适应，他盯着从塌板房间隙稀漏下来的星光，仿佛在幽灵般深蓝的天空，正在降临着不论是跟他的身份职务，还是知识结构储备都极其不相称的一种使命感，像一张无形而巨大的棉被将他覆盖，将他带入深沉的睡眠。

他在想，现在要是在城里拥着老婆丰满而绵软的身子，该是多么幸福啊！

天刚亮，顿珠家院子外矗立的针叶松树上的红嘴鸟儿用最清脆的鸣叫将他从睡梦中惊醒，睁开眼睛，透过木板房子的缝隙，H先生看到大片的白色雾霭正在快速地从密林漫涌，清新的空气中居然还夹着松菌的味道。

顿珠家的女人们早就起了床，开始在厨房内乒乒乓乓准备着。H先生虽然还想睡，还想在这寂静的环境里开始思想的漫游与漂泊，但是，想到这是第一次在偏远山村住宿在村民家中，一种不好意思的心态驱使着他迅速地起床、穿衣。

他一只手举着牙刷，一只手拽着透明塑料的漱口杯来到厨房，揭开盛满清澈泉水的大铜缸，用专用的铜瓢舀了水倒入自己的漱口杯里。

"你们早啊。"

H先生主动而大方地与顿珠家的女人们打招呼。

"起这么早呀，多睡会儿吧。"

顿珠的老婆是位体态轻盈的女人，尽管岁月无情地剥夺走了她年轻时的美丽，但是她汉话却说得非常流利。

H先生站在顿珠家院子的台阶上，漱口刷牙，想着昨天仿佛听曾副乡长提及过一位患大骨节病的孤寡老奶奶，他决定早饭后就去看望一下。

村妇女干部阿霞是个身材苗条的年轻女人，常常话未出口，脸腮就飞上两朵好看的红晕。她结婚快三年了，但是一直没有生育。她的丈夫一气之下，就去了草原，跟自己的舅舅阿古学习做虫草生意。

按照昨天的约定，阿霞非常守时地来到了顿珠家，由于语言不通，H先生需要一名帮手兼通司。阿霞由于没有孩子，时间也相对还宽裕，弟弟东周还没有结婚，姐弟俩住在一个院子里。像青藏高原东南边缘农村高半山的所有村子一样，夺村的村民建筑大都是依据当地出产的建筑材料来决定修建的式样与风格。

因为过去这里森林丰富，建筑材料选取的就是木料，大都是三层穿斗结构，个别的家也有建筑四层的。底层一般用作牲口的圈棚，二层主要是村民的居所，三层主要是堆放杂物和过冬的草料。

但在夺村像顿珠这样地位的家庭却是修建平房，木楼则是大堂左侧的三层建筑，大堂的功能还兼做着做客厅和经堂的功能，正对大门的木墙壁巧妙地镶嵌许多类似壁柜的木格子，正中最大的木格子内供奉着一尊菩萨的坐像，平时都是用红绸和杏黄色的绸子遮挡着，左右的木格子内却是放在大小不一的铜盆，女主人隔些时日就要仔细拭着这些整齐码放在木格子内的铜盆，使其经常保持闪闪发亮的光芒。

H先生知道村民都有着属于他们的宗教信仰，这为后来的搬迁工作带来了不小的麻烦。

通司就是翻译的意思。

H先生跟村里的年轻人交流思想没有问题，因为村里的年轻人现在大都能够说一口流利的汉话，但是上年纪的老人就不方便交流和沟通。

老奶奶的名字H先生一直没有打听清楚，在头一天送走小薇之后，H先生走在去顿珠家狭长的甬道内，两边都是修整得非常整齐的栅栏，栅栏内胡豆花和土豆苗正在发芽生长开放。

老奶奶拄着磨光的手杖佝偻着身子站在甬道内，冲H先生竖着大拇指不停说着什么，H先生一句也听不懂，跟老奶奶一样显得十分的焦急。再没有比语言不通更痛苦的事情了。

老奶奶衣衫破烂，经打听她已经82岁了。

H先生望着头顶堆满白雪似的银发的老奶奶，知道她饱受大骨节病的折磨。所以，夜里睡在床上，始终无法忘怀白天看见的老奶奶的形象。

简单地吃了早饭，阿霞就带着H先生朝老奶奶家走去。

从村民们的眼神里，H先生知道自己的到来，给这个沉寂的高半山村庄带来了莫名的喜悦和希望。

"阿霞，你觉得是搬迁好，还是不搬迁好？"

H先生冲着走他前面阿霞的背影问道。

"咯咯"，阿霞回过头，脸上又飞上两朵好看的红晕。"我说不上来。"

"如果，阿霞，我是说如果政府把你们搬迁到公路边上，你觉得有没有好处呢？"

"当然有哇。"

"都有啥好处呢？"

"好处多了，再不用背水了，有个病呀痛呀，去医院方便，还有，还有，反正好处多多。"

"还有孩子们上学近了。"

"就是，就是。"

"还有，上县城不用走路了，搭个车就去了。"

说话之间，阿霞就领着县上来的 H 先生来到了老奶奶的家，老奶奶坐在早晨的阳光里，仿佛知道 H 先生要来探望自己一样。她眯着眼睛，咧嘴笑着，满口无牙，像一个婴儿般纯粹而可爱。

"阿依。"

阿依是祖母的意思，阿霞亲热地叫着老奶奶。用当地语大声地冲老奶奶边比画边说着。

老奶奶说话吐字虽说已经不太清楚，但意思还是传递给了阿霞，又由阿霞翻译给了 H 先生。

"老奶奶说，她非常开心。因为她快五十年没有上过县城了。"

五十年？

那还是老奶奶三十多岁的时候，H 先生内心被阿霞这句话强烈地震到了！

"那您老人家还想不想去县城啊？"

"想，想啊。"虽然阿霞几乎是同步在翻译，但 H 先生也仿佛听明白了老奶奶的话。H 先生突然闭上了眼睛，脑海立即浮现五十年前，还是身材苗条的老奶奶骑着马，走在崎岖的山间小路上，也许是自己的男人打到了一只青羊，卖给了当时的林场吧。她有了一些钱，要去遥远的县城采购盐巴、马茶，还想扯上几尺好看的花布吧。

想啊，想啊。像一枚钢针直接扎进了 H 先生的心房，他感觉一阵钻心的疼痛。区区百里的县城已在老奶奶的心中成为最美的遥远的往事。H 先生心想，如果不是到夺村来工作，做梦也不会想到还居然有五十年没有到过县城的人！

一个给人慈祥和温暖的大山深处的女人！

想啊，想啊。是老奶奶对于年轻和逝去时光的念想，老天爷呀，50 年的时光就这样被她一天天像熬粥一样熬着，那是需要多少公斤的粮食，需要她每天去村后山岩下的泉眼背多少桶水呀，需要她面对着火塘不停地添加着多少根劈柴呀！

老天爷呀，老天爷呀。

H先生在内心深处喃喃自语着。

"阿依，等你们搬下了山，我带你去县城，好不好啊？"

"好，好。"

临近中午，曾副乡长带着驾驶员小刘背着大包小包来到了村里。并且，县电视台的记者扛着摄像机也来了。

山中一日，山下巨变。

从电视台记者嘴中，H先生得知政府将要开始大规模的移民搬迁工程，昨天下午，也就是H先生进驻夺村的第一天，小城隆重地召开了动员会议，传达省里关于"老、少、边、穷"地区扶贫工作会议精神，省里出台了新的政策，并且专门组织了资金，对于像夺村这样的高半山村实施移民搬迁工程。

电视台记者专门上山来采访村民村干部和乡干部，老莫还专门交代一定要记者采访采访H先生。

听完曾副乡长的汇报，H先生脑袋摇晃得跟拨浪鼓一般："使不得，使不得，我又没做什么，采访我，莫开玩笑喔。"

曾副乡长也笑着说："我哪敢就假传圣旨呢，过几天黎书记还要亲自带领相关部门到夺村来现场办公。"

所以，当记者开始采访H先生时，他并没有说搬迁的重大意义和必要性，而是充满感情地对着摄像机镜头讲了少年赖和老奶奶的故事。

县电视台为配合移民搬迁宣传，台长在看完记者对H先生的现场采访破例没有剪辑H先生的任何镜头，在当晚小城新闻节目中播出了。

黎书记看完小城新闻亲自打电话给电视台长，要求他尽快将这条有价值的新闻送到地区和省里的电视台播出。

很快，地区和省电视台也播出了这条新闻。

老奶奶的故事和少年赖的故事深深地打动了广大观众。

他们在纷纷通过捐钱捐物等方式表达对夺村普通村民生活境况的关注的同时，也记住了讲述故事的H先生。

一时间H先生不仅成了小城的名人，还有不少观众通过电视台在打听H先生的联系方式，省城一些志愿者提出要到夺村参加扶贫工作。

然而，夺村的电机机只能通过卫星差转收到一套节目。就是通过村民称之为的"锅盖"。H先生爱看意甲转播，顿珠却爱看电视剧。村里唯一那部接收机就安置在顿珠家，村民想看什么节目完全要依着顿珠书记的兴趣。

　　在后来的那些日子，H先生跟顿珠书记的观念冲突越来越大。

　　因此，H先生在山上的夺村并不知道自己的光辉形象通过现代传媒方式，已经让自己成了名人。他在第二天晚上，大家围坐在顿珠书记家的火塘边"斗情况"时，这才知道村里对于是否搬迁形成了两派，一派是以书记为首的上了五十岁的老人，他们不同意至少是不情愿搬迁。另一派是以东周为代表的年轻人，他们为搬迁的英明决策欢呼。

　　"那不同意搬迁的理由是什么？"

　　H先生取出顿珠书记戏称的"小本本"，准备认真记着大家反映上来的意见。

　　"老人觉得，山上虽然条件不好，但是祖祖辈辈都是生活在这里，形成了习惯了。"

　　"还有呢？"

　　"还有，村里老人也承认，如果搬迁了，有个病呀痛呀，去医院方便，孩子们上学也方便，但是，寺院却搬不走，以后烧个香拜个佛什么的却不方便，还有村后坟地里埋葬着先人们，逢年过节烧个纸呀什么的也不方便。"

　　"还有什么？"

　　"也有些年轻的说，如果搬迁了，放个羊、牛呀什么的，也不方便。虽说这些牛呀羊呀可以圈养，但是，不安全。"

　　"有什么不安全的？"

　　"这些年轻人觉得，什么疯牛病呀都是圈养造成的、用化学饲料的恶果，哪像在山上放牛放羊，吃的都是绿色食品，牛呀羊呀肉吃起来格外香。"

　　"顿珠书记，你是啥意见？"

　　H先生看到顿珠书记不停地喝着啤酒，他是想尽快将自己给灌醉了，他知道如果自己喝醉了，说什么也是可以原谅的。

　　"你们，你们先说，我、我听。"

　　顿珠书记在耍滑头，大家心知肚明。他知道县上和乡上已经在考虑选拔一些年轻的有头脑的人担任农村支部书记和村委会主任，不然，要发展困难一定不小。所以，顿珠书记心里对于扶贫驻村渐渐开始有点不舒服。

他不喜欢 H 先生的到来，他满以为 H 先生的到来，会给夺村带来源源不断的资金和物资，像过去搞的扶贫一样，这些资金和物资分配一定要听他的想法和意见。

他万万没有想到，这次驻村扶贫不仅没有资金和物资，而且连老祖宗留下的整个村庄都保不住了。

面临着即将消失的夺村，顿珠书记感慨万千。他不想夺村在自己的手上消失，他的内心真实的想法是不想承担突然让世代人包括埋葬在土下的和现在生存生活的人，就此离开故土的"罪名"。虽然他不一定明白如果搬迁也将意味着曾经熟悉到血液里骨子里的生产生活方式及其内容将会被彻底改变，或许面临着来自物质和精神的双重裂变，他在情感的深处始终无法接受即将到来的现实！

H 先生又失眠了。

他睡在顿珠家的木板床上，从最简单的加减法想起。如果不搬迁，村民的生活节奏和生活方式生活内容将在很长的时间内不会发生什么改变，如果整个村庄搬迁，就将意味着在两三年短暂的时间内全体村民将会去一片陌生的土地上生活，尽管在行政管辖上并没有什么区别。然而，在情感和文化心理上必然会对全体村民的精神世界带给前所未有的冲击。

七

经过半年的准备，夺村移民搬迁工程终于启动。

到了秋天，老奶奶在睡梦中安详地离开了人世。

H 先生的承诺到底未能兑现。

但他好在第一次从夺村回小城时特意为老奶奶拍摄了许多彩色照片，指着原来供销社的遗址，对老奶奶说："阿依，您还记得这个地方吗？"

老奶奶竭力试图想回忆着什么，仿佛脑海中的图像给她的也完全是一片陌生，她努力想了好久，冲 H 先生笑着，摇摇头，又陷入她对于遥远的那个县城的美好回忆。

在夏天省城一所大学的志愿者何琳琳看到 H 先生相关报道后，几经辗转主动来到了小城，来到了夺村。何琳琳起初不相信H先生所讲的老奶奶五十年没到过县城的故事，但当她来到夺村看见了老奶奶的时候，她才相信这个故事是真实的。

她索性也在夺村住了下来，天天陪着老奶奶，主动给老奶奶洗衣煮饭，拍摄着老奶奶的照片发在博客上，引来了无数的粉丝跟帖。

在老奶奶离逝的前几天，H先生陪黎书记专程看望了老奶奶，并从县城给她带来了奶粉等营养品，陪同的阿霞继续担任着通司的角色。

H先生还专程站在小城最高的山丰寺拍摄了一张县城的全景照片，钉在老奶奶床边的木板墙壁里："阿依呀，你不是想县城么，这样，您老人家每天睁开眼睛，天天都能看到县城了。"

老奶奶惊奇地看着县城的照片，脸上的表情突然像少女般害羞起来，她指着县城的街道，脑海突然划过一道闪电一般仿佛记起了最能触动她很深很深的某个场景一般，一层淡淡的红晕如同两朵世间最迷人的花瓣盛开在老奶奶满是皱纹的小脸上，看见老奶奶羞涩的模样，何琳琳边抓拍照片边感动着嘤嘤地哭起来。

"太美了，太美了。我要是过了八十岁，还有这么迷人而生动的表情，这辈子才算没白活。"

"咯咯。"阿霞却笑了，她觉得城里来的人净说些类似让人哭笑不得的疯话。

顿珠书记决定为老奶奶举行一个隆重的葬礼！

他知道或许这是夺村最后一个依着传统方式而举行的葬礼了。因为小城随着有限土地资源的开发和保护，正在修建一所火葬场。

老奶奶没儿没女，所有夺村的年轻一辈都是她的儿女。H先生尽管非常悲伤，他还尊重顿珠书记的决定，并且，把自己看成是老奶奶的孙子，日夜为老奶奶守灵。

志愿者何琳琳也把自己看成是老奶奶的孙女，她按照汉族习俗为老奶奶披麻戴孝。在这样一个特殊的日子，所有的人也变得宽容。

夺村的人也没有计较何琳琳的方式，顿珠觉得一个外来的大城市的女孩子能够为村里的老奶奶尽尽孝心，多少内心有些宽慰。他悄悄托人请来了经师为老奶奶念经祈福，祝愿老奶奶的灵魂早日飞向天堂。

三天之后，H先生拖着疲惫的身子，跟着村里送葬队伍将老奶奶的灵柩送上了山。经师为老奶奶特意选择了一个风水好的高处，说是让老奶奶的灵魂保佑着这片山水保佑着夺村的村民。

何琳琳在村里的人送走老奶奶之后，特意向H先生要求将那幅县城全景大彩照送给她，H先生想一想，最终答应了何琳琳。

何琳琳向H先生承诺，三年后她还会来到这里，来看望老奶奶，并请H先生在清明节替她向老奶奶多烧一些纸钱。H先生又想一想，还是答应了何琳琳。

八

少年赖被小薇带到了县城，小薇也按照对夺村乡亲们的承诺，当天就让少年赖彻彻底底洗了个澡，换上小薇为少年赖购买的新衣服。

洗完澡，小薇让少年赖自己站在歌城的大镜子前照照自己，镜子中就突然出现了一个连赖都不认识的另一个少年赖。穿着一身合体的蓝色"阿迪达斯"，尽管是赝品，但这也足够让镜子前和镜子中两个少年赖欣喜不已。

"小赖皮，臭美够了没有？"

两个少年赖同时转身，冲着他小薇阿姨傻笑着。

小薇阿姨亲昵地抚摸了一把少年赖的脸，立即两个少年赖又同时显现出H先生和小薇在山坡里早已熟悉的倔强，少年赖扭过脑袋，他不喜欢被这个城里的阿婕抚摸自己。

下午，小薇将少年赖带到歌城舞池中间的小台子上，顺手递给少年赖一只麦克风，让他试唱一下，少年赖握着闪着小绿灯的麦克风却紧张得怎么也无法开口。

"小子，说你嗓子好，怎么啦，不敢唱啊。"

小薇的老公坐在软软的红色沙发里，手中也握着一只开着的麦克风，突然传来的音响声，把少年赖给吓了一大跳，他的目光渐渐适应歌城的幽暗，看到坐在沙发内一个肥头大耳的长得像村里的大肥猪一样的家伙，少年赖也突然咯咯笑了。笑声通过歌城高档音响，在空荡荡的空间里回响，少年赖第一次听到了自己的声音。

"我、我叫、叫赖，赖、赖皮的、的赖。"少年赖模仿着电视上的人说话的腔调，因为发音咬字不准确，就显得非常奇怪，逗得台下沙发里的老板哈哈大笑起来。

"我叫赖，赖皮的赖。"

台下的长得像猪一样肥壮的男人学着少年赖说话，使得少年赖心里非常恼火，他用一种仇恨的目光瞪着台下的这个他叫作老板的男人。

少年赖最终没能上舞台正式演唱一首。虽然他在内心非常渴望自己像电视中的歌星一样大大方方地唱一首自己的歌。

小薇跟老公商量，先让少年赖在自己的歌城做个保安。

山里的男孩子对于制服有着类似崇拜的情结。因为从小到大少年赖每次看见穿着制服的人骑着三轮摩托车来到林场（后来是开着闪着警灯的小车）来到夺村抓人，心里总是充满着好奇与幻想，制服成了少年赖心底一种欲望象征。他幻想如果有一天，自己也能够穿上制服那该是一件多么令人提气的事情。

现在当少年赖眼前放着一套崭新的保安制服时，他几乎忘记了自己来到县城是做什么的。趁着小薇阿姨和像肥猪一样的老板不注意的机会，少年赖换上有些肥大的制服，又跑到歌城那面大镜子前，镜子内外又同时出现了两个英俊少年。

"几度风雨，风度春秋——"

穿制服对着镜子，少年赖终于可以开口唱出来了。他像回到了山上的夺村，面对着自己放牧的山羊，放开喉咙吼叫着发泄着。

歌声引来了老板，他又将闪着绿光的麦克风递给少年赖，鼓励道，"小子，就这么大胆唱。"

然而，面对着老板和麦克风少年赖像泄了气的气球又渐渐蔫了下去。

"小子，你想成为真正的歌手，怯场如何要得啊？"

少年赖虽然不太明白老板所说的怯场是什么意思，但在他心里明白这一定不是什么好话。他见吧台上放着一半瓶啤酒负气地一把抓过"咕咕"喝下去，喝得脖子上、衣领上都是溢出的酒泡泡。

"小子，喝了酒胆大，这脾气像我。"

老板吩咐吧台内的服务生又起开两瓶啤酒："来，统统米西。"

老板做了一个非常夸张的喝酒动作，少年赖也真不含糊，又举起啤酒瓶"咕咕"喝了个精光。

酒精使得少年赖的脸通红，像一个猴子的屁股。

他拿起麦克风感觉是回到了夺村的山野，"哎——妹妹你大胆地往前走哇，往前走，莫呀回头——"

幻觉中他仿佛看见了小薇阿姨那张好看的脸，正在冲着他笑着叫道："小赖皮，小赖皮。"

这酒跟少年赖平时喝过的在村里格洛家小卖部买的啤酒不一样。

事后，小薇的老公一直后悔自己的粗心大意，他是将加了药的啤酒错拿给少年赖了！

此后，趁着小薇阿姨和老板不注意，少年赖又从吧台内偷了不少这类酒，等到少年赖产生药物依赖了他们才发现。

H 先生听说少年赖涉毒的事情，后悔不已。

他后悔自己当初真不该同意小薇将少年赖带下山。

2013 年 5 月至 6 月

仰望天空

——谨以此作献给抗日战争胜利七十周年

1941 年 6 月 13 日中午，一架日军 C6N1 "彩云"舰载侦察机飞临了松州的上空。

那一天，松州高原晴空万里，阳光照耀着茫茫的泽国水草地。成群的牦牛在广袤的草原上悠闲地食草。黑色白色的帐篷散落在像老虎背一样优美起伏的山岗、溪边、高原柳丛畔。这架飞机从汉口的机场起飞，沿着长江逆流而上，飞行员望着机舱下面蜿蜒流淌的长江，几乎可以不用参考飞行航图，以长江作为地标，一路加速飞行。C6N1 "彩云"舰载侦察机的高空高速性能给了大日本海军年轻的飞行员们足够的自信，作为航空大国，他们生产的飞机性能一流，不输于当时任何西方发达国家的飞机。飞机起飞不久，就遇上积云，飞行员熟练地操控飞机，钻过厚厚的云层，直扑一个叫漳腊的上空。

"看哪，真是一片广阔的草原哪。"

望着飞机下方展开的大地，飞行员通过送话器，跟坐在后舱的观测员兴奋地交流着，他们这是第一次驾机飞临内陆的腹地，被充满着神秘气息的草原吸引。

这天岗拉梅朵的头人骑着银鞍马，显得心情很好的样子。他身体尽管略微有些发福，但骑在马上仍然威风凛凛。整个岗拉梅朵草原在已经生长的大片绿绿的牧草烘托里，散发出沼泽与泥腥的气息，夹杂在草丛和坡里的大片柳兰也已经发芽开花。头人像往常一样骑着马巡视着自己管辖的领地，他喜欢像这样属于自己轻松的时刻，在松潘古城与草原结合部这块区域，过着自己的生活。

此时，正是抗日战争进入了最为艰难的相持阶段。包括整个松州城在内人们的注意力也转移到了抗日救国方面。尽管战争距离这个内陆腹地的高原边地仿佛还很遥远。然而，现代战争的样式早不再是古代冷兵器时代的模样。蒋介石委员长在抗战全面爆发时发表谈话说：战端一开，地不分南北，人不分老幼，皆有抗战守土之责。

就在这一天，松州城上空突然响起了引擎巨大的声音。松州城是人们习惯的叫法，官方地图上标注叫松潘。习惯，就像生活的巨大惯性一样，仿佛有种看不到的力量，但是这种力量却使人能够感受得到，推动着人们前行。不管你是否愿意，草原外面的世界正在这种力量的作用下发生深刻的变化。就像天空突然传来的巨大的飞机引擎所发出的声音。这声音像打开记忆的闸门似的，吸引着松州城街道内正在行走的居民驻足。城北、城南、城东几个城门洞内人群熙熙攘攘，街道店铺里照常营业。作为川西高原非常重要的边地和贸易集散地，自古以来，松州就是一个热闹而繁华的地方。城内居住着藏、汉、回、羌等民族。唐朝著名女诗人薛涛也曾发配于斯，她在《罚赴边有怀上韦令公二首》中曾这样写道："闻道边城苦，今来到始知。羞将门下曲，唱与陇头儿。黠虏犹违命，烽烟直北愁。却教严谴妾，不敢向松州。"

天空里传来的声音，也仿佛打破了这片沉寂千年的广袤大地。如果不是战争，这里依然会遵循着自己不紧不慢的生活节奏，在茶马互市的叫卖声中度过普通而宁静的一天。

其实，对于天空传来的引擎声音，松州人并不陌生。

早在1935年的夏天，为阻击红军北上，保障部队的军需物资运输，胡宗南长官就在距离松州城三十来公里漳腊的山巴修建了一个简易的飞机场。他命令驻松潘的国民党部队六十一师三十六团林英部在漳腊山巴地方收购土地，设立了航空五七加油站。胡长官还派出丁德隆旅长的部队抢在红军之前占领了包座。这样一来，守松州城的部队就显得空虚了许多。

胡长官一进松州城，红军从战略上包围了他们。形势非常紧急，胡长官心想，黄埔的老主任周恩来是自己的老师，即使万一不幸做了红军的俘虏，想必老主任是不会为难自己的。

作为军人，胡长官深知凡事先要做最坏的打算，然后再争取最好的结果。

造成红军松潘战役计划最终流产的主要原因在于红四方面军总负责人张国焘的犹豫不决，张主席的犹豫，为胡长官赢得了时间，王耀武旅从南坪星夜兼程及时赶到了。

第一架螺旋桨飞机出现在松州高原天空时，当地土著给这些不知疲倦地飞翔的家伙取了一个好听的名字：大铁鸟。

过去，在草原上只有黑颈鹤、苍鹰、灵鹫等生灵是飞翔的。它们能够飞翔，就在于生出了一双强劲的翅膀。这些长着翅膀的生灵占据着整个的天空。还有就是叫琼鸟的生灵。琼鸟。就是汉族人所说的大鹏。藏族人是这么来形容琼鸟：金色的大鹏。

就像藏族人形容草原一样，松潘高原是一片在群山之上的草原，高寒草甸、高寒水沼泽、山地灌丛草甸，在这片广袤的原野上生活着来自青藏高原的民族。是的，藏族人是这样来形容大草地周边的山岗的，把它们形容成像优美的老虎脊背一样起伏。

胡长官的部队在松州、漳腊一带折腾一阵子，便尾随北上的红军队伍而去。但漳腊机场却保留了下来。

头人听到引擎声音，以为又是胡长官在搞啥子名堂。他仰望着天空，只是听见了声音，在岗拉梅朵草原的东北边，在地平线的尽头，一只像大鸟一样的黑点，在天空划出了一道优美的弧线，便折向松州城上空的方向去了。

接连三天，那只银灰色的日军侦察机都在松州城和漳腊一带的上空盘旋。

到了傍晚，头人回到自己的寨子内，刚端起一碗热腾腾的酥油茶，就听见管家大呼小叫的领着一个差巴（奴隶）站在门廊里。

头人放下碗，轻声叹息了一声。他觉得随着岁月流逝，自己正在渐渐地老了。老了的证明就是自己经常无端地轻声叹息。他最不喜欢在自己吃饭的时候被人来打扰。他心里有些不高兴，但，在表情上却是不露声色。这是他骨子里的东西所决定的。

他知道管家平时是个稳重的人。极少像今晚这样大呼小叫的。

差巴是个结巴。头人表现出少有的耐心听完了差巴的报告。这要是搁在平时，头人早就一皮鞭子抽了过去。

"你是说，死了一个还伤了一个？"

"哦呀，哦呀。"差巴显然早就被自己所看到的场景给吓倒了，浑身不停在哆嗦着。头人这才从门框上摘下皮鞭熟练而顺势狠狠地抽在差巴的身体上。头人显然非常愿意听见自己的权势通过这根可以让他随心所欲抽打下人的鞭子而转化成肉体发出的声音，这种声音表明头人还是这片辖地之上，可以主宰一切的主人。

头人最见不得自己家的奴才这副猥亵的样子。草原上的男人，哪个不是顶天立地的，即使他是一个差巴。在头人眼中甚至连个人都算不上的奴隶，只能叫他们是会说话的"牲口"，那也不允许在头人面前没了精气神儿。

头人出了气，吩咐管家赶紧带着差巴去寺院请桑喇嘛，并且吩咐道："多带上些人手，赶紧把人给我抬回来抢救。"

头人对胡长官印象不错。他误以为是胡长官属下的飞机出事了。

死者是日军侦察机上的观测员。负责绘图和观测，同时，如果遇见敌方的战机还负责在后舱用机枪射击。

这架日军侦察机在第三次执行侦察任务时因为发生故障迫降在岗拉梅朵草原上，由于下午刮起了大风，在迫降时后舱里的观测员给摔死了，后舱碰撞在山坡一处岩石上，观测员的脑袋随着巨大的惯性也碰撞在机舱上脑浆迸流。

飞行员的腿、肋骨皆骨折。

头人是土司下边较低级的一方管理者。

土司制度的形成最早还得追溯到南宋时期，也是跟这个古松州有关。在隋唐之前，松州历来就是多民族汇集的边地，吐谷浑人、党项人、羌人、氐人先后纷纷染指这里，到隋唐时吐番人的渐渐崛起，松州历来就是兵家必争之地。说来也是有趣的事情，到了南宋时，一个浙江姓王的读书人因为中了进士，被朝廷分派到了龙安府（即今天的四川平武县），先后同时，一个姓薛的山东人因为武举也被派到了龙安。

王、薛一文一武，把一个龙安地面搞得是风生水起，在历次"孤悬于化外"之地的松州每每发生战事时，王、薛二人都是非常卖力地将军队的后勤保障工作搞得有条不紊。而且，王土司不仅替朝廷收拾了一片河山，还替朝廷收拾了这块土地上的人心。他把江浙一带先进的农耕理念也带到了这个民族杂居地区，不仅如此，他还发展教育，办学堂，兴建了寺院，教化着这个化外之地。为褒奖王、薛二人的边功，南宋朝廷便将二人封为土司，享受世袭的待遇。七百多年的土司制度由此而发端，后来，元朝统治者沿袭了对边地的这个制度，把少数民族的豪酋册封了土司，最高职级叫宣抚司，正五品的官职。

不过，这也要看这个头人有多大的势力范围，头人也像土司一样，都是世袭的。但是，岗拉梅朵的头人却是一个厉害的角色。在雪域高原要想成为一个统治者，不厉害是无法立足的。因为你不厉害，自然就会有别的更厉害的角色来取代你。

像黑水的苏永和头人。

尽管也是一个土司们眼里身份较低的头人，但正是这个头人却把川军邓锡侯部的一个主力师生生给吃掉了。因此，他才根本不把那些养尊处优的土司们放在眼里呢。苏头人的目标是最终占领整个松州高原，成为新一代的王中之王。

头人等到半夜总算看见了一个浑身是血的年轻人被众人给抬回了寨子。

年轻人失血较多，脸色苍白。已经处于昏迷状态。

桑喇嘛是寺院里的藏医。他立即从自己的医疗包内取出刀、剪子之类，铰破这个年轻人的飞行服，投入紧张的抢救。

这个年轻的飞行员大约二十一二岁，生得英俊帅气。头人第一眼就喜欢上了这个快要死了，但却连哼哼一下都没有的年轻人。头人对手下的人狠，但是却像在这片土地生活的人一样，世代深受藏传佛教的影响。对于那些违反规矩的人，头人历来不会心慈手软。而对于这个从天空掉下来的年轻人，说不清楚为什么，头人并不希望他死去。

整个寨子里也都在议论这件大事。

在草原藏族人心目中，能够从天空掉下来的人，不是人，而是神。

但，不是所有的神都与人为善。在神灵们的世界也是分了三六九等，也分好的神，坏的神。

藏医是一门博大而精深的医术。

早在四千多年前，藏医就能做开颅骨手术。嗓喇嘛解开日军年轻飞行员的飞行服，发现他右边的肋骨断了三根，他取出医药包里的工具，为这个昏迷的年轻人消着毒，吩咐头人家的管家将这个年轻人固定在临时搭建的木板床上。头人看着年轻人的飞行装上的红色圆圈标志，至少知道他不是胡长官的人。

但，不管他是什么人，先救命要紧。

那只大铁鸟侧翻在岗拉梅朵草原。如果再偏向东北，就一头栽进了嘎里台那边的深山峡谷。

而在此时的重庆陪都，因为战局不利。加之，日军飞机昼夜的狂轰乱炸，整个山城死人无数。滇缅公路便成了一条生命线。大量的物资从印度出发，在南亚次大陆连接东亚抗战重镇重庆之间，在亚热带的高山崇岭的公路上车流滚滚。所有这一切，头人自然是不清楚的。

在信息闭塞的年代，这些也不是一个小小的头人应该操心的。

头人只把自己辖地的这片草原给管理好就行了。一切的变故皆来自天空，来自在现代工业条件下，一只像大铁鸟一样的钢铁怪物飞临了头人所管辖的草原和草原之上的天空。因此，头人每天起床，在喝完清早的那第一碗酥油茶之后，就会习惯地仰望一会儿天空，产生了幻听似的总觉得天空不知道在什么时候会发出巨大的引擎声音。就像一群金色的狂蜂整天在他的耳朵畔嗡嗡叫着。

头人平时极少进松州城。

六月上旬正是草原上转场繁忙的时节。头人一般是要在秋天，在草原上放牧的牛羊马膘肥体壮的时候，才会叫上管家，手下的差巴们，赶着牛车，载着酥油、糟粑，还有打猎所获得的皮毛——硝制的狼皮、熊皮，还有麝香、虫草、贝母等丰富的山货去松州城里交易，换取草原上所必需的盐巴、茶砖和白花花的银圆。

头人平时也不怎么喝酒。

但他喜欢产自汉地的兰花烟，捎带在交易时，他也会采购一两捆的兰花烟，捻成粉状，就着铜制的水烟壶滋滋地咂上几口。类似西方贵族在饭后，女士们在宽敞的客厅一隅窃窃私语着女人之间的话题。而男人们却非常绅士般地在属于自己的天地空间抽着产自古巴的大号雪茄，品味着饭后的酒，说着天下的大事。

然而，对于一个从天而降的人，头人一时也不知道该拿他如何是好

他吸着水烟思忖着。眼下，在他的南边日益扩张的那个头人已经让包括他在内的所有头人们脑袋疼痛不已。

千百年来，这些大大小小的头人如同万花筒内的花朵，不知道什么时代又会变幻出什么花样。土地，财富，牛羊，是他们一生要为之守护和操心的事情。都说创业难，守业更难。一个家族的兴旺与否，不是取决于头人的相貌英俊与否，而是取于实力。

头人深知这点。因为谁也不想成为整个家族历史上的失败者。

名声很重要。

谁也承担不起败家的责任和损失所带来的坏名声。从西藏到岗拉梅朵的五百年间，这个家族之所以能够在辗转迁移的过程中，带着自己的部落立于不败之地，很大程度上就在于每次面临选择的时候，历代的头人们总

是能够审时度势。不论是那些差巴们，还是科巴们，尽管血液里流淌着的就是与游牧相关的基因。然而，又有哪一次不是总在紧要关头逢凶化吉。

在草原上，任何不切实际的虚幻皆可能带来致命的灾难。

内地抵抗外寇的战争正在如火如荼地进行。对于天下大势，头人多少还是知道一点儿。但是，他首先是要在保住自己的地盘不失的前提之下，在这一点上，像历代的头人一样，除非这场战争降临在自己的头上，非要让头人作出自己的判断与选择。

现在，从天上降落下来了一个外域人。尽管头人目前还不知道这个外域人是想要干嘛，但毕竟这个外域人没有在草原上与自己的人兵戎相见。如果是在战场上，那么，这个外域人便被视作了俘虏，就像1935年间，许多因为饥饿、草地寒冷而掉队的红军战士，除了因其大部队转移后，为泄私愤，被手下的人给砍了脑袋外，剩下的、还活着的大都被贩卖和转送其他寨子里的头人了。

头人边吸着水烟边在脑袋里理着。他首先要弄清楚这个从天空掉下来的飞机内受了伤的年轻人到底想要干什么？

理清楚了自己当务之急要做的事情，头人吸完了水烟，一身的轻松。

他出了门，下了木楼，来到了自己家庭院宽敞的草坪里，栅栏旁边生长着大片的牛蒡、亚麻、苜蓿，还有几株野生的柳兰，隔着一条小河便是一大片低矮的高原柳林，柳叶已经发了芽，叶芽正泛着一道浅紫色的光芒。

头人望着自己的家园，心生感慨。

他习惯地抬起头，开始仰望着天空。最近这段时日，头人只要出了门总是要看一会儿天空。天空里云层闪耀着炫目的光芒，大团大团的积云在高阔的天空里翻卷，无声无息。间或在云层之间，就能发现快速掠过的神鹰。当地人又叫琼鸟。琼鸟又叫大鹏。传说中，琼鸟的翅膀是金色的。赞，是天界的神灵。赞就是乘坐着琼鸟的人物。在藏族人心目中，天上的神叫赞神，土地之下、江河里的神叫鲁神，藏匿于山林、岩石之中的神叫年神。在他们信仰中万物皆有灵。头人仰望了一会儿天空，望着脖子也有些酸胀。他便将目光给收了回来，管家早就站在了头人的旁边，笑着对头人说：总算把那个从天上掉下来的人给救活了。

对外来的陌生人殷勤友好，是这里的一个最古老的传统习俗。不管外来者是从陆地徒步而来的，是骑马慵懒地到来，还是从天空掉下来的。草原人一律视为客人而对待。

飞行员经过桑喇嘛的悉心治疗，一周后居然可以拄着拐下床活动了。除了飞行服，飞行员身上的东西一件不差。浸满血污的白衬衣等衣物，早就被换下，被管家安排下边的一个叫珠玛的姑娘拿走洗干净晾晒在栅栏上。最关键的是指北针、手枪一直放在他的枕头底下。

手枪是个好东西。

马、枪、姑娘这三样东西一直就是草原上男人的最爱。

飞行员的那把手枪锃亮闪着烤蓝色的光泽。那是一把还没有开过张的手枪。手枪是短程自卫的武器，对于飞行员来说，使用手枪时要么就是射杀射程之内的敌人，要么就是自杀。

珠玛姑娘年约十六七岁，在草原上珠玛就算是大姑娘了。胸脯丰满，身材苗条，梳着许多根细密的小辫子，她是受管家的指派专门负责照顾飞行员的生活。

珠玛平时是个爱笑的姑娘。她一笑，满口就是洁白的牙齿。那是长期吃奶渣的结果。珠玛双颊透出高原红，长期强烈的高原紫外线的照晒，像草原上所有的人一样，珠玛的眼神透着洁净。

由于语言不通，珠玛无法与这个年轻的飞行员进行交流沟通。但，通过眼神珠玛知道这个标致的日本小伙子非常想家，眼神里也是有语言的。珠玛还知道，这个从天上掉下来的飞行员眼里充满着仇恨，就像一匹草原上的狼。

在珠玛的世界，充满着善良与虔诚。她很想知道，这个皮肤白净的小伙子是否像草原上的人一样也相信神灵，相信人每天在大地上做什么，天上的神灵是看得见的。只是在这个小伙子苏醒时那会儿，珠玛按照桑喇嘛的吩咐给他亲手喂着新鲜的牦牛奶时，这个脸色苍白的小伙子眼底偶尔会流露出了一丝喜悦的神情。此后，他便终日一言不发，而是试图透过板房顶疏漏的隙缝盯着四分五裂的天空，神情中流露出不可思议的轻叹。

珠玛姑娘每天清早起床，第一件事就是去挤奶，她蹲在奶牛的身子下面，捏着奶牛硕大而饱满的乳房，洁白的奶汁散发着浓烈而带着草香的膻腥味道，那是草原的味道，生活的味道，是珠玛姑娘熟悉而喜欢的味道。她每天挤满一小木桶的牛奶，就会生起火，将这才挤下来的新鲜牛奶给煮沸了，然后，将牛奶倒入一把铜制的壶中，端起托盘，盘内放着一只精致的小龙碗，碗是一件精美的瓷器，画着龙的图案，故称作小龙碗。

他躺在几块木板临时拼成的床上，始终想不明白，作为日本帝国的一名海军飞行员，居然会在岗拉梅朵草原上折断了翅膀，成为草原上这群野蛮人的俘虏。他觉得这是奇耻大辱，性能优越的C6N1"彩云"怎么会发生故障呢，在天空他们才能算作是天之骄子，落了地，他们什么都不是。然而，他却始终不明白这个简单的道理，他虽知道战争的残酷，但，打内心他不愿意这种残酷会降临在自己的头上。这或许是任何军人普遍存在的想法。

然而，令他万万没有料到的是，草原人居然会挽救他的生命。这些草原人并没有野蛮地对待自己，就像那个桑喇嘛，他的行为举止透着一个受到良好教育的人所应该有的优雅与耐心，他从这些土著对这个喇嘛恭敬的态度中，就能感受得到。

他首先想到的是如何逃跑，尽快脱离这个位于支那边远内陆腹地的地方。他担心这些草原上的野蛮人会不会像非洲食人部落里的人一样，弄不好将自己也给生生食了，怀着这样的一种担心，他既恐惧而又不安，他没有想到自己居然会落到这步田地，作为日本帝国的一名海军飞行员，他想，最坏的结果就是自杀以谢天皇陛下。

他还没有想到的是，就是在这个内陆腹地，还有着一个叫李继渊的中国人也在为帝国服务。正是这个人的情报中说，四川省政府动员了成千上万的民工，赶着近万头的牦牛正在从江油、平武等地驮着航空煤油、汽油运往中国军队在漳腊的一个叫五七的航空站。

摧毁这个航空站，包括摧毁漳腊飞机场，一直就是美幌海军航空队的目标。

美幌是日军航空兵负责外战的实施部队之一。在二战初期，日军航空队为混合机种编制，番号均冠以地名。

获悉这个重要情报后，美幌海军航空队派出了侦察机，沿着扬子江、嘉陵江飞行，飞至四川广元上空，沿着岷山山脉逶迤延绵的山峰，冲着松潘高原飞来。

岷山山脉主峰雪宝鼎就成了中心坐标。

雪宝鼎是青藏高原东南边缘最东端的一座大雪山，终年积雪不化。也是草原人心目中的一座神山。

飞行员在高空望着群山峰峦叠嶂，六月的松潘高原天空很蔚蓝，就像巨大而无边的大海安静而空旷，山峰之上，就是天界，积雪的山巅，像一道天然的界线，界线之下，就是东方人心目中的人间了。

他按照事先规划的路线飞行，寻找着侦察目标。在临近中午的时候，飞机抵达了目标的上空，在漳腊机场周围，是一些低矮的塌板房子，房子被大片的青稞田垄和胡豆田垄包围着，岷江、涪江像两条洁白的哈达，在雪宝鼎的北坡和南坡之下蠕动流淌，成群的牦牛像黑点似散落分布在这片大地之上，六月的高原群山森林苍翠，偶尔迎面飘来稀疏的云彩，极像一朵朵虚浮的花绽放在蔚蓝色的天空里。

雪线周边，是裸露的岩石，飞行员还看到在这些闪耀着铁色光芒的岩石之间，奔跑着一群被这巨大的钢铁怪物所发出的声音而惊吓到的青羊，它们正行走、奔跑在陡峭的巨岩、山壁之间像线条般的羊肠小路上。甚至，他还看见了一只雪豹正紧紧地咬在这群青羊的后边，追赶着奔跑着……

"呜呜——"

藏獒闪电的叫声打断了飞行员的回忆。那是他没被俘虏之前，人生最美好的追忆了。如果不是战争，他几乎是没有深入至中国内陆腹地从空中领略这壮美的山川的可能。他是一名军人，驾驶操纵的是杀人的飞机，如入无人之境一般闯进了这片神秘的内陆高原，他知道如果自己一旦被击落或者是发生了故障，必须得付出惨重的代价。

他的职业素养提醒他，只有先养好伤，才能寻找得到逃跑的可能与方式。

作为一名飞行员，他不可能知道上级的安排部署，他只是一名服从命令、按照命令行事的军人。

在他基本可以挂着拐下床时，他会示意珠玛扶他走出室外，他的态度非常傲慢，骨子里他瞧不起伺候自己的人。珠玛还是小心翼翼地搀扶起他，他像那个头人一样也是习惯地仰望着天空。有时，如果凑巧遇上下雨天，他也会发出叹息。

他的叹息声跟头人的叹息声不一样，头人是发愁的叹息，头人的儿子还年轻，还不能替他分忧。而他的叹息则是年轻人有了心事的叹息，是无奈和不甘心坐以待毙的叹息。

他既不知道草原上的人究竟会拿他怎么办。

但有一点，他还是很明白，头人没有立马将他的事情上报给当地政府，如果是那样，他的麻烦就真是大了。

那只叫闪电的藏獒是头人特意吩咐管家，让管家交给珠玛的，头人很聪明。他心里明白，珠玛肯定不是一个专业飞行员的对手，珠玛搁在他的面前，就是一只随时任人宰割的小羊羔。只有这只藏獒，血统纯正而高贵的藏獒，那不怒自带三分威的气势与强壮而灵活的躯体，是可以镇住这个异域人。

藏獒不像内地的草狗或野犬。

藏獒才不经常冲人"汪汪"叫呢。藏獒发怒时，先是发出低沉的"呜呜"声，同时，机警地观察着将要攻击的对象，然后就像闪电一般迅捷地扑向目标，撕咬着目标。

藏獒是青藏高原上最忠诚于主人的生灵。

而且，藏獒这种生灵记忆力惊人。

在没有得到主人的指令之前，藏獒是决不会主动出击。仿佛是知道这个飞行员的心思般，只要动了逃跑的念头时，藏獒就总是及时发出"呜呜"的警告声。

在草原上，一只藏獒足以抵挡几匹狼的攻击。几只藏獒更是可以让群狼也奈何不了。牧民们放牧，尤其是到了夜晚，几乎完全是依靠藏獒来站岗值班。在藏獒和牧人之间，牧人完全是把藏獒看成是自己家庭中的一员，而不是被当作了畜生。

飞行员尽管对护理他的珠玛姑娘傲慢，却不敢对视藏獒的眼睛，他说不清楚为什么，闪电的眼神中透着仿佛可以看穿他想法的目光。他同时又庆幸，幸亏这只叫闪电的藏獒不会说话，如果它能说话，那它早就会提醒自己家和这片土地的主人，灾难很快就要降临了。

松州自古以来，与川、甘、陕、青、西康数省相连界，是茶马互市重要的集散地。产自内地的茶叶、盐、瓷器、油、布匹、丝绸等通过茶马古道源源进入，与高原少数民族进行马匹交易。著名的河曲马，历来就是骑兵部队优良军马的首选。经过松州的中转，内地丰饶的物产，经松州销往西藏、青海、甘肃、内蒙各部落，远至印度、尼泊尔及东亚数国。松州本地所产的药材、皮毛、青盐、黄金也是上海、天津、香港等许多著名商号的首选，著名的"漳金"因其成色纯度高，品相好，成为知名的品牌产品。松州城建于唐朝武德元年，即公元618年。自古就有占领松州，就可雄踞松潘高原之说。是唐王朝与吐番反复争夺的地区。

现在国难当头，连黑水的苏头人也暂时放弃了对其他部落的蚕食。并且，他还主动捐献了不少财富资助抗战，与其他土司头人一起商量是否派出自己辖地的子弟奔赴滇缅前线。

所有这一切包括飞行员、珠玛并不知道。

到了 1941 年 6 月 23 日中午，27 架日本海军美幌航空队的三菱重型轰炸机飞临松州上空时，头人听见了天空深处传来了隆隆的引擎所发出的巨大轰鸣声音，他知道大事不妙了。

起初是九架一个中队的飞行编队，从闪耀着阳光的云层深处扑了过来，在日本海军航空兵少佐森富士雄率领下，直奔松州上空而来。对松潘县城进行了大规模无差别轰炸。

当日军飞机来临前，松潘县长黄白殊心存侥幸说："松潘是边远小县，地方偏僻，又不是军事基地，日本飞机不会来轰炸的。"

那天，桑果带着弟弟多吉各自背着一大捆的柴火，刚从走进北门城门洞，天空突然传来了飞机机群轰鸣的声音，幽暗而狭长的城门洞外，人们欢叫着指着天空出现的机群，一名县政府的官员来到街道上，大声地对众人叫喊道："大家不要怕，这是政府来演习的飞机。"他的话音未落，只见天空里九架重型轰炸机展开了队形，为首的那架发出了信号，另外两组十八架飞机，彼此呈三角形包围着整个松州城的上空，随着一阵尖利的呼啸，炸弹开始降落在街道、房屋的周围，发出巨大的爆炸，整个街道的店铺、行人立即陷入慌乱，叫爹叫妈的开始呼号起来，在降落的炸弹附近的人们，立即被爆炸的炸弹给掀起，落下的却是人腿、人手的肉雨，立即整个中街陷入了一片火海之中。

桑果和多吉俩弟兄顾不上自己的柴火，被惊恐的纷纷涌进城门洞内躲避的人推动着、揉挤着，多吉的一只靴子也给挤掉了，只听见有人高声地叫骂："是牛日的日本人的飞机，我都看见飞机上的圆圈圈了，红色的。"

几天后，松潘大轰炸的消息就传到了岗拉梅朵。

头人这才回过神，那只先前三次飞临这片草原上空的大铁鸟，是来搞侦察的。头人听一个叫桑果的下人回来说，23 日那天，桑果跟自己的兄弟多吉去松州城卖柴，刚进城门，就听见幽暗的城门洞外人们兴奋而慌张地指着天空，数着一架架正在展开队形的飞机。接着，在人们都还没有弄清楚是咋回事时，日本飞机就开始投弹了，那些炸弹带着与高原纯净而蔚蓝的天空里的空气摩擦而发出的呼啸，呈散落状降落，爆炸声响遍了城内城外。

"死得好惨呀。"

桑果边说边浑身颤抖，这要是搁在平时，头人早就一皮鞭给抽了过去。

头人皱起了眉头，随着桑果的叙述显露出痛苦的表情，仿佛那些从天上降落下来的炸弹就在自己身边爆炸似的，甚至头人都感觉到了那些四溅的血肉，带着浓烈的血腥飞在了自己的脸上。

他下意识地抚摸了自己的脸，他觉得心里一阵阵收缩发紧。

打发了桑果两兄弟，头人立即跟管家商量。

"你看，如何处置那个小日本？"

管家也正在为此事而犯愁。几天前，他还并不想将这个飞行员轻松地交给县政府，管家总觉得应该还有什么别的处置办法。但他听到大轰炸降临的消息时，胸中也是义愤填膺，恨恨地骂道："牛日的小日本，太可恶了！干脆，点他天灯。"

点天灯是草原上一个古老的习俗，那是针对万恶不赦的仇人的，在坡岗上搭建起木架，将仇人的衣裳给扒光，套上麻袋，在麻袋上浇上油料，将仇人悬吊在木架子中间，然后点燃麻袋将仇人活活给烧死。

头人听着管家的建议后，身体又颤抖了一下，他的眼帘立即出现点天灯的场景，他觉得理由不太充分，摆了摆手。

"那，还是交给政府吧。"管家有些犹豫地回答着。

桑喇嘛沉吟良久，劝着头人说："我看，还是先缓一缓，看一看再说，反正，那个人伤还没全好，跑不掉的。"

"只好这么办了。"

头人跟他们商量半天，也没想出什么更好的办法来处置这个日本飞行员，他觉得脑袋像个坛子开始嗡嗡响着，觉得当务之急，是派人上县城，给县政府报信。

转眼就到了七月，珠玛心里有些开始喜欢上自己照料的对象。日久生情，珠玛是个没见过世面的姑娘，她觉得这个日本飞行员除了态度傲慢，许多的生活习惯是她喜欢的。这个年轻人不吸烟，也不喝酒。爱整洁、爱干净，就是成天不爱说话，像是藏着好多的心事似的。他不像草原上的年轻人，没见过什么大世面，成天想的、谈论的都是马，枪，还有姑娘。

眼见着这个从天上掉下来的年轻人身体一天天地好起来，珠玛满心欢喜，那时，珠玛还不知道成就感这个词汇。但她活泼的天性中所透出的举止，依然显示着草原姑娘的羞涩与快乐。无论怎样，珠玛按照主子的吩咐伺候着这个不爱说话的年轻人，居然让他的身体一天天地好起来了，这不能不说是件了不起的奇迹。

闪电整天跟着他俩，就像贴身保镖似的与他们形影不离。

报信的人带来了黄县长的手令，速将被俘虏的日本飞行员押解至县城，听候政府的处置。头人接到了手令自然不敢懈怠，他知道此事非同小可，县太老爷没有追究他隐瞒不报就算不错了。况且，大敌当前，内部有什么事情也得等把这件外部的事情先处置了再说。

头人又差人叫来了管家、桑喇嘛，商量如何安全地将这个人押解到松潘城。

头人心想，这样也好，省去了自己不少的麻烦。

他们商量的结果，就是管家、带兵官，还有桑喇嘛一起，负责押解这个日本海军飞行员上县城。

岗拉梅朵草原这个部落距离县城有三天的路程，途中要翻越一座雪山。

因此，押解的任务并不轻松，管家主要负责整个押解过程中的所有事务，带兵官负责看守好俘虏，桑喇嘛主要负责继续给这个俘虏疗伤。

珠玛知道这个消息时，心里就像打翻了的醋不是滋味。她很想亲自送一送这个英俊的小伙子，亲眼看见他被交到县政府，却没有得到头人的许可，听到管家转来的话，头人立即拒绝了："那咋行，这些都是男人家的事情。一个小丫头家，哪来那么多的事情，烦。"

管家从头人那里出来，立即回到自己的房子，收拾着准备明天出发上路的东西。一匹枣红色的骏马，一把二十响的德国造匣子枪，飞行员的那支王八盒子手枪，飞行图囊，指北针等等，管家真舍不得上交从飞行员身上搜出的这些他所喜欢的战利品。

桑喇嘛准备着医药包，调配好藏药，好在路上给那个飞行员换最后一次药。

半夜下起了大雨。

听见窗外滂沱的声音，飞行员睡在木板床辗转睡不着，他在傍晚从珠玛依依不舍的眼神中就读出头人最终还是做出将自己押送交给当地政府的决定。他怀着一种复杂的心情，在内心深处他有些舍不得这个已经朝夕相处了近一个月的美丽的草原姑娘。

在这次来侦察之前，他隐约听见听第一中队队长高桥胜竹在海军俱乐部吹嘘：大日本空军足以摧毁支那人抵抗的信心。

而他也一直认为，凭借强大的日本空军，很快就能战胜支那人。

但他始终却弄不明白，随着轰炸日益升级，支那人的抵抗却越来越激烈，就连在这个边远的少数民族地区，只要说起日本人和日本皇军，当地土著人人都是脸上充满了愤怒的表情。

在航校的生存训练派上了用场，他知道这是自己唯一的机会，他不能就这样轻易地被这些土著人押解到县城。

一夜的降雨，让道路变得泥泞。管家骑着马，吩咐带兵官将飞行员的双手绑着，背对着马头坐在马背上。

闪电蹲在送行的人群旁边，不停地发出"呜呜"的报警声音。闪电是在提醒头人，这个人中途要想逃跑，它那双犀利的眼睛里，流露出担心的神色，珠玛低下身子，抚摸着这只藏獒，二十几天的相处，珠玛已经熟悉闪电的习性，她不相信，因为她的天性当中始终相信人都是善良的。包括这个不爱说话的人。

不善良的人，那是要遭到神的惩罚的。

珠玛盯着眼皮套拉的那个异域人，尽管他生得一张像内地汉族人一样的黄色脸孔，但他却始终不敢抬眼，正视一眼珠玛天真无邪的目光，而是好像显得很疲惫的样子，背着双手，坐在一匹黑色的马背上。

看我一眼吧。

珠玛在心底这样呼唤着这个年轻人，是什么心事蒙蔽了你的眼睛，在我眼睛看到你的地方，我身子和你在一起，在我眼睛看不到你的地方，我的灵魂跟你在一起！

珠玛这时想起奶奶教给自己的这句藏民族的谚语。珠玛从小就没了阿妈，她不知道自己的阿妈长得是什么样子她从小就跟奶奶相依为命，她的命运跟草原上的姑娘没什么两样，放牧、挤牛奶、纺织羊毛、牦牛毛，到了出嫁的时候，由头人随便指配给一个男人，然后，跟他生儿育女，最终老死在草原。

"他叫什么名字？"

珠玛很想知道被自己照顾快满一个月的这个年轻人叫什么名字。她想到这里，拨开左右的人，飞一般奔跑，跑到了即将出发的那匹黑色的马跟前，大声地用藏族问着。她的心像针锥一般的疼痛，即使到了晚年，珠玛心口痛的毛病始终伴随着她。

飞行员听见一直照顾自己的这个漂亮姑娘比平时奇怪的声音，冲着自己反复重复着那一样的音节，好像也明白过来似的用日语轻声回应着，他抬起了眼皮，脸上显现一缕害羞的样子，眼睛深处划过一丝感激的神情，就像一滴雨水坠入清澈的泉水面，轻轻荡漾一层浅浅的涟漪，随即又显露出大和民族特有的傲慢与偏执。由于彼此语言不通，彼此不能深入地交流与沟通，他在内心尽管非常渴望早日离开这个边远的地方，回到自己的家乡。

他久久地盯着这个草原上美丽的少女，想把她刻在自己的脑海。

接到头人派人送来的报告。

黄白殊县长多日来总算舒心地出了一口气。抓住了一名日军飞行员，对于黄县长多少算是一件有面子的事情。他立即提笔，向省府写着报告。

黄白殊骨子里还算是个读书人。

只因家道中落，通过在省府当参议员的姨父，好不容易替他谋到了县太爷的差使。尽管是边地，但也是一个非常体面的职位。

他的家在成都。

太太带着孩子，在成都替他照料着老母。黄白殊十二岁上失孤，父亲得了一场捞病，拖累了这个家几年后病故。

黄白殊的前任汪一伦县长也是个读书人。

历来在边地的行政主官，差不多都没落什么好下场。像汪一伦为响应省府禁烟的号召，跟当地袍哥结下了很深的梁子，结局就是死在乱枪之中。

全面抗战爆发时，黄白殊还曾为自己庆幸没在前线的地方行使县长之职权，有点类似偏安一隅的欢喜，他心里明白如果连像松潘这样的边地都让日本人给占领了的话，那么，中华民族可真就完了。

他万万没料到，现代战争就像一匹没调教好的野马。日军飞机突然就飞临自己所管辖的地区的上空，根本不顾国际公约，肆意地狂轰乱炸。

他想辞职，溜之大吉。

辞职，就意味着脱离了宦海。然而，松潘是国民政府中央直属十六区的区域，随着战争的进展，松潘的战略地位渐渐开始凸显。况且，十六区的最高行政长官何本初也不是一个等闲省油之辈，他名义上是政府要员，实际上却是军统川西北最高负责人。军统像对于黄白殊这样胆敢临阵脱逃的军政人员惩罚起来决不会心慈手软。别说一个小小的松潘县长，就连堂堂的国军上将山东省政府主席的韩复榘不也被以违反命令擅自撤退的罪名，由蒋委员长下令处决了吗？

想到这里时，黄白殊县长头皮一阵阵发麻。

他盘算着，只要头人派人将这个日军飞行员押解到，他立即亲自安排将此人继续押解到省城。

现在，该说说李继渊是何许人了。

6月23日这天，四川仁寿人李继渊万万没曾料到，自己也会在日军飞机大轰炸中丧命。那天中午，刚吃过饭，李继渊来到了中街一家茶铺，要了一碗盖碗茶，惬意地呷了一口，他还打算趁着轰炸后的混乱，又出城到漳腊收购一些"漳金"，在战争时期，再也没有比黄金更让人放心的硬通货了。他未曾料到，轰炸机却飞临了他所在的县城上空。

李继渊的合法身份是国职校事务长。是个长相极普通的人，说他长相普通就在于把此人搁在人群里就几乎是不存在一样，是个当谍报人员的材料。

抗日战争爆发后，国民党为控制川、青、康地区，也为长期抗战计，在松潘组建了中央直属十六区特别党部，任命军统少将何本初为行政和党部负责人。随着滇缅前线吃紧，五七航空站和漳腊机场的战略价值凸显，在随后"驼峰航线"的大战略格局中成为一枚十分重要的棋子。日军和国府中也不乏具有战略眼光的人，他们知道守护与摧毁这个基地的战略价值。

李继渊作为日本谍报机关布下的一枚棋子，早在抗日战争全面爆发前就潜入松州，以老师作为合法身份掩护，利用课余时间，走村串户，手持"国币"，以收购"漳金"为由，经常深入漳腊一带，收集情报。

当李继渊获悉省府组织平武、江油一带的民工，并在松潘境内组织、招募八千多头牦牛，经平武出发，驮着航空煤油、汽油在机场卸货时，立即通过电台及时将这个重要情报发给了上级谍报机关。

正是这次的情报，促使美幌航空队下决心轰炸松潘的漳腊。

接连几天的阴雨天，为腊漳机场及时转移分散隐藏这些极其宝贵的战争资源赢得了时间，当日军飞机飞临漳腊机场的上空时，整个机场显得空空荡荡的。日军指挥官森富士雄少佐临时决定改变航向，去轰炸高原重城松州古城。彻底摧毁中国人的抵抗信心，这也是日本大本营的既定方针，少佐森富士雄有权临时改变轰炸的目标。

事后，在清理被轰炸的学校现场时，人们从李老师宿舍暗室内发现了发报机。

如果不是日军临时改变了轰炸目标，李继渊便不会在躲避轰炸中丧生，他还是松州人心目中那个受人尊敬的李老师。

除了这个李继渊，还有一个人值得写上一笔。

那就是美国传教士德尔克，这个长着大鼻子的美国人，早在1940年3月前往松潘外城建基督教堂一座，在这座古老的城池内外传播基督教。在短短的一年的时间内，外城及南街有一百多人参加并入了教，德克尔见松潘交通闭塞，民众穷困，缺医少药，便从美国组织运来大批西药广济穷人，凡有需要者一律免费供给，深得民众好评。松潘大轰炸当天，德尔克发动教民集体参与了救助，将自己的大批西药捐献给松潘公立医院，德克尔自己救助抢救的伤员有50多人。数天后，德克尔返回成都将松潘遭受日军轰炸的消息带给成都民众及电报报告美国教会总部。

那个日军飞行员并没有按时被押解到黄白殊的面前。

几天之后，差不多在黄白殊等着已经不耐烦，几乎都要快忘记这件大事时，一个通司（翻译）领着惊魂未定的桑果来了县政府在城外临时办公地。

尽管几天的大雨滂沱，黄白殊也想到了在押解过程中会不会出事，但他万万没料到，不仅出事了，而且出了大事。管家和桑喇嘛、带兵官等人都出了事。

那天早上，准确地说，管家一行人离开寨子不久，天空降起了雨夹雪。原本是三天的行程，由于天气的缘故，至少会推迟一两天。管家是个守信之人，对于头人吩咐下来的事情，管家历来就是如此。一个好的管家，必是一个执行力超强的人，同时，执行力一个最基本的原则要素就是要守信用。

头人既然作出了将这个日军飞行员押解县政府的决定，那么，管家只得不折不扣地按时执行。执行对于管家不是困难的事情，一个好的管家，最关键是要按时完成头人所吩咐的内容，只有这样，他才能取得信任，才能在管家的这个岗位立于不败之地。

从西藏到岗拉梅朵这五百年间，管家也跟头人一样，根子里流淌的就是当好一个管家的血液。

管家戴着一顶毡帽，骑在马背间，他不时回头，看一看夹杂在马队中间的俘虏，雨水夹着雪粒抽打他的脸上，他闭着眼睛，完全是一副任人宰割的模样。

管家稍微放心，吩咐骑马走到队伍最前面的桑果，叫他加快速度。

在夏季的雨水中，整个草原被笼罩在一片低矮的云雾里，管家不像桑喇嘛，他尽管曾主张要点这个日本人的天灯，但，当头人最终拿定主意，他又是那么不折不扣地去执行。

桑喇嘛却多少带着那么点诗意。

按照汉族人的审美习惯，整个草原的形状此时看起来就像一幅极其生动的山水画。

就像草原的春天降临时，春天是有形状的。

说到春天的形状，但凡有过在草原春天生活经历的人都知道，冬天的草原色彩单调而深邃。主色调是一派褐黄色的枯萎，零星地间杂一些紫色调。给人在心理层面上最容易使用荒凉这个词汇，然而，在青藏高原东南部的草原上，却往往是这样一种地理特征：宽广的旷野间杂着高原的丘陵，起伏绵延。

草原的春天是从四月开始的。缓慢而执着。当河面冰冻，突然有一天，河面传来冰裂的声音时，一些冰块就会随着冬天一直在冰层之下奔流的河水流动，太阳光芒的照射下，河岸边的枝丛间就会挂着冰凌，晶莹闪烁。冰水融化，一滴一滴滑落，坠入清澈的河中悄然无息。

人们在习以为常的期盼中，突然发现清早起来，旷野里生长出了第一株嫩绿的草芽。别小看了这株嫩芽，在阳光里晶莹剔透反射出透明的色彩。

那是草原春天的形状，是豆芽般的发芽的形状。此时，吹来的风也不再是像冬天刀割般的锋利，而是略带着婴儿似的稚嫩与温润湿滑，是母亲柔软的手轻轻抚摸婴儿嫩滑的小屁股的感觉。是由衷地发自内心喜悦的感觉，是春回草原的感觉。

也是母亲的脸上高原红与婴儿的小脸上婴儿红的感觉。

在春风的吹拂下，整个草原以丘陵的山岗为界，阳面的草场上先发芽，阴面的草场上却正在破土而出。这里的丘陵大致是由南至北而陈列，只是到了一个叫查真山梁的地方才与东西走向的山脊交汇，那里就是著名的长江水系与黄河水系的分界岭。

这是桑喇嘛心目中的诗意。

管家却一门心思想着押解的事情。

桑喇嘛呢，他却在心中涌起了阵阵的诗意。他听师傅说过，早年的僧人们是要学习一门叫《诗学》的功课的。《诗学》是一本现在已经失传的古代印度的佛教典籍，主要是为训练僧人书面表达能力而专门用梵文编撰的经典。

桑喇嘛心想，难怪师傅们不仅学问好，而且，抒情吟诗的才学也好。

桑喇嘛坐在马背间，抬头仰望天空，那些灰白的、淡墨色的云层，正在源源不断地降落下雨水，雨水中夹杂着比豌豆还要小些的雪颗粒，打在脸上，如同女人的手抚弄一般，冰凉而柔软。想到了女人，是的，桑喇嘛此时想到了女人。桑喇嘛倏地脸红了，嘴里情不自禁地念叨："罪过，罪过。"

在心底桑喇嘛承认：头人的决定是理智而正确的。

他心里清楚，只有一个智慧而清醒的头脑，才能在这片草原面临困境时找到出路和办法。才能在需要选择的时候作出正确的选择。而在草原上作出一个正确的选择是件多么重要的事情。

他不像带兵官，往往把个人的情绪夹杂在具体的事务当中。这样很不好，有点假公济私的味道，尽管在情感的层面，桑喇嘛也是不情愿去救那个日军飞行员的小命，尤其是在听说日军轰炸松潘古城造成大量平生伤亡，甚至还包括不少的藏、羌、回、汉小学生时，桑喇嘛也是胸中充满了怒火，恨不得就像带兵官所说的："干脆，点他天灯算了。"

转念一想，桑喇嘛觉得还是照规矩办最好。

规矩这东西，不管个人的情愿也好，还是出于何种目的动机也罢，既然立了规矩，就是让大伙儿来共同遵守的。俗话说：没有规矩，就不成方圆。

带兵官却不这么想。

望着越来越暗淡的天空，带兵官觉得头人开始变得不果断了，遇事也不像年轻时干脆了。他觉得对于一个异域人，而且，是他和他背后所代表的那个民族先出手的，而且，一出手就是这么狠，就是那么的大手笔。当然，点天灯也就有着充分的理由，他喜欢点天灯的场面，隆重而又充满着一种说不清、道不白的奢华感，那么多的人围观着，看着一个人，从最初的桀骜不逊到渐渐内心充满了恐惧，最后，不得不低下高贵的头颅，带兵官是带着非常享受的心态，看着一个人，赤裸着上身，被淋满了油的麻袋给套着，随着油被点燃，山岗临时搭建的木架子上空便窜出一团火焰，空气中立即就弥漫着许多带着不同情绪的味道，被点了天灯的人发出阵阵长长的嚎叫，这凄惨的声音在草原回荡、随风飘落，最后，突然声音停止，成为一坨焦炭，散发出人油、人皮、人肉被燃烧后所特有的味道。

他甚至都在想，不如在路上，拔出二十响的德国匣子，一梭子出去解决了他。这样，大家就都省事了。

闪电最终追上了那个日军飞行员。

这是珠玛在自己悉心照料的这个年轻人被送走之后，几天来在梦中出现的场景。珠玛虽然明白他其实是一匹狼的化身。既然是狼，肯定是要吃人的。

　　但是，珠玛打心底却不愿意这么想。

　　她梦中的场景跟带兵官绝对不同。

　　在一个叫曲玛的地方，一行人在树下小憩，准备着酥油、糌粑，打算打个尖儿，又继续赶路。飞行员却大叫起来，他想小便了。

　　带兵官就押着他走到一棵大树背后，飞行员用他训练有素的身手，立即就缴了带兵官的械，近一个月来的压抑憋屈，大和民族的傲慢，飞行员一枪就先解决了带兵官。

　　听到树后传来巨大的枪响声音，管家担心的事还是发生了，他本能地立即卧倒在一块突兀的山岩背后，桑果骑在马上，还来不及端起叉子枪，一发子弹就贴着他的耳朵飞过，他本能打马狂奔，结果越跑越远。

　　飞行员顾不上桑果，对着管家手下的几个及时卧倒的喽罗迅速开枪射击。飞行员没有想到，自己第一次开枪杀人，就取得了不俗的成绩。

　　只有桑喇嘛，迎着飞行员的枪口，他想知道或者验证什么叫忘恩负义。

　　桑喇嘛不相信这个自己救过他一命的日本人敢向自己开枪，在桑喇嘛的宗教意识当中，敢向自己救命恩人下手的，是必会遭受天谴的，老天爷都不会放过他的。

　　"来吧，年轻人，冲着你的恩人开枪吧！"

　　飞行员面对着桑喇嘛，犹豫了片刻，最终还是果断地开了枪，年轻人就是年轻人，出手果断而凶狠，他如果老谋深算，也就不叫年轻人了。

　　啊——

　　珠玛在睡梦中听见桑喇嘛这样叫喊时，却惊醒了。

　　她不知道夜雨中，这到底是一个梦，还是真实的场景。她甚至还看见，闪电最终在飞行员爬到半山一处悬崖时，最终从悬崖另一处扑了上去，一口准确地咬住了他的喉咙，闪电浑身湿透了，它的眼神中迸射出愤怒的火焰，死死咬着他的脖子，发出"呜呜"的声音……

　　"到底咋回事？"

　　黄白殊坐在一张办公桌的后面，脸一会儿转向桑果，一会儿又转向那个通司。就像一只拨浪鼓似的，他觉得非常别扭，在两种语言之间，听着语言的鼓点击打着。

在藏语和汉语的转换之间，由不得黄白殊不耐下心来，听桑果说一句或者几句藏语，通司跟着翻译一通。

雨水使得草原变得深沉起来。

在扑哒扑哒的节奏里，这一行人不紧不慢地押着一个曾经驾驶着大铁鸟的日本年轻人，在雨夹雪的天气里，人的心情由最初的兴奋自豪渐渐变得沮丧。天气是能影响人的心情的。

头人也做了一个几乎跟珠玛所作的梦内容差不多的一个梦。

他听着窗外滂沱的雨水，感觉仿佛白河的水泛滥了一般，暴涨的河水在迅速地改变着草原的形状，这是头人所能接受的。他不得不接受，他必须要接受。他所不能接受的是自己没有年轻时的果断了，就像这次在如何处置那个日本飞行员的问题上，他显得是那么的犹豫和拖沓，换作是二十年前，那他一定是要选择点天灯的。

莫非自己真的老了。

头人一想问题，就睡不着了，在没有睡意时，头人披上袍子起床，坐在客厅，他又想抽水烟了。

他站在自己比寨子任何一座建筑都高了许多的房子内，透过夜雨在窗外的飘飞闪烁，想着自己居然渐渐地老了，做决定都开始犹豫不决了，内心深处涌上阵阵比这正在降落雨水还冰凉的伤感。

草原的天气就是这样。下雨时气温也会随之骤降，晴天出太阳，草原地表温度就会随之升高。

头人吸着略带着潮湿味道的水烟，在心里祈祷管家一行能够早去早回，等他们回来，再商量是否派藏兵去参加滇缅前线抗战的事宜。

在头人的心目中，这是一个大事不断的年代，而每件大事情的来临，他都不会独自一个人去拿主意。

抵达山谷时，天色暗了下来。

一天的雨夹雪，弄大家疲惫不堪。雨水打湿了飞行员的伤口，桑喇嘛趁着桑果他们搬来三块石头，支起了一口锅，从林间砍来三根木棒生火的间隙，将连同身子一起捆绑在一棵百年云杉树干上，坐在树下的飞行员绷带解开，替他检查着伤口，他从伤口结痂的情况来看，觉得飞行员差不多恢复了元气，已经无大碍。

桑喇嘛望了望天空，透过密集的枝丫，他发现雨停了。立即就抓紧时间，趁天色还没完全暗下来，迅速地给飞行员换了最后一道自己亲手配制的藏药。按理桑喇嘛可以在此时返回草原，他完全没有必要跟着队伍继续前行。

带兵官咋咋呼呼地从马裕链内取出了酥油精粑，等着水烧开，那样，就可以函图地吃上一顿热乎的晚餐了。

晚餐十分简单，就是各人自带着酥油、糌粑，还有少许的牛肉干。牛肉干是管家带的，他是一个在什么环境条件下都不忘奢侈的人。

牛肉干是牦牛宰杀后，晾晒在太阳里，条状的生牛肉。经过一些时日的挂在房子屋檐的木架上自然风干之后，就成为便于携带的美食。

在平时耍坝子的时候，寨子里的人便会在河谷、地势平缓的地方扎起帐篷，铺上毡子，围坐在案几后边，边喝着青稞酒边聊天。那是男人们难得相聚的日子。

那个时节，也是姑娘们和小伙子们相亲的日子。

头人坐在帐篷的中央，桑喇嘛会带着寺庙里的年轻僧人，先是集体念诵《皈依经》，举行祈福仪式，夏季的风吹过，年轻僧人身穿宽大的绛色袍子便会在风中轻轻飘舞，他们戴上面具，随着莽号和钱、锣、鼓的节奏，跳起刚柔相济的舞蹈。

闪电也会凑热闹地加入围观的人群，它安静地蹲在场子的旁边，偏着硕大的脑袋，颈项间生出的像非洲雄狮子一样的鬃毛，别提有多么威风凛凛了。

是的。那是一个叫看花的节日。

草原上所有的花都盛开了。像个巨大的花海似的，到处开满了鲜花。蜜蜂展开金色的翅膀和草原上的牛虻一道在飞舞。盛在小龙碗内的青稞酒漾动着淡黄色的波光，散发出经年的味道。

管家喝着加有奶渣的酥油茶，想着草原上的节日时，脸上的微笑像是推入水中的牛皮筏立即浮现起来，他知道如果不是战争，不是该死的日军飞机打破了草原宁静的天空，再过一个来月，又该到了看花的时节了。

由于语言不通，管家虽然也像头人一样很想知道，为什么日本飞机要来轰炸他们的家园他想不明白，就像许多草原之外所发生的那些大事一样，原本就不是该他——小小的岗拉梅朵草原一个部落里的管家该操心的。

对于不该操心的事情，管家肯定是不会去多想的。从民国二十四年（1935）的夏天起，这片草原的宁静彻底被打破了。

先是红色汉人的队伍，衣衫褴褛地来到了这片广袤的泽国草原。紧接着就是国军胡宗南的部队开拔到了松潘、包座一线，红色汉人原来的计划就是打下松潘后继续北上，从陇南地区进入宁夏、新疆一带。

在草原华尔功臣烈土司的号召下，草原各部落都实行了坚壁清野，能带走的尽量带走。在当地藏族谚语中不是有财富是带在身上的吗。意思是说，草原上的男子，还有女人都将金子、银子打成了首饰、腰带、珊瑚、玛瑙、松耳石等，既是身上穿的蕾疆上的饰物，也是所有的财富，骑上马就能带着所有的家产逃跑。

第二天天亮时，山谷林间的野画眉、斑鸠发出清脆婉转的鸣啼，飞行员眼开了眼睛，看见桑果正在林子里挥舞砍刀砍着枝丫，知道他们在准备早饭，吃过早饭就该开始翻越雪山了。

休息了一夜，大家都恢复了体力。

喝完了酥油茶，管家吩咐继续上路，沿着羊肠小道，管家还看见昨天的雨夹雪让道旁边的杂草丛叶子尖沾满了一层薄薄的银装，坡岗之上，还积着残雪。

他叫带兵官继续将飞行员给绑在马背上，像张果老倒骑毛驴的样子。

临近中午，他们骑马翻越了三分之一的雪山。这时，天空云层又漫涌了过来，刹时降下了大雨。高原气候就是这样，云来的时候，气温骤然下降，一会儿，就纷纷扬扬降起了雨。这次不仅降了雨水，还夹着豌豆、蚕豆般大小的冰雹，畴里啪啦地打在树梢之间，马匹们不干了，在天气不好的时候，马匹几次欲想调头，从原路返回。

管家拼命抽打着自己的坐骑，叫喊着要大家小心注意。

听着通司随着桑果的叙述，不时添油加醋的翻译。黄白殊县长睁大了眼睛，像是在听一个传奇故事似的，他叫手下给桑果沏了一杯产自成都的茉莉花茶，耐心地听着桑果在讲述。

为更好地掌控马匹，管家第一个跳下了马，牵着马，在崎岖的羊肠小道间拼命拉着自己的坐骑，马尽管不情愿地嘶鸣着，但，还是硬着头皮、绷紧了脖子前行。带兵官也跳下了马，他征得管家的同意，将飞行员从马背上给解了下来。

一边是陡峭的山岩，一边是万丈深渊，稍有不慎，就是人和马坠入深渊谷底，那里是一条像飘带般蜿蜒流淌的河流。

"给他都解开。"桑喇嘛觉得飞行员此时想跑，也是跑不掉的。况且，安全地把人给黄县长送过去，这是头人在临发前再三交代的。

带兵官只好给飞行员解开了绳子，他一手牵着自己的坐骑，一手还不忘将那只德国二十响匣子给顶了火。只要飞行员有什么异常表现，他就立即开枪。

大家拥挤在只能容纳得下一人通行的羊肠小道间，沿着曲曲折折而又湿滑的路艰难地上行。

管家心里清楚，只有在天黑之前爬到山口，才能保证在第三天傍晚抵达松潘县城。

峡谷里吹起一阵又一阵的大风，瓢泼大雨伴随着冰雹接踵而来，飞行员喘息着，脸色苍白，他不适应高海拔的跋涉，有点高原反应了。

或者说他开始装高原反应了。

桑喇嘛动了恻隐之心，他在大家穿越过像老虎嘴一样的最艰难的崎岖小道后，跟管家商量砍一副担架，大家轮流抬着这个日军飞行员过雪山。

带兵官气坏了，把二十响顶在飞行员的脑袋上，想就地结果他的性命，管家搞急了，顺势将带兵官的手往一抬，"啪啪啪"三声枪响，在山谷间回荡。

枪声造成了高山震荡，雨水哗啦下得更大了。

"唉，后悔呀。"

管家这时觉得没带上闪电是个最大的失策，如果闪电在，那自己根本不用操心这个日军飞行员会要什么花样。闪电是不怕高原反应的，随时像个忠诚的哨兵似的只要主人一声令下，闪电绝对是指哪打哪的听话的。不像这个带兵官，老是要由着自己的性子乱来。

事已至此。

管家只得照桑喇嘛的想法去做，心里却直犯嘀咕，一丝寒意从心底而起。

管家仿佛看见了头人那双犀利的眼睛，他在心底打了一个寒战。凭着他跟随头人多年的经验，背对着自己家的主人，作为一个管家则更应该忠实不打折扣地执行头人的命令，如果要是阳奉阴违，回去等待着他的是没什么好果子吃的。

"你倒是生了一副菩萨心肠，好人净是你在当了。"管家只得冲桑喇嘛发了发牢骚，苦笑着，显得无可奈何似的叫下人们钻林子砍树，为这个不是俘虏，倒像是先人板板的日军飞行员扎制一副简易的担架。

简单担架很快就做好了，飞行员心里有些得意地躺在担架内，几个差巴不情愿地小声嘀咕着，还是抬起了担架，桑果把三四匹马牵着，仍然走在队伍的最前面。

桑果打小练就了一副好身板，对于像翻越雪山，桑果觉得跟平时走路一样。他心里也恨日本人，害得他跟兄弟多吉辛辛苦苦打了三天的柴，背到松潘城里去卖，结果却遇上了日本海军飞机前来进行大轰炸，柴也被逃命的人群给冲得不知下落。

抵达雪山顶时，太阳出来了。

准确地说，是太阳钻过了云层，把自己的万道霞光映照在皑皑的积雪上，日军飞行员从贴身的上衣口袋摸出一副墨镜，遮挡着强烈的刺眼的雪光。

这是他身上唯一没有被搜走的装备。

带兵官见到了，想从飞行员的脸上抢下这副墨镜，桑喇嘛冲他说了一句，带兵官狠狠地骂道："显摆嘛，到了地方，看你还能活几天。"

强烈的雪光刺得大家一时都睁不开眼睛。

管家这时尿胀了，他急忙溜到一处裸露的大岩石背后，乘着大家眯着眼躲避雪光间隙，飞行员麻利地站了起来，准确地抓住了这短暂的时间。桑喇嘛太善良了，他以为飞行员也尿胀了，看着他悄悄地跟在了管家的后面，走到岩石背后，他趁管家没注意，一拳就打昏了管家，从他身上搜出自己的那把还没有开过张的飞行员用手枪。对着管家的脑袋果断地开了一枪。

听到雪山顶这块岩石背后传来的枪声和重重的倒地声，带兵官知道大事不妙，立即率四个差巴，端着叉子枪包抄。叉子枪需要填装火药，从枪管里装入铁砂才能正常使用。在草原上，这些奴隶们平时为民，战时为兵。个个都具有丰富的战斗经验，事先他们早就将铁砂装入了枪管内，只需摘下牛角，牛角内装着充当发火功能的红火药，他们迅速地边展开了战斗队形，边熟练地将红火药倒在击发处，只要天不下雨，没有被雨水淋湿红火药，他们就能扣动扳机将叉子枪发挥出作用。

"快出来，再不出来，老子要开火了！"

带兵官边冲着岩石后面吼叫着，边悄悄移动的身体，他不想成为日军飞行员射出的子弹下的牺牲品。

一切来得是这么得简单而突然。

飞行员回过头，渐渐暗下来的夜色中都能看见松潘城零星的灯火了。他也清楚自己成败在此一举，他自然是不会轻易地服输投降，投降对于帝国军人来说那是可耻的事情。

他摘下了管家的毡帽，左手用管家的二十响枪管顶着这顶兔灰色的毡帽，缓慢地将帽子从岩石后面伸出来，他心里清楚只有先撂倒这个凶神恶煞的带兵官，剩下的都好办了。

果然，他顶着的那只毡帽刚一露头，带兵官早已按捺不住沉不住气了，"啪啪"两枪，将这顶帽子给打了两个窟窿，带兵官的枪法极好，枪枪都是要命的地方。

飞行员却是仿佛又回到了战场，沉着而又冷静，他从枪声中准确地判断出了带兵官的位置，突然现身冷静地对着带兵官的脑袋又开了一枪，带兵官立即就蜷缩起身子，挣扎了几下，就从山口的积雪滚落下去，雪地里拖出一道沾满鲜血的痕迹，带兵官就像山上滚落的石头般坠入深不见底的山谷。

消灭掉带兵官这个劲敌，飞行员出了一身的汗水，汗水顺着他的身体往下滑落着，砸得他伤口阵阵涌起剧烈的疼痛，他顾不上这些，而是开了一枪后，立即快捷地退回到岩石后边，先是听见"哎哟"一声痛苦的呻吟，接着，就是四条叉子枪同时开了火，打得岩壁间火花四溅。

枪战让桑喇嘛看得目瞪口呆。

他大声用藏语冲着被吓坏了的桑果叫喊道："快，快跑，快去报信呀。"桑果立即翻身上马，也不管下山的路状如何，打马飞奔下山。

"后来呢？"

黄白殊县长继续问道。

"后来的事情，桑果说，他也不知道了。"通司陪着黄县长走出了临时办公房子，室外阳光灿烂。他仿佛又听见了天空传来了巨大的引擎声音，不仅是头人，还是他黄县长，只要听见类似的声音时，他们同松潘县城里的居民一样都会习惯性地抬起头，仰望着天空。

而天空里，除了游动的云朵，便空空如也，什么都没有。

找到被积雪掩埋的桑喇嘛的尸体时，头人骑着马，伫立在雪山顶上，头人望着桑喇嘛胸部的枪眼，流下了眼泪，他发誓一定要找到这个恩将仇报的日军飞行员。

头人这次带着闪电，闪电嗅着雪地里的味道，抬起头，久久地盯着从岩石后边延伸出来的足迹，冲着头人低声地"呜呜"叫着。

闪电的叫声提醒了头人。

他吩咐自己的儿子浦尔巴："去，这次就由你带人把那个牛日的日本人给我带回来！把闪电也带上。"

浦尔巴已经十九岁了，在草原上十九岁就算是大小伙子了。

一个部落一下死了七个人，头人还从来没吃过这么大的亏，他现在真的有些后悔当初没听管家和带兵官的话，没能亲手点了他的天灯。

头人吩咐差巴们，将管家、桑喇嘛，还有另外四个土兵的尸体给带回去，带兵官却连尸首都找不到了。

头人强忍着内心的悲痛，将这六具尸体给带回了草原。

他们是为部落而死的。

也是为着事关国家的一个承诺而死的。

珠玛的梦最终得到了应验。

她没有想到，也不敢想到才短短的几天时间，部落里为了这个日军飞行员一下子死了这么多的人。

她每天来到寺院，转动着经筒，为死去的人祈祷。

珠玛在去寺院的路上，想起在草原上看见狼群时的情形，在远处的山岗森林边缘地带，每到冬天，狼群就会经常在森林一带出没活动。到了半夜，狼群倾巢出动，眼睛闪烁绿莹莹像毒刺般的光芒。对，那个英俊的飞行员眼中就是时常闪现着那种光芒。

然而，还有另种光芒，那就是闪电眼睛里的光芒。

威严而充满着正义的光芒，当这两种光芒相遇的时候，闪电会耸起它那无比高贵的脊梁，前爪紧紧搭抓在泥土间，发出低沉的"呜呜"声音，突然纵身跳跃而起直扑目标的喉咙，不论这个目标是骑在马背间，还是窜入羊群当中，闪电锋利的前爪都会撕扯着，尖利的牙齿像齿轮般准确地切割着，在狼群之中如入无人之境。一只出色的藏獒，纵身跃起时，是能将骑在马背上的人轻易地给拖了下来。

但是，现在这个日军飞行员枪杀了她所尊重的人，尤其是桑喇嘛，一个潜心向佛，治病救人的活菩萨，珠玛轻轻拨动着寺庙走廊内的转经筒，内心充满了悲伤。

她想不出来，七个人居然打不过一个曾经受过伤的那个日本人。

起初，她把这个年轻人当成贵客般的悉心照料着。

当她跟随着寨子里的人，来到那架迫降飞机现场时，她像所有寨子里的人一样，眼里充满了神奇与敬畏，其中一个小伙子还捡拾起一块散落的飞机零件，他简直不敢相信，那么沉的金属构件，如何就能够在天空像只大铁鸟似的飞翔呢。

那天下午，草原上刮起了大风，银灰色的机身侧翻在草地上，后舱里的那个年轻人脑浆都被摔得迸溅出来，透明的玻璃罩上沾满了血污和脑浆，他戴着护目镜，脑袋歪向一旁。人们好不容易爬了上去，打碎玻璃，将他的尸体从后舱内给抬了出来，就地为他举行了一场简单而隆重的火葬仪式。

桑喇嘛念着经，按照草原上的习俗，对于意外死亡的人，草原上一般是不会为死者举行天葬的。天葬主要是指贵族和能够寿终的人，经师在天气好的晴朗的日子，就会提前砍来香柏树枝点燃，如果遇上天气不好的时候，就会吹起骨笛，灵鹫们看见或者是听到时，就会成群结队地飞翔到天葬台。

灵鹫是喜欢食腐烂肉质东西的神鸟，也是草原上最称职的"清洁工"。草原之所以千百年来能够保持良好的生态环境，很大程度上要归功于灵鹫。牧民放牧，捡拾起牛粪，作为燃料，那是已经形成习惯的生产与生活的良性循环。

大家架了柴堆，将那个已经死亡的日军飞机上的测绘员抬到柴堆上面，点燃了柴火。随着一团火焰升起，日军测绘员被一张白色的布单包裹着，上面涂抹有酥油，桑喇嘛端坐在不远处，嘴里念着经文，祈祷他的灵魂早日超生……

想到这里，珠玛流出了眼泪。

珠玛说不清楚为什么在走出寺庙，替死去的人们祈祷完毕之后，自己为什么会流出眼泪。泪水晶莹而透亮，沿着珠玛脸颊那两朵高原红滑落。珠玛走在泥泞的还未干透的小路间，几天来的降雨使这条通往寺庙的小路变得湿滑。道路两旁生长着亚麻和牛蒡，稍远一些的地方则是生长着一簇簇低矮而茂盛的高原柳林，一群野画眉正在树丛、树梢和树下扑棱。

所有这一切成为珠玛胸中永远的痛，一生都挥之不去！

日军飞行员枪杀了管家、桑喇嘛和带兵官后，沿着桑果骑马留下的痕迹走了大约几里路，便一头钻进了树林，他从管家身上将自己的手枪、飞行图囊，还有一只指北针等全部搜了出来。他知道自己不能沿着那条通往县城的官道大摇大摆地前行。

他穿着航空队配发的笨重的飞行靴，在厚厚的积雪上踩出"吱吱"的声音，高度紧张和激烈的枪战消耗掉他不少的精力，忙乱的逃亡之中，他没有把马匹上的裕裱给取了下来，他知道裕裱内有酥油、精粑，这是他最致命的失误。毕竟他还只是一个二十刚出头的年轻人，跟随着日军海军美幌航空队来到了武汉。武汉大空战发生时，他还是一名帝国航校的学生。1938年2月到5月间，中国空军在武汉上空与日军空军进行了数次殊死大搏战，他虽没参加，但却渴望为自己的国家，为天皇建功立业。

他走进了长满云杉的原始森林，背靠着一棵百年的油松坐下来。

他闭上眼睛，思忖着如何从这个无边的支那内陆腹地逃跑，他刚闭上眼睛，脑海里立马出现珠玛那双天真无邪的眼睛，那是一双多么漂亮的令人难忘的眼睛，还有那个不苟言笑，看不出喜怒哀乐的桑喇嘛的眼睛，他在解决掉所有持有武器的人之后，只有这个喇嘛赤手空拳，坐在一处背后积着厚厚的雪的坎窝，完全无视他的存在一样，眼睛正盯着遥远的雪山下的草原方向。

桑喇嘛的这种处变不惊的神态，激怒了他的傲慢与自尊，他没想到这个世界上还真有不怕死的人，一个僧人。如果不是战争，他也许会对他非常尊敬，就像对待日本的僧人一样。还是由于语言不通，他们只能通过彼此的眼神来表达各自的情绪与想法。

到底谁才是真正的野蛮人？

桑喇嘛带着这个巨大的问号，在心底涌起冰凉的悲哀。他很想与这个日军飞行员辩论一番："在你们这些来自文明社会的人的眼中，我们就是草原上偏远的蛮荒部落，我们就是野蛮人你们以为凭借着强大的武器，就能打败一个具有悠久历史传统的国度吗？不说全民抗战，就是我们这支小小的部落在遭受强敌入侵时，也必会奋起反抗的！"

来自现代文明社会的大铁鸟，还有驾驶大铁鸟的人以及这些人背后的政府、日本军部，谁是野蛮人？

带着这样的困惑，桑喇嘛显得从容而淡定，他知道自己无法改变，也无力改变这个疯狂的年轻人。

他知道是这个医术精湛的长得不起眼的喇嘛救了自己的命，如果不是他每天用藏族医生的方式来救治自己，那么，他早就像自己那个搭档一样，很可能也被这些来自文明世界的人叫作"野蛮人"的人，把自己给火葬了。

他使用着自己国家制造的手枪，对准桑喇嘛毫不犹豫地勾动了扳机，他觉得用产自德国的二十响匣子来战斗，是对自己武士精神的亵渎，他听见随着一声枪响，子弹撕破了山口的寂静，一团殷红的鲜血从桑喇嘛的胸口喷射了出来，血是那么的红，潺湿了圣洁的雪地，也玷污了这块圣洁的大地。

桑喇嘛还来不及大叫一声，微笑着就像一棵经年老树般仆地便一头扎向了雪地。

就在那一瞬间，他突然感觉到了一股神奇的力量，不由得他跪拜在桑喇嘛的遗体前，他显得有些失魂落魄，他不敢正视这个喇嘛，冲着、叫喊着跑向桑喇嘛身体背后的雪堆，像发了疯似的双手像只狗一样刨着积雪，轻盈而洁白的雪团顺着坡坎滚落下来，很快就将桑喇嘛的遗体给掩埋掉了。

他第一次知道，在日本人称作"支那"，在中国藏区一个边远的地方，有一个喇嘛，面对着子弹，微笑着带着正义不可战胜的圣洁的光芒，倒在了雪山之上。

"呜呜。"

闪电带着头人的儿子浦尔巴在林子中穿梭着，闪电有着惊人的记忆力。它撒开四条腿卖力地在雪地中奔跑着。

第二天的中午，闪电在林子中最早发现了飞行员的踪迹，它兴奋地、愤怒地扑向那个疲惫不堪，又冷又饿的飞行员，闪电将他扑倒在雪地里，并没有马上撕咬他的喉咙，因为没得到少主人的指令，闪电是决不会对飞行员野蛮是。

在这点上，这个飞行员还真不如这只叫闪电的藏獒通人性。

闪电也同样犯了一个致命的错误，它不懂要缴飞行员的械，而是等着少主人带人赶过来。飞行员却将最后那颗子弹射向了闪电。

闪电发出巨大的吼叫，带着巨大的伤痛，飞速冲向倒在雪地上的飞行员，张开大口，准确地咬断了他的喉咙。

2015 年 5 月 3 日

后 记

过去常听到了一句说法，人过三十不学艺。

有时，走路走乏了，就想停下来，坐在树下或者高山一处宽敞之地，抽一支香烟，梳理一番自己的足迹。最近两三年行程近十万公里。自然，不完全是脚步的行走，很多的时候就是车辆，一次、两次反复的到来与离开。

而正是在这种漫不经意的过程中，仿佛线条也渐渐地变得清晰了起来。

我所选择的地方大都是穷乡僻壤，至少是旅游者也不大情愿去的地方。之所以要这样选择，起初自己也是一片混沌而模糊，总觉得在中国的西部，在西部广大的农村，有着我的脚步抵达的事由。

遗忘肯定是一个关键词。

至少这遗忘包含着几层意思，即高速的发展——尤其是高速公路、高铁时代的到来，许多原本就是偏远的山村，既没有高速公路也没有高铁路过，由于那里既不出产丰富的矿藏，也没有什么依托的港口、码头、都市，也就注定会是要被时代的车轮远远地抛弃在自己的那隅天地，随着时代的步伐被一种巨大的惯性推动着前行。而另一层意思却又是当历史的碎片在阳光里依然闪烁，仿佛是无声地述说与提醒着。还有一层意思就是自己个人的原因，当人们对繁华热闹的地方趋之若鹜的时候，我却要选择那些寂寞甚至多少显得寂静的地方。布罗茨基说过：文学的功绩在于确立人的个性。

来来往往的脚步，从每年的开春时节始，这些穷乡僻壤里的人们则会背着行囊离开了故土，开始了一年漂泊异乡的生活。书面语的说法是叫外出务工。而老人和孩子们呢，在那样的农村，到了适龄的时候，孩子们要去寄宿制的学校。老人呢，村里是没有养老院之类的设施的。有个病痛什么的，只得自己去乡村的卫生院。

我去过许多这样的自然村落。

安静极了。村落里窄狭的巷道，鲜见人影。家家紧闭着院子，间或在天气好的日子，就能看见一些老人，坐在自己家的院落门口独自想着自己的心事，要么，就是三五成群聚集在村里过去开展公共活动的地方——戏台楼下、场坝、大树下宽敞之处，打打扑克、说着陈年旧事。

而我们的到来，则让这些老人们一脸的茫然。

这些七八十岁的老人，在六七十年代恰值壮年，普遍没上过几年的学，除了一些因为参军、上学的少数人离乡当了国家干部外，绝大多数依然坚守着自己的家园务农。

往往是为着一个年代稍远的问题，我问过不少仍然留守在农村的老人，常常是一问三不知。在书本上读到过的历史久远的事情，更是无人能够言及。

怎么办呢？

除了查阅海量的文献资料，就是自己的脚步去实地的踏勘了。

有一次去某村，遇见一个年过六旬的老汉，正在烈日底下指挥着一帮人维修着一处古建筑。老汉见到了我，主动打起了招呼，我像平时到村里一样，问这个老汉："村里有没有知道一点历史传说的人呀？"老汉边拧开一只泡着黏茶的广口玻璃杯，边用那种我熟悉的警惕的目光打量着我。惬意地呷了一口茶，顾不上擦一把嘴，反问道："你是干啥子的？"

我如实回答道："我是县文联的，来调查村里的历史的。"

老汉一听来了精神，我从他的眼神中读出来了，老汉就是我要我的人。

老汉根据自己所知道的，尽量回答了我的问题。

这时，老汉的儿子插言，说是坎下有户人家有古董，问我有没兴趣去看一下。

我当然愿意。

来到了另一家的院子，看见一对老夫妇，男的年近八旬，女的也七十岁以上，仔细一问，女的今年都已经75岁多了。她正在自己家堂屋前的廊柱内梳理自己花白的长发，一根像姑娘的大辫子一样。我心里立即有了底，虽说是炎热的夏天，她虽然没穿民族服装，但从她的这根正在梳理的长辫子和五官，再问她，果然，她是白马人。

那老汉却满脸的不开心，坐在一只小独凳子上，显得非常冷淡地盯着我们这一行人。那个六十多岁的老汉悄声对我说，老汉近几天正在为一件文化上的事情而不高兴。

我急忙给老汉敬了一支好烟，亲自为他点燃，问这老汉："到底是啥子事情？"

老汉这才面有悦色，说是现在的村干部，把过去的一套老先人传下来的跳咒舞的旗帜、钹、锣等家什让什么人给拿走了。听老汉说着的话很内行，我知道年轻时他一定是跳咒舞的高手。

再仔细交谈，原来老人家是这个村六七十年代的老支书。每次跳咒舞他都是组织者，据他说那一套行头传了几百年了，现在却被人给拿走了。说到这里，老汉气愤地骂道："败家子，把这些败家的。"

"哎，某老汉，把你家的那些罐子取一下，给人家看一下嘛。"

前面相遇的这个老汉的儿子也在一旁，大家这才想起来到这个院子的"正事"。老汉站起身，笑着对我说："都是些莫用的破罐子，俄们都莫咋用了，有啥子看头。"说完，老汉还是进屋，去给我取那些破罐子去了。

趁此机会，我问带我来到这家的年轻一些的那个老汉："听你口音，不像是这里的人呀？"

"就是。我老家是某县的，下坝子。"老汉多少带着一点自嘲的口吻，继续向我介绍说，"解放前，为躲避棒老二（土匪）逃难跑到这里来的。"

说话之间，老支书从家里提两只铜罐子放在我的跟前，罐子一大一小，双耳铜罐，手工錾刻花纹，非常精致。老汉指着罐子，装作非常懂行地对我说道："要是这罐子底下，刻着乾隆、雍正啥子字的，就管钱了哈。"

我听罢冲老汉笑了笑："如果是那样，那你们家祖上一定非常了不得啊。那是官家专门制作的东西，你这是民间制作的。"

接着，那梳理好花白大辫子的老妪，也从家里拎出一只小龙碗。从颜料成色来看，那是一种透着非常地道的矿物质作颜料而制作的。底部还有制作人和出产地。一看就是非常珍贵的明代瓷器。

根据这些意外的发现，在我访问的过程中，我知道这个村在明代曾经来过官兵。仿佛是一道天光照亮我的眼睛。

小地方往往藏有大秘密。

望着夏季苍翠的群山，历史就是这样，在这些小村庄、小地名、小地方渐渐地鲜活了起来，我们健忘太久的记忆仿佛是在有形无形之中，又续接上旧年的线索。而这些线索又引领着我，从一个朝代到一个朝代地查找、思索与分析，引领着我来到了一个又一个名不见经传的村庄。就像今天的过程，由一个主动热情的老汉引领着我认识了又一个的老汉夫妇，他们不再是像过去那般一脸的茫然，而是仿佛敞开了心扉，向我讲述着他们的昨天，他们的先人的足迹。

也正是在这样的到来和离开的过程中，我从发现的文物当中似乎找到了又一条属于个人的文学之路。

2015 年 11 月